SILÊNCIO NA FLORESTA

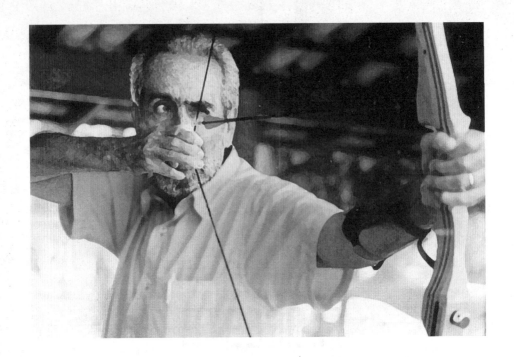

O Arqueiro

GERALDO JORDÃO PEREIRA (1938-2008) começou sua carreira aos 17 anos, quando foi trabalhar com seu pai, o célebre editor José Olympio, publicando obras marcantes como *O menino do dedo verde*, de Maurice Druon, e *Minha vida*, de Charles Chaplin.

Em 1976, fundou a Editora Salamandra com o propósito de formar uma nova geração de leitores e acabou criando um dos catálogos infantis mais premiados do Brasil. Em 1992, fugindo de sua linha editorial, lançou *Muitas vidas, muitos mestres*, de Brian Weiss, livro que deu origem à Editora Sextante.

Fã de histórias de suspense, Geraldo descobriu *O Código Da Vinci* antes mesmo de ele ser lançado nos Estados Unidos. A aposta em ficção, que não era o foco da Sextante, foi certeira: o título se transformou em um dos maiores fenômenos editoriais de todos os tempos.

Mas não foi só aos livros que se dedicou. Com seu desejo de ajudar o próximo, Geraldo desenvolveu diversos projetos sociais que se tornaram sua grande paixão.

Com a missão de publicar histórias empolgantes, tornar os livros cada vez mais acessíveis e despertar o amor pela leitura, a Editora Arqueiro é uma homenagem a esta figura extraordinária, capaz de enxergar mais além, mirar nas coisas verdadeiramente importantes e não perder o idealismo e a esperança diante dos desafios e contratempos da vida.

SILÊNCIO NA FLORESTA

HARLAN COBEN

ARQUEIRO

Título original: *The Woods*
Copyright © 2007 por Harlan Coben
Copyright da tradução © 2022 por Editora Arqueiro Ltda.

Todos os direitos reservados. Nenhuma parte deste livro pode ser utilizada ou reproduzida sob quaisquer meios existentes sem autorização por escrito dos editores.

tradução: Ricardo Quintana

preparo de originais: Raïtsa Leal

revisão: Luíza Côrtes e Midori Hatai

diagramação: Abreu's System

capa: Elmo Rosa

impressão e acabamento: Bartira Gráfica

CIP-BRASIL. CATALOGAÇÃO NA PUBLICAÇÃO
SINDICATO NACIONAL DOS EDITORES DE LIVROS, RJ

C586s

    Coben, Harlan, 1962-
       Silêncio na floresta / Harlan Coben ; tradução Ricardo Quintana. – 1. ed. – São Paulo : Arqueiro, 2022.
       352 p. ; 23 cm.

    Tradução de: The woods
    ISBN 978-65-5565-260-4

    1. Ficção americana. I. Quintana, Ricardo. II. Título.

22-75386   CDD: 813
                                                                      CDU: 82-3(73)

Meri Gleice Rodrigues de Souza – Bibliotecária – CRB-7/6439

Todos os direitos reservados, no Brasil, por
Editora Arqueiro Ltda.
Rua Funchal, 538 – conjuntos 52 e 54 – Vila Olímpia
04551-060 – São Paulo – SP
Tel.: (11) 3868-4492 – Fax: (11) 3862-5818
E-mail: atendimento@editoraarqueiro.com.br
www.editoraarqueiro.com.br

Este vai para:

Alek Coben
Thomas Bradbeer
Annie van der Heide

*As três alegrias que tenho a sorte
de chamar de meus netos.*

prólogo

VEJO MEU PAI COM AQUELA PÁ.

Há lágrimas escorrendo pelo seu rosto. Um soluço horroroso, gutural, força caminho dos pulmões até os lábios. Ele ergue a pá e atinge o solo. A lâmina rasga a terra como se fosse uma fruta madura.

Tenho 18 anos e essa é a lembrança mais vívida que tenho do meu pai – ele na floresta, com aquela pá, sem saber que o estou observando. Eu me escondo atrás de uma árvore enquanto ele cava. Faz isso com fúria, como se o solo tivesse lhe feito algum mal e ele buscasse vingança.

Eu nunca tinha visto meu pai chorar – nem quando o pai dele morreu nem quando a minha mãe foi embora e nos deixou, nem mesmo quando soube sobre minha irmã, Camille. Mas está chorando agora. Sem se sentir envergonhado. As lágrimas jorram pelo seu rosto. Os soluços ecoam pelas árvores.

Essa é a primeira vez que o espiono assim. Na maioria dos sábados, ele finge que vai pescar, mas eu nunca acreditei. Acho que eu sempre soube que esse lugar, esse lugar horrível, era o destino secreto dele.

Porque, às vezes, é o meu também.

Fico atrás da árvore e observo. Farei isso oito vezes mais. Nunca o interrompo. Nunca me revelo. Acho que ele não sabe que estou ali. Na verdade, tenho certeza. Então um dia, enquanto se dirige até o carro, meu pai me encara com os olhos secos e diz:

– Hoje não, Paul. Hoje eu vou sozinho.

Observo o carro saindo. Ele vai para a floresta pela última vez.

Em seu leito de morte, quase duas décadas depois, meu pai pega minha mão. Está sob o efeito de vários medicamentos. Suas mãos são ásperas e calejadas. Ele as usou a vida inteira – mesmo em épocas mais prósperas, num país que não existe mais. Sua aparência é dura, a pele queimada e grossa, quase como um casco de tartaruga. Tem sofrido com uma dor física excruciante, mas não derrama uma lágrima.

Ele apenas fecha os olhos e a supera.

Meu pai sempre me fez me sentir seguro, mesmo agora, quando sou adulto e pai de uma menina. Fomos a um bar três meses atrás, quando ele ainda tinha forças. Começou uma briga. Meu pai ficou na minha frente, preparando-se para me defender de qualquer um que chegasse perto de mim. Mesmo na minha idade.

Olho para ele na cama. Penso naqueles dias na floresta, em como ele cavava, como por fim parou, como achei que tivesse desistido depois que minha mãe nos abandonou.

– Paul?

Meu pai fica agitado de repente.

Quero implorar para que não morra, mas não seria certo. Eu já passei por isso, e essa atitude não melhora as coisas para ninguém.

– Está tudo bem, pai – digo a ele. – Vai ficar tudo bem.

Ele não se acalma. Tenta se sentar. Quero ajudá-lo, mas ele me rejeita. Olha no fundo dos meus olhos e vejo clareza, ou talvez seja uma dessas coisas em que queremos acreditar no fim. Um falso conforto final.

Uma lágrima escapa. Observo-a deslizar vagarosamente pela face dele.

– Paul – diz meu pai. A voz ainda carrega o sotaque russo. – Precisamos encontrá-la.

– Nós vamos, pai.

Ele analisa meu rosto outra vez. Assinto, tranquilizando-o. Mas não acho que esteja buscando tranquilidade. Pela primeira vez, parece que está procurando sinais de culpa.

– Você sabia? – pergunta ele, a voz quase inaudível.

Sinto o corpo todo estremecer, mas nem pisco nem olho para o lado. Pergunto-me o que ele vê, em que acredita. Só que nunca vou saber.

Porque, logo depois, meu pai fecha os olhos e morre.

capítulo um

Três meses depois

Eu estava sentado no ginásio de uma escola de ensino fundamental, observando minha filha de 6 anos, Cara, aventurar-se com nervosismo por sobre uma trave olímpica que pairava talvez a 10 centímetros do chão, mas, em menos de uma hora, estaria encarando um homem que fora brutalmente assassinado.

Isso não deveria chocar ninguém.

Aprendi com os anos – e das maneiras mais horrendas possíveis – que é muito tênue a linha entre a vida e a morte, entre a beleza extraordinária e a feiura espantosa, entre o cenário mais inocente e um banho de sangue assustador. Basta um segundo para rompê-la. Num momento, a vida parece idílica. Você está num lugar casto como um ginásio de escola. Sua filha pequena está rodopiando. A voz dela é inconstante. Os olhos fechados. Você vê nela o rosto da mãe, o modo como costumava fechar os olhos e sorrir, e então lembra quão frágil essa linha realmente é.

– Cope?

Era minha cunhada, Greta. Eu me virei para ela, que me olhou com a preocupação de sempre. Sorri.

– No que está pensando? – sussurrou.

Ela sabia. Menti mesmo assim.

– Câmera de vídeo – respondi.

– O quê?

As cadeiras dobráveis tinham sido ocupadas pelos outros pais. Eu fiquei no fundo, com os braços cruzados. Sobre a porta, havia regras e esses aforismos inspiradores, irritantemente graciosos, como "Não me diga que o céu é o limite quando há pegadas na Lua", espalhados por todo lado. As mesas para almoço estavam dobradas. Encostei-me numa delas, sentindo o frio do metal. Ginásios de escola nunca mudam quando ficamos velhos. Parecem apenas menores.

Fiz um gesto em direção aos pais.

– Há mais câmeras aqui do que crianças.

Greta assentiu.

– E os pais filmam tudo. Absolutamente tudo. O que eles fazem com todos esses vídeos? Alguém realmente assiste outra vez do início ao fim?

– Você não?

– Prefiro dar à luz.

Ela riu.

– Duvido.

– Tudo bem, talvez não, mas não somos todos da geração MTV? Cortes rápidos. Vários ângulos. Mas filmar tudo assim, direto, e obrigar um amigo ou parente a assistir...

A porta se abriu. No instante em que os dois homens entraram no ginásio, notei que eram policiais. Mesmo que não tivesse tanta experiência – sou o promotor do condado de Essex, que inclui a violentíssima cidade de Newark –, eu saberia. A televisão consegue retratar algumas coisas de forma fidedigna. O modo como a maioria dos policiais se veste, por exemplo. Na próspera área residencial de Ridgewood, pais não se vestem desse jeito. Não usamos terno quando vamos ver a apresentação de nossos filhos numa quase ginástica olímpica. Vestimos calça de veludo cotelê ou jeans e um suéter com gola em V por cima de uma camiseta. Aqueles dois caras usavam ternos mal cortados em tons de marrom que me faziam lembrar toras de lenha depois de uma chuva.

Não sorriam. Os olhos esquadrinhavam o ambiente. Conheço a maioria dos policiais da área, mas não aqueles caras. Isso me preocupou. Alguma coisa parecia errada. Eu sabia que não tinha feito nada, claro, mas mesmo assim sentia um pequeno embrulho no estômago, tipo "sou inocente mas me sinto culpado".

Minha cunhada, Greta, e o marido, Bob, tinham três filhos. A filha caçula, Madison, tinha 6 anos e era da mesma série que Cara. Os dois têm me dado uma ajuda tremenda. Depois que Jane, minha esposa e irmã de Greta, morreu, eles se mudaram para Ridgewood. Greta alega que isso já estava nos planos deles. Tenho minhas dúvidas. Mas fiquei tão agradecido que nem questionei. Não consigo imaginar como seria sem eles.

Em geral, os outros pais ficam no fundo comigo, mas como aquele era um evento diurno, havia poucos ali. As mães – exceto essa que está me fuzilando com o olhar por cima da câmera porque ouviu meu discurso antivídeo – me adoram. Não a mim pessoalmente, claro, mas minha história. Minha esposa morreu cinco anos atrás, então crio minha filha sozinho. Há outros pais e mães solo na cidade, a maioria divorciados, mas eu recebo toneladas de solidariedade. Se me esqueço de escrever um bilhete ou se me atraso para pegar minha filha ou ainda se esqueço o almoço dela em cima da bancada, as outras mães ou a equipe da escola se prontificam a ajudar. Elas acham fofo meu desamparo masculino. Quando uma mãe solo faz alguma dessas coisas, é taxada de desleixada e se torna alvo de escárnio das mães superiores.

As crianças continuavam a cair ou tropeçar. Eu observava Cara. Era boa de concentração e se saía bem, mas eu suspeitava que ela havia herdado a falta de coordenação do pai. Havia garotas da equipe de ginástica do ensino médio ajudando. Eram veteranas, deviam ter 17 ou 18 anos. A que vigiou Cara durante uma tentativa de cambalhota lembrava minha irmã, Camille, que morreu quando tinha mais ou menos essa idade, e a mídia nunca me deixou esquecer. Mas talvez isso fosse uma coisa boa.

Minha irmã estaria com quase 40 anos agora, no mínimo da mesma idade que a maioria daquelas mães. É estranho pensar nisso. É difícil imaginar onde estaria agora – ou onde *deveria* estar, sentada numa daquelas cadeiras, com um sorriso bobo/feliz/preocupado de mãe que coloca os filhos acima de tudo, filmando sem parar o próprio rebento. E me pergunto qual seria a aparência dela hoje, mas só consigo ver a adolescente que morreu.

Pode parecer que sou meio obcecado pela morte, mas há uma grande diferença entre o assassinato da minha irmã e o falecimento prematuro da minha esposa. O primeiro caso me levou ao meu trabalho atual e norteou minha trajetória profissional. Posso combater essa injustiça nos tribunais. E combato. Tento tornar o mundo mais seguro, colocar os que fazem mal aos outros atrás das grades, dar a outras famílias algo que a minha nunca teve: um desfecho.

Com a segunda morte – da minha amada esposa –, fiquei desamparado, ferrado, e, não importa o que eu faça agora, jamais serei capaz de consertar as coisas.

A diretora da escola estampou um sorriso de falsa preocupação nos lábios carregados de batom e seguiu em direção aos dois policiais. Engatou uma conversa, mas nenhum dos dois deu bola. Eu observava os olhares. Quando o mais alto, que certamente estava no comando, me viu, parou. Nenhum de nós se mexeu por um momento. Ele inclinou ligeiramente a cabeça, me chamando para fora daquele porto seguro de risadas e tropeços. Acenei a cabeça com a mesma discrição.

– Aonde você vai? – perguntou Greta.

Não quero parecer indelicado, mas Greta era a irmã feia. As duas se pareciam, ela e minha encantadora esposa falecida. Dava para notar que eram filhas dos mesmos pais. Mas tudo que fisicamente funcionou com minha Jane não encontrava correspondência em Greta. Minha mulher tinha um nariz proeminente que a tornava mais sexy. Greta também tinha nariz proeminente, só que o dela era, bem, um narigão. Os olhos de Jane, bem separados, conferiam-lhe um encanto exótico. Em Greta, o espaçamento generoso lhe dava um ar reptiliano.

– Não sei – respondi.
– Trabalho?
– Talvez.

Ela olhou para os dois prováveis policiais e depois para mim.

– Eu ia levar Madison ao Friendly's para almoçar. Quer que eu leve Cara?
– Claro, seria ótimo.
– Posso pegá-la depois da escola também.

Assenti.

– Tudo bem.

Greta me deu um beijo carinhoso no rosto – algo que raramente fazia. Fui em direção à saída, com o estrépito das gargalhadas das crianças me acompanhando. Abri a porta e entrei no corredor. Os dois policiais me seguiram. Corredores de escola também não mudam muito; têm um eco de casa mal-assombrada, uma espécie de quase silêncio estranho, e um leve e perceptível cheiro que ao mesmo tempo acalma e agita.

– Você é Paul Copeland? – perguntou o mais alto.
– Sou, sim.

Ele olhou para o parceiro mais baixo, um homem roliço e sem pescoço. A cabeça parecia um bloco de concreto. A pele também era áspera, reforçando a impressão. De uma esquina, surgiu uma turma de quarta série, talvez. As crianças tinham o rosto vermelho pelo esforço. Provavelmente estavam vindo do recreio. Passaram por nós, conduzidas por uma professora aflita, que nos dirigiu um sorriso tenso.

– A gente pode conversar lá fora – sugeriu o mais alto.

Dei de ombros. Não fazia a menor ideia do que era aquilo. Eu tinha a manha do inocente, mas experiência suficiente para saber que nada com policiais é o que parece. Aquilo não tinha nada a ver com o caso no qual eu estava trabalhando e que estampava as manchetes. Se tivesse, ligariam para o meu escritório. Eu ficaria sabendo pelo celular.

Não, eles estavam ali por outro motivo – algo pessoal.

Eu sabia que não tinha feito nada errado. Mas já vi todo tipo de suspeito e de reação. Pode ser surpreendente. Por exemplo, quando a polícia tem o suspeito principal de um crime sob custódia, em geral o mantém trancafiado na sala de interrogatório por horas a fio. Espera-se que os culpados subam pelas paredes, mas na maioria das vezes acontece o contrário. Os inocentes são os que ficam mais irrequietos e nervosos. Não fazem ideia de por que estão lá ou do que a polícia por engano tem contra eles. Os culpados muitas vezes dormem.

Paramos do lado de fora. O sol brilhava. O sujeito mais alto piscou e ergueu a mão para proteger os olhos. Bloco de Concreto não daria essa satisfação.

– Sou o detetive Tucker York – disse o mais alto, pegando o distintivo e depois apontando para Bloco de Concreto – Este é o detetive Don Dillon.

Dillon também pegou o distintivo. Os dois os mostraram para mim. Não sei por que fazem isso. Como se fosse muito difícil falsificá-los.

– O que posso fazer por vocês? – perguntei.

– O senhor se importa de nos dizer onde estava ontem à noite? – perguntou York.

Sirenes deveriam disparar a uma pergunta como essa. Eu deveria imediatamente lembrá-los de quem eu era e que não responderia a nenhuma pergunta sem um advogado presente. Mas eu sou advogado. Dos bons. E isso, claro, nos torna mais bobos quando representamos a nós mesmos. E eu também sou humano. Quando se é confrontado pela polícia, mesmo com toda a experiência que tenha, você quer agradar. Não há como evitar isso.

– Em casa.

– Alguém pode confirmar isso?

– Minha filha.

York e Dillon olharam para a escola.

– A garota que estava fazendo pirueta lá dentro?

– Sim.

– Alguém mais?

– Acho que não. Por quê?

York era quem estava conduzindo a conversa. Ignorou minha pergunta.

– O senhor conhece um homem chamado Manolo Santiago?

– Não.

– Tem certeza?

– Quase absoluta.

13

– Por que só quase?

– Vocês sabem quem eu sou?

– Sabemos – respondeu York, pigarreando em seguida. – Quer que a gente se ajoelhe ou beije seu anel?

– Não foi o que eu quis dizer.

– Ótimo.

Não gostei da atitude dele, mas deixei passar.

– Então por que o senhor só tem certeza "quase absoluta" de que não conhece Manolo Santiago? – indagou ele.

– Eu quis dizer que o nome não me é familiar. Acho que não o conheço. Mas talvez seja alguém que eu tenha processado ou que tenha sido testemunha em algum caso meu ou, sei lá, talvez o tenha conhecido em alguma angariação de fundos dez anos atrás.

York assentiu, me incitando a tagarelar mais. Eu me contive.

– O senhor se importa de nos acompanhar?

– Aonde?

– Não vai demorar.

– "Não vai demorar" – repeti. – Isso não parece o nome de um lugar.

Os dois policiais se entreolharam. Tentei dar a impressão de que não arredaria pé.

– Um homem chamado Manolo Santiago foi assassinado ontem à noite.

– Onde?

– O corpo foi encontrado em Manhattan. Na área de Washington Heights.

– E onde eu entro na história?

– Achamos que talvez o senhor possa ajudar.

– Ajudar como? Já falei: não o conheço.

– O senhor falou – York recorreu ao bloco de notas, mas apenas para fazer cena; ele não havia escrito nada durante a conversa – que tinha certeza "quase absoluta" de que não o conhecia.

– Tenho certeza absoluta, então. Ok? Absoluta.

Ele fechou o bloco com ar dramático.

– O Sr. Santiago conhecia o senhor.

– Como sabe?

– Preferimos lhe mostrar.

– E eu prefiro que me diga.

– O Sr. Santiago – York hesitou, como que escolhendo as próximas palavras a dedo – estava de posse de alguns itens.

14

– Itens?
– Isso.
– Pode ser mais específico?
– Itens – disse ele – que apontam para você.
– Apontam para mim como?
– Ei, promotor?

Dillon – o Bloco de Concreto – finalmente abrira a boca.

– Para você é *senhor* promotor – corrigi.
– Era só o que me faltava. – Ele estalou o pescoço e apontou para o meu peito. – *Você* está começando a encher meu saco.
– Como é?

Dillon ficou cara a cara comigo.

– Você acha que a gente está aqui para alguma aula de etiqueta?

Achei que a pergunta fosse retórica, mas ele ficou esperando.

Por fim, respondi:

– Não.
– Então escute aqui. Temos um cadáver. O cara está ligado a você, e muito. Está a fim de ajudar a esclarecer isso ou quer continuar dando carteirada, o que te torna ainda mais suspeito?
– Com quem você acha que está falando, detetive?
– Com um cara que está concorrendo a um cargo e que não gostaria que levássemos isso para a imprensa.
– Você está me ameaçando?

York interveio.

– Ninguém está ameaçando ninguém.

Mas Dillon havia me acertado em cheio. A verdade era que minha função ainda era apenas provisória. Meu amigo, o atual governador de Nova Jersey, me nomeara promotor temporário do condado. Havia também grandes possibilidades de uma candidatura ao Congresso, talvez até para uma cadeira no Senado. Eu estaria mentindo se dissesse que não tinha ambições políticas. Um escândalo, mesmo que fosse um bafejo falso, não cairia bem.

– Não vejo como posso ajudar – afirmei.
– Talvez não, talvez sim – disse Dillon, menos taxativo. – Mas vai querer ajudar se puder, não?
– Claro – respondi. – Afinal, você não quer seu saco mais cheio do que o necessário.

Ele quase riu.

– Entre no carro, então.

– Eu tenho uma reunião importante hoje à tarde.

– Já o teremos trazido de volta.

Eu esperava um Chevy Caprice velho, mas o carro era um Ford brilhante. Sentei-me atrás. Meus dois novos amigos, na frente. Não falamos durante o trajeto. Havia trânsito intenso na ponte George Washington, mas ligamos a sirene e saímos cortando. Quando já estávamos do lado de Manhattan, York comentou:

– Achamos que Manolo Santiago pode ser um nome falso.

– Hum – murmurei, porque não sabia o que dizer.

– Entenda, não temos a identidade confirmada da vítima. A gente encontrou o cara ontem à noite. Na carteira de motorista está escrito Manolo Santiago. Fomos conferir. Não parece ser o nome verdadeiro dele. Verificamos as digitais. Sem correspondência. Então não sabemos quem ele é.

– E vocês acham que eu vou saber?

Eles não se deram ao trabalho de responder.

A voz de York era casual como um dia de primavera.

– O senhor é viúvo, certo?

– Certo.

– Deve ser duro educar uma criança sozinho.

Fiquei em silêncio.

– Sua esposa teve câncer, pelo que sabemos. O senhor é muito ligado a uma organização para descobrir a cura.

– Sim.

– Admirável.

Eles estavam sabendo.

– Isso deve ser estranho – comentou York.

– Como assim?

– Estar do outro lado. Em geral, é o senhor quem faz as perguntas, não quem responde. Deve ser meio esquisito.

Ele sorriu para mim pelo espelho retrovisor.

– Ei, York? – chamei.

– O quê?

– Você tem seu currículo aí? – perguntei.

– Por quê?

– Para eu saber mais sobre sua experiência como ator, antes de você começar a desempenhar esse cobiçado papel de "policial gente boa".

York deu uma risada.

– Só estou dizendo que tudo isso é estranho. O senhor já foi interrogado pela polícia?

Era uma isca. Claro que eles sabiam que aos 18 anos eu tinha trabalhado como monitor num acampamento de verão. Quatro dos campistas – Gil Perez e a namorada, Margot Green; Doug Billingham e a namorada, Camille Copeland (aliás, minha irmã) – escaparam para a floresta tarde da noite.

Nunca mais foram vistos.

Apenas dois corpos foram encontrados. Margot Green, de 17 anos, teve a garganta cortada a 100 metros do acampamento. Doug Billingham, também de 17 anos, estava a 800 metros. Tinha vários ferimentos de facadas, mas a causa da morte também fora o corte na garganta. Os corpos dos outros dois – Gil Perez e minha irmã, Camille – desapareceram.

O caso virou notícia. Wayne Steubens, um garoto rico, também monitor no acampamento, foi pego dois anos mais tarde – depois de seu terceiro verão de terror –, mas só depois de ter matado ao menos quatro outros adolescentes. Foi apelidado de "o Matador do Verão" – alcunha óbvia demais. Suas duas vítimas seguintes foram encontradas perto de um acampamento para escoteiros em Muncie, Indiana. Outra vítima frequentava um desses acampamentos inclusivos em Vienna, na Virgínia. A última havia estado num acampamento esportivo nas montanhas Pocono. A maioria teve a garganta cortada. Todas foram enterradas na floresta, algumas antes de morrer. Sim, enterradas vivas. Passou um bom tempo antes de os corpos serem localizados. O de Pocono, por exemplo, levou seis meses. Muitos especialistas acreditam que ainda há outros por lá, enterrados nas profundezas da floresta.

Como minha irmã.

Wayne nunca confessou e, apesar de estar num complexo de segurança máxima nos últimos dezoito anos, insiste que não teve nada a ver com as quatro mortes que deram início a tudo.

Não acredito nele. O fato de que ao menos dois corpos ainda estavam por aí levava à especulação e ao mistério. Deu a Wayne mais atenção. Acho que ele gosta disso. Mas esse ingrediente desconhecido – aquela vaga ideia – ainda doía demais.

Eu amava minha irmã. Todos nós a amávamos. A maioria acredita que a morte é a parte mais cruel. Nem tanto. Depois de um tempo, a esperança se torna uma amante muito mais abusiva. Quando se vive com ela o tempo que eu vivo, o pescoço constantemente no cepo, o machado pairando acima de você durante dias, depois meses, anos, acaba-se querendo que ele caia e corte logo a sua cabeça. Muita gente acreditava que minha mãe tinha fugido por causa do assassinato da minha irmã, mas não. Ela nos deixou porque nunca conseguimos provar isso.

Eu gostaria que Wayne Steubens nos contasse o que fez com Camille. Não para lhe dar um enterro decente nem nada disso. Até seria bom, mas não é o que realmente importa. A morte é pura, destrutiva como uma bola de demolição. Ela bate, esmaga, e então as pessoas começam a se reconstruir. Mas não saber – essa dúvida, essa vaga ideia – torna a morte mais parecida com cupins ou outro tipo de germe implacável. Ela consome de dentro para fora. Não é possível impedir a deterioração. Não dá para se reconstruir porque aquela dúvida vai continuar te corroendo.

Ainda corrói, acho.

Por mais que eu desejasse manter essa parte da minha vida confidencial, ela era sempre recuperada pela mídia. Qualquer pesquisa rápida no Google relacionava meu nome ao mistério dos Campistas Desaparecidos, como foram prontamente apelidados. Caramba, a história ainda passava nesses programas de "crimes reais" do Discovery e da Court TV. Eu me encontrava lá aquela noite, na floresta. Meu nome estava lá para o veredito. Fui ouvido pela polícia. Interrogado. Até estive sob suspeita.

Por isso eles com certeza sabiam.

Preferi não responder. York e Dillon não insistiram.

Quando chegamos ao necrotério, os dois me guiaram por um corredor. Ninguém falava. Eu não sabia como interpretar aquilo. O que York disse fazia sentido agora. Eu estava do outro lado. Já tinha visto dezenas de testemunhas fazendo essa caminhada. Tinha visto todo tipo de reação num necrotério. Os que vão identificar em geral começam estoicos. Não sei por quê. Estariam se preparando? Ou um fiapo de esperança – de novo essa palavra – ainda existiria? Não sei. Não importa, a esperança desaparece rápido. Não se cometem erros na identificação. Quando se acha que é nosso ente querido, é. O necrotério não é um lugar de milagres de última hora. Jamais.

Eu sabia que eles estavam me observando, analisando minhas reações. Então me tornei consciente dos meus passos, da minha postura, da minha expressão. Tentei me manter neutro, mas depois pensei: por que me preocupar?

Levaram-me à janela. Não se entra na sala. Fica-se atrás do vidro. O local era azulejado para que pudesse ser lavado sem qualquer preocupação com decoração ou produtos de limpeza. Todas as macas exceto uma se encontravam vazias. O corpo estava coberto por um lençol, mas dava para ver a etiqueta num dedo do pé. Eles de fato as utilizam. Olhei para o dedão visível sob o pano – era totalmente estranho para mim. Foi o que pensei. Não reconheço o dedo desse homem.

    A mente faz coisas estranhas sob estresse.

    Uma mulher de máscara empurrou a maca para mais perto da janela. Por incrível que pareça, lembrei-me do dia em que minha filha nasceu. Recordei-me do berçário. A janela era muito parecida, com essas tiras finas de película formando diamantes. A enfermeira, uma mulher do tamanho daquela no necrotério, empurrou o carrinho com minha pequenina filha para perto da janela. Exatamente desse jeito. Acho que em circunstâncias normais eu teria visto algo de pungente nisso – o começo da vida e seu fim –, mas nesse dia, não.

    A enfermeira puxou a parte de cima do lençol. Olhei o rosto. Todos os olhares estavam sobre mim. Eu sabia. O morto era mais ou menos da minha idade, perto dos 40. Tinha barba. A cabeça parecia raspada. Usava uma touca de banho. Achei aquilo meio idiota, uma touca de banho, mas sabia por que ela estava lá.

    – Tiro na cabeça? – perguntei.

    – Sim.

    – Quantas vezes?

    – Duas.

    – Calibre?

    York limpou a garganta, como se tentando me lembrar de que aquele caso não era meu.

    – O senhor o conhece?

    Dei outra olhada.

    – Não – respondi.

    – Tem certeza?

    Comecei a balançar a cabeça, mas algo me fez parar.

    – O que foi? – perguntou York.

    – Por que eu estou aqui?

    – Queremos saber se o senhor conhece...

    – Certo, mas o que fez vocês pensarem que eu o conheceria?

    Desviei os olhos, vi York e Dillon trocando um olhar. Dillon deu de ombros e York prosseguiu:

– Ele tinha o seu endereço guardado no bolso. E um monte de recortes sobre o senhor.

– Sou uma figura pública.

– Sim, a gente sabe.

York parou de falar. Eu me virei para ele.

– E o que mais?

– Os recortes não eram sobre o senhor. Não exatamente.

– Eram sobre o quê?

– Sua irmã – respondeu ele. – E sobre o que aconteceu naquela floresta.

A sala esfriou dez graus, mas, ei, estávamos num necrotério. Tentei parecer despreocupado:

– Talvez ele seja um fanático por crimes. Existe um monte deles.

York hesitou. Vi-o trocar outro olhar com o parceiro.

– O que mais? – perguntei.

– Como assim?

– O que mais havia com ele?

York se virou para um subordinado que eu nem tinha notado parado ali.

– Pode mostrar ao Sr. Copeland os objetos pessoais?

Eu mantinha o olhar no rosto do morto. Havia marcas de varíola e rugas. Tentei imaginá-lo sem elas. Não o conhecia. Manolo Santiago era um estranho para mim.

Alguém apareceu com um saco plástico vermelho de guardar provas. Esvaziaram-no sobre uma mesa. A distância, pude ver uma calça jeans e uma camisa de flanela. Havia uma carteira e um celular.

– Você verificou o telefone? – perguntei.

– Verifiquei. É descartável. O registro de chamadas está vazio.

Desviei os olhos do rosto do cadáver e andei até a mesa. Minhas pernas tremiam.

Havia folhas de papel dobradas. Abri uma delas com cuidado. A matéria da *Newsweek*. O retrato dos quatro adolescentes mortos – as primeiras vítimas do "Matador do Verão". Eles sempre começavam com Margot Green porque seu corpo foi encontrado primeiro. Foi necessário mais um dia para localizar Doug Billingham. O mais interessante, porém, está nos outros dois. Foram encontrados sangue e roupa rasgada pertencentes a Gil Perez e à minha irmã – mas não os corpos.

Por que não?

Simples. A floresta era densa. Wayne Steubens os escondera bem. Mas algumas pessoas, dessas que adoram uma boa conspiração, não engoliram aquilo. Por que só aqueles dois não haviam sido encontrados? Como Steubens conseguiu arrastar e enterrar os corpos com tanta rapidez? Haveria um cúmplice? Como ele conseguiu? O que aqueles quatro estavam fazendo lá, para começo de conversa?

Ainda hoje, dezoito anos depois da prisão de Wayne, as pessoas falam de "fantasmas" naquela floresta – ou que talvez haja uma seita secreta vivendo numa cabana abandonada, pacientes doentes mentais fugitivos, homens com braços de gancho ou, quem sabe, experiências médicas bizarras que deram errado. Falam do bicho-papão, de terem encontrado os restos da fogueira do seu acampamento ainda cercados dos ossos das crianças que tinha comido. Dizem que à noite ainda podem ouvir Gil Perez e minha irmã, Camille, uivando por vingança.

Passei muitas noites lá, sozinho naquela floresta. Nunca ouvi ninguém uivar.

Meus olhos passaram pela foto de Margot Green e Doug Billingham. A da minha irmã era a próxima. Eu já tinha visto aquele retrato um milhão de vezes. A mídia o adorava porque ela parecia maravilhosamente comum. Era a garota que todos adoravam, a babá favorita, a adolescente simpática do quarteirão. Mas isso não era nem um pouco verdade. Ela era arteira, dona de um olhar vivaz e de um sorriso oblíquo, desafiador, que fazia os garotos recuarem. Esse retrato não era ela. Camille era muito mais. E talvez isso lhe tivesse custado a vida.

Eu já ia passar para a última foto, a de Gil Perez, mas algo me deteve.

Meu coração parou.

Sei que parece dramático, mas foi como me senti. Olhei para a pilha de moedas do bolso de Manolo Santiago e foi como se uma mão entrasse no meu peito e espremesse o coração com força, impedindo-o de bater.

Dei um passo para trás.

– Sr. Copeland?

Minha mão avançou como se agisse sozinha. Vi meus dedos pegando o objeto e o levando para o nível dos olhos.

Era um anel. Um anel de menina.

Olhei para o retrato de Gil Perez, o garoto que fora assassinado com minha irmã na floresta. Voltei vinte anos no tempo. E me lembrei da cicatriz.

– Sr. Copeland?

– Me mostre o braço dele – pedi.

– Como?

– O braço dele. – Eu me virei outra vez em direção à janela e apontei para o cadáver. – Mostre o braço.

York fez sinal para Dillon, que apertou o botão do interfone.

– Ele quer ver o braço do cara.

– Qual? – perguntou a mulher dentro do necrotério.

Eles me encararam.

– Não sei – respondi. – Os dois, acho.

Eles ficaram intrigados, mas a mulher obedeceu e puxou o lençol.

O peito era cabeludo agora. Estava maior, com no mínimo uns 10 quilos a mais do que naquela época, mas não era surpresa. Ele havia mudado. Todos nós tínhamos mudado. Mas não era isso que eu estava procurando. Queria ver se o braço tinha a cicatriz.

Estava lá.

No braço esquerdo. Não ofeguei nem nada. Era como se parte da minha realidade tivesse sido retirada e eu estivesse muito zonzo para fazer qualquer coisa. Fiquei ali parado.

– Sr. Copeland?

– Eu o conheço – falei.

– Quem é ele?

Apontei para a foto da revista.

– O nome dele é Gil Perez.

capítulo dois

Houve uma época em que a professora Lucy Gold, doutora em inglês e psicologia, adorava o horário de atendimento.

Era uma oportunidade de se sentar cara a cara com os alunos e conhecê-los de verdade. Adorava quando os calados, aqueles que se sentavam no fundo de cabeça baixa, anotando tudo como se fosse ditado, e que tinham o cabelo caído no rosto como se fosse uma cortina de proteção, chegavam à sua porta e levantavam os olhos, contando-lhe o que havia em seus corações.

Mas a maior parte do tempo, como naquele momento, os alunos que apareciam eram os puxa-sacos, os que achavam que sua nota dependia unicamente de entusiasmo e que quanto mais contato pessoal fizessem, mais alta seria a nota, como se ser extrovertido não fosse suficientemente recompensado neste país.

– Professora – disse a garota chamada Sylvia Potter.

Lucy a imaginou um pouco mais nova, ainda no ensino fundamental. Teria sido o tipo de menina irritante que chegava na manhã de uma prova importante se queixando de que não conseguiria passar e depois acabava sendo a primeira a terminar, entregando presunçosamente a prova nota 10 e usando o restante do tempo de aula para fazer exercícios de reforço.

– Sim, Sylvia?

– Quando a senhora estava lendo aquela passagem de Yeats na aula de hoje, fiquei tão emocionada. Pelas palavras e pela forma como consegue usar sua voz, sabe, parece uma atriz profissional...

Lucy Gold ficou tentada a dizer "Então me faz um favor, me traz um pedaço de bolo com café", mas, em vez disso, manteve o sorriso no rosto. Não era fácil. Olhou para o relógio e depois se sentiu péssima por fazer isso. Sylvia era uma aluna que dava seu máximo. Só isso. Todos temos uma forma de agir, de nos adaptar e de sobreviver. A dela era provavelmente mais esperta e menos autodestrutiva do que a da maioria.

– Também adorei escrever aquela redação tipo diário – comentou ela.

– Fico contente.

– A minha foi sobre... bem, minha primeira vez, se é que você me entende...

Lucy fez que sim.

– Vamos mantê-las confidenciais e anônimas, lembra?

– Ah, certo.

Ela olhou para baixo, então. Lucy se admirou. Sylvia nunca olhava para baixo.

– Talvez depois de eu ler todas – sugeriu Lucy –, se você quiser, possamos conversar sobre a sua. Em particular.

A cabeça ainda estava baixa.

– Sylvia?

A voz da garota estava quase sumindo.

– Ok.

O período de atendimento tinha acabado. Lucy queria ir para casa. Tentou não soar indiferente ao perguntar:

– Você quer conversar agora?

– Não.

A cabeça de Sylvia ainda estava baixa.

– Tudo bem, então – disse Lucy, fingindo olhar o relógio – Tenho um conselho de classe daqui a dez minutos.

Sylvia se levantou.

– Obrigada por me atender.

– É um prazer, Sylvia.

Sylvia parecia querer dizer algo mais. Mas não disse. Cinco minutos depois, Lucy estava na janela olhando para o pátio. Sylvia saiu, limpou o rosto, levantou a cabeça, forçou um sorriso. Começou a andar de modo saltitante cruzando o campus. Lucy a observou acenando para os colegas, juntando-se a um grupo e se misturando com os outros, até se tornar parte indistinta da massa.

Lucy se virou. Vislumbrou seu reflexo no espelho e não gostou do que viu. Estaria aquela garota pedindo ajuda?

Provavelmente, Lucy, e você não correspondeu. Belo trabalho, superestrela.

Sentou-se em sua mesa e abriu a última gaveta. A vodca estava lá. Vodca era bom. Não se sentia o cheiro.

A porta da sala se abriu. O cara que entrou tinha cabelo preto longo enfiado atrás das orelhas e vários brincos. Barba por fazer seguindo a moda, bonito num estilo *boy band*. Trazia um piercing de prata no queixo, algo que sempre prejudica a aparência, calça baixa segura por cinto de tachas e uma tatuagem no pescoço que dizia PROCRIE SEMPRE.

– Você – disse o cara, abrindo seu melhor sorriso na direção dela – está uma gostosa.

– Obrigada, Lonnie.

– Não, estou falando sério. Totalmente gostosa.

Lonnie Berger era seu assistente, embora tivessem a mesma idade. Encontrava-se irremediavelmente preso nessa armadilha da educação, obtendo novos diplomas, permanecendo no campus, os sinais reveladores da idade em torno dos olhos. Lonnie estava cansado da sexualidade politicamente correta do campus e fazia um esforço especial para expandir aqueles limites em cima de qualquer mulher que pudesse.

– Você deveria usar alguma coisa que valorizasse mais o espaço entre os seios, talvez um desses sutiãs novos que levantam – acrescentou Lonnie. – Os garotos vão prestar mais atenção nas aulas.

– Ah, sim, é exatamente o que eu quero.

– Fala sério, chefa, quando foi a última vez que você se deu bem?

– Há oito meses e seis dias e mais ou menos... – Lucy olhou o relógio – ... quatro horas.

Ele riu.

– Você está me zoando, certo?

Ela apenas o encarou.

– Imprimi as redações – disse ele.

Os diários confidenciais, anônimos.

Ela estava ministrando um curso que a universidade chamara de Raciocínio Criativo, uma combinação de trauma psicológico vanguardista com escrita criativa e filosofia. Na verdade, Lucy adorava. Tarefa em curso: todos os alunos deveriam escrever sobre um acontecimento traumático em suas vidas – algo que normalmente não contariam para ninguém. Não poderiam assinar. Não haveria nota. Se o aluno anônimo desse permissão embaixo da página, Lucy leria em voz alta alguns para a turma com o propósito de criar uma discussão – mantendo sempre o anonimato do autor.

– Você já começou a ler? – perguntou ela.

Lonnie assentiu e se sentou na cadeira que Sylvia havia ocupado minutos antes. Jogou os pés em cima da mesa.

– O de sempre – disse ele.

– Erotismo ruim?

– Eu chamaria de pornografia light.

– Qual a diferença?

– Como se eu soubesse. Já lhe contei sobre a...?

– Não.

– Uma delícia.

– Bom pra você.
– Estou falando sério. Uma garçonete. O rabo mais gostoso que já peguei.
– E eu quero ouvir isso porque...?
– Com ciúme?
– Ah, sim – respondeu Lucy. – Deve ser isso. Pode me dar as redações?

Lonnie lhe passou algumas. Os dois mergulharam no trabalho. Cinco minutos depois, ele balançou a cabeça.

– O que foi? – perguntou Lucy.
– Quantos anos têm esses alunos? – perguntou Lonnie. – Uns 20, certo?
– Certo.
– E as aventuras sexuais deles sempre duram, tipo, duas horas?

Lucy sorriu.

– Imaginação fértil – comentou ela.
– Os caras levavam esse tempo todo quando você era mais jovem?
– Não levam mais agora – retrucou ela.

Lonnie levantou a sobrancelha.

– É porque você é gostosa. Eles não conseguem se controlar. É culpa sua, na verdade.
– Humm. – Ela bateu a borracha do lápis contra o lábio inferior. – Não é a primeira vez que você usa essa desculpa, é?
– Você acha que eu preciso de uma nova? Que tal: "Isso nunca me aconteceu antes, juro"?

Lucy imitou o som de uma campainha.

– Desculpe, tente de novo.
– Não enche.

Os dois voltaram a ler. Lonnie assoviou e balançou a cabeça.

– Talvez tenhamos crescido na época errada.
– Definitivamente.
– Luce? – Ele olhou por sobre o papel. – Você precisa tirar o atraso.
– Aham.
– Só quero ajudar, entende? Sem compromisso.
– E a garçonete deliciosa?
– Não temos contrato de exclusividade.
– Percebe-se.
– O que eu estou sugerindo aqui é uma coisa puramente física. Uma troca de óleo mútua, se é que você me entende.
– Shh, estou lendo.

Ele entendeu o recado. Meia hora depois, Lonnie se inclinou para a frente e a encarou.

– Que foi?

– Leia este aqui – pediu ele.

– Por quê?

– Só leia, ok?

Ela deu de ombros e largou o diário que estava lendo – mais uma história de garota que fica bêbada com o namorado novo e acaba fazendo sexo a três. Lucy já tinha lido muitas histórias de sexo a três. Nenhuma delas parecia acontecer sem efeito do álcool.

Mas um minuto depois esqueceu tudo aquilo. Esqueceu que morava sozinha, que não tinha família, que era professora universitária, que estava em sua sala sobre o pátio e que Lonnie ainda estava sentado à sua frente. Lucy Gold tinha ido embora. E, em seu lugar, havia uma mulher mais jovem, uma garota, na verdade, com nome diferente, à beira da idade adulta, mas ainda muito menina:

Aconteceu quando eu tinha 17 anos. Eu estava num acampamento de verão. Trabalhava lá como monitora em treinamento. Não era difícil conseguir o emprego porque meu pai era o dono do lugar...

Lucy parou. Olhou para o papel. Não havia nome, claro. Os alunos mandavam o trabalho por e-mail. Lonnie os imprimia. Não tinha como saber quem enviou o quê. Fazia parte da experiência. Não se corria o risco nem de deixar as impressões digitais. Bastava apertar o botão anônimo ENVIAR.

Era o melhor verão da minha vida. Pelo menos foi até aquela última noite. Ainda hoje sei que nunca mais vou ter um momento como aquele. Estranho, não? Mas sei. Sei que nunca, nunca mais serei tão feliz de novo. Meu sorriso é diferente agora. É mais triste, como se estivesse avariado e não se pudesse consertar.

Eu me apaixonei por um garoto naquele verão. Vou chamá-lo de P. nesta história. Ele era um ano mais velho do que eu e monitor júnior. Sua família toda estava no acampamento. A irmã trabalhava lá e o pai era o médico. Mas eu mal reparava neles porque, na hora em que conheci P., senti o estômago dar cambalhotas.

Sei o que você está pensando. Foi só um romance bobo de verão. Mas não. E agora tenho medo de nunca mais amar alguém como o amei. Isso parece bobagem. É o que todo mundo acha. Talvez estejam certos. Não sei. Ainda sou muito nova. Mas não me parece. Tenho a impressão de que eu tive uma chance de ser feliz e a desperdicei.

Um buraco começou a se abrir no coração de Lucy, expandindo-se.

Uma noite, fomos até a floresta. Não deveríamos. Havia regras rigorosas proibindo isso. Ninguém as conhecia melhor que eu, que passava os verões ali desde os 9 anos. Foi quando meu pai comprou o acampamento. Mas P. estava no turno da noite. E como meu pai era o dono do acampamento, eu tinha acesso a tudo. Ótimo, certo? Duas crianças apaixonadas que deviam proteger os outros campistas? Dá um tempo!

Ele não queria ir porque achava que devia ficar de guarda, mas eu sabia como convencê-lo. E me arrependo disso agora, claro. Mas eu o convenci. Aí fomos para a floresta, só nós dois. A floresta é imensa. Se você faz uma curva errada, pode ficar perdido lá para sempre. Eu sabia de histórias de garotos que entraram lá e nunca mais saíram. Uns dizem que eles ainda vagam por ali, vivendo como animais. Outros dizem que passaram por coisas horríveis ou morreram. Bem, todo mundo conhece histórias de acampamento.

Eu costumava rir delas. Nunca tive medo. Agora tremo só de pensar.

Continuamos andando. Eu conhecia o caminho. P. segurava minha mão. A floresta era muito escura. Não dava para ver nada 3 metros à frente. Ouvimos um farfalhar e percebemos que havia alguém perto. Fiquei paralisada, mas me lembro de P. sorrindo no escuro e balançando a cabeça de um jeito estranho. Veja, a única razão pela qual estávamos na floresta era, bem, porque o acampamento era misto. Havia o lado dos meninos e o das meninas, e essa parte da floresta ficava entre os dois. Imagina só.

P. suspirou.

– Melhor a gente ver o que é – disse ele.

Ou algo assim. Não me lembro das palavras exatas.

Mas eu nem queria. Só queria ficar sozinha com ele.

Minha lanterna ficou sem bateria. Ainda me lembro de como meu coração batia rápido enquanto passávamos pelas árvores. Ali estava eu, no escuro, de mãos dadas com o cara que eu amava. Ele me tocava, e eu me derretia. Sabe essa sensação? Quando você não consegue ficar longe de

um cara nem por cinco minutos? Quando faz tudo pensando nele? Você faz uma coisa, qualquer coisa, e se pergunta: o que ele ia achar disso? É uma sensação incrível, maravilhosa, mas que também dói. A gente fica tão vulnerável e sensível que dá medo.
– Shh – sussurrou ele. – Pare.
Assim fizemos. Paramos.
P. me empurrou para trás de uma árvore. Colocou as duas mãos em volta do meu rosto. Ele tinha mãos grandes e eu adorava senti-las. Ele inclinou minha cabeça para cima e me beijou. Senti o beijo por todos os lugares, um alvoroço que começou no meio do coração e depois se espalhou. Ele tirou a mão do meu rosto. Colocou-a no meu peito, ao lado do seio. Eu comecei a antecipar o que aconteceria. Gemi alto.
Ficamos nos beijando. Foi tão passional. Estávamos grudados um no outro. Cada parte de mim estava pegando fogo. Ele enfiou a mão por baixo da minha camisa. Não vou contar mais nada. Esqueci o farfalhar da floresta. Mas agora eu sei. A gente deveria ter falado com alguém. Tê-los impedido de se aprofundar na floresta. Mas não tentamos. Em vez disso, fizemos amor.
Eu estava tão perdida em nós mesmos, no que estávamos fazendo, que a princípio nem ouvi os gritos. Acho que P. não ouviu também.
Mas o som dos gritos continuou, e sabe como as pessoas descrevem as experiências de proximidade da morte? Era o que parecia, mas meio que ao contrário. Era como se nós dois estivéssemos indo em direção a uma luz maravilhosa e os gritos fossem uma corda tentando nos puxar para trás, mesmo que não quiséssemos voltar.
Ele parou de me beijar. E aí vem a coisa terrível.
Ele nunca mais me beijou.

Lucy virou a página, porém não havia mais nada. Ela levantou a cabeça.
– Cadê o restante?
– É só isso. Você pediu que eles mandassem por partes, lembra?
Ela olhou outra vez para as páginas.
– Você está bem, Lucy?
– Você é bom de informática, não é, Lonnie?
Ele ergueu a sobrancelha de novo.
– Sou melhor com as mulheres.
– Estou com cara de quem está a fim?

– Está bem, está bem, sim, sou bom em informática. Por quê?
– Preciso descobrir quem escreveu isto.
– Mas...
– Preciso descobrir quem escreveu isto – repetiu ela, incisiva.

Lonnie a olhou nos olhos. Estudou seu rosto por um segundo. Lucy sabia o que ele queria dizer. Isso ia contra o combinado. Tinham lido histórias horríveis ali aquele ano, até uma sobre incesto entre pai e filha, e nunca tentaram identificar o autor.

– Você quer me contar qual é o problema? – perguntou Lonnie.
– Não.
– Mas quer que eu quebre toda a confidencialidade que criamos aqui?
– Quero.
– É sério assim?

Ela apenas o encarou.

– Ah, que saco – disse Lonnie. – Vou ver o que consigo fazer.

capítulo três

– Estou dizendo para vocês – repeti. – É Gil Perez.
– O cara que morreu com sua irmã vinte anos atrás.
– Obviamente – retruquei –, ele não morreu.
Não acho que tenham acreditado em mim.
– Talvez seja irmão dele – sugeriu York.
– Com o anel da minha irmã?
Dillon acrescentou:
– Esse anel é comum. Vinte anos atrás estava na moda. Acho que minha irmã tinha um igual. Comprou no aniversário de 16 anos, se não me engano. O da sua irmã tinha o nome gravado?
– Não.
– Não temos como ter certeza, então.
Ficamos conversando por um tempo, mas não havia muito mais que acrescentar. Eu não sabia de nada. Eles manteriam contato, disseram. Iam procurar a família de Gil Perez, para ver se conseguiriam confirmar a identidade. Eu não sabia o que fazer. Sentia-me perdido, entorpecido e confuso.

Meu celular não parava. Eu estava atrasado para a reunião com a equipe de defesa na causa mais importante da minha carreira. Dois tenistas universitários ricos, da elegante área de Short Hills, estavam sendo acusados de estuprar uma garota negra de 16 anos, de Irvington, chamada Chamique Johnson. O julgamento já começara, tivera um adiamento, e agora eu esperava fechar um acordo de pena de prisão, ainda que reduzida, antes que as audiências recomeçassem.

Os policiais me deram uma carona até meu escritório em Newark. Eu sabia que a parte contrária acharia que meu atraso era uma manobra, mas não havia muito que fazer a respeito. Quando cheguei, os dois principais advogados da defesa já estavam sentados.

Um deles, Mort Pubin, ficou de pé e começou a gritar:
– Canalha! Sabe que horas são? Sabe?
– Mort, você emagreceu?
– Não venha com essa para cima de mim.
– Espere. Não, não é isso. Você está mais alto, certo? Cresceu. Como um garoto de verdade.

– Não enche o saco, Cope. Estamos aqui há uma hora!

O outro advogado, Flair Hickory, permaneceu sentado, pernas cruzadas, nem aí. Era nele que eu prestava atenção. Mort era barulhento, detestável e espalhafatoso. Flair era o advogado de defesa que eu mais temia. Não era nada daquilo que as pessoas esperavam. Em primeiro lugar, Flair era gay. Até aí, nada de mais, muitos advogados são gays. Mas Flair era espetaculoso, como um filho ilegítimo do Liberace com Liza Minelli, alimentado apenas de Barbra Streisand e canções de musicais.

Flair não diminuía o tom no tribunal – exagerava intencionalmente.

Ele deixou que Mort vociferasse por mais um ou dois minutos, flexionando os dedos e examinando as unhas feitas. Parecia satisfeito. Depois levantou a mão e silenciou Mort com um gesto esvoaçante.

– Basta!

Usava um terno roxo, em um tom de berinjela. Ou talvez uva, não sei. Não sou bom nisso. A camisa era da mesma cor do terno. Assim como a sólida gravata. E o lenço de bolso. E – meu Deus – os sapatos. Flair notou que eu estava reparando em sua roupa.

– Gostou? – perguntou.

– Barney versão Village People – respondi.

Flair franziu a testa.

– O que foi?

– Barney, Village People – disse ele, apertando os lábios. – Você poderia pensar em alguma referência pop menos batida e datada?

– Eu ia dizer o Teletubby roxo, mas não consegui me lembrar do nome dele.

– Tinky Winky. E isso também já ficou datado. – Ele cruzou os braços e suspirou. – Então, agora que estamos todos juntos neste escritório de decoração claramente hétero, podemos inocentar nossos clientes e acabar com isso?

Olhei em seus olhos.

– Eles fizeram aquilo, Flair.

Ele não ia negar.

– Você vai mesmo colocar aquela stripper-prostituta para depor?

Eu ia defendê-la, mas ele já conhecia os fatos.

– Vou.

Flair tentou não rir.

– Eu vou destruí-la – afirmou ele.

Fiquei calado.

Ele ia. Eu sabia que sim. Era o ponto alto do seu número. Conseguia fazer qualquer negócio e ainda assim as pessoas gostavam dele. Eu já o tinha visto em ação. Seria de imaginar que ao menos alguns dos jurados fossem homofóbicos e o odiassem ou temessem, mas não era assim que funcionava com Flair. As mulheres do júri queriam sair para fazer compras com ele e falar sobre os defeitos dos maridos. Os homens o consideravam tão inofensivo que o julgavam incapaz de convencê-los de alguma coisa.

Isso levava a uma defesa letal.

– O que você quer? – perguntei.

Flair riu.

– Você está nervoso, não é?

– Só espero poder poupar uma vítima de estupro das suas provocações.

– *Moi*? – Ele pôs a mão no peito. – Considero-me insultado.

Eu apenas o encarei. Enquanto isso, a porta se abriu. Loren Muse, minha investigadora-chefe, entrou. Ela tinha a minha idade, 30 e tantos, e havia sido detetive de homicídios sob o mandato de meu antecessor, Ed Steinberg.

Muse se sentou sem dizer uma palavra, nem mesmo um aceno.

Voltei-me para Flair.

– O que você quer? – perguntei outra vez.

– Para começar, quero que Chamique Johnson peça desculpas por destruir a reputação de dois rapazes bons e honrados.

Encarei-o um pouco mais.

– Mas vamos fazer um acordo para a retirada imediata de todas as acusações.

– Continue sonhando.

– Cope, Cope, Cope.

Flair balançava a cabeça, decepcionado.

– Eu disse não.

– Você é adorável quando faz o macho implacável, mas já sabe disso, né?

Flair olhou para Loren Muse. Uma expressão de abalo cruzou seu rosto.

– Meu Deus, o que você está usando?

Muse se endireitou.

– O quê?

– Seu guarda-roupa. É como se fosse mais um reality show pavoroso da Fox: *Quando as policiais resolvem se vestir sozinhas*. Pelo amor de Deus. E esses sapatos...

– São práticos – disse Muse.

– Benzinho, regra fashion número um: as palavras *sapato* e *prático* nunca devem estar na mesma frase. – Sem nem piscar o olho, Flair se voltou para mim. – Nossos clientes se declaram culpados de um delito leve e você dá a eles uma condicional.
– Não.
– Posso só citar duas palavras para você?
– Seriam *sapato* e *prático*, por acaso?
– Não, uma coisa bem mais lúgubre, receio: Cal e Jim.
Ele fez uma pausa. Olhei para Muse. Ela se remexeu na cadeira.
– Esses dois nomezinhos – continuou Flair, um solfejo na voz. – Cal e Jim. Música para meus ouvidos. Sabe o que estou dizendo, Cope?
Não mordi a isca.
– No seu suposto depoimento da vítima... você leu o depoimento dela, não?... Nesse depoimento, ela diz claramente que seus estupradores se chamavam Cal e Jim.
– Isso não significa nada – retruquei.
– Veja bem, fofinho. E tente prestar atenção aí, porque acho que isso poderia ser muito importante para sua causa. Nossos clientes se chamam Barry Marantz e Edward Jenrette. Não Cal e Jim. Barry e Edward. Repita alto comigo. Vamos, você consegue. Barry e Edward. Então, esses dois nomes soam como Cal e Jim?
Mort Pubin gostou daquilo. Riu e disse:
– Nem um pouco, Flair.
Continuei quieto.
– E, veja bem, esse é o depoimento da *sua* vítima – continuou Flair. – É tão maravilhoso, você não acha? Espere aí, deixa eu pegar. Adoro ler esse depoimento. Mort, está com você? Espere, está aqui. – Flair colocou uns óculos de leitura em formato de meia-lua, limpou a garganta e mudou a voz: – "Os dois rapazes que fizeram isso. Seus nomes eram Cal e Jim."
Ele baixou o papel e ergueu os olhos como se esperasse aplausos.
– O sêmen de Barry Marantz foi encontrado nela – argumentei.
– Ah, sim, mas o jovem Barry, um belo rapaz, por falar nisso, e nós dois sabemos que isso conta, admite um ato sexual consensual com sua jovem e ávida Srta. Johnson no começo daquela noite. Todos nós sabemos que Chamique estava na casa da fraternidade. Isso não se discute, não é?
Eu não estava gostando daquilo, mas concordei:
– Não, não se discute.

– Na verdade, nós dois concordamos que Chamique Johnson tinha trabalhado lá, na semana anterior, como stripper.

– Dançarina exótica – corrigi.

Ele só me olhou.

– E aí ela retornou. Sem troca de benefício pecuniário. Podemos concordar nisso também, não? – Ele não se deu ao trabalho de esperar minha resposta. – E eu posso arranjar cinco, seis rapazes para dizer que ela estava se comportando muito amigavelmente com Barry. Vamos lá, Cope. Você já viu esse filme. Ela é stripper. Menor de idade. Entrou de penetra numa festa de fraternidade universitária. Ficou de quatro pelo garoto rico e bonito. Ele deu um chega pra lá nela ou não ligou mais, sei lá. Ela ficou chateada.

– E com muitos hematomas – acrescentei.

Mort esmurrou a mesa com toda a força.

– Ela só está esperando o dia do belo pagamento – interveio Mort.

Flair disse:

– Agora não, Mort.

– Dane-se. Todos nós sabemos qual é o negócio. Ela está atrás deles porque são ricos. – Mort me lançou seu melhor olhar penetrante. – Você sabe que essa vagabunda é fichada, certo? Chamique – ele pronunciou o nome de uma forma debochada, o que me irritou – já arrumou até advogado. Vai extorquir nossos rapazes. Isso é só o dia do rico pagamento para aquela vaca. Repito. Uma porra de um pagamento.

– Mort? – chamei.

– O quê?

– Shh, os adultos estão conversando agora.

Ele me olhou com desprezo.

– Você não é melhor que ninguém, Cope.

Esperei que ele continuasse.

– Você só os está acusando porque eles são ricos. E você sabe disso. Você também está encenando para a mídia essa palhaçada do rico contra o pobre. Não finja que não está. Você sabe o que mais irrita nisso tudo? O que realmente me revolta?

Eu tinha enchido um saco pela manhã e agora tinha feito alguém ficar revoltado. Grande dia para mim.

– Diga, Mort.

– Isso é aceito na nossa sociedade – respondeu ele.

– O quê?

– Odiar pessoas ricas. – Mort jogou as mãos para cima, irritado. – A gente ouve isso o tempo todo: "Eu odeio fulano, ele é tão rico." Veja Enron e esses outros escândalos. É um preconceito estimulado agora, odiar pessoas ricas. Se eu dissesse "Ei, eu odeio gente pobre", seria enforcado. Mas xingar os ricos? Você ganha passe livre. Todo mundo tem permissão para odiar rico.

Olhei para ele.

– Talvez eles devessem formar um grupo de apoio.

– Não enche, Cope.

– Não, estou falando sério. Trump, os caras de Halliburton. O mundo não tem sido justo com eles. É isso que eles deveriam fazer. Talvez organizar um programa na TV para obter apoio, tipo Teleton.

Flair Hickory se levantou. Teatralmente, claro. Pensei que fosse fazer uma mesura.

– Acho que acabamos por aqui. Até amanhã, bonitão. E você... – Ele olhou para Loren Muse, abriu a boca, fechou e estremeceu.

– Flair?

Ele me encarou.

– Esse negócio de Cal e Jim – falei – só prova que ela está dizendo a verdade.

Flair riu.

– Como é que é isso, exatamente?

– Seus rapazes foram espertos. Eles se apresentaram como Cal e Jim para que ela dissesse isso.

Ele levantou a sobrancelha.

– Você acha que isso vai colar?

– Por que mais ela diria isso, Flair?

– Como?

– Se Chamique quisesse incriminar seus clientes, por que ela não usaria seus nomes corretos? Por que inventaria todo esse diálogo com Cal e Jim? Você leu o depoimento. "Vira ela para esse lado, Cal." "Dobra ela, Jim." "Uau, Cal, ela está adorando isso." Por que ela inventaria isso tudo?

Mort segurou essa.

– Será porque ela é uma vagabunda faminta por dinheiro mais burra do que um poste?

Mas senti que tinha marcado um ponto com Flair.

– Não faz sentido – afirmei.

Ele se inclinou na minha direção.

– O negócio é o seguinte, Cope: não precisa fazer. Você sabe disso. Talvez você esteja certo. Talvez não faça sentido. Mas veja, isso leva à confusão. E confusão dá o maior tesão no meu bonitão, o Sr. Dúvida Razoável. – Ele sorriu. – Você devia ter alguma prova física. Mas, bem, faça a garota depor, eu não vou me segurar. Vai ser preparar, apontar, atirar. Nós dois sabemos disso.

Eles se dirigiram para a porta.

– Tchauzinho, meu amigo. Vejo você no tribunal.

capítulo quatro

Muse e eu ficamos calados por alguns instantes.

Cal e Jim. Esses nomes nos brochavam.

O cargo de investigador-chefe era quase sempre ocupado por algum homem durão, um cara rude ligeiramente exaurido pelo que tinha visto ao longo dos anos, com barrigão, respiração pesada e gabardine gasta. A tarefa desse homem era conduzir o inocente promotor do condado, um nomeado político como eu, pelos meandros do sistema legal de Essex.

Loren Muse tinha talvez 1,50 metro de altura e pesava mais ou menos a mesma coisa que um aluno comum do quarto ano. Minha escolha por ela havia causado certa onda vexatória entre os veteranos, mas aí entrava minha própria inclinação pessoal: prefiro contratar mulheres solteiras de certa idade. Elas trabalham mais e são mais leais. Eu sei, eu sei, mas descobri que isso é verdade em quase todos os casos. Uma solteira com mais de, digamos, 33 anos vive para a carreira com devoção e pode dedicar mais horas do que as casadas com filhos algum dia conseguirão.

Para ser justo, Muse era também uma investigadora incrivelmente talentosa. Eu gostava de conversar com ela. Naquele momento, ela estava de cabeça baixa.

– Está pensando em quê? – perguntei.

– Esse sapato é tão feio assim?

Olhei para ela e esperei.

– Resumindo – continuou ela –, se a gente não encontrar um jeito de explicar Cal e Jim, estamos ferrados.

Olhei para o teto.

– O que foi? – indagou Muse.

– Esses dois nomes.

– O que têm eles?

– Por quê? – perguntei pela enésima vez. – Por que Cal e Jim?

– Não sei.

– Você interrogou Chamique de novo?

– Interroguei. A história dela é assustadoramente consistente. Eles usaram esses dois nomes. Acho que você está certo. Foi um simples disfarce, para que a história dela não parecesse verdadeira.

– Mas por que esses dois nomes?
– Provavelmente são aleatórios.
Franzi a testa.
– Estamos deixando passar alguma coisa, Muse.
Ela concordou.
– Eu sei.
Sempre fui bom em separar as coisas. Todos nós somos, mas eu sou especialmente bom. Consigo criar universos à parte do meu próprio mundo. Lidar com um aspecto da vida sem deixar que ele interfira em outro. Algumas pessoas assistem a um filme de gângster e se espantam com a capacidade do bandido de ser tão violento na rua e tão carinhoso em casa. Eu entendo isso. Tenho essa habilidade.

Não me orgulho dela. Não é necessariamente um grande atributo. Protege, sim, mas já vi que tipo de ações ele pode justificar.

Assim, na última meia hora, eu vinha afastando as perguntas óbvias: se Gil Perez estivera vivo esse tempo todo, onde havia estado? O que acontecera aquela noite na floresta? E, claro, a indagação mais importante: se ele tinha sobrevivido àquela noite pavorosa... teria minha irmã sobrevivido também?

– Cope?
Era Muse.
– O que está acontecendo?

Eu queria contar a ela. Mas não era o momento. Precisava eu mesmo digerir aquela informação primeiro. Entender as coisas. Ter certeza de que aquele corpo pertencia de fato a Gil Perez. Levantei-me e andei até ela.

– Cal e Jim – falei. – Temos que descobrir que porcaria é essa, e rápido.

A irmã da minha esposa, Greta, e o marido, Bob, moravam numa mansão pomposa numa rua nova sem saída, que parecia precisamente com todas as outras casas, como é em qualquer rua nova sem saída nos Estados Unidos. Os terrenos são pequenos demais para as construções de tijolos gigantescas que se estendem por eles. As casas têm uma variedade de formas e nuances, mas ainda assim parecem iguais. Tudo é um pouco escovado demais, tentando dar uma aparência envelhecida e com um ar ainda mais falso.

Eu havia conhecido Greta primeiro. Minha mãe foi embora antes de eu completar 20 anos, mas me lembro de algo que ela falou meses antes de Camille entrar naquela floresta. Éramos os cidadãos mais pobres da nossa cidade tão misturada. Emigramos da antiga União Soviética para os Estados

Unidos quando eu tinha 4 anos. Tínhamos começado bem – havíamos chegado ao país como heróis –, mas as coisas ficaram ruins muito rápido.

Estávamos morando no último andar de uma habitação para três famílias, em Newark, embora estudássemos na Columbia High, em Maplewood. Meu pai, Vladimir Copinsky (ele anglicizou o sobrenome para Copeland), que fora médico em Leningrado, não conseguiu obter licença para praticar medicina no país. Acabou trabalhando como pintor de casas. Minha mãe, uma beldade delicada chamada Natasha, outrora filha bem-educada, orgulhosa, de aristocráticos professores universitários, pegava toda espécie de serviços de faxina para as famílias mais ricas de Short Hills e Livingston, mas nunca ficava em nenhum deles por muito tempo.

Naquele dia em especial, minha irmã chegou da escola e anunciou em tom de zombaria que a garota rica da cidade estava apaixonada por mim. Minha mãe ficou animada.

– Você deveria convidá-la para sair – aconselhou ela.

Fiz uma careta.

– Você já a viu?

– Já.

– Então sabe – falei como um garoto de 17 anos – que ela é um monstro.

– Existe uma velha expressão russa – contrapôs minha mãe, levantando o dedo para esclarecer seu argumento – que diz que uma garota rica é linda quando está montada no dinheiro.

Esse foi o primeiro pensamento que me veio quando conheci Greta. Seus pais – meus ex-sogros, avós de Cara – são cheios da grana. Minha esposa tinha nascido no luxo. Está tudo num fundo para nossa filha. Sou o tutor. Jane e eu discutimos muito, duramente, a idade com a qual ela poderia ter acesso à parte principal desse patrimônio. Não é desejável que alguém jovem demais herde tanto dinheiro, mas, caramba, por outro lado, é propriedade dela.

Minha Jane foi muito prática depois de os médicos terem anunciado sua sentença de morte. Eu não consegui nem escutar. Podemos aprender muito quando um ente querido passa por uma coisa assim. Descobri, depois da doença, que minha esposa possuía força e bravura impressionantes. E descobri que eu não tinha nenhuma.

Cara e Madison, minha sobrinha, estavam brincando na entrada para carros. Os dias começavam a ficar mais longos agora. Madison estava sentada no asfalto desenhando com pedaços de giz que lembravam cigarros. Minha filha dirigia um desses minicarros motorizados, que andam devagar, objeto de desejo da turma com menos de 6 anos hoje em dia. As crianças que têm nunca brincam com eles, só seus coleguinhas.

Saltei do carro e gritei:

– Ei, meninas!

Fiquei esperando as duas pararem o que estavam fazendo, correrem até mim e me darem abraços fortes. Doce ilusão. Madison olhou na minha direção, mas não poderia parecer mais desinteressada, como se tivesse passado por algum tipo de lobotomia. Minha própria filha fingiu não ouvir. Cara guiava o Jeep da Barbie em círculos. A bateria estava arriando rápido, o veículo elétrico movendo-se em velocidade mais lenta do que meu tio Morris pegando a conta do restaurante.

Greta abriu a porta de tela.

– Oi.

– Oi – respondi. – E aí, como foi o restante da apresentação de ginástica?

– Não se preocupe – disse Greta, protegendo os olhos com a mão num pseudocumprimento. – Filmei tudo.

– Que lindo.

– Então, qual era a situação com aqueles dois policiais?

Dei de ombros.

– Trabalho.

Ela não engoliu a mentira, mas também não insistiu.

– A mochila de Cara está lá dentro.

Greta deixou a porta se fechar atrás dela. Havia operários circulando. Bob e Greta estavam construindo uma piscina com paisagismo. Vinham pensando nisso havia alguns anos, mas quiseram esperar até que Madison e Cara tivessem idade suficiente para brincar em segurança.

– Vamos – falei para minha filha. – Precisamos ir.

Cara me ignorou outra vez, fingindo que o zumbido do Jeep da Barbie a estava impedindo de ouvir. Franzi a testa e fui em sua direção. Cara era ridiculamente teimosa. Eu gostaria de dizer "como a mãe", mas minha Jane foi a mulher mais paciente e compreensiva que já existiu. Era impressionante. A gente vê qualidades boas e más nos filhos. No caso de Cara, todas as qualidades negativas pareciam emanar do pai.

Madison largou o giz.

– Vem, Cara.

Cara a ignorou também. Madison deu de ombros para mim e soltou aquele suspiro infantil de cansaço do mundo.

– Oi, tio Cope.

– Oi, amorzinho. Brincou bastante?

– Não – respondeu Madison com as mãos no quadril. – Cara nunca brinca comigo. Só com os meus brinquedos.

Tentei fazer um ar compreensivo.

Greta saiu com a mochila.

– Já fizemos o dever de casa – avisou ela.

– Obrigado.

Ela deu a entender que não era nada.

– Cara, meu amor! Seu pai está aqui.

Cara a ignorou também. Eu sabia que uma crise se aproximava. Até isso, pensei, ela puxou do pai. Em nossa visão de mundo inspirada na Disney, o relacionamento entre pai viúvo e filha é mágico. Observem todos os filmes para crianças – *A pequena sereia, A Bela e a Fera, A princesinha, Aladim* – e vão entender. No cinema, não ter mãe parece ser uma coisa quase chique, o que, pensando bem, é absolutamente perverso. Na vida real, não ter mãe era praticamente a pior coisa que poderia acontecer a uma garotinha.

Fiz uma voz firme.

– Cara, estamos indo agora.

O rosto dela estava rígido – preparei-me para o confronto –, mas felizmente os deuses intervieram. A bateria do brinquedo arriou por completo. O veículo rosa parou. Cara tentou dar impulso com o próprio corpo, mas o carro da Barbie não se mexeu. Ela suspirou, saiu do jipe e foi para o carro.

– Dá tchau para tia Greta e sua prima.

Ela fez isso numa voz tão mal-humorada que deixaria qualquer adolescente com inveja.

Quando chegamos em casa, Cara ligou a TV sem pedir permissão e se acomodou para assistir a um episódio de Bob Esponja. Parece que ele está no ar o tempo todo. Será que tem um canal que só passa Bob Esponja? Parece também que existem apenas três episódios diferentes do programa. Mas isso não tem importância para as crianças.

Eu ia dizer alguma coisa, mas deixei para lá. Naquele momento só queria vê-la distraída. Ainda estava tentando juntar as peças do caso de estupro de Chamique Johnson e agora do súbito reaparecimento e assassinato de Gil Perez. Confesso que minha grande causa, a maior da minha carreira, estava ficando prejudicada.

Comecei a preparar o jantar. Quase todas as noites comemos fora, ou pedimos comida em casa. Tenho uma babá que também é empregada, mas hoje é o dia de folga dela.

– Quer um cachorro-quente?

– Tanto faz.

O telefone tocou. Atendi.

– Sr. Copeland? Aqui é o detetive Tucker York.

– Sim, detetive, que posso fazer por você?

– Localizamos os pais de Gil Perez.

Senti minha mão apertar o telefone com mais força.

– Eles identificaram o corpo?

– Ainda não.

– O que você contou a eles?

– Não é por nada, Sr. Copeland, mas esse não é o tipo de coisa que se diz ao telefone, entende? "Seu filho que morreu talvez estivesse vivo esse tempo todo e, ah, sim, ele acabou de ser assassinado."

– Compreendo.

– Vamos trazê-los aqui e ver se eles identificam. Mas há outro problema: até que ponto o senhor está seguro de que se trata realmente de Gil Perez?

– Quase cem por cento.

– O senhor entende que isso não é o suficiente.

– Entendo.

– De qualquer forma, já está tarde. Meu parceiro e eu estamos de folga. Então, um dos nossos homens vai trazer os pais de Perez de carro amanhã de manhã.

– E esse é, o quê, um telefonema de cortesia?

– Mais ou menos. Entendo seu interesse. E talvez o senhor devesse estar aqui amanhã, sabe, caso surja alguma dúvida estranha.

– Onde?

– No necrotério de novo. Precisa de carona?

– Não, sei andar sozinho.

capítulo cinco

Poucas horas depois, eu colocava minha filha na cama.

Cara nunca me causa problemas na hora de dormir. Temos uma rotina maravilhosa. Leio para ela. Não faço isso só porque todas as revistas para pais aconselham. Faço porque ela adora. Isso nunca a induz ao sono. Leio toda noite e ela nunca nem cochilou. Eu já. Alguns livros são horríveis. Adormeço na cama dela. Cara deixa.

Não consegui acompanhar seu desejo voraz por livros, então comecei a lançar mão de audiolivros. Leio e depois Cara pode escutar um lado de uma fita – de 45 minutos em geral – antes de chegar a hora de fechar os olhos e dormir. Ela entende e gosta dessa regra.

Estou lendo Roald Dahl para ela neste momento. Seus olhos estão bem abertos. Ano passado, quando a levei para ver a produção teatral de *O rei leão*, comprei-lhe um boneco do Timão supercaro. Ela está com ele agarrado no braço direito. Timão é um ouvinte bastante ávido também.

Terminei de ler e dei um beijo na bochecha de Cara. Ela tinha cheiro de xampu para bebê.

– Boa noite, papai – disse ela.
– Boa noite, princesa.

Crianças. Uma hora são como a Medeia com bipolaridade, outra hora viram anjos enviados por Deus.

Acionei o toca-fitas e apaguei a luz. Fui para o escritório e liguei o computador. Tenho acesso aos meus arquivos do trabalho. Abri o caso de estupro de Chamique Johnson e comecei a estudá-lo.

Cal e Jim.

Minha vítima não era o que chamamos de simpática para o júri. Tinha 16 anos e era mãe solo. Já fora presa duas vezes por prostituição e uma por posse de maconha. Trabalhava em festas como dançarina exótica, e, sim, isso é um eufemismo para stripper. As pessoas iriam se perguntar o que ela estava fazendo naquela festa. Mas esse tipo de coisa não me desanima; me dá mais força para lutar. Não porque eu me importe com o politicamente correto, mas porque me interesso – e como! – por justiça.

Chamique era uma pessoa, um ser humano. Não merecia o que Barry Marantz e Edward Jenrette fizeram com ela.

E eu ia fazê-los pagar por isso.

Voltei para o início do caso e o examinei outra vez. A casa da fraternidade era uma construção elegante com colunas de mármore, letras gregas, pintura impecável e toda acarpetada. Verifiquei os registros telefônicos. Havia uma quantidade enorme deles, cada garoto tinha sua linha particular, sem falar em celulares, mensagens de texto, e-mails. Um dos detetives de Muse havia rastreado todas as chamadas para fora feitas naquela noite. Havia mais de cem, mas nenhuma que desse na vista. O restante das contas era comum – energia, água, loja de bebidas, manutenção, TV a cabo, serviços on-line, Netflix, pedidos de pizza pela internet...

Pera aí.

Pensei nisso. No depoimento da vítima – eu não precisava ler de novo; era desagradável e muito específico –, ela diz que os dois rapazes tinham obrigado Chamique a fazer coisas, colocando-a em diferentes posições, conversando o tempo todo. Mas alguma coisa naquilo tudo, o jeito como mexiam nela, como a posicionavam...

O telefone tocou. Era Loren Muse.

– Boas notícias? – perguntei.

– Só se a expressão "falta de notícia é boa notícia" for mesmo verdadeira.

– Não é – retruquei.

– Droga.

– Alguma coisa aí pelo seu lado? – indagou ela.

Cal e Jim. O que estaria me escapando? Estava na ponta da língua, mas fora de alcance. Era como querer lembrar o nome do cachorro na série *Petticoat Junction* ou o nome do boxeador que o Mr. T interpretou em *Rocky III*. Era uma coisa assim. Não me vinha.

Cal e Jim.

A resposta estava em algum lugar, escondendo-se num cantinho da mente. Mas eu iria insistir até pegar esses canalhas e fazê-los pagar pelo que fizeram.

– Ainda não – respondi –, mas vamos continuar trabalhando.

Cedo na manhã seguinte, o detetive York estava sentado em frente ao Sr. e à Sra. Perez.

– Obrigado por virem – disse ele.

Vinte anos antes, a Sra. Perez havia trabalhado na lavanderia do acampamento, mas eu só a vira uma vez desde a tragédia. Ocorrera uma reunião entre os familiares das vítimas – os Greens, ricos; os Billinghans, mais ricos ainda; os Copelands, pobres; e os Perez, mais pobres ainda – num grande e elegante escritório de advocacia não muito longe de onde estávamos naquele momento. A causa havia se tornado uma ação coletiva das quatro famílias contra o dono do acampamento. Os Perez mal falaram aquele dia. Ficaram sentados escutando e deixaram os outros vociferarem e tomarem a frente. Lembro que a Sra. Perez mantivera a bolsa no colo, apertada. Agora a deixara sobre a mesa, mas manteve as duas mãos sobre as laterais do acessório.

Eles estavam numa sala de interrogatório. Por sugestão do detetive York, eu os observava por trás de um vidro espelhado. Ele não queria que os dois me vissem ainda. Fazia sentido.

– Por que estamos aqui? – perguntou o Sr. Perez.

Perez era corpulento e usava uma camisa social um tamanho menor, a barriga forçando os botões.

– Não é uma coisa fácil de contar. – O detetive York olhou para o espelho, me procurando. – Então só vou dizer o seguinte...

O Sr. Perez apertou os olhos. A esposa segurou a bolsa com mais força. Pensei de repente se seria a mesma bolsa de quinze anos atrás. É estranho por onde a mente viaja em momentos assim.

– Houve um assassinato ontem na área de Washington Heights, em Manhattan – disse York. – Encontramos o corpo num beco, perto da 157th Street.

Eu observava os rostos. Os Perez não demonstravam nada.

– A vítima é um homem e aparenta ter entre 35 e 40 anos, 1,55 metro de altura, 77 quilos. – A voz do detetive York entrara num ritmo profissional. – Ele usava nome falso, por isso estamos tendo problemas para identificá-lo.

York se calou. Técnica clássica. Ver se eles acabavam falando alguma coisa.

– Não entendo o que isso tem a ver conosco – disse o Sr. Perez.

A Sra. Perez deslizou o olhar para o marido, mas não se mexeu.

– Vou chegar lá.

Eu quase conseguia ver as engrenagens de York funcionando, perguntando-se que caminho tomar, como começar a falar sobre os recortes dentro do bolso, o anel, tudo. Conseguia imaginá-lo ensaiando as palavras na cabeça e percebendo como soavam idiotas. Recortes, anéis, nada disso prova alguma coisa. De repente, até eu tinha minhas dúvidas. Aí estávamos, no momento em que o mundo dos Perez se preparava para ser virado de cabeça para baixo, como um bezerro abatido. Fiquei aliviado por estar atrás do vidro.

– Trouxemos uma testemunha para identificar o corpo – continuou York. – Essa testemunha aventou a possibilidade de a vítima ser seu filho Gil.

A Sra. Perez fechou os olhos. O Sr. Perez retesou-se. Por alguns instantes, ninguém falou nada, ninguém se mexeu. Perez não olhou para a esposa. Ela não olhou para o marido. Ficaram ali sentados, imóveis, as palavras ainda pairando no ar.

– Nosso filho foi morto vinte anos atrás – afirmou por fim o Sr. Perez.

York assentiu, sem saber como responder.

– O senhor está dizendo que finalmente encontraram o corpo dele?

– Não, acho que não. Seu filho tinha 18 anos quando desapareceu, correto?

– Quase 19 – confirmou o Sr. Perez.

– Esse homem, a vítima, como mencionei, já estava perto dos 40.

O pai de Perez se recostou. A mãe ainda não tinha se mexido.

– O corpo do seu filho nunca foi encontrado, não é isso? – continuou York.

– O senhor está tentando nos dizer que...?

A voz do Sr. Perez sumiu. Ninguém se intrometeu dizendo: "Sim, é isso mesmo que estamos sugerindo, que seu filho Gil estava vivo esse tempo todo, por vinte anos, e não contou para o senhor nem para ninguém. E agora, quando o senhor teria finalmente a chance de se reunir com esse filho desaparecido, ele foi assassinado. A vida é incrível, não?"

O Sr. Perez retomou:

– Isso é loucura.

– Sei o que deve parecer...

– Por que o senhor acha que é nosso filho?

– Como eu comentei, temos uma testemunha.

– Quem?

Era a primeira vez que eu ouvia a Sra. Perez falar. Quase me abaixei. York tentava aparentar tranquilidade.

– Olha, eu entendo que vocês fiquem perturbados...

– Perturbados?

De novo o pai:

– O senhor sabe o que é isso... consegue imaginar...?

A voz sumiu outra vez. A esposa pôs a mão no braço dele. Ela se sentou mais ereta. Durante um segundo, virou-se para o vidro, e eu tive certeza de que ela podia me ver através dele. Depois olhou nos olhos de York e disse:

– Imagino que o senhor tenha um corpo.

– Sim, senhora.

– E foi por isso que o senhor nos trouxe aqui. Quer que demos uma olhada para confirmar se é nosso filho.

– Sim.

A Sra. Perez ficou de pé. O marido a observava, parecendo pequeno e inofensivo.

– Tudo bem – disse ela. – Por que não fazemos isso, então?

O Sr. e a Sra. Perez entraram no corredor.

Eu seguia a uma distância discreta. Dillon estava comigo. York ficou com eles. A Sra. Perez ia de cabeça erguida. Ainda apertava a bolsa com força contra si, como se temesse ser roubada. Mantinha-se um passo à frente do marido. Tão machista pensar que deveria ser o contrário – a mãe caída enquanto o pai seguia em frente. O Sr. Perez tinha sido o forte para a parte do "show". Agora que a granada explodira, ela assumia o controle enquanto o marido parecia encolher a cada passo.

Com piso de linóleo gasto e paredes de concreto ásperas, o corredor não podia parecer mais institucional, com um burocrata entediado ali encostado durante o intervalo do cafezinho. Eu ouvia o eco das passadas. A Sra. Perez usava pesadas pulseiras de ouro. Eu as escutava tilintar ao ritmo da caminhada.

Quando dobraram à direita para a mesma janela em que eu tinha estado no dia anterior, Dillon esticou a mão na minha frente, de forma quase protetora, como se eu fosse uma criança no carro e ele tivesse freado. Ficamos a uns 10 metros de distância, permanecendo fora do campo de visão deles.

Era duro ver seus rostos. O Sr. e a Sra. Perez se colocaram um ao lado do outro. Não se tocavam. Vi-o baixar a cabeça. Vestia um blazer azul. Ela usava uma blusa escura quase cor de sangue coagulado. E muito ouro. Observei uma pessoa diferente – um homem alto de barba dessa vez – empurrando a maca em direção à janela. O lençol cobria o corpo.

Quando já estava no lugar, o cara de barba olhou para York, que assentiu. O homem levantou com cuidado o lençol, como se houvesse algo frágil ali embaixo. Eu estava com medo de fazer barulho, mas ainda assim inclinei o corpo um pouco para a esquerda. Queria ver o rosto da Sra. Perez, uma nesga de perfil.

Eu já tinha lido sobre vítimas de tortura que desejavam se controlar, um pouco que fosse, e tentavam ao máximo não gritar, não retorcer o rosto, não demonstrar nada, para não dar nenhum prazer aos torturadores. Algo no rosto da Sra. Perez me lembrou disso. Ela se preparara. Aparou o golpe com um pequeno estremecimento, nada além.

Contemplou por curto tempo. Ninguém falava. Percebi que tinha prendido a respiração. Voltei minha atenção para o Sr. Perez. Seus olhos estavam baixos. Molhados. Vi o tremor em seus lábios.

Sem desviar os olhos, a Sra. Perez disse:
– Esse não é nosso filho.
Silêncio. Eu não esperava aquilo.
York perguntou:
– Tem certeza, Sra. Perez?
Ela não respondeu.
– Ele era adolescente quando a senhora o viu pela última vez – continuou York. – Sei que ele tinha cabelo comprido.
– Tinha.
– A cabeça desse homem é raspada. E ele tem barba. São muitos anos, Sra. Perez. Não tenha pressa.

Ela desviou por fim os olhos do corpo e os virou na direção do detetive, que parou de falar.
– Esse não é Gil – repetiu.
York engoliu em seco e olhou para o pai.
– Sr. Perez?
Ele limpou a garganta e assentiu com certo esforço.
– Nem tem muita semelhança. – Seus olhos se fecharam e outro tremor passou por seu rosto. – Só a...
– Só a idade é a mesma – completou a Sra. Perez.
– Não sei se estou entendendo – retrucou York.
– Quando se perde um filho assim, a gente sempre se espanta. Para nós, ele vai ser sempre um adolescente. Mas se tivesse vivido, seria, sim, da mesma idade desse homem forte aí. A gente se pergunta então como ele estaria. Casado? Com filhos? Que aparência teria?
– E a senhora tem certeza de que esse homem não é o seu filho?
Ela deu o sorriso mais triste que já vi.
– Sim, detetive, tenho certeza.
York balançou a cabeça.
– Sinto muito por tê-los trazido até aqui.
Eles já começavam a se virar para ir embora quando eu intervim:
– Mostrem a eles o braço.
Todos se voltaram para mim. O olhar fulminante da Sra. Perez me fuzilou. Tinha coisa ali, uma sensação estranha de esperteza, um desafio talvez. O Sr. Perez falou primeiro.

– Quem é o senhor? – perguntou ele.
Eu estava com os olhos fixos na Sra. Perez. Seu sorriso triste retornou.
– Você é o garoto Copeland, não é?
– Sim, senhora.
– O irmão de Camille Copeland.
– Sim.
– Foi você que fez o reconhecimento?
Eu queria explicar sobre os recortes e o anel, mas era como se meu tempo estivesse acabando.
– O braço – repeti. – Gil tinha aquela cicatriz horrível no braço.
Ela assentiu.
– Um vizinho nosso criava lhamas. Tinha uma cerca de arame farpado. Gil sempre gostou de subir nas coisas. Tentou entrar no cercado quando tinha 8 anos. Escorregou e o arame entrou fundo no ombro. – Ela se voltou para o marido. – Quantos pontos ele levou, Jorge?
Jorge Perez estampava um sorriso triste também.
– Vinte e dois.
Essa não era a história que Gil havia nos contado. Sua narrativa envolvia uma briga de faca que parecia ter saído de uma produção barata de *Amor, sublime amor*. Eu não tinha acreditado nele na época, mesmo sendo criança, de modo que essa inconsistência pouco me surpreendeu.
– Lembro disso no acampamento – falei, apontando com o queixo para o vidro. – Olhem o braço dele.
O Sr. Perez balançou a cabeça.
– Mas já dissemos que...
A esposa levantou a mão, acalmando-o. Ponto final. Ela era a líder ali e assentiu para mim, voltando-se outra vez para o vidro.
– Podem me mostrar – disse ela.
O marido pareceu confuso, mas se juntou a ela no vidro. Dessa vez, a Sra. Perez pegou a mão dele e segurou. O homem de barba já tinha levado a maca embora. York bateu na janela. Ele se endireitou, surpreso. O detetive fez sinal para que trouxesse a maca de volta. Ele trouxe.
Cheguei mais para perto da Sra. Perez. Podia sentir seu perfume. Era vagamente familiar, mas não me recordava de onde. Fiquei mais ou menos 30 centímetros atrás deles, observando entre as cabeças dos dois.
York apertou o botão branco do interfone.
– Mostre a eles os braços, por favor.

O homem de barba puxou o lençol, usando de novo aquela técnica respeitosa, delicada. A cicatriz estava lá, um corte violento. O sorriso retornou ao rosto da Sra. Perez, mas de que tipo – triste, feliz, confuso, falso, ensaiado, espontâneo? – eu não sabia dizer.

– Esquerdo – disse ela.

– O quê?

Ela se virou para mim.

– Essa cicatriz é no braço esquerdo – explicou. – A de Gil era no direito. E a dele não era tão longa e profunda.

A Sra. Perez se virou para mim e colocou a mão no meu braço.

– Não é ele, Sr. Copeland. Eu entendo por que você gostaria tanto que fosse Gil. Mas não é. Ele não vai voltar para nós. Nem a sua irmã.

capítulo seis

Quando voltei para casa, Loren Muse estava andando feito um leão perto de uma gazela ferida. Cara estava no banco de trás. Tinha aula de dança dali a uma hora. Eu não ia levá-la. Nossa babá, Estelle, estava de volta. Ela dirigia. Eu pagava um extra a ela e não me preocupava. É fácil encontrar alguém que seja bom e também dirija? A gente paga o que eles pedem.

Parei o carro no acesso. Era uma casa de três quartos em planos diferentes, com a mesma personalidade daquele corredor de necrotério. Era para ser a nossa "primeira" casa. Jane quisera se mudar para uma mansão típica, talvez em Franklin Lakes. Eu não me importava muito com o local. Não me interesso por casas nem carros e deixava que Jane fizesse as coisas do seu jeito.

Eu sentia falta da minha esposa.

Loren Muse tinha um sorriso do tipo "algo está me consumindo" estampado no rosto. Com certeza ela não jogava pôquer.

– Consegui todas as contas. Registros de computador também. Os trabalhos. – Ela se virou então para minha filha. – Oi, Cara.

– Loren! – gritou Cara, pulando para fora do carro.

Ela gostava de Muse, que era boa com crianças, apesar de nunca ter se casado nem ter tido filhos. Semanas antes eu havia conhecido seu namorado mais recente.

O cara não era da mesma classe que ela, mas isso parecia ser a norma para mulheres solteiras de certa idade.

Muse e eu espalhamos tudo no chão do escritório – depoimentos de testemunhas, relatórios policiais, registros telefônicos, todas as contas da fraternidade. Começamos com as contas e havia uma tonelada delas. Cada celular. Cada pedido de cerveja. Todas as compras on-line.

– Então – disse Muse –, o que estamos procurando?

– Quem me dera saber.

– Achei que você tivesse alguma coisa em mente.

– Só um palpite.

– Ah, dá um tempo. Por favor, não me diga que você está seguindo uma intuição.

– Jamais.

Continuamos olhando.

– Então – começou ela –, basicamente estamos examinando esses papéis procurando por um aviso dizendo "aqui há uma pista"?
– Estamos procurando por um catalisador.
– Boa palavra. De que forma?
– Não sei, Muse. Mas a resposta está aí. Quase posso vê-la.
– Ooooook – disse ela, fazendo esforço para não revirar os olhos.
Continuamos procurando. Eles pediam muita pizza toda noite, oito inteiras da Pizza-to-Go, cobradas diretamente no cartão de crédito. Tinham Netflix para alugar filmes comuns em DVD, três de cada vez entregues na porta, e algo chamado HotFlixxx, para fazer o mesmo com os pornôs. Encomendaram camisas de golfe com o logo da fraternidade, que também estava nas bolas de golfe, toneladas delas.
Tentamos ordenar as contas de alguma forma. Não faço ideia do porquê. Peguei a conta da HotFlixxx e mostrei para Muse.
– Barato – comentei.
– A internet torna a pornografia prontamente acessível e barata para as massas.
– Bom saber.
– Mas isso talvez seja uma abertura – disse Muse.
– Como assim?
– Rapazes jovens, mulheres atraentes. Ou, nesse caso, mulher.
– Explique melhor.
– Quero contratar alguém de fora do escritório.
– Quem?
– Uma detetive particular chamada Cingle Shaker. Já ouviu falar dela?
Assenti.
– Esqueça o que ouviu – disse Muse. – Você já a *viu*?
– Não.
– Mas ouviu?
– Sim – falei. – Já ouvi.
– Bem, não é exagero. Cingle Shaker tem um corpo de parar o trânsito, arrancar o asfalto e esmagar um canteiro de rodovia. E ela é muito boa. Se tem alguém que consegue fazer rapazes de fraternidade, cheios de advogados, tremerem nas bases, é Cingle.
– Ok – concordei.
Horas depois – nem sei dizer quantas –, Muse começou a se levantar.
– Não tem nada aqui, Cope.

– É o que parece, né?
– Você vai falar com Chamique amanhã de manhã?
– Sim.
Ela estava de pé ao meu lado.
– Seu tempo seria mais bem empregado trabalhando nisso.
Fiz um "sim, senhora" afetado em sua direção. Chamique e eu já tínhamos trabalhado o depoimento, mas não tanto quanto se poderia imaginar. Eu não queria que ela soasse muito ensaiada. Tinha outra estratégia na cabeça.
– Vou lhe passar o que eu puder – disse Muse.
Ela saiu a passos pesados no melhor estilo "vou detonar esse mundo".
Estelle nos fez jantar espaguete com almôndegas. Ela não é boa cozinheira, mas deu para engolir. Levei Cara até a sorveteria Van Dyke depois, um agrado especial. Ela estava mais comunicativa. Pelo retrovisor, via-a amarrada na cadeirinha. Quando eu era criança, tínhamos permissão para nos sentar no banco da frente. Agora era preciso ter idade para beber antes de ganhar permissão.
Eu tentava escutar o que ela dizia, mas Cara estava só tagarelando bobagens como fazem as crianças. Parecia que Brittany fora má com Morgan, então Kylie jogou uma borracha nela, e como é que Kylie – não Kylie G., mas Kylie N., pois havia duas Kylies na turma –, então como é que Kylie N. pôde não querer ir para o balanço no recreio, a não ser que Kiera fosse também? Observei seu rosto animado, que Cara franzia para imitar um adulto. Fiquei tocado com aquela vivacidade irresistível, que me pegou de jeito. Pais sentem isso às vezes. Olhamos para os filhos em um momento qualquer, não quando eles estivessem em ação ou dando uma cartada decisiva, eles estão apenas sentados ali, e os olhamos sabendo que eles são toda a nossa vida, e isso emociona, assusta, nos faz querer parar o tempo.
Eu havia perdido uma irmã. Perdido uma esposa. E, mais recentemente, meu pai. Nos três casos, eu me desestabilizara. Mas enquanto olhava para Cara, o jeito como ela gesticulava e arregalava os olhos, eu sabia que esse seria um golpe do qual nunca poderia me recuperar.
Pensei no meu pai. Na floresta. Com aquela pá. O coração partido. Procurando sua garotinha. Pensei na minha mãe. Ela tinha fugido. Eu não sabia onde ela estava. Às vezes, ainda penso em procurá-la, mas agora não mais com tanta frequência. Durante anos eu a odiei. Talvez ainda a odeie. Ou talvez agora que tenho uma filha eu entenda um pouco melhor o sofrimento pelo qual ela devia estar passando.

Quando entramos de volta em casa, o telefone tocou. Estelle pegou Cara. Atendi a ligação.

– Estamos com um problema, Cope.

Era meu cunhado, Bob, marido de Greta. Ele era presidente do fundo de caridade JaneCare. Greta, Bob e eu o havíamos criado depois da morte da minha esposa. Eu recebera elogios maravilhosos na imprensa por isso. Meu memorial para minha adorável, linda e meiga Jane.

Caramba, que marido sensacional devo ter sido.

– Qual é o problema? – perguntei.

– Seu caso de estupro está nos custando bastante. O pai de Edward Jenrette conseguiu fazer com que alguns dos seus amigos abandonassem seus compromissos.

Fechei os olhos.

– Quanta classe.

– Pior, ele está espalhando boatos de que desviamos dinheiro. E. J. Jenrette é um canalha muito bem relacionado. Já comecei a receber ligações.

– Então vamos abrir nossos livros – falei. – Eles não vão encontrar nada.

– Não seja ingênuo, Cope. Competimos com outras instituições de caridade por cada dólar doado. Se houver uma sombra de escândalo, estamos liquidados.

– Não há muito que fazer em relação a isso, Bob.

– Eu sei. Só que... estamos fazendo um bem danado aqui, Cope.

– Eu sei.

– Mas doações são sempre difíceis.

– O que você sugere, então?

– Nada. – Bob hesitou, mas eu sabia que ele tinha mais a dizer. Esperei. – Mas vem cá, Cope. Vocês advogados fazem acordos o tempo todo, certo?

– Fazemos.

– Vocês deixam uma injustiça menor passar para pode pegar alguém que cometeu uma maior.

– Quando precisamos.

– Esses dois rapazes. Ouço dizer que são bons garotos.

– Ouve dizer errado.

– Escuta, não estou falando que eles não merecem ser punidos, mas às vezes é preciso negociar. Pelo bem maior. A JaneCare está fazendo grandes coisas. Talvez seja o bem maior. É isso que eu estou dizendo.

– Boa noite, Bob.

– Não leve a mal, Cope. Só estou tentando ajudar.

– Eu sei. Boa noite, Bob.

Desliguei. Minhas mãos estavam tremendo. Jenrette, aquele canalha, não estava atrás de mim. Estava atrás da memória da minha esposa. Fui para o andar de cima consumido pela raiva. Daria vazão a ela. Sentei-me à minha mesa. Havia apenas dois retratos em cima dela. Um era a foto atual de escola da minha filha, Cara. Tinha lugar de destaque, bem no centro.

O segundo era uma foto granulada da minha avó e do meu avô no seu país de origem, a Rússia – ou União Soviética, como era chamada quando eles morreram num gulag. Isso aconteceu quando eu era muito pequeno e ainda morávamos em Leningrado, mas tenho vagas recordações deles, em especial a volumosa cabeleira do meu avô.

Eu me perguntava com frequência por que eu guardava essa foto.

A filha deles, minha mãe, tinha me abandonado, certo? Uma idiotice, quando se pensava nisso. Mas, de algum modo, apesar do óbvio sofrimento relacionado, acho a foto singularmente relevante. Eu olhava para ela, para minha avó e meu avô, e me perguntava sobre reverberações, maldições de família e onde isso tudo poderia ter começado.

Eu costumava ter fotos de Jane e Camille. Gostava de tê-las à vista. Traziam-me consolo. Mas só porque eu encontrava consolo nos mortos não significava que minha filha encontrasse também. Era um equilíbrio difícil com uma criança de 6 anos. Eu queria falar sobre a mãe dela, queria que ela soubesse sobre Jane, seu espírito maravilhoso, sobre quanto ela teria amado sua garotinha. A gente quer oferecer algum tipo de consolo, dizer que a mãe está no céu olhando para ela, mas eu não acreditava nisso. Bem que eu gostaria. Quero crer que há uma vida gloriosa depois da morte e que, acima de nós, minha esposa, minha irmã e meu pai estão todos sorrindo. Mas não consigo mesmo acreditar nisso. E quando vendo isso para a minha filha, sinto como se estivesse mentindo para ela. Mas faço mesmo assim. Por ora, é como o Papai Noel ou o Coelho da Páscoa, algo temporário e reconfortante, mas, no fim, ela, como todas as crianças, vai aprender que isso é mais uma mentira dos pais para justificar o injustificável. Ou talvez eu esteja errado, e eles estão mesmo lá em cima olhando para a gente. Talvez seja isso que Cara vá concluir um dia.

À meia-noite, permito finalmente que minha cabeça vá aonde ela queria ir – minha irmã, Camille; Gil Perez; aquele verão formidável, mágico. Volto ao acampamento. Penso em Camille. Penso naquela noite. E, pela primeira vez em anos, me permito pensar em Lucy.

Um sorriso triste atravessou meu rosto. Lucy Silverstein fora minha primeira namorada de verdade. Foi tão bom para nós, um romance de verão de conto de fadas, até aquela noite. Nunca tivemos a chance de terminar – fomos, em vez disso, afastados por assassinatos sangrentos. Separados enquanto ainda estávamos envolvidos um com o outro, num momento em que nosso amor – bobo e imaturo como só poderia ter sido – ainda estava florescendo.

Lucy era passado. Eu me dera um ultimato e excluído sua lembrança. Mas o coração não quer saber de ultimatos. Ao longo desses anos, tenho procurado saber o que Lucy anda fazendo, digitando inocentemente seu nome no Google, essas coisas, embora duvidasse que algum dia teria coragem de procurá-la. Nunca encontrei nada. Meu palpite é que, depois de tudo o que aconteceu, ela tenha prudentemente trocado de nome. Devia estar casada agora – como eu fora. Devia ser feliz. Era o que eu esperava.

Afastei isso tudo da mente. Eu precisava pensar sobre Gil Perez. Fechei os olhos e voltei no tempo. Pensei nele no acampamento, como andávamos a cavalo, como eu costumava socar seu braço de brincadeira e o jeito como ele dizia:

– Sua besta! Nem dá para sentir...

Podia vê-lo nesse momento, o tronco magro, o short largo antes de isso virar moda, o sorriso que necessitava de mais idas ao dentista, o...

Meus olhos se abriram. Alguma coisa estava errada.

Fui até o porão. Encontrei imediatamente a caixa de papelão. Jane tinha feito bem em marcar tudo. Vi a caligrafia bem legível na lateral. Isso me deteve. Letra é uma coisa tão pessoal. Passei a ponta dos dedos sobre ela, imaginando minha esposa com a caneta na mão e a tampa na boca enquanto escrevia nitidamente: FOTOGRAFIAS – COPELAND.

Eu havia cometido muitos erros na vida. Mas Jane... foi meu grande acerto. Sua bondade tinha me transformado, me tornado mais forte em todos os sentidos. Sim, eu a amava e com paixão, porém, mais do que isso, ela tinha a habilidade de me tornar melhor. Eu era neurótico e inseguro, o garoto bolsista numa escola com poucos deles, e lá estava ela, essa mulher quase perfeita que viu alguma coisa em mim. Como? Como era possível eu ser tão horrível e indigno se uma criatura tão magnífica me amava?

Jane era minha rocha. E aí ela ficou doente. Minha rocha se esfarelou. E eu também.

Encontrei as fotografias daquele verão distante. Não havia nenhuma de

Lucy. Sabiamente eu as jogara fora anos atrás. Ela e eu tínhamos nossas canções também – Cat Stevens, James Taylor –, tão chatas que nem davam para engolir. Não consigo ouvi-las. Ainda. Até hoje. Faço questão de que fiquem longe do meu iPod. Se tocam no rádio, troco de estação rapidamente.

Examinei uma pilha de fotos daquele verão. A maioria da minha irmã. Fui passando uma por uma até encontrar a que fora tirada três dias antes de ela morrer. Doug Billingham estava nela – o namorado. Um garoto rico que mamãe aprovava, claro. O acampamento era uma estranha mistura social de privilegiados e desfavorecidos. Lá dentro, as classes alta e baixa se mesclavam como num campo esportivo. Era assim que o hippie que o administrava, Ira, o animado pai de Lucy, queria.

Margot Green, outra garota rica, estava bem no meio. Sempre estava. Era a gostosa do acampamento e sabia disso. Loura e peituda, aproveitava-se de seus atributos constantemente. Sempre namorava caras mais velhos, pelo menos até ficar com Gil, e para os meros mortais ao seu redor, a vida dela era um melodrama televisivo a que todos nós assistíamos fascinados. Olhei para ela agora e imaginei sua garganta cortada. Fechei os olhos por um segundo.

Gil Perez aparecia na foto também. E era por isso que eu estava ali.

Direcionei a luz da mesa e dei uma boa olhada.

Ainda no andar de cima, lembrei-me de uma coisa. Sou destro, mas quando socava de brincadeira o braço de Gil, usava a mão esquerda. Fazia isso para evitar tocar a terrível cicatriz. É verdade que já estava fechada, mas eu tinha medo de encostar nela. Como se pudesse se abrir de novo e começar a jorrar sangue. Usava então a mão esquerda para bater em seu braço direito. Olhei bem e cheguei mais perto.

Dava para ver uma parte da cicatriz aparecendo por baixo da camiseta.

O porão começou a girar.

A Sra. Perez afirmara que a cicatriz do filho ficava no braço direito, mas aí eu o teria socado com a mão direita, ou seja, batendo no ombro esquerdo. Mas não era assim que eu fazia. Eu socava com a mão esquerda – no ombro direito.

Agora eu tinha a prova.

A cicatriz de Gil Perez era no braço esquerdo.

A Sra. Perez tinha mentido.

E eu me perguntava por quê.

capítulo sete

Cheguei ao escritório cedo na manhã seguinte. Em meia hora, Chamique Johnson, a vítima, estaria sentada no banco das testemunhas. Eu queria rever minhas anotações. Quando o relógio deu nove horas, já estava satisfeito. Liguei então para o detetive York.

– A Sra. Perez mentiu.

Ele escutou minha explicação.

– Mentiu – repetiu York quando terminei. – Você não acha que é um pouco forte?

– Como você chamaria?

– Talvez ela só tenha se enganado.

– Ela se enganou sobre qual dos braços do filho tinha a cicatriz?

– Claro. Por que não? Ela já tinha concluído que não era ele. Natural.

Não engoli aquilo.

– Surgiu alguma novidade no caso?

– Achamos que Santiago estava morando em Nova Jersey.

– Você tem o endereço?

– Não. Mas temos uma namorada. Ou pelo menos achamos que é uma namorada. Ou amiga, não importa.

– Como vocês a encontraram?

– O celular vazio. Ela ligou para o número procurando por ele.

– Então quem é ele realmente? Esse Manolo Santiago?

– Não sabemos.

– A namorada não contou?

– A namorada só o conhecia como Santiago. Ah, tem outra coisa importante.

– O quê?

– Mexeram no corpo. Desconfiávamos desde o início, mas agora temos a confirmação. E o legista diz que, com base no sangramento e em outras besteiras que eu não entendo nem me interessa, Santiago provavelmente estava morto uma hora antes de ser desovado. Tinha fibras de carpete, essas coisas. Os exames preliminares indicam que as fibras são de um carro.

– Então Santiago foi morto, enfiado na mala e depois desovado em Washington Heights?

– Estamos trabalhando com essa teoria.

– Vocês sabem o fabricante do carro?

– Ainda não. Mas nosso cara aqui diz que era um carro velho. É tudo o que ele sabe. A equipe está trabalhando nisso.

– Velho quanto?

– Não sei. Não era novo. Calma aí, Copeland, dá um tempo.

– É que eu tenho um grande interesse pessoal nesse caso.

– Por falar nisso...

– O quê?

– Por que você não entra no caso e ajuda a gente?

– Como assim?

– Eu estou atolado de trabalho. Agora temos uma possível conexão em Nova Jersey. Santiago provavelmente morava lá. Pelo menos a namorada mora. E era apenas lá que ela o via, em Nova Jersey.

– Minha jurisdição?

– Não, acho que é Hudson. Ou talvez Bergen. Droga, não sei. É pertinho. Mas me deixa acrescentar um ingrediente à mistura.

– Estou escutando.

– Sua irmã morava em Nova Jersey, certo?

– Sim.

– Não é minha jurisdição. Você provavelmente pode alegar que é sua, mesmo sendo fora do seu condado. Reabra o caso antigo, como quem não quer nada.

Pensei naquilo. Eu estava sendo usado, em parte. Ele esperava que eu fizesse um pouco do seu trabalho de campo e lhe entregasse os louros – o que por mim tudo bem.

– Essa namorada... Vocês têm o nome dela?

– Raya Singh.

– E o endereço?

– Você vai conversar com ela?

– Você se importa?

– Desde que não ferre com o caso, pode fazer o que quiser. Mas posso lhe dar um conselho de amigo?

– Claro.

– Aquele lunático, o "Matador do Verão". Esqueci o nome dele.

– Wayne Steubens – falei.

– Você o conheceu, não?

– Você leu os arquivos do caso? – perguntei.

– Li. Eles tentaram incriminar você, não foi?

Ainda me lembro daquele xerife Lowell, seu olhar cético. Compreensível, claro.

– Aonde você quer chegar?

– Steubens ainda está tentando anular a condenação dele, só isso.

– Ele nunca foi julgado por esses quatro primeiros casos – retruquei. – Eles não precisavam. Tinham mais provas dos outros casos.

– Eu sei. Mas, ainda assim, ele estava conectado. Se for realmente Gil Perez e Steubens souber, ora, isso vai ajudá-lo. Entende o que eu estou dizendo?

Ele estava pedindo que eu mantivesse tudo em sigilo até que tivesse certeza de alguma coisa. Eu entendia. A última coisa que eu queria era ajudar Wayne Steubens.

Desligamos. Loren Muse pôs a cabeça pela fresta da porta.

– Alguma novidade para mim? – perguntei.

– Nada. Lamento. – Ela olhou o relógio. – Já está pronto para o grande momento?

– Estou.

– Então vamos. O show vai começar.

– O Povo chama Chamique Johnson.

Ela estava vestida de forma discreta, mas não absurdamente conservadora. Ainda dava para ver o estilo das ruas. As curvas. Falei até para que fosse de salto alto. Há momentos em que a gente tenta obstruir a visão do júri. E há momentos, como este, quando sabemos que nossa única chance é que eles vejam o quadro completo, com verruga e tudo.

Chamique mantinha a cabeça erguida. Os olhos iam da direita para a esquerda, não de forma desonesta, como em Nixon, mas de um jeito "de onde virá o próximo golpe". A maquiagem estava um pouco pesada, mas isso também era bom: parecia uma garota tentando imitar uma adulta.

Algumas pessoas no escritório discordavam dessa estratégia, mas eu acreditava que, já que é para ir fundo, melhor ir fundo com a verdade. Portanto, era isso que eu estava preparado para fazer.

Chamique declarou o nome, jurou sobre a Bíblia e se sentou. Sorri para ela e a olhei nos olhos. Ela acenou levemente com a cabeça, dando-me o ok para seguir em frente.

– Você trabalha como stripper, correto?

Iniciar com uma pergunta assim – sem qualquer introdução – surpreendeu a galeria. Houve um frisson. Chamique piscou. Ela tinha uma ideia do que eu ia fazer, mas intencionalmente não fui específico.

– Não em tempo integral – respondeu ela.

Não gostei daquela resposta. Pareceu cautelosa demais.

– Mas você tira a roupa por dinheiro, certo?

– Sim.

Era mais por esse lado. Sem hesitação.

– Você faz isso em clubes ou em festas particulares?

– Os dois.

– Em que clube você trabalha?

– No Pink Tail. Fica em Newark.

– Qual a sua idade? – perguntei.

– Dezesseis.

– Não precisa ter 18 para ser stripper?

– Sim.

– E como você faz?

Chamique deu de ombros.

– Tenho uma identidade falsa, que diz que eu tenho 21.

– Então você infringe a lei?

– Acho que sim.

– Você infringe a lei ou não? – indaguei.

Havia certa frieza na minha voz. Chamique entendeu. Eu queria que ela fosse sincera, que, com o perdão pelo trocadilho, sendo stripper, ela se expusesse de forma nua e crua. A frieza foi um lembrete.

– Sim, eu infrinjo a lei.

Olhei para a mesa da defesa. Mort Pubin me encarava como se eu tivesse enlouquecido. Flair Hickory tinha as mãos unidas, o indicador apoiado no lábio. Seus dois clientes, Barry Marantz e Edward Jenrette, vestiam blazer azul e estavam pálidos. Não pareciam convencidos, confiantes, nem maus, mas contritos, assustados e muito jovens. Os cínicos diriam que aquilo era intencional – que os advogados lhes ensinaram como se sentar e que reações demonstrar. Mas eu não caio nessa. Apenas não deixei que aquilo me afetasse.

Sorri para minha testemunha.

– Você não é a única, Chamique. Encontramos um monte de identidades falsas na fraternidade dos seus estupradores. Para eles poderem sair e se divertir mesmo sendo menores. Pelo menos você infringiu a lei para seu sustento.

Mort ficou de pé.

– Objeção!

– Mantida.

Mas o recado estava dado. É como eu sempre falo: não dá para "desdizer" o que já foi dito.

– Srta. Johnson – continuei –, você não é virgem, é?

– Não.

– Na verdade, você tem um filho fora do casamento.

– Tenho.

– Que idade ele tem?

– Um ano e três meses.

– Diga-me, Srta. Johnson, o fato de você não ser virgem e ter um filho sem ser casada a torna menos que um ser humano?

– Objeção!

– Mantida.

O juiz, um homem de olhar estranho chamado Arnold Pierce, franziu a testa para mim.

– Só estou mostrando o óbvio, meritíssimo. Se a Srta. Johnson fosse uma loura de classe alta, de Short Hills ou Livingston...

– Guarde isso para as alegações finais, Sr. Copeland.

Eu ia. E já tinha usado no início. Voltei-me para a vítima.

– Você gosta de tirar a roupa, Chamique?

– Objeção! – Mort Pubin ficou de pé outra vez. – Irrelevante. Quem se importa se ela gosta de tirar a roupa ou não?

O juiz Pierce olhou para mim.

– Bem?

– Vou lhe dizer uma coisa – falei, olhando para Pubin. – Não vou perguntar sobre o fato de ela tirar a roupa se você também não perguntar.

Pubin ficou imóvel. Flair Hickory ainda não abrira a boca. Ele não gostava de protestar. Em geral, jurados não gostam de objeções. Acham que o advogado está escondendo algo deles. Flair queria permanecer nas boas graças. Por isso mandava Mort fazer o papel belicoso. Era a versão jurisconsulta do policial bom e do policial mau.

Voltei-me para Chamique.

– Você não estava trabalhando como stripper na noite em que foi estuprada, estava?
– Objeção!
– Supostamente estuprada – corrigi.
– Não – respondeu Chamique. – Eu era uma convidada.
– Você foi convidada para uma festa na fraternidade onde o Sr. Marantz e o Sr. Jenrette moram?
– Correto.
– O Sr. Marantz ou o Sr. Jenrette convidaram você?
– Não.
– Quem convidou?
– Outro rapaz que morava lá.
– Qual o nome dele?
– Jerry Flynn.
– Entendi. Como você conheceu o Sr. Flynn?
– Eu trabalhei na fraternidade na semana anterior.
– Quando diz que trabalhou na fraternidade...
– Trabalhei como stripper para eles – Chamique terminou por mim.
Gostei daquilo. Estávamos estabelecendo um ritmo.
– E o Sr. Flynn estava lá?
– Estavam todos eles.
– Quando você diz "todos eles"...
Ela apontou para os dois acusados.
– Eles estavam lá também. E um monte de outros caras.
– Quantos você diria?
– Vinte, 25, talvez.
– Ok, mas foi o Sr. Flynn quem convidou você para a festa uma semana depois?
– Sim.
– E você aceitou o convite?
Os olhos dela ficaram úmidos, mas Chamique manteve a cabeça erguida.
– Sim.
– Por que você quis ir?
Chamique pensou naquilo.
– É como se um bilionário convidasse você para passear de iate.
– Você ficou impressionada com eles?
– Fiquei. Claro.

– E com o dinheiro deles?
– Isso também – respondeu ela.
Amei-a por aquela resposta.
– E – continuou Chamique – Jerry era legal comigo quando eu tirava a roupa.
– O Sr. Flynn tratava você bem?
– Sim.
Assenti. Estava entrando em terreno mais traiçoeiro agora, mas segui em frente.
– A propósito, Chamique, voltando à noite em que você foi contratada como stripper... – Senti a respiração ficar um pouco mais superficial. – Você prestou outros serviços para algum dos homens presentes?
Olhei-a nos olhos. Ela engoliu em seco, mas não perdeu o brio. A voz ficou baixa. Toda a rispidez havia desaparecido.
– Sim.
– Esses serviços foram de natureza sexual?
– Sim.
Ela baixou a cabeça.
– Não se sinta envergonhada – comentei. – Você precisava do dinheiro. – Fiz um gesto em direção à mesa da defesa. – Qual a desculpa deles?
– Objeção!
– Mantida.
Mas Mort Pubin não estava morto.
– Meritíssimo, essa afirmação foi um ultraje!
– É um ultraje – concordei. – O senhor deveria castigar seus clientes imediatamente.
Mort Pubin ficou vermelho. O tom era de lamúria:
– Meritíssimo!
– Sr. Copeland.
Levantei a palma da mão para o juiz, sinalizando que ele estava correto e que eu ia parar. Tenho convicção de que é melhor pôr para fora todas as más notícias durante o interrogatório, ainda que do meu próprio jeito. Abalava a confiança deles.
– Você estava interessada no Sr. Flynn como namorado em potencial?
Mort Pubin outra vez:
– Objeção! Relevância?
– Sr. Copeland?

– Claro que é relevante. Eles vão dizer que a Srta. Johnson está inventando essas acusações para extorquir seus clientes. Estou tentando estabelecer qual era seu estado de espírito aquela noite.

– Vou permitir – determinou o juiz Pierce.

Repeti a pergunta.

Chamique suou um pouco e isso a fez parecer ter a idade que de fato tinha.

– Jerry pertencia a outra classe.

– Então?

– Então, quer dizer, sim, não sei. Eu nunca tinha conhecido alguém como ele. Ele segurava a porta para mim. Era muito legal. Não estou acostumada com isso.

– E ele é rico. Quero dizer, comparando com você.

– Sim.

– Isso significava alguma coisa para você?

– Claro.

Eu adorava a sinceridade dela.

Os olhos de Chamique dardejaram em direção ao espaço reservado aos jurados. A expressão desafiadora estava de volta.

– Eu também tenho sonhos.

Deixei aquilo ecoar por alguns instantes antes de prosseguir:

– E qual era seu sonho naquela noite, Chamique?

Mort ia protestar outra vez, mas Flair Hickory colocou a mão em seu braço. Chamique deu de ombros.

– Isso é bobagem.

– Me diga mesmo assim.

– Achei que talvez... Era bobagem... Pensei que talvez ele gostasse de mim, entende?

– Entendo – respondi. – Como você foi para a festa?

– Peguei um ônibus em Irvington e depois fui andando.

– E quando você chegou à fraternidade, o Sr. Flynn estava lá?

– Sim.

– E ainda foi gentil?

– No começo, foi. – Uma lágrima caiu então. – Ele era muito gentil. Foi... Ela se calou.

– Foi o quê, Chamique?

– No começo – outra lágrima escorreu pelo rosto –, foi a melhor noite da minha vida.

Deixei as palavras pairando e ecoando. Uma terceira lágrima escapou.

– Você está bem? – perguntei.

Chamique enxugou a lágrima.

– Sim, estou bem.

– Tem certeza?

A voz ficou dura outra vez:

– Faça sua pergunta, Sr. Copeland – retrucou ela.

Ela era maravilhosa. O júri todo estava com a cabeça levantada, escutando e acreditando, pensava eu, em cada palavra.

– Teve algum momento em que o comportamento do Sr. Flynn em relação a você mudou?

– Teve.

– Quando?

– Eu o vi cochichando com aquele que está ali. – Ela apontou para Edward Jenrette.

– O Sr. Jenrette?

– É. Ele.

Jenrette tentou não se encolher diante do olhar de Chamique. Conseguiu parcialmente.

– Você viu o Sr. Jenrette cochichando alguma coisa com o Sr. Flynn?

– Vi.

– E aí o que aconteceu?

– Jerry me perguntou se eu queria dar uma volta.

– Jerry é o Sr. Flynn?

– É.

– Ok. Conte o que aconteceu.

– Fomos caminhar do lado de fora. Eles estavam com um barril de cerveja. Ele me perguntou se eu queria um copo. Eu disse que não. Ele parecia nervoso, apreensivo.

Mort Pubin se pôs de pé.

– Objeção.

Abri os braços, parecendo exasperado:

– Meritíssimo.

– Vou tolerar – disse o juiz.

– Continue – ordenei.

– Jerry pegou uma cerveja no barril e ficou olhando para ela.

– Olhando para a cerveja?

– É, um pouco, eu acho. Não olhava mais para mim. Alguma coisa tinha mudado. Perguntei se ele estava legal. Ele disse, claro, que tudo estava ótimo. E aí – a voz dela quase sumindo – ele falou que eu tinha um corpo gostoso e que ele curtia me ver tirando a roupa.

– Isso surpreendeu você?

– Surpreendeu. Quer dizer, ele nunca tinha falado daquele jeito. A voz soava muito grosseira. – Ela engoliu em seco. – Igual a dos outros.

– Continue.

– Ele falou "Quer ir lá em cima ver meu quarto?".

– E o que você disse?

– Eu disse que tudo bem.

– Você queria ir para o quarto dele?

Chamique fechou os olhos. Outra lágrima escorreu. Ela balançou a cabeça.

– Você tem que responder alto.

– Não – disse ela.

– Por que você foi?

– Eu queria que ele gostasse de mim.

– E você achou que ele iria gostar de você se subisse com ele?

A voz de Chamique saiu baixa:

– Eu sabia que ele não gostaria se eu não fosse.

Virei-me e voltei para minha mesa. Fingi consultar anotações. Só queria dar ao júri tempo para digerir. Chamique mantinha as costas eretas, o queixo erguido. Tentava não demonstrar nada, mas dava para ver a dor emanando dela.

– O que aconteceu quando vocês chegaram lá em cima?

– Passei por uma porta. – Ela voltou os olhos para Jenrette. – E aí ele me agarrou.

Mais uma vez, fiz com que ela apontasse para Edward Jenrette e o identificasse pelo nome.

– Tinha mais alguém no quarto?

– Tinha. Ele.

Ela apontou para Barry Marantz. Reparei nas duas famílias atrás dos acusados. Os rostos dos pais pareciam máscaras mortuárias, com a pele repuxada para trás: as maçãs do rosto muito proeminentes, os olhos fundos. Eram as sentinelas, alinhadas para proteger os rebentos. Estavam arrasados. Senti-me mal por eles. Mal demais. Edward Jenrette e Barry Marantz tinham pessoas para protegê-los.

Chamique Johnson não tinha ninguém.

No entanto, uma parte de mim entendia o que havia acontecido lá. Os jovens começam a beber, saem do controle, esquecem as consequências. Talvez eles nunca mais fizessem aquilo de novo. Talvez tivessem aprendido de fato a lição. Muito ruim, porém.

Havia pessoas que eram más de verdade, que seriam sempre cruéis e sórdidas e machucariam as outras. Mas não era o caso da maioria das que passavam pelo meu escritório. Não é a minha função diferenciar, no entanto. Deixo isso para o juiz decidir na sentença.

– Ok. O que aconteceu depois?
– Ele fechou a porta.
– Qual deles?

Ela apontou para Marantz.

– Chamique, para tornar isso mais fácil, você poderia chamá-lo de Sr. Marantz e o outro de Sr. Jenrette?

Ela concordou.

– Então o Sr. Marantz fechou a porta. E o que aconteceu depois?
– O Sr. Jenrette me mandou ficar de joelhos.
– Onde estava o Sr. Flynn a essa altura?
– Não sei.
– Não sabe? – Fingi surpresa. – Ele não tinha subido a escada com você?
– Tinha.
– Ele não estava ao seu lado quando o Sr. Jenrette agarrou você?
– Estava.
– E depois?
– Eu não sei. Ele não entrou no quarto. Só fechou a porta.
– Você o viu de novo?
– Vi mais tarde.

Respirei fundo e mergulhei. Pedi a Chamique que contasse o que tinha acontecido. Guiei-a de um extremo a outro da agressão. O testemunho foi gráfico. Ela narrou de modo prático – completamente entrecortado. Era preciso juntar os fatos, o que eles haviam dito, como tinham gargalhado, o que tinham feito com ela. Eu precisava de pormenores. Não acho que o júri quisesse ouvir aquilo. Eu entendia. Mas precisava que ela tentasse ser o mais específica possível, que se lembrasse de cada posição, quem tinha estado onde, quem havia feito o quê.

Foi paralisante.

Quando terminamos o depoimento sobre a agressão, deixei passar alguns segundos e então abordei nossa questão mais delicada.

— No seu depoimento, você declarou que seus agressores usavam os nomes Cal e Jim.

— Objeção, meritíssimo.

Era Flair Hickory, falando pela primeira vez. A voz era calma, o tipo de calma que atrai todos os ouvidos.

— Ela não declarou que eles *usaram* os nomes Cal e Jim — argumentou Flair. — Ela declarou, tanto no depoimento quanto nas alegações anteriores, que eles *eram* Cal e Jim.

— Vou reformular — retruquei em tom de exasperação, como para dizer ao júri: *Vocês acreditam que ele esteja sendo tão implicante?*

Voltei-me para Chamique.

— Qual *era* Cal e qual *era* Jim?

Ela identificou Barry Marantz como Cal e Edward Jenrette como Jim.

— Eles se apresentaram a você? — perguntei.

— Não.

— Então como você soube seus nomes?

— Eles se chamavam assim.

— De acordo com seu depoimento. Por exemplo, o Sr. Marantz disse: "Dobra ela, Jim." Desse jeito?

— É.

— Você está ciente — comecei — de que nenhum dos acusados se chama Cal ou Jim.

— Eu sei — afirmou ela.

— Você pode explicar isso?

— Não. Só estou repetindo o que eles diziam.

Sem hesitação, sem tentar se desculpar — era uma boa resposta. Não interferi.

— O que aconteceu depois que eles estupraram você?

— Eles fizeram eu me lavar.

— Como?

— Me enfiaram debaixo do chuveiro. Passaram sabão em mim. O chuveiro tinha ducha. Eles fizeram eu me esfregar.

— E depois?

— Pegaram minha roupa. Disseram que iam queimá-la. Depois me deram uma camiseta e um short.

– O que aconteceu depois?
– Jerry andou comigo até o ponto de ônibus.
– O Sr. Flynn disse alguma coisa para você durante a caminhada?
– Não.
– Nem uma palavra?
– Nem uma palavra.
– Você disse alguma coisa para ele?
– Não.

Pareci surpreso outra vez.

– Você não contou a ele que tinha sido estuprada?

Ela sorriu pela primeira vez.

– Você acha que ele não sabia?

Deixei passar. Eu queria mudar o rumo do depoimento.

– Você contratou um advogado, Chamique?
– Mais ou menos.
– O que você quer dizer com "mais ou menos"?
– Eu não o contratei. Ele me encontrou.
– Qual é o nome dele?
– Horace Foley. Ele não se veste bem como o Sr. Hickory ali.

Flair sorriu com o elogio.

– Você está processando os acusados?
– Estou.
– Por que os está processando?
– Para fazê-los pagar – respondeu ela.
– Não é isso que estamos fazendo aqui? – perguntei. – Procurando uma forma de puni-los?
– Sim. Mas o processo é por dinheiro.

Fiz cara de quem não estava entendendo.

– A defesa vai alegar que você fez essas acusações para extorqui-los. Vão dizer que sua ação prova, na verdade, que você está interessada em dinheiro.
– Eu estou interessada em dinheiro mesmo – retrucou Chamique. – Alguma vez eu disse que não?

Esperei.

– Você não tem interesse em ganhar dinheiro, Sr. Copeland?
– Tenho – respondi.
– Então?
– Então – continuei – a defesa vai alegar que isso é um motivo para mentir.

71

– Não posso fazer nada – comentou ela. – Veja, se eu dissesse que não ligo para dinheiro, seria mentira. – Ela olhou para o júri. – Se eu me sentasse aqui e dissesse que dinheiro não significa nada para mim, vocês acreditariam? Claro que não. A mesma coisa se você me dissesse que não liga para dinheiro. Eu já ligava para isso antes de eles me estuprarem. E continuo ligando. Não estou mentindo. Eles me estupraram. Quero que eles vão para a cadeia por causa disso. E se eu puder conseguir algum dinheiro com isso, por que não? Eu poderia usá-lo.

Dei um passo para trás. Sinceridade – sinceridade verdadeira – cheira a isso.

– Sem mais – concluí.

capítulo oito

O JUIZ FEZ UMA PAUSA PARA O ALMOÇO.

Esse seria o momento de discutir estratégias com meus subordinados, mas eu não queria fazer isso naquela hora. Queria ficar sozinho, repassar o interrogatório na cabeça, ver o que deixei escapar, imaginar qual seria o próximo passo de Flair.

Pedi um cheeseburger e uma cerveja para uma garçonete que parecia querer estrelar aqueles comerciais do tipo "você gostaria de largar tudo e sumir"? Ela me chamou de Excelência.

Adoro quando uma garçonete me chama assim.

Um julgamento são duas narrativas competindo pela atenção das pessoas. É preciso transformar o protagonista numa pessoa real. Real é muito mais importante que puro. Advogados se esquecem disso. Acham que precisam tornar seus clientes simpáticos e perfeitos. Não conseguem. Assim, tento nunca idiotizar as coisas para o júri. As pessoas são muito boas em julgar caráter. Têm mais probabilidade de acreditar nas outras quando estas mostram suas fraquezas. Pelo menos, do meu lado – a promotoria. Na defensoria, é necessário turvar a água. Como Flair Hickory havia deixado perfeitamente claro, é preciso pôr em cena aquela linda concubina chamada Dúvida Razoável. Eu era o oposto. Precisava das coisas claras.

A garçonete reapareceu e disse, enquanto jogava o sanduíche na minha frente:

– Aqui está, Excelência.

Examinei-o. Parecia tão gorduroso que quase pedi uma angiografia para acompanhar. Mas, na verdade, aquela porcaria era exatamente o que eu desejava. Segurei-o com as duas mãos e senti os dedos afundarem no pão.

– Sr. Copeland?

Não reconheci o jovem de pé ao meu lado.

– Olha, no momento estou tentando comer...

– Isto é para o senhor.

Ele colocou um bilhete sobre a mesa e foi embora. Era uma folha amarela, de bloco comum, dobrada num pequeno retângulo. Abri.

Por favor, encontre-me no reservado do fundo à sua direita.
E. J. Jenrette

Era o pai de Edward. Olhei para meu adorado sanduíche. Ele olhou para mim. Odeio comer comida fria ou requentada. Então comi. Estava morrendo de fome. Tentei não engolir de uma vez só. A cerveja estava deliciosa.

Quando acabei, levantei-me e me dirigi ao reservado do fundo à minha direita. E. J. Jenrette estava lá. Um copo do que parecia ser uísque estava sobre a mesa à sua frente. Ele o segurava com as duas mãos, como se estivesse tentando protegê-lo. Os olhos trespassados pela bebida.

Ele não ergueu a cabeça enquanto eu me sentava. Se estava aborrecido com minha demora – se é que a notou –, E. J. Jenrette disfarçava bem.

– O senhor queria falar comigo? – perguntei.

E. J. assentiu. Era um homem grande, tipo ex-atleta, com camisa de grife, colarinho parecendo estrangular o pescoço. Fiquei esperando.

– Você tem uma filha – disse ele.

Esperei mais um pouco.

– O que você faria para protegê-la?

– Para começar – respondi –, nunca a deixaria ir a uma festa na fraternidade do seu filho.

Ele levantou a cabeça.

– Isso não tem graça.

– Já terminamos?

Ele tomou um grande gole da bebida.

– Vou dar àquela garota 100 mil dólares – afirmou Jenrette. – Vou doar à fundação da sua esposa outros 100 mil.

– Ótimo. Quer fazer os cheques agora?

– Você vai desistir das acusações?

– Não.

Jenrette me encarou.

– Ele é meu filho. Você quer mesmo que ele passe os próximos dez anos na prisão?

– Sim. Mas é o juiz quem vai decidir a pena.

– Ele é só uma criança. Na pior das hipóteses, se deixou levar.

– Você tem uma filha, não tem, Sr. Jenrette?

Jenrette olhou para a bebida.

– Se dois garotos negros de Irvington a agarrassem, a arrastassem para um quarto e fizessem aquelas coisas com ela, você gostaria que isso fosse varrido para debaixo do tapete?

– Minha filha não é stripper.
– Não, senhor, não é. Ela tem todos os privilégios na vida. Todas as vantagens. Por que iria querer tirar a roupa?
– Faça-me um favor – disse ele. – Não me venha com esse lixo de discurso social. Quer dizer que, por ser desfavorecida, essa moça não teve outra escolha que não fosse a prostituição? Por favor. Isso é um insulto a qualquer desfavorecido que tenha conseguido sair do gueto trabalhando honestamente.

Levantei a sobrancelha:
– Gueto?

Ele não respondeu.
– O senhor vive em Short Hills, não é?
– E daí?
– Então me diga – continuei –, quantas vizinhas suas escolhem ser strippers ou, para usar seu termo, a prostituição?
– Não sei.
– O que Chamique Johnson faz ou não faz é totalmente irrelevante ao fato de ter sido estuprada. Seu filho não tem que decidir quem merece ser estuprado ou não. De qualquer forma, Chamique Johnson tirava a roupa porque teve poucas oportunidades. Sua filha não. – Balancei a cabeça. – O senhor realmente não entende isso.
– Não entendo o quê?
– O fato de que ela é obrigada a vender o corpo não torna Edward menos culpado. Pelo contrário, torna-o ainda mais culpado.
– Meu filho não a estuprou.
– É por isso que fazemos julgamentos – retruquei. – Agora acabamos?

Ele finalmente levantou a cabeça.
– Posso tornar as coisas difíceis para você.
– Parece que já está tentando.
– A interrupção das doações? – Ele deu de ombros. – Isso não foi nada. Uma demonstração de força, apenas.

Ele fixou os olhos nos meus e sustentou o olhar. Aquilo já tinha ido longe demais.
– Adeus, Sr. Jenrette.

Ele esticou a mão e segurou meu braço.
– Eles vão se livrar.
– Vamos ver.
– Você marcou pontos hoje, mas essa prostituta ainda vai ser interrogada.

75

Não tem como explicar o fato de ela ter entendido o nome deles errado. Isso vai ser sua desgraça. Você sabe disso. Escute então o que vou sugerir.

Fiquei esperando.

– Meu filho e o garoto Marantz vão se declarar culpados de qualquer acusação que você apresente, desde que não haja pena de prisão. Eles vão prestar serviço comunitário. Podem ficar em condicional severa pelo tempo que você quiser. É justo. Em contrapartida, vou ajudar essa mulher problemática e garantir que a JaneCare receba o financiamento devido. Os três lados saem ganhando.

– Não.

– Você acha mesmo que esses garotos vão fazer uma coisa dessas outra vez?

– A verdade? – perguntei. – Provavelmente não.

– Eu achava que prisão era para casos de reabilitação.

– É, mas não sou bom em reabilitação – retruquei. – Sou bom em justiça.

– E você acha que meu filho ser preso é justiça?

– Sim – respondi. – Mas, vou repetir, é para isso que temos jurados e juízes.

– Você já cometeu algum erro, Sr. Copeland?

Não respondi.

– Porque eu vou cavar. E farei isso até encontrar todos os erros que você já tenha cometido. E vou usá-los. Você vai ver esqueletos, Sr. Copeland. Nós dois sabemos disso. Se continuar com essa caça às bruxas, vou trazê-los à luz do dia para todo mundo ver. – Ele parecia estar ganhando confiança. Não gostei disso. – Na pior das hipóteses, meu filho cometeu um grande erro. Estamos tentando encontrar uma forma de reparar o que ele fez, sem destruir a vida dele. Dá para entender isso?

– Não tenho nada mais a dizer.

Ele continuava segurando meu braço.

– Último aviso, Sr. Copeland. Vou fazer tudo que puder para proteger meu filho.

Olhei para E. J. Jenrette e então fiz algo que o surpreendeu: sorri.

– O que foi? – perguntou ele.

– Que bom – falei.

– Que bom o quê?

– Que seu filho tenha tanta gente para lutar por ele – respondi. – No tribunal também. Edward tem muitas pessoas do lado dele.

– Ele é amado.

– Bom – repeti, soltando meu braço. – Mas quando olho para todas aquelas pessoas sentadas atrás do seu filho, sabe o que eu não consigo deixar de reparar?

– O quê?

– Chamique Johnson não tem ninguém sentado atrás dela.

– Eu gostaria de compartilhar esta redação com a turma – disse Lucy Gold.

Lucy gostava de fazer os alunos formarem um grande círculo com as carteiras. Ela se colocava no centro. Claro, era um artifício, ficava andando em torno daquele "ringue do saber" feito um lutador com cara de mau, mas achava que funcionava. Quando se colocava os alunos em círculo, por maior que fosse, todos ficavam na primeira fila. Não havia onde se esconder.

Lonnie estava na sala. Lucy havia considerado a ideia de deixá-lo ler o diário, para que ela pudesse analisar melhor os rostos, mas o narrador era mulher. Não ia cair bem. Além disso, quem escrevera aquilo *sabia* que Lucy estaria atenta às reações. Tinha que saber. Só podia estar querendo mexer com sua cabeça. Então ela decidiu que leria enquanto Lonnie procuraria reações. E, claro, Lucy levantaria várias vezes a cabeça, fazendo pausas durante a leitura, esperando que algo aparecesse.

Sylvia Potter, a puxa-saco, estava bem em frente a ela. Mãos entrelaçadas e olhos bem abertos. Lucy encontrou seu olhar e deu-lhe um pequeno sorriso. Sylvia ficou radiante. Ao seu lado estava Alvin Renfro, grande malandro. Estava sentado igual à maioria dos alunos, como se não tivesse ossos e pudesse escorregar da cadeira, transformando-se numa poça no chão.

– "Isso aconteceu quando eu tinha 17 anos" – leu Lucy. – "Eu estava num acampamento de verão. Trabalhava lá como MT. Isso quer dizer 'monitora em treinamento'."

Conforme lia sobre o incidente na floresta, a narradora e o namorado "P.", o beijo contra a árvore, os gritos, ela se movia em torno do círculo compacto. Já lera o trabalho ao menos uma dezena de vezes, mas naquele momento, ao fazê-lo em voz alta para os outros, sentiu a garganta começar a se contrair. As pernas pareciam de borracha. Lançou um olhar rápido para Lonnie. Ele percebera algo em seu tom também e a estava observando. Lucy lhe lançou um olhar que dizia "não sou eu quem você deve observar, mas eles", e virou-se depressa.

Quando terminou, ela pediu comentários. Essa aula seguia quase sempre o mesmo roteiro. Os alunos sabiam que o autor estava ali, naquela sala, mas, como a única forma de se fortalecer era enfraquecendo os outros, eles massacravam o trabalho com furor. Levantavam a mão e começavam sempre com algum tipo de ponderação, tipo "será que sou só eu?" ou "posso estar errado sobre isso, mas...", e então começavam as críticas:

– A narrativa é monótona...

– Eu não sinto a paixão dela por esse P., vocês sentem?...

– Mão por baixo da camisa? Por favor...

– Realmente, achei uma porcaria.

– O narrador diz: "A gente ficou se beijando. Foi tão passional." Não me *diga* que foi passional. Me *mostre*.

Lucy moderava. Aquela era a parte mais importante da aula. Era difícil ensinar alunos. Ela muitas vezes pensava na própria formação, nas horas de palestras anestesiantes, e não conseguia se lembrar de nada de qualquer uma delas. As lições que de fato aprendera, as que internalizou, recordou e pôs em prática, foram os comentários rápidos que um professor fazia durante os momentos de discussão. Ensino era uma questão de qualidade, não quantidade. Quem fala demais se torna música ambiente – música de elevador chata. E quem fala bem pouco pode na verdade acertar em cheio.

Além do mais, professores gostam de atenção. Isso pode ser perigoso. Um dos seus primeiros instrutores lhe dera conselhos bons e simples: você não é o centro de tudo. Ela mantinha isso em mente o tempo todo. Por outro lado, os alunos não querem um professor pairando acima do bem e do mal. Assim, quando ela contava uma anedota ocasional, tentava se lembrar de alguma em que estragara tudo – e havia várias – e mostrava como, apesar de tudo, tinha se saído bem.

Outro problema era que os estudantes não diziam o que realmente pensavam, mas o que acreditavam que poderia impressionar. É claro que isso acontecia nas reuniões do corpo docente também – a prioridade era sempre soar bem, não dizer a verdade.

Mas, naquele exato momento, Lucy estava sendo um pouco mais incisiva do que o habitual. Ela queria reações, que o autor – ou a autora – se revelasse. Então, instigava.

– Isso era para ser um diário – explicou ela. – Mas alguém acredita que uma coisa dessas aconteceu realmente?

Aquilo calou a turma. Havia regras não ditas ali. Lucy tinha praticamente convocado a autora, chamando-a de mentirosa. Ela recuou:

– O que eu quero dizer é que parece ficção. Em geral, isso é bom, mas nesse caso não fica mais difícil? A gente começa a questionar a veracidade do texto.

A discussão estava animada. Mãos levantadas. Alunos debatendo uns com os outros. Esse era o suprassumo do trabalho. A verdade era que ela tinha muito pouco na vida. Mas adorava aquela garotada. Todo semestre se apaixonava outra vez. Eles eram sua família, de setembro a dezembro ou de janeiro até maio. Depois a deixavam. Alguns voltavam. Muito poucos. E ela sempre ficava contente em revê-los. Porém, nunca mais eram uma família de novo. Apenas os alunos atuais obtinham esse status. Era estranho.

A certa altura, Lonnie saiu da sala. Lucy se perguntou aonde ele tinha ido, mas estava tão absorvida na aula que, em certos dias, terminava rápido demais. Como naquele. Quando acabou o tempo e os alunos começaram a arrumar as mochilas, ela não estava mais perto de saber quem enviara o diário anônimo.

– Não se esqueçam – avisou Lucy. – Mais duas páginas de diário. Gostaria que fosse para amanhã. Ah, pode enviar mais de duas páginas, quem quiser. O que vocês fizerem.

Dez minutos mais tarde, ela chegou à sua sala. Lonnie já estava lá.

– Você viu algum deles expressar alguma coisa? – perguntou.

– Não – disse ele.

Lucy começou a juntar suas coisas, enfiando papéis na bolsa do notebook.

– Aonde você está indo?

– Tenho um compromisso.

Seu tom o impediu de insistir. Lucy tinha esse "compromisso" particular uma vez por semana, mas não confiava a informação a ninguém. Nem mesmo a Lonnie.

– Ah – murmurou ele.

Tinha os olhos fixos no chão. Ela parou.

– O que foi, Lonnie?

– Tem certeza de que quer saber quem enviou a redação? Eu pessoalmente não sei. É uma traição muito grande.

– Eu preciso saber.

– Por quê?

– Não posso contar.

Ele concordou:

– Tudo bem, então.

– Tudo bem, o quê?

– Quando você volta?
– Daqui a uma hora, talvez duas.
Lonnie olhou para o relógio.
– A essa altura – disse ele – já devo saber quem enviou.

capítulo nove

O JULGAMENTO FOI SUSPENSO NA PARTE DA TARDE.
Houve quem argumentasse que isso influenciaria no caso – que o júri dormiria com meu interrogatório na cabeça, que ele ficaria entranhado, blá-blá-blá. Esse tipo de estratégia não tinha sentido. Era o ciclo de vida de uma causa. Se havia algo de positivo nessa evolução, isso seria compensado pelo fato de que Flair Hickory teria mais tempo para preparar sua arguição. Julgamentos funcionam assim. As pessoas ficam histéricas por causa disso, mas acaba tudo se desvanecendo.

Liguei para Loren Muse do celular.

– Não conseguiu nada?

– Trabalhando ainda.

Desliguei e vi que havia uma mensagem do detetive York. Eu não sabia mais o que fazer em relação à mentira da Sra. Perez sobre a cicatriz. Se a confrontasse, ela provavelmente diria que se confundira. Se não há dano, não há culpa.

Mas, para começo de conversa, por que ela teria dito aquilo?

Estaria, de fato, dizendo o que acreditava ser a verdade – que aquele corpo não pertencia ao filho? Estariam os Perez cometendo um erro doloroso (mas compreensível)? Seria tão difícil assim imaginar que seu Gil estivera vivo aquele tempo todo que não conseguiam acreditar no que viam?

Ou estariam mentindo?

E se estivessem, ora, por quê?

Antes de confrontá-los, eu precisava ter mais evidências. Teria que produzir uma prova definitiva de que o cadáver no necrotério, sob o nome de Manolo Santiago, era realmente Gil Perez, o jovem que desaparecera na floresta com minha irmã, Margot Green e Doug Billingham havia quase vinte anos.

A mensagem de York dizia: "Desculpe demorar tanto para responder. Você perguntou sobre Raya Singh, a namorada da vítima. Só tínhamos o celular dela, acredite ou não. Não importa, ligamos. Ela trabalha num restaurante indiano na Route Three, perto do túnel Lincoln." Ele dava o nome e o endereço. "Ela costuma ficar lá o dia todo. Ei, se você descobrir alguma coisa sobre o nome verdadeiro de Santiago, me avise. Pelo que sabemos, ele usava esse nome já havia um tempo. Conseguimos algumas informações sobre ele, na área de Los Angeles, de seis anos atrás. Nada de mais. Falo com você depois."

Fiquei pensando naquilo. Não era muito. Fui andando até o carro, e já ia entrando, quando percebi algo muito errado.

Havia um envelope de papel pardo no banco do motorista.

Eu sabia que não era meu, eu não deixara nada ali. E sabia que havia trancado as portas.

Alguém tinha entrado no meu carro.

Parei e peguei o envelope. Sem endereço, sem carimbo de postagem. A frente estava totalmente em branco. Era fino. Sentei no banco e fechei a porta. Estava selado. Rasguei com o dedo indicador para abri-lo. Enfiei a mão e retirei o conteúdo.

Meu sangue congelou quando vi o que era: uma fotografia do meu pai.

Franzi a testa. O quê...?

Embaixo, cuidadosamente datilografado na margem branca, estava seu nome: "Vladimir Copeland". Era tudo.

Não entendi.

Fiquei sentado ali um instante. Olhei para a foto do meu adorado pai. Pensei em como fora um jovem médico em Leningrado, como tanta coisa fora tirada dele, como sua vida acabou se tornando uma série infindável de tragédias e decepções. Lembrei-me dele discutindo com minha mãe, os dois magoados sem ninguém para descontar a não ser neles mesmos. Lembrei-me de estar sentado com Camille em algumas dessas noites. Ela e eu nunca brigávamos – estranho para um irmão e uma irmã –, mas talvez fosse porque tínhamos visto o suficiente. Às vezes ela pegava minha mão ou dizia para darmos uma volta. Quase sempre íamos para o quarto dela, e Camille colocava uma de suas músicas bobas preferidas e me falava sobre ela, por que a apreciava tanto, como se tivesse significados ocultos, e depois me contava sobre algum garoto da escola de quem gostava. Eu ficava sentado ali escutando e sentia um contentamento incrível.

Não dava para entender. Por que aquela fotografia...?

Havia mais uma coisa no envelope.

Virei-o de cabeça para baixo. Nada. Enfiei a mão até o fundo. Parecia ser uma ficha de papel. Puxei. Sim, uma ficha branca com linhas vermelhas. Esse lado – o pautado – não tinha nada escrito. Mas no outro – que era todo branco – alguém havia anotado três palavras, todas em maiúscula:

O PRIMEIRO ESQUELETO
* * *

– Você já sabe quem mandou a redação? – perguntou Lucy.
– Ainda não – respondeu Lonnie –, mas vou saber.
– Como?

Lonnie estava de cabeça baixa. O ar de bravata havia sumido. Lucy não gostou daquilo. Ele não aprovava o que ela o estava obrigando a fazer. Lucy também não. Mas não havia escolha. Ela trabalhara duro para ocultar seu passado. Tinha mudado de nome. Não deixara Paul encontrá-la. Havia se livrado do cabelo louro natural – caramba, quantas mulheres da sua idade tinham o cabelo louro natural? – e substituído por aquela porcaria castanha.

– Tudo bem – disse ela. – Você ainda vai estar aqui quando eu voltar?

Ele assentiu. Lucy desceu a escada em direção ao carro.

Na TV parece tão fácil conseguir uma nova identidade. Talvez fosse, mas não fora o caso dela. Era um processo lento. Lucy começou mudando o último nome de Silverstein para Gold. De Silver para Gold. Esperta, não? Ela não achava, mas funcionou, ainda lhe deixava um elo com o pai que amava tanto.

Lucy tinha circulado pelo país. O acampamento se fora havia muito tempo. Assim como todos os bens do pai. E então, no fim das contas, a maior parte do que ele tinha sido também se foi.

O que restava de Ira Silverstein, seu pai, estava abrigado numa casa a 15 quilômetros do campus da Universidade Reston. Ela dirigiu, desfrutando do momento de solidão. Escutando Tom Waits cantar que esperava não se apaixonar, mas claro que se apaixonava. Ela entrou no terreno. A casa, uma mansão convertida, localizada numa área grande, era mais bonita do que a maioria. Quase todo o salário de Lucy ia parar ali.

Ela estacionou perto do velho fusca amarelo enferrujado do pai. O carro estava sempre na mesma vaga. Lucy desconfiava que ele não se movera dali no último ano. O pai tinha liberdade. Podia passear a qualquer hora. Entrar e sair. Mas o triste era que ele quase nunca deixava o quarto. Os adesivos esquerdistas que haviam enfeitado o veículo estavam todos desbotados. Lucy tinha uma cópia da chave do fusca e de vez em quando o ligava só para manter a bateria carregada. Fazer aquilo, apenas sentar-se no carro, trazia lembranças. Via Ira dirigindo, a barba cheia, as janelas abertas, o sorriso, o aceno e a buzinada a todos por quem passava.

Ela nunca teve coragem de sair com o carro para dar uma volta.

Lucy se registrou na portaria. Esse lar era altamente especializado, atendendo a residentes idosos com problemas mentais e com histórico de uso de drogas. Parecia haver uma variedade tremenda ali, desde aqueles que pareciam totalmente "normais" até pessoas que poderiam ter trabalhado como figurantes em *Um estranho no ninho*.

Ira era um pouco dos dois.

Ela parou na porta. As costas dele estavam voltadas para Lucy. Ele usava o poncho de cânhamo de sempre. O cabelo grisalho era um tufo em várias direções. "Let's Live for Today", dos Grass Roots, um clássico de 1967, ribombava no que o pai ainda chamava de "hi-fi". Lucy hesitou enquanto Warren Entner fazia a grande contagem "*1, 2, 3, 4*", antes de o grupo explodir em mais um "*ha-la-la-la-la, let's live for today*". Ela fechou os olhos e cantou baixinho as palavras.

Música muito, muito boa.

Havia contas no quarto, batique e um pôster "Where Have All the Flowers Gone?". Lucy sorria, mas havia pouca alegria nisso. Nostalgia era uma coisa; mente deteriorada era outra.

A demência precoce tinha se insinuado – se por idade ou uso de drogas, ninguém podia dizer – e reivindicado um direito. Ira sempre havia sido desligado e vivia no passado, de modo que era difícil precisar como fora esse mergulho gradual. Era isso que os médicos diziam. Mas Lucy sabia que o baque inicial, o empurrão ladeira abaixo, ocorrera naquele verão. Ira se culpou muito pelo que acontecera na floresta. Era seu acampamento. Deveria ter feito mais para proteger os campistas.

A mídia foi atrás dele, mas não tão duramente quanto as famílias. Ira era um homem muito zen para lidar com aquilo. Ficou arrasado.

Mal saía do quarto agora. A mente ia de uma década a outra, mas aquela – a de 60 – era a única em que se sentia confortável. Na metade do tempo, achava que ainda estava em 1968. Outras vezes, sabia a verdade – era possível notar em sua expressão –, mas não queria encarar a realidade. Assim, como parte da nova "terapia de validação", os médicos deixavam seu quarto, para todos os efeitos, ser 1968.

O médico havia explicado que esse tipo de demência não melhora com a idade, de forma que é melhor que o paciente fique o mais feliz e desestressado possível, mesmo que isso signifique viver em um mundo paralelo. Ira queria que fosse 1968, era onde se sentia mais feliz. Por que ir contra isso, então?

– Oi, Ira.

Ira – ele nunca quisera que ela o chamasse de "pai" – fez o giro lento dos "medicados" em direção à voz dela. Levantou a mão, como se submerso, e acenou.

– Oi, Luce.

Ela disfarçou as lágrimas. Ele sempre a reconhecia. Se o fato de ele estar vivendo em 1968, quando a filha ainda nem havia nascido, fazia isso parecer uma contradição... ora, era mesmo. Mas isso nunca abalava sua ilusão.

Ele sorriu para ela. Ira sempre fora muito bondoso, generoso, infantil e ingênuo para esse mundo tão cruel. Ela se referia a ele como um "ex-hippie", mas isso sugeria que em algum momento Ira deixara de ser hippie. Tempos depois de todo mundo ter aposentado batique, *flower power* e artesanato de contas, ter cortado o cabelo e tirado a barba, Ira permanecia fiel à causa.

Durante a maravilhosa infância de Lucy, ele nunca ergueu a voz para ela. Não tinha quase filtro, limites, queria que a filha visse e experimentasse tudo, até o que era provavelmente impróprio. Muito estranhamente, essa falta de censura tornara sua filha única, Lucy Silverstein, algo pudica para os padrões da época.

– Que bom que você veio... – disse Ira, meio cambaleando em sua direção.

Ela deu um passo para dentro e o abraçou. O pai cheirava a velhice e odor corporal. O cânhamo precisava de uma lavagem.

– Como está se sentindo, Ira?

– Ótimo. Nunca estive melhor.

Ele abriu um frasco e pegou uma vitamina. Ira fazia muito isso. Apesar do jeito anticapitalista, o pai havia feito uma pequena fortuna com vitaminas no início dos anos 1970. Aproveitou e comprou aquela propriedade na fronteira entre Pensilvânia e Nova Jersey. Por um tempo, dirigiu-a como comunidade. Mas não durou. Então a transformou em acampamento de verão.

– Como vai você? – perguntou ela.

– Melhor impossível, Luce.

E começou a chorar. Lucy se sentou com ele e segurou sua mão. Ele chorava, depois ria, então chorava de novo. Ficava repetindo para ela quanto a amava.

– Você é tudo, Luce – dizia ele. – Eu vejo você... vejo tudo que deveria ver. Entende o que eu quero dizer?

– Eu amo você também, Ira.

– Está vendo? É isso que eu quero dizer. Sou o homem mais rico do mundo.

Depois chorou outra vez.

Ela não podia ficar muito. Precisava voltar à sua sala e ver o que Lonnie tinha descoberto. Ira pousara a cabeça em seu ombro. A caspa e o mau cheiro a estavam afetando. Quando uma enfermeira entrou, Lucy aproveitou a interrupção para se desvencilhar dele. Odiou-se por aquilo.

– Volto semana que vem, ok?

Ira assentiu. Estava sorrindo quando ela partiu.

No corredor, a enfermeira – Lucy sempre esquecia o nome dela – estava esperando.

– Como ele tem passado? – indagou.

Era uma pergunta retórica. Todos aqueles pacientes estavam mal, mas as famílias não queriam saber. A enfermeira então costumava responder:

– Ah, ele vai bem.

Mas dessa vez disse:

– Seu pai anda mais agitado ultimamente.

– Como assim?

– Ira é, em geral, o homem mais gentil e meigo do universo. Mas o humor dele oscila.

– Ele sempre teve oscilações de humor.

– Não assim.

– Ele tem sido desagradável?

– Não. Não é que...

– O que é?

Ela deu de ombros.

– Ele tem falado muito do passado.

– Ele sempre fala sobre os anos 1960.

– Não, nem tão passado assim.

– O quê, então?

– Ele fala de um acampamento de verão.

Lucy sentiu um leve golpe no peito.

– O que ele diz?

– Diz que era dono de um acampamento de verão. E depois o perdeu. Começa a esbravejar sobre sangue, floresta, escuridão, coisas assim. Depois se recusa a contar mais. É esquisito. E, até antes da semana passada, eu nunca o tinha ouvido dizer uma palavra sobre acampamento, muito menos que ele teve um. A menos que, claro, a mente de Ira esteja variando. Talvez só esteja imaginando que teve?

Lucy não respondeu. Do outro lado do corredor, outra enfermeira chamou:

– Rebecca?

A enfermeira, que ela então se lembrou se chamar Rebecca, disse:

– Eu preciso ir.

Quando Lucy ficou sozinha no corredor, olhou de novo para o quarto. O pai estava de costas para ela. Olhava para a parede. Ela se perguntou o que estaria acontecendo na cabeça dele, o que não estava lhe contando.

O que ele realmente sabia sobre aquela noite.

Ela saiu rapidamente e se dirigiu para a porta. Foi até a recepcionista, que lhe pediu que assinasse a saída. Cada paciente tinha a própria página. Ela procurou a de Ira e virou o livro para Lucy, que já estava de caneta na mão para assinar, dando a mesma rubrica distraída que dera na entrada, quando se deteve.

Havia outro nome lá.

Na semana anterior. Ira recebeu outra visita. Primeira e única. Lucy franziu a testa e leu o nome. Era um nome completamente estranho.

Quem poderia ser um tal de Manolo Santiago?

capítulo dez

O PRIMEIRO ESQUELETO

Eu ainda segurava a fotografia do meu pai.

Naquele momento, precisava desviar o caminho para encontrar Raya Singh. Olhei para a ficha. O primeiro esqueleto. Implicação: haveria mais de um.

Mas vamos começar com esse – meu pai.

Havia apenas uma pessoa que poderia me ajudar quando se tratava do meu pai e seus esqueletos em potencial. Peguei o celular e apertei o número seis. Eu raramente ligava para aquele número, mas ele ainda estava na minha lista de chamadas rápidas. Meu palpite era que ficaria para sempre.

Ele respondeu ao primeiro toque com sua voz cavernosa e baixa:
– Paul.

Mesmo tendo falado uma só palavra, ela vinha carregada de sotaque.
– Oi, tio Sosh.

Sosh não era meu tio de verdade. Era um amigo próximo da família, do antigo país. Eu não o encontrava havia três meses, desde o funeral do meu pai, mas, assim que ouvi a voz, visualizei sua figura de urso gigante. Meu pai dizia que tio Sosh fora o homem mais forte e temido de Pulkovo, a cidade nos arredores de Leningrado onde os dois haviam sido criados.

– Há quanto tempo – disse ele.
– Eu sei. Me desculpe.

Ele emitiu um som de fastio por eu ter me desculpado.
– Achei mesmo que você ia ligar hoje.

Aquilo me surpreendeu.
– Por quê?
– Porque, meu jovem sobrinho, precisamos conversar.
– Sobre o quê?
– Sobre por que nunca converso nada ao telefone.

Os negócios de Sosh, se não eram ilegais, situavam-se numa área nebulosa.

– Estou na minha casa na cidade. – Sosh tinha uma espaçosa cobertura na Rua 36, em Manhattan. – Quando você pode vir até aqui?

– Eu chego em meia hora se não tiver engarrafado – respondi.
– Esplêndido. A gente se vê, então.
– Tio Sosh?

Ele ficou esperando. Olhei para a fotografia do meu pai no banco do carona.

– Pode me adiantar o assunto?
– É sobre seu passado, Pavel – disse ele com aquele sotaque forte, usando meu nome russo. – É sobre o que deve permanecer no seu passado.
– O que isso quer dizer?
– A gente conversa – retrucou ele outra vez. Depois desligou.

Não havia engarrafamento e o percurso até a casa de tio Sosh durou praticamente 25 minutos. O porteiro vestia um desses uniformes ridículos com borlas. A roupa, o que era interessante, já que Sosh vivia aqui nos Estados Unidos, me lembrava algo que Brezhnev usaria num desfile de Primeiro de Maio. O porteiro me conhecia e já fora avisado de que eu estava chegando. Quando não é prevenido, ele nem toca o interfone. Você simplesmente não sobe.

O velho amigo de Sosh, Alexei, estava na porta do elevador. Alexei Kokorov trabalhava como segurança do meu tio desde que consigo me lembrar. Provavelmente já tinha 60 e muitos anos, um pouco mais novo que Sosh, e era um homem muito feio. Tinha um nariz de batata, vermelho. O rosto parecia uma teia de aranha de veias. Da bebida, imaginava eu. O paletó e a calça não caíam muito bem, mas sua compleição não era do tipo feito para a alta-costura.

Alexei não parecia feliz em me ver, mas ele não era mesmo de muitos sorrisos. Segurou a porta do elevador para mim. Entrei sem dizer uma palavra. Ele me cumprimentou secamente com um aceno de cabeça e deixou a porta se fechar. Fiquei sozinho.

O elevador dava direto na cobertura.

Tio Sosh estava a alguns metros da porta. O ambiente era amplo. A mobília cubista. A janela panorâmica mostrava uma vista deslumbrante, mas as paredes eram forradas com um papel grosso, parecendo uma tapeçaria, numa cor que provavelmente tinha um nome chique, tipo "merlot", mas que para mim era vermelho-sangue mesmo.

O rosto de Sosh se iluminou ao me ver. Ele estendeu as mãos. Uma das minhas recordações de infância mais vívidas era o tamanho daquelas mãos.

Ainda eram imensas. O cabelo havia embranquecido com o passar dos anos, mas mesmo agora, quando eu calculava que ele estaria com seus 70 e poucos anos, eu podia sentir o tamanho, a força e algo que se aproximava à reverência.

Eu parei do lado de fora do elevador.

– O que foi – começou ele –, está velho demais para um abraço?

Andamos na direção um do outro. Conforme a tradição de sua origem russa, foi um abraço de urso. Um vigor emanava dele. Os braços eram ainda duas grossas toras. Ele me apertou com força, e senti que se me apertasse um pouquinho mais, poderia quebrar minha coluna.

Após alguns segundos, Sosh agarrou meus braços perto do bíceps e esticou os seus a fim de me observar bem.

– Seu pai – disse ele, a voz espessa com algo mais além do sotaque. – Você é a cara do seu pai.

Sosh viera da União Soviética não muito depois de nós. Ele trabalhava na InTourist, a companhia de turismo soviética, no escritório de Manhattan. Sua função era ajudar turistas americanos que desejassem visitar Moscou e o que era então chamado de Leningrado.

Isso fora há muito tempo. Desde a queda do governo soviético, ele trabalhava com esse negócio nebuloso que as pessoas chamavam de "importação--exportação". Eu nunca soube o que isso significava exatamente, mas dera para comprar aquela cobertura.

Sosh ficou olhando para mim por mais uns momentos. Vestia camisa branca desabotoada o suficiente para se ver o decote em V da camiseta por baixo, que deixava escapar um tufo enorme de pelos brancos. Fiquei esperando. Não iria demorar. Tio Sosh não era de conversa fiada.

Como se lesse minha mente, ele me encarou com firmeza e disse:

– Venho recebendo telefonemas.

– De quem?

– Velhos amigos.

Aguardei.

– Do antigo país – disse ele.

– Não sei se estou entendendo.

– As pessoas estão fazendo perguntas.

– Sosh?

– Sim?

– Ao telefone você demonstrou preocupação em estarmos sendo espionados. Você tem medo de que isso aconteça aqui?

– Não. Aqui é absolutamente seguro. Faço varredura do ambiente uma vez por semana.

– Ótimo. Então que tal parar de ser enigmático e me contar o que está acontecendo?

Ele riu, gostava daquilo.

– Umas pessoas. Uns americanos. Eles estão em Moscou, oferecendo dinheiro para todos os lados e fazendo perguntas.

Balancei a cabeça para mim mesmo.

– Perguntas sobre o quê?

– Sobre seu pai.

– Que tipo de perguntas?

– Você se lembra dos velhos boatos?

– Você está brincando comigo?

Mas não estava. E, de uma forma estranha, isso fazia sentido. O primeiro esqueleto. Eu devia ter adivinhado.

Lembrava-me dos boatos, claro. Eles tinham quase destruído a família.

Minha irmã e eu nascemos no país que era então chamado de União Soviética durante o que era então chamado de Guerra Fria. Meu pai fora médico, mas perdeu a licença sob acusações de incompetência, inventadas apenas porque era judeu. Era assim naquele tempo.

Ao mesmo tempo, uma sinagoga reformista aqui dos Estados Unidos – em Skokie, Illinois, para ser mais específico – estava trabalhando com afinco em prol dos judeus soviéticos. Em meados dos anos 1970, eles eram uma espécie de causa célebre nos templos americanos: queriam tirar os judeus da União Soviética.

Tivemos sorte. Eles nos tiraram.

Durante muito tempo, fomos aclamados como heróis em nossa nova terra. Meu pai falava com veemência nos cultos de sexta-feira à noite sobre a situação dos judeus soviéticos. Crianças usavam broches na lapela em apoio. Dinheiro era doado. Só que, cerca de um ano depois de nossa chegada, meu pai e o rabino principal tiveram um desentendimento; de repente, havia rumores de que ele conseguira sair da União Soviética porque era na verdade agente da KGB, que nem era judeu, que era tudo uma farsa. As acusações foram patéticas, contraditórias, falsas e agora já tinham mais de 25 anos.

Balancei a cabeça.

– Eles estão tentando provar que meu pai era agente da KGB?

– Sim.

Maldito Jenrette. Eu estava começando a entender. Eu era uma espécie de figura pública. Mesmo que no fim das contas ficasse provado que as acusações eram falsas, causariam dano. Eu devia ter imaginado. Há 25 anos, minha família perdera quase tudo por causa daquela história. Saímos de Skokie e nos mudamos para o leste, Newark. A família nunca mais foi a mesma.

Ergui o olhar.

– Você disse antes que sabia que eu ia ligar.

– Se você não tivesse telefonado, eu ia ligar para você hoje.

– Para me prevenir?

– Sim.

– Então – falei – eles devem ter alguma coisa.

Ele não respondeu. Observei seu rosto. E foi como se todo meu mundo, tudo em que cresci acreditando, estivesse ruindo.

– Meu pai era da KGB, Sosh? – perguntei.

– Isso foi há muito tempo – desconversou ele.

– Isso quer dizer que sim?

Sosh sorriu devagar.

– Você não entende como funcionava.

– E eu pergunto de novo: isso quer dizer que sim?

– Não, Pavel. Mas seu pai... Era esperado que ele fosse.

– O que você quer dizer com isso?

– Sabe como eu vim para cá?

– Você trabalhava para uma companhia de viagens.

– Era a União Soviética, Pavel. Não havia companhias. A InTourist era administrada pelo governo. Tudo era comandado pelo governo. Entende?

– Acho que sim.

– Então, quando o governo soviético tinha chance de enviar alguém para morar em Nova York, você acha que eles mandavam o cara que era mais competente em fazer reserva para férias? Ou mandavam quem poderia ajudar o governo de outras formas?

Eu pensava no tamanho de suas mãos, no seu vigor.

– Você era agente da KGB?

– Eu era coronel do Exército. A gente não chamava de KGB. Mas, sim, acho que você pode chamar de – ele fez sinal de aspas com os dedos – "espião". Eu me encontrava com funcionários do governo americano. Tentava suborná-los. As pessoas sempre pensam que ficamos sabendo de coisas importantes, coisas que podem mudar o equilíbrio do poder. Isso é uma grande bobagem.

Não ficamos sabendo de nada relevante. Nunca. E os espiões americanos? Eles nunca descobriram nada sobre a gente também. Ficávamos passando bobagens de um lado para outro. Era um jogo idiota.

– E meu pai?

– O governo soviético o deixou sair. Seus amigos judeus acham que foi porque eles fizeram muita pressão. Mas, por favor... um monte de judeus, de uma sinagoga, achava realmente que podia pressionar um governo que não dava satisfação a ninguém? É quase cômico.

– Então você está dizendo que...?

– Só estou lhe contando como era. Seu pai prometeu que ia ajudar o regime? Claro. Mas só para poder sair. É complicado, Pavel. Você não imagina como era para ele. Seu pai era um médico bom e um homem melhor ainda. O governo inventou acusações de que ele tinha cometido erros médicos. Caçaram a licença dele. Depois sua avó e seu avô... meu Deus, aqueles pais maravilhosos de Natasha... você era jovem demais para se lembrar...

– Eu me lembro – intervim.

– Lembra?

Fiquei pensando se me lembrava mesmo. Tenho aquela imagem de meu avô, do tufo de cabelo branco, da gargalhada estrondosa, e da minha avó, repreendendo-o com delicadeza. Mas eu tinha 3 anos quando foram levados embora. Será que eu me lembrava mesmo deles ou aquela velha foto que ainda guardo teria ganhado vida? Seria uma recordação de verdade ou algo que imaginei a partir das histórias da minha mãe?

– Seus avós eram intelectuais, professores universitários. Seu avô era chefe do departamento de história. Sua avó, uma matemática brilhante. Você sabe disso, não?

Assenti.

– Minha mãe dizia que aprendia mais durante as discussões à mesa de jantar do que na escola.

Sosh sorriu.

– Provavelmente é verdade. Os acadêmicos mais brilhantes procuravam seus avós. Claro, isso chamou a atenção do governo. Eles foram chamados de radicais. Você se lembra de quando foram presos?

– Me lembro das consequências – falei.

Ele fechou os olhos por um longo instante.

– Do que isso causou à sua mãe?

– Sim.

– Natasha nunca mais foi a mesma. Você entende isso?

– Entendo.

– E aí estava seu pai. Ele tinha perdido tanta coisa: a carreira, a reputação, a licença e depois os sogros. E, de repente, deprimido como estava, o governo lhe dava uma saída. A chance de um novo começo.

– Uma vida nos Estados Unidos.

– Sim.

– E tudo que ele tinha que fazer era espionar?

Sosh abanou a mão de forma evasiva na minha direção.

– Você não entende? Era um grande jogo. O que um homem como seu pai poderia ficar sabendo? Mesmo que tentasse, o que ele não fez, o que poderia contar a eles?

– E minha mãe?

– Natasha era só uma mulher para eles. O governo não dava a mínima para as mulheres. Ela foi um problema durante um tempo. Como eu disse, os pais dela, seus avós, eram radicais, na opinião deles. Você falou que se lembra de quando eles foram pegos?

– Acho que me lembro.

– Seus avós formaram um grupo que tentava revelar à população as violações de direitos humanos. Eles estavam progredindo bem até um traidor entregá-los. Os agentes vieram à noite.

Ele se calou.

– O que foi? – perguntei.

– É difícil contar isso. O que aconteceu com eles.

Dei de ombros.

– Você não pode mais feri-los.

Ele ficou calado.

– O que aconteceu, Sosh?

– Eles foram mandados para um gulag, um campo de trabalhos forçados. As condições eram terríveis. Seus avós não eram mais jovens. Você sabe como tudo terminou?

– Eles morreram – respondi.

Sosh se afastou de mim. Foi até a janela. Ele tinha uma vista esplêndida do rio Hudson. Havia dois transatlânticos atracados no porto. À esquerda, era possível ver até a Estátua da Liberdade. Manhattan é tão pequena, 13 quilômetros de ponta a ponta, e, como com Sosh, sempre é possível sentir seu vigor.

– Sosh?
Quando ele falou de novo, a voz era baixa:
– Você sabe como eles morreram?
– Como você comentou antes. As condições eram terríveis. Meu avô tinha problema de coração.
Ele ainda não havia se virado para mim.
– O governo não tratava a doença dele. Não lhe dava nem os remédios. Ele morreu em três meses.
Fiquei aguardando.
– O que você não está me contando, Sosh?
– Sabe o que aconteceu com sua avó?
– Sei o que minha mãe me contava.
– Conte para mim – pediu ele.
– A vovó ficou doente também. Quando o vovô se foi, o coração não aguentou. A gente sempre ouve falar que isso acontece com casais idosos. Um morre; o outro desiste de viver logo depois.
Ele continuou calado.
– Sosh?
– De certa forma – disse ele –, acho que isso foi verdade.
– De certa forma?
Sosh mantinha o olhar fixo no que estava do outro lado da janela.
– Sua avó se suicidou.
Meu corpo se retesou. Comecei a balançar a cabeça.
– Ela se enforcou com um lençol.
Fiquei ali sentado. Pensava na foto da minha avó, naquele sorriso matreiro. Pensava nas histórias que minha mãe contava sobre ela, o intelecto aguçado e a língua afiada. Suicídio.
– Minha mãe sabia?
– Sim.
– Ela nunca me contou.
– Talvez eu não devesse também.
– Por que me revelou tudo, então?
– Preciso que você entenda como foi. Sua mãe era uma mulher linda. Tão agradável e delicada. Seu pai a adorava. Mas quando os pais dela foram pegos e depois, ora, praticamente executados, ela nunca mais foi a mesma. Você sentia isso, certo? Aquela melancolia? Antes mesmo da sua irmã.
Eu não respondi, mas de fato eu sentia isso.

— Eu queria que você soubesse como foi – disse ele – para sua mãe. Para que você possa entender melhor.

— Sosh?

Ele esperou, ainda não tinha se voltado da janela.

— Você sabe onde está minha mãe?

Ele ficou calado por um longo tempo.

— Sosh?

— Eu sabia – respondeu ele – logo que ela fugiu.

Engoli em seco.

— Para onde ela foi?

— Natasha voltou para casa.

— Não entendi.

— Voltou para a Rússia.

— Por quê?

— Você não pode culpá-la, Pavel.

— Não a estou culpando. Só quero saber por quê.

— Pode-se fugir de casa como eles fizeram. As pessoas tentam. A gente odeia o governo, mas nunca as pessoas. Pátria é pátria. Sempre.

Ele se virou para mim. Nossos olhares se encontraram.

— E foi por isso que ela fugiu?

Ele ficou parado.

— Esse foi o raciocínio dela? – perguntei, quase aos gritos. Sentia o sangue ferver. – Porque "pátria é pátria"?

— Você não está escutando.

— Sim, Sosh, estou escutando. Pátria é pátria. Isso é uma grande besteira. Que tal família é família? Marido é marido? Ou, o que vem mais ao caso, filho é filho?

Ele não respondeu.

— E nós, Sosh? Eu e meu pai?

— Não tenho uma resposta para você, Pavel.

— Você sabe onde ela está agora?

— Não.

— Isso é verdade?

— É.

— Mas você poderia encontrá-la, não?

Ele não fez que sim nem que não.

— Você tem uma filha – disse Sosh. – Tem uma boa carreira.

– E?

– Isso é tão passado. Passado é para os mortos, Pavel. Ninguém quer trazer os mortos de volta. A gente quer enterrá-los e seguir em frente.

– Minha mãe não está morta – falei –, está?

– Eu não sei.

– Então por que você está falando sobre os mortos? E, Sosh, enquanto estamos aqui falando sobre eles, aí vai mais uma coisa para se pensar.

Não consegui me controlar e então disse:

– Eu não tenho nem mais certeza se minha irmã está morta.

Eu esperava ver uma expressão de choque no rosto dele, mas não. Ele nem pareceu surpreso.

– Para você – disse Sosh.

– Para mim, o quê?

– Para você – continuou ele –, as duas deveriam estar mortas.

capítulo onze

Tirei da cabeça as palavras de tio Sosh e voltei pelo túnel Lincoln. Eu precisava focar em duas coisas e só nelas. Foco um: condenar aqueles dois canalhas que tinham estuprado Chamique Johnson. E foco dois: descobrir onde Gil Perez se enfiara nos últimos vinte anos.

Verifiquei o endereço que o detetive York me dera, da testemunha/namorada. Raya Singh trabalhava num restaurante indiano chamado Sr. Curry.

A foto do meu pai ainda estava no banco da frente. Não me preocupavam muito aquelas alegações de que ele fora agente da KGB. Já praticamente as esperava depois da minha conversa com Sosh. Li outra vez a ficha:

O PRIMEIRO ESQUELETO

O primeiro. Isso sugeria que outros estavam a caminho. Com a provável contribuição financeira de Marantz, Monsieur Jenrette claramente não estava medindo gastos. Se descobriram aquelas acusações antigas contra meu pai – que já tinham mais de 25 anos –, estavam com certeza desesperados e famintos.

O que mais descobririam?

Eu não era um cara mau. Mas também não era perfeito. Ninguém é. Eles iriam descobrir alguma coisa. E exagerariam bastante. Poderia resultar num grave prejuízo para a JaneCare, a minha reputação, a minha ambição política – mas Chamique tinha esqueletos também. Eu a havia convencido a tirá-los e mostrá-los ao mundo.

Eu poderia pedir a mim mesmo menos do que isso?

Quando cheguei ao restaurante indiano, meti o carro no estacionamento e desliguei o motor. Não estava na minha jurisdição, mas achava que isso seria importante. Olhei pela janela do carro, pensei outra vez no esqueleto e liguei para Loren Muse. Quando ela atendeu, me identifiquei e disse:

– Talvez eu esteja com um pequeno problema.

– Que problema?

– O pai de Jenrette está vindo para cima de mim.

– Como?

– Revirando meu passado.

– Ele vai encontrar alguma coisa?
– Quando se revira o passado de alguém – falei –, sempre se encontra alguma coisa.
– No meu não – disse ela.
– Mesmo? E aqueles cadáveres no Reno?
– Absolvida de todas as acusações.
– Ótimo, excelente.
– Só estou brincando com você, Cope. Fazendo graça.
– Você é hilária, Muse. Seu senso de humor. Tão positivo.
– Ok, vamos ao que interessa, então. O que você quer comigo?
– Você é amiga de alguns detetives particulares da região, certo?
– Certo.
– Faça umas ligações. Veja se consegue descobrir quem está atrás de mim.
– Ok, vou cuidar disso.
– Muse?
– O quê?
– Isso não é prioridade. Se não houver efetivo para fazer isso, deixa pra lá.
– Tem, sim. Eu estou aqui.
– Como você acha que fomos hoje?
– Foi um bom dia para os mocinhos – disse ela.
– Sim.
– Mas provavelmente não o bastante.
– Cal e Jim?
– Ando com vontade de abater todo homem com esses nomes.
– Vá em frente – falei, desligando.

Em termos de decoração interior, os restaurantes indianos parecem se encaixar em duas categorias: muito escuros e muito claros. Esse era claro e colorido no pseudoestilo de um templo hindu, embora muito brega. Havia mosaicos falsos, estátuas iluminadas de Ganesha e outras divindades com as quais não tenho a menor intimidade. As garçonetes vestiam roupas que deixavam o ventre à mostra; o traje me fazia lembrar aquele da irmã malvada em *Jeannie é um gênio*.

Nós todos nos agarramos a nossos estereótipos, mas a cena dava a impressão de que um número musical de Bollywood iria começar a qualquer momento. Tento ter consideração pelas culturas estrangeiras, porém, por mais que me esforce, detesto a música que eles tocam nos restaurantes indianos. Naquele momento, parecia uma cítara torturando um gato.

A recepcionista franziu a testa quando entrei.

– São quantas pessoas? – perguntou.

– Não vim comer.

Ela ficou esperando.

– Raya Singh está aqui?

– Quem?

Repeti o nome.

– Eu não... Espera, é a garota nova. – Ela cruzou os braços e não falou mais nada.

– Ela está aqui? – perguntei.

– Quem quer saber?

Fiz um arco com a sobrancelha, mas não era bom nisso. Tentava aparentar despreocupação, mas acabava parecendo que estava resfriado.

– O presidente dos Estados Unidos.

– Hein?

Entreguei-lhe meu cartão de visita. Ela leu e depois me surpreendeu gritando:

– Raya! Raya Singh!

Raya Singh deu um passo à frente e eu, um para trás. Ela era mais jovem do que eu havia esperado, 20 e poucos anos, e absolutamente deslumbrante. A primeira coisa em que se reparava – não tinha como não reparar com aquele traje – era que ela possuía mais curvas do que seria anatomicamente possível. Mesmo parada, parecia que estava se movimentando. O cabelo era despenteado, negro, e implorava para ser tocado. A pele era mais dourada do que parda e ela tinha olhos amendoados, em que um homem poderia mergulhar e não encontrar mais a saída.

– Raya Singh? – perguntei.

– Sim.

– Meu nome é Paul Copeland. Sou o promotor do condado de Essex. Podemos conversar um instante?

– É sobre o assassinato?

– Sim.

– Claro, então.

A voz era educada com um toque de colégio interno da Nova Inglaterra, que tinha mais refinamento do que localidade geográfica. Eu tentava não olhar demais. Ela percebeu e sorriu um pouco. Não queria parecer pervertido porque não era o caso. A beleza feminina me afeta. Acho que não sou o único. Afeta-me tanto quanto uma obra de arte, um Rembrandt ou um Michelangelo. Tanto quanto uma vista noturna de Paris ou o nascer do sol no Grand Canyon ou a cor turquesa de um céu do Arizona. Meus pensamentos não eram ilícitos, racionalizava eu, mas artísticos.

Ela me levou para a rua, onde era mais tranquilo. Passou os braços em torno de si como se estivesse com frio. O movimento, como quase todos que fazia, tinha quase duplo sentido. Provavelmente não conseguia evitar. Tudo nela levava a pensar em céus enluarados e camas com dossel – e acho que isso põe abaixo meu raciocínio "artístico". Fiquei tentado a lhe oferecer meu casaco, mas não estava nem um pouco frio. Ah, e eu não estava usando casaco.

– Você conhece um homem chamado Manolo Santiago? – perguntei.

– Ele foi assassinado – disse ela.

A voz possuía um trinado estranho, como se ela estivesse fazendo teste para um papel.

– Mas você o conhecia?

– Sim, conhecia.

– Vocês eram amantes?

– Ainda não.

– Ainda não?

– Nosso relacionamento – respondeu – era platônico.

Meu olhar se moveu para a calçada e depois atravessou a rua. Melhor. Não estava muito preocupado com o assassinato nem com quem o cometera. Minha preocupação era saber mais sobre Manolo Santiago.

– Você sabe onde o Sr. Santiago morava?

– Não, lamento. Não sei.

– Como vocês dois se conheceram?

– Ele me abordou na rua.

– Sem mais nem menos? Parou você na rua?

– Sim – respondeu ela.

– E depois?

– Ele me perguntou se eu tomaria um café com ele.

– E você foi?

– Sim.

Aventurei-me a olhar para ela outra vez. Linda. O traje verde-água contra a pele escura... totalmente mortal.

– Você sempre faz isso? – perguntei.

101

— O quê?
— Aceita convites de estranhos para tomar café?
Isso pareceu diverti-la.
— Eu sou obrigada a justificar minha conduta para o senhor?
— Não.
Ela ficou calada.
— Precisamos saber mais sobre o Sr. Santiago – comentei.
— Posso perguntar por quê?
— Manolo Santiago era um nome falso. Estou tentando descobrir a identidade verdadeira, para começar.
— Eu não sei.
— Arriscando ultrapassar meus limites – falei –, não consigo entender.
— Entender o quê?
— Os homens devem dar em cima de você o tempo todo.
Seu sorriso foi maroto e intencional.
— Sinto-me lisonjeada, Sr. Copeland. Obrigada.
Tentei não me desvirtuar.
— Por que você aceitou o convite dele?
— Isso é importante?
— Poderia me fornecer alguma pista sobre ele.
— Não consigo imaginar o quê. E se eu dissesse, por exemplo, que o achei atraente? Ajudaria?
— Você o achou?
— Achei o quê, ele atraente? – Outro sorriso. Uma mecha desalinhada de cabelo caiu sobre o olho direito. – O senhor parece até que está com ciúme.
— Srta. Singh?
— Sim?
— Estou investigando um assassinato. Talvez seja hora de parar de brincadeira.
— O senhor acha possível? – Ela recolocou a mecha de cabelo no lugar. Aguentei firme. – Ok, então – disse ela. – Parece justo.
— Você pode me ajudar a ter uma ideia de quem ele era realmente?
Ela ficou pensando.
— Os registros do celular dele, talvez?
— Já verificamos. Sua chamada era a única registrada.
— Ele tinha outro número – disse ela. – Antes desse.
— Você se lembra desse número?

Ela assentiu. Peguei uma caneta pequena e escrevi no verso de um de meus cartões.
– Mais alguma coisa?
– Na verdade, não.
Peguei outro cartão e escrevi o número do meu celular.
– Se você se lembrar de mais alguma coisa, pode me ligar?
– Claro.
Entreguei-o a ela. Ela apenas me olhou e sorriu.
– Que foi?
– O senhor não usa aliança, Sr. Copeland.
– Não sou casado.
– Divorciado ou viúvo?
– Como você sabe que eu não sou um solteirão inveterado?
Raya Singh não se deu ao trabalho de responder.
– Viúvo – falei.
– Lamento.
– Obrigado.
– Quanto tempo faz?
Eu ia responder que não era da conta dela, mas preferi me manter nas suas boas graças. E dane-se que ela fosse linda.
– Quase seis anos.
Ela olhou para mim com aqueles olhos.
– Obrigado por colaborar – comentei.
– Por que o senhor não me convida para sair? – perguntou ela.
– Perdão?
– Eu sei que me achou bonita. Sou solteira, o senhor também. Por que não me convida para sair?
– Não misturo a vida profissional com a pessoal.
– Eu sou de Calcutá. Já esteve lá?
A mudança de assunto me desestabilizou por um instante. O sotaque não parecia combinar muito com o local, mas isso não significava muito hoje em dia. Respondi que não, mas que obviamente já ouvira falar.
– Se já ouviu – disse ela –, é pior ainda.
Fiquei quieto, me perguntando aonde ela queria chegar com aquilo.
– Eu tenho um projeto de vida – contou ela. – A primeira parte era chegar aqui. Nos Estados Unidos.
– E a segunda?

103

– As pessoas fazem qualquer coisa para vencer na vida. Umas jogam na loteria. Outras sonham em ser, não sei, atletas profissionais. Umas caem na criminalidade, são strippers ou se vendem. Sei dos meus pontos fortes. Sou bonita. Sou também uma pessoa legal e aprendi a ser... – ela parou e escolheu as palavras – ... boa para um homem. Sei fazer um homem incrivelmente feliz. Sei escutá-lo. Posso ficar do lado. Levantar o moral. Posso fazer as noites dele especiais. Posso me entregar a ele sempre que ele quiser e do jeito que quiser. E faço isso com alegria.

Ooooook, pensei.

Estávamos no meio de uma rua movimentada, mas juro que fazia tanto silêncio que eu conseguia ouvir os grilos. Minha boca estava muito seca.

– Manolo Santiago – falei, numa voz que parecia vir de muito longe. – Você achou que ele poderia ser esse homem?

– Achei que talvez – respondeu ela. – Mas não era. O senhor parece legal. Parece saber tratar bem uma mulher. – Raya Singh talvez tenha se movido na minha direção. Não tenho certeza. Mas de repente ela pareceu mais perto. – Vejo que está com problemas, que não dorme bem à noite. Como sabe então, Sr. Copeland?

– Como sei o quê?

– Que eu não sou aquela que vai fazê-lo delirantemente feliz? Como sabe que não vai dormir profundamente ao meu lado?

Eita.

– Não sei – falei.

Ela apenas me encarava. E eu sentia o olhar na ponta do pé. Ah, eu estava sendo manipulado. Sabia. E, no entanto, aquela linha direta, as cartas na mesa sem rodeios... achei tudo estranhamente cativante.

Ou talvez fosse aquela coisa de estar cego pela beleza outra vez.

– Eu tenho que ir embora – anunciei. – Você está com meu número.

– Sr. Copeland?

Aguardei.

– Por que está aqui na verdade?

– Como?

– Qual é seu interesse no assassinato de Manolo?

– Pensei que tivesse explicado. Sou o promotor do condado...

– Não é por isso que está aqui.

Fiquei esperando. Ela apenas me olhava. Perguntei por fim:

– O que a fez pensar isso?

A réplica foi como um gancho de esquerda.

– O senhor o matou?

– O quê?

– Eu perguntei...

– Eu ouvi você. Claro que não. Por que você perguntaria isso?

Mas Raya Singh me despachou.

– Adeus, Sr. Copeland. – Ela me deu mais um sorriso que me fez sentir como um peixe abandonado numa doca. – Espero que encontre o que está procurando.

capítulo doze

Lucy queria pesquisar no Google o nome "Manolo Santiago" – provavelmente era algum repórter fazendo uma matéria sobre aquele filho da puta do Wayne Steubens, o "Matador do Verão" –, mas Lonnie a estava esperando. Ele não levantou a cabeça quando Lucy entrou. Ela parou do seu lado, pretendendo uma ligeira intimidação.

– Você sabe quem mandou a redação – disse ela.
– Não dá para ter certeza.
– Mas?

Lonnie respirou fundo, preparando-se, esperava ela, para resolver a questão.

– Você sabe alguma coisa sobre rastreio de e-mails?
– Não – respondeu Lucy, voltando para sua mesa.
– Quando se recebe um e-mail, sabe toda essa parafernália de caminhos, ESMTP, identidade da mensagem?
– Finja que sei. E aí?
– Basicamente isso tudo mostra como o e-mail chega até você. Aonde ele foi, de onde veio, qual caminho fez via que serviço de internet para chegar do ponto A ao ponto B. Como se fosse um monte de carimbos de postagem.
– Certo.
– Claro que há formas de enviar anonimamente. Em geral, mesmo quando se faz isso, ficam os rastros.
– Ótimo, Lonnie, super. Se eu estou entendendo, você descobriu algumas dessas pegadas no e-mail com a redação anexada?
– Sim – respondeu Lonnie. Por fim, ele ergueu a cabeça e tentou abrir um sorriso. – Não vou mais perguntar a você por que quer o nome.
– Bom.
– Porque conheço você, Lucy. Como a maioria das mulheres gostosas, você é um pé no saco, mas também é assustadoramente ética. Se você precisa trair a confiança da sua turma, trair seus alunos e a mim e tudo em que acredita, deve haver uma boa razão. De vida ou morte, aposto.

Lucy não confirmou.

– É uma coisa de vida ou morte, certo?
– Só me diga, Lonnie.
– O e-mail veio de um dos computadores da biblioteca Frost.

– Da biblioteca – repetiu ela. – Deve haver o quê, uns cinquenta computadores lá?

– Mais ou menos.

– Então nunca vamos saber quem enviou.

Lonnie fez uma cara de sim e não e inclinou a cabeça.

– Sabemos a hora em que foi enviado. Às 18h42, anteontem.

– E em que isso nos ajuda?

– Os alunos que usam os computadores têm que se registrar, mas não para um computador em especial. O pessoal aboliu isso dois anos atrás. Mas para se conseguir um computador, tem que fazer a reserva por hora. Então fui até a biblioteca e peguei os registros de horário. Comparei a lista de alunos da sua turma com os que tinham reservado computador, entre seis e sete da noite de anteontem.

Ele parou.

– E?

– Só havia um aluno da sua turma nesse horário.

– Quem?

Lonnie foi até a janela e olhou para o pátio.

– Vou dar uma pista – anunciou ele.

– Lonnie, eu não estou para brincadeira.

– O nariz dela – continuou Lonnie – é marrom.

Lucy ficou paralisada.

– Sylvia Potter?

Ele ainda estava de costas para ela.

– Lonnie, você está me dizendo que Sylvia Potter escreveu aquela redação?

– Sim – confirmou ele. – É exatamente o que estou dizendo.

No caminho de volta para o escritório, liguei para Loren Muse.

– Preciso de outro favor.

– Manda.

– Descubra tudo que puder sobre um número de telefone. A quem pertencia. Para quem o cara ligava. Tudo.

– Qual o número?

Passei a ela o número que Raya Singh tinha me dado.

– Certo. Então me dá dez minutos.

– Só?

– Ei, eu não me tornei investigadora-chefe por causa da minha bunda.

– Quem disse?

Ela riu.

– Adoro quando você banca o atrevido, Cope.

– Não se acostume.

Desliguei. Teria minha brincadeira sido inapropriada – ou uma réplica justificável à piada com a bunda? É muito simplista criticar o politicamente correto. Os extremos o tornam alvo fácil para a ridicularização. Mas eu já vi como fica o ambiente de trabalho quando esse tipo de coisa é liberado. Pode se tornar algo intimidador e sinistro.

É como as regras de segurança para crianças de hoje em dia, aparentemente cautelosas demais. Nossos filhos são obrigados a usar capacete para bicicleta. É preciso usar areia especial nos parquinhos, não pode haver brinquedos em que uma criança possa trepar muito alto e, claro, seu filho não deve andar três quarteirões desacompanhado. Sem falar no uso de proteção para a boca e os olhos. É tão fácil zoar essas coisas e depois algum espertalhão envia um e-mail geral dizendo: "Ei, não fizemos nada disso e sobrevivemos." Mas a verdade é que um monte de crianças não sobreviveu.

Antigamente, elas tinham toda a liberdade do mundo. Não sabiam sobre o mal que se escondia nas trevas. Iam para acampamentos na época em que a segurança era frouxa e em que era permitido que crianças fossem crianças. Algumas escapavam para a floresta à noite e nunca mais eram vistas.

Lucy Gold ligou para o quarto de Sylvia Potter. Ninguém atendeu. Nenhuma surpresa. Ela olhou o catálogo telefônico da escola, mas eles não listavam números de celular. Lucy se lembrava de ver Sylvia usando um celular. Enviou então uma mensagem curta por e-mail, pedindo que ela lhe telefonasse assim que possível.

A resposta chegou em menos de dez minutos.

– Pediu que eu ligasse, professora Gold?

– Pedi, Sylvia, obrigada. Você poderia dar uma passada na minha sala?

– Quando?

– Agora, se for possível.

Alguns segundos de silêncio.

– Sylvia?

– É que minha aula de literatura inglesa vai começar – disse ela. – Vou apresentar meu projeto final hoje. Posso passar quando acabar?

– Seria ótimo – respondeu Lucy.

– Devo chegar aí em mais ou menos duas horas.
– Perfeito. Vou estar aqui.
Outro silêncio.
– Pode me dizer qual é o assunto, professora Gold?
– Isso pode esperar, Sylvia. Não se preocupe. A gente se vê depois da sua aula.

– Oi.
Era Loren Muse.
Eu estava de volta ao tribunal na manhã seguinte. A inquirição de Flair Hickory começaria em minutos.
– Oi – cumprimentei.
– Você está com uma cara...
– Uau, você é uma detetive experiente.
– Está preocupado com o interrogatório?
– Claro.
– Chamique vai se sair bem. Você fez um ótimo trabalho.
Assenti, tentando colocar a cabeça de volta no jogo. Muse caminhava a meu lado.
– Ah – disse ela –, aquele telefone que você me deu? Más notícias.
Fiquei esperando.
– É descartável.
Isso significava que alguém o havia comprado com dinheiro vivo, que vinha com uma quantidade predeterminada de minutos e não tinha identificação.
– Eu não preciso saber quem o comprou – falei. – Só preciso saber que chamadas o telefone fez ou recebeu.
– Difícil saber – disse ela –, e impossível pelos canais normais. O dono comprou on-line num site de produtos suspeito. Vou precisar de um tempo para rastrear e fazer muita pressão para conseguir algum registro.
Balancei a cabeça. Entramos na sala do tribunal.
– Outra coisa – disse ela. – Você já ouviu falar na DMV?
– Descobertas Muito Valiosas – falei.
– Certo, o maior escritório de detetives particulares do estado. Cingle Shaker, a mulher que está averiguando os rapazes da fraternidade para mim, trabalhava lá. Dizem que eles estão fazendo uma investigação sobre você sem poupar despesas, tipo perseguir e destruir.
Cheguei à parte da frente da sala.

– Ótimo.

Mostrei a ela uma foto antiga de Gil Perez.

Muse a olhou.

– O que é isso?

– Ainda temos Farrell Lynch fazendo o trabalho de identificação?

– Sim.

– Peça que ele faça uma progressão de idade nessa foto. Que a envelheça uns vinte anos e que deixe a cabeça raspada.

Loren Muse já ia tomar essas providências, mas alguma coisa em meu rosto a deteve. Depois ela deu de ombros e saiu apressada. Sentei-me. O juiz Pierce entrou. Todos se levantaram. E então Chamique Johnson se sentou no banco das testemunhas.

Flair Hickory se pôs de pé e abotoou cuidadosamente o paletó. Franzi a testa. A última vez que eu tinha visto um terno azul naquele tom foi numa foto de baile de formatura em 1978. Ele sorriu para Chamique.

– Bom dia, Srta. Johnson.

Chamique parecia aterrorizada.

– Bom dia – conseguiu responder.

Flair se apresentou como se os dois tivessem acabado de dar de cara um com o outro num coquetel. Depois passou diretamente para a ficha criminal de Chamique. Brando porém firme. Ela fora presa por prostituição, correto? Presa por drogas, correto? Acusada de roubar 84 dólares de um cliente, correto?

Não protestei.

Fazia parte da minha estratégia não esconder nada sobre ela. Eu mesmo trouxera à baila muita coisa durante meu interrogatório, mas Flair estava sendo eficaz. Não lhe pedia ainda que explicasse nada do depoimento. Fazia um aquecimento se atendo aos fatos e registros policiais.

Após vinte minutos, começou o interrogatório para valer.

– Você já fumou maconha, não?

Chamique respondeu:

– Já.

– Você fumou na noite da sua suposta agressão?

– Não.

– Não? – Flair pôs a mão no peito como se a resposta o chocasse. – Humm. Sorveu álcool?

– Sor... o quê?

– Tomou alguma bebida alcoólica? Uma cerveja ou um vinho, talvez?
– Não.
– Nada?
– Nada.
– Humm. Bebida nenhuma? Nem um refrigerante?

Eu ia protestar, mas minha estratégia era deixá-la lidar com aquilo o máximo que pudesse.

– Tomei um pouco de ponche – comentou Chamique.
– Ponche. Entendi. Não tinha álcool?
– Foi o que eles disseram.
– Quem?
– Os caras.
– Que caras?

Ela hesitou.

– Jerry.
– Jerry Flynn?
– É.
– E quem mais?
– Hein?
– Você falou "os caras". No plural. Como sendo mais de um. Jerry Flynn seria só um dos caras. Quem mais então lhe contou que o ponche consumido por você... Por falar nisso, quantos copos você tomou?
– Não sei.
– Mais de um.
– Acho que sim.
– Por favor, não "ache", Srta. Johnson. Mais de um?
– É, provavelmente.
– Mais de dois?
– Não sei.
– Mas é possível?
– É, talvez.
– Então, talvez mais de dois. Mais que três?
– Acho que não.
– Mas não tem certeza.

Chamique deu de ombros.

– Você vai ter que falar.
– Não acho que tomei três. Provavelmente dois. Talvez nem isso tudo.

111

— E a única pessoa que falou que o ponche não era alcoólico foi Jerry Flynn. Está correto?

— Acho que sim.

— Antes você disse "caras", como sendo mais de um. Mas agora está dizendo que foi só uma pessoa. Está mudando seu depoimento?

Fiquei de pé.

— Protesto.

Flair descartou minha intervenção.

— Ele está certo, é uma minúcia. Vamos em frente. — Flair limpou a garganta e pôs a mão direita no quadril. — Você usou alguma droga naquela noite?

— Não.

— Nem mesmo uma tragada, digamos, em um cigarro de maconha?

Chamique balançou a cabeça e depois, lembrando-se de que precisava responder em voz alta, inclinou-se para o microfone e disse:

— Não, nada.

— Humm, certo. Quando foi a última vez que você usou algum tipo de substância?

Levantei-me outra vez.

— Protesto. A palavra *substância* pode significar qualquer coisa... drogas lícitas, drogas ilícitas, medicamentos como aspirina, Tylenol...

Flair pareceu achar graça.

— Você não acha que todo mundo aqui sabe do que eu estou falando?

— Prefiro uma clarificação.

— Srta. Johnson, eu estou falando aqui de drogas ilegais. Como maconha. Ou cocaína. Ou LSD e heroína. Algo assim. Você entende?

— É, acho que sim.

— Então quando foi a última vez que você usou alguma droga?

— Não me lembro.

— Você contou que não usou nenhuma na noite da festa.

— Isso.

— Na noite anterior?

Chamique se retorceu um pouco e, quando respondeu "não", eu não sabia se acreditava nela.

— Vamos ver se eu posso ajudar na linha do tempo. Seu filho tem 15 meses. Está correto?

— Está.

— Você usou alguma droga ilegal depois que ele nasceu?

A voz saiu muito baixa.

– Usei.

– Pode nos dizer de que tipo?

Fiquei outra vez de pé.

– Protesto. Já entendemos. A Srta. Johnson usou drogas no passado. Ninguém nega isso. Isso não torna menos horrível o que os clientes do Sr. Hickory fizeram. Que diferença faz quando?

O juiz olhou para Flair.

– Sr. Hickory?

– Acreditamos que a Srta. Johnson é usuária habitual de drogas e que ela estava drogada naquela noite. O júri deve entender isso quando avaliar a integridade da testemunha.

– A Srta. Johnson já declarou que não havia usado nenhuma droga naquela noite nem *sorvido* – enfatizei de forma sarcástica dessa vez – álcool.

– E eu – disse Flair – tenho o direito de pôr em dúvida suas lembranças. O ponche continha, sim, álcool. Vou chamar o Sr. Flynn, que vai testemunhar que a vítima sabia disso quando tomou. Quero também deixar claro que a Srta. Johnson é uma mulher que não hesitava em usar drogas, nem quando estava criando um filho pequeno...

– Meritíssimo! – gritei.

– Ok, basta. – O juiz bateu o martelo. – Podemos seguir, Sr. Hickory?

– Podemos, meritíssimo.

Sentei-me outra vez. Meu protesto fora idiota. Parecia que eu estava tentando atrapalhar, e pior, tinha dado a Flair a chance de oferecer mais narrativa. Minha estratégia havia sido permanecer em silêncio. Perdera o controle, e isso tivera um custo.

– Srta. Johnson, você está acusando esses rapazes de a estuprarem, está correto?

Levantei-me.

– Protesto. Ela não é advogada nem está familiarizada com definições legais. E já contou o que eles fizeram com ela. É tarefa do tribunal encontrar a terminologia correta.

Flair pareceu achar graça outra vez.

– Não estou pedindo a ela nenhuma definição legal. Só estou curioso acerca do vocabulário dela.

– Por quê? Você vai aplicar algum teste lexical?

– Meritíssimo – disse Flair –, será que eu posso interrogar a testemunha?

– Por que não explica o que está querendo, Sr. Hickory?

– Certo, vou reformular. Srta. Johnson, quando está conversando com seus amigos, você diz a eles que foi estuprada?

Ela hesitou.

– Digo.

– Aham. Me conte uma coisa, Srta. Johnson: você conhece mais alguém que tenha declarado ter sido vítima de estupro?

Eu outra vez:

– Protesto. Relevância?

– Vou permitir.

Flair estava parado perto de Chamique.

– Você pode responder – disse ele, como se a estivesse incentivando.

– Conheço.

– Quem?

– Umas garotas que trabalham comigo.

– Quantas?

Ela ergueu os olhos como se estivesse tentando se lembrar.

– Eu me lembro de duas.

– Elas são strippers ou prostitutas?

– As duas coisas.

– Uma de cada ou...

– Não. Elas fazem as duas coisas.

– Entendi. Esses crimes ocorreram enquanto elas estavam trabalhando ou enquanto estavam de folga?

Levantei-me outra vez.

– Meritíssimo, basta. Qual é a relevância?

– Meu distinto colega está certo – interveio Flair, fazendo um gesto com o braço em minha direção. – Quando ele está certo, está certo. Retiro a pergunta.

Hickory sorriu para mim. Sentei-me vagarosamente, odiando cada momento daquilo.

– Srta. Johnson, conhece algum estuprador?

Eu outra vez:

– Você quer dizer, além dos seus clientes?

Flair me lançou um olhar e depois se virou para o júri, como se dissesse: *Cara, esse não foi o golpe mais baixo que alguém já aplicou?* E foi mesmo.

Por seu lado, Chamique respondeu:

– Não entendo o que você quer dizer.

– Não importa, minha querida – retrucou Flair, como se a resposta dela fosse aborrecê-lo. – Vou voltar a isso mais tarde.

Odeio quando ele diz isso.

– Durante esse suposto ataque, meus clientes, o Sr. Jenrette e o Sr. Marantz, eles usaram máscaras?

– Não.

– Usaram algum tipo de disfarce?

– Não.

– Esconderam o rosto?

– Não.

Flair Hickory balançou a cabeça como se aquilo fosse a coisa mais intrigante que já tivesse ouvido.

– E de acordo com seu depoimento, você foi agarrada contra a vontade e arrastada para o quarto. Isso está correto?

– Sim.

– O quarto onde o Sr. Jenrette e o Sr. Marantz residiam?

– Sim.

– Eles não a atacaram do lado de fora, no escuro, ou em algum lugar que não os incriminasse. Correto?

– Sim.

– Estranho, você não acha?

Eu ia protestar outra vez, mas deixei passar.

– Então você depõe que dois homens a estupraram, que eles não usavam máscaras nem fizeram nada para se disfarçar, que eles na verdade mostraram seus rostos, que fizeram isso no quarto deles com pelo menos uma testemunha vendo você ser forçada a entrar. Está correto?

Eu implorava a Chamique que não fosse tão insípida. Não adiantava.

– Parece que sim, está.

– E no entanto, por alguma razão – Flair parecia de novo o homem mais perplexo que se poderia imaginar –, eles usaram nomes falsos?

Nenhuma resposta. Bom.

Flair Hickory continuava a balançar a cabeça como se alguém tivesse lhe perguntado se dois e dois eram cinco.

– Seus agressores usaram os nomes de Cal e Jim em vez dos seus próprios. Está no seu depoimento, não é, Srta. Johnson?

– Está.

– Isso faz algum sentido para você?

– Protesto – intervim. – Nada nesse crime brutal faz sentido para ela.

– Ah, eu entendo – rebateu Flair Hickory. – Eu só tinha esperança de que, como ela estava lá, a Srta. Johnson pudesse ter uma teoria sobre por que eles deixariam seus rostos serem vistos, e a atacariam em seu próprio quarto, e ainda usariam nomes falsos. – Ele sorriu com doçura. – Você tem uma, Srta. Johnson?

– Uma o quê?

– Uma teoria sobre por que dois garotos chamados Edward e Barry iriam se tratar por Jim e Cal?

– Não.

Flair Hickory andou de volta até sua mesa.

– Antes, perguntei se você conhecia algum estuprador. Lembra?

– Lembro.

– Bom. Você conhece?

– Acho que não.

Flair assentiu e pegou uma folha de papel.

– E que tal um homem atualmente preso em Rahway, sob acusação de agressão sexual chamado... por favor, Srta. Johnson, preste atenção... *Jim Broodway*.

Os olhos de Chamique se arregalaram.

– Você está falando do James?

– Estou falando do Jim... ou James, se você prefere o nome formal... Broodway, que residia no número 1.189, em Central Avenue, Newark, em Nova Jersey. Você o conhece?

– Sim. – Sua voz era baixa. – Eu o conhecia.

– Você sabia que ele está na prisão nesse momento?

Ela deu de ombros.

– Conheço um monte de caras que estão na prisão nesse momento.

– Tenho certeza de que conhece. – Pela primeira vez, havia veneno na voz de Flair. – Mas não era essa minha pergunta. Perguntei a você se sabia que Jim Broodway estava na prisão.

– O nome dele não é Jim. Ele se chama James...

– Vou perguntar mais uma vez, Srta. Johnson, e depois vou pedir ao tribunal que exija uma resposta...

Fiquei de pé.

– Protesto. Ele está intimidando a testemunha.

– Negado. Responda a pergunta.

– Ouvi dizer alguma coisa sobre isso – respondeu Chamique num tom neutro.

Flair suspirou de forma dramática.

– Sim ou não, Srta. Johnson, você sabia que Jim Broodway está nesse momento cumprindo pena numa penitenciaria estadual?

– Sim.

– Pronto. Foi tão difícil assim?

Eu outra vez:

– Meritíssimo...

– Não precisa ser dramático, Sr. Hickory. Siga adiante.

Flair Hickory andou de volta até sua cadeira.

– Você já fez sexo com Jim Broodway?

– O nome dele é James! – exclamou Chamique outra vez.

– Vamos chamá-lo de Sr. Broodway nesse momento, está bem? Você já fez sexo com o Sr. Broodway?

Eu não podia deixar aquilo continuar.

– Protesto. A vida sexual dela é irrelevante para esse caso. A lei é clara aqui.

O juiz Pierce olhou para Flair.

– Sr. Hickory?

– Não estou tentando manchar a reputação da Srta. Johnson nem sugerir que ela é uma mulher de moral duvidosa – explicou Flair. – O promotor já explicou com muita clareza que a Srta. Johnson trabalha como prostituta e se dedica a uma variedade de atividades sexuais com uma grande quantidade de homens.

Quando eu vou aprender a ficar de boca fechada?

– A questão que estou tentando levantar é diferente e não vai de modo algum constranger a testemunha. Ela já admitiu que faz sexo com homens. O fato de que o Sr. Broodway possa ser um deles não significa marcá-la com uma letra escarlate no peito.

– É prejudicial – rebati.

Flair me olhou como se eu tivesse acabado de cair do cavalo.

– Eu acabei de explicar a vocês por que não é nada prejudicial. Mas a verdade é que Chamique Johnson acusou dois jovens de um crime muito sério. Ela depôs que um homem chamado Jim a estuprou. O que eu estou perguntando, pura e simplesmente, é isto: ela alguma vez fez sexo com o Sr. Jim Broodway, ou James, se ela preferir, que está atualmente cumprindo pena numa penitenciária estadual por crime sexual?

Eu via agora para onde o interrogatório estava sendo conduzido. E não era bom.

– Vou permitir – disse o juiz.

Sentei-me outra vez.

– Srta. Johnson, você já teve relações sexuais com o Sr. Broodway?

Uma lágrima rolou em seu rosto.

– Já.

– Mais de uma vez?

– Sim.

Parecia que Flair estava tentando ser mais específico, mas ele tinha experiência suficiente para não exagerar na dose e mudou um pouco de direção.

– Você já ficou bêbada ou drogada enquanto fazia sexo com o Sr. Broodway?

– Talvez.

– Sim ou não?

Sua voz era gentil porém firme. Havia agora uma nota de ultraje também.

– Sim.

Ela chorava mais intensamente.

Fiquei de pé:

– Recesso rápido, meritíssimo.

Flair bateu o martelo antes que o juiz pudesse responder.

– Alguma vez outro homem esteve envolvido nos seus encontros sexuais com Jim Broodway?

O tribunal explodiu.

– Meritíssimo! – gritei.

– Ordem! – O juiz usou o martelo. – Ordem!

A sala se acalmou rapidamente. O juiz Pierce olhou para mim.

– Sei como é difícil escutar isso, mas vou permitir a pergunta. – Ele se virou para Chamique. – Por favor, responda.

O estenógrafo do tribunal leu outra vez a pergunta. Chamique continuava sentada deixando as lágrimas escorrerem pelo rosto. Quando o estenógrafo terminou, ela disse:

– Não.

– O Sr. Broodway vai depor que...

– Ele permitiu que um amigo dele assistisse! – gritou Chamique. – Só isso. Não deixei que ele me tocasse! Está me ouvindo? Nem uma vez!

A sala estava em silêncio. Eu tentava manter a cabeça erguida e não fechar os olhos.

– Então – disse Flair Hickory –, você fez sexo com um homem chamado Jim...

– James! O nome dele é James!

– ... e outro homem estava presente, e ainda assim você não sabe como surgiram os nomes Jim e Cal.

– Eu não conheço nenhum Cal. E o nome dele é James.

Flair Hickory chegou mais perto dela. Seu rosto denotava preocupação agora, como se fosse tocá-la.

– Você tem certeza de que não imaginou isso, Srta. Johnson?

A voz soava como a de um desses médicos de TV.

Ela secou o rosto.

– Sim, Sr. Hickory. Tenho certeza. Absoluta.

Mas Flair não desistia.

– Eu não estou necessariamente acusando você de estar mentindo – continuou ele, e eu renovei meu protesto –, mas não há uma chance de que talvez tenha bebido ponche demais? Não é culpa sua, claro. Você achava que era sem álcool. E depois se entregou a um ato consensual, retornando mentalmente a uma outra ocasião? Isso não explicaria sua insistência de que os dois homens que a estupraram se chamavam Jim e Cal?

Eu já estava de pé para dizer que aquilo eram duas perguntas, mas Flair sabia o que estava fazendo.

– Retiro a pergunta – disse ele, como se isso fosse a coisa mais triste do mundo para todas as partes envolvidas. – Não tenho mais perguntas.

capítulo treze

Enquanto Lucy esperava por Sylvia Potter, pesquisou no Google o nome do visitante de Ira: Manolo Santiago. Apareceram muitos resultados, mas nada que a ajudasse. Ele não era repórter – nada demonstrava que fosse esse o caso. Quem era esse homem, então? E por que iria visitar seu pai?

Lucy poderia perguntar a Ira, claro. Se ele se lembrasse.

Duas horas se passaram. Depois três e quatro. Lucy ligou para o quarto de Sylvia. Ninguém atendeu. Enviou outro e-mail. Nenhuma resposta.

Isso não era bom.

Como Sylvia Potter saberia sobre seu passado?

Lucy consultou o catálogo de alunos. Sylvia morava em Stone House, na quadra social. Decidiu caminhar até lá e ver o que descobria.

Havia uma magia óbvia num campus de universidade. Não existe entidade mais protegida, defendida, e, ao mesmo tempo que era fácil se queixar disso, era assim que deveria ser. Algumas coisas crescem melhor no vácuo. Tratava-se de um lugar para se sentir seguro na juventude – mas quando se era mais velho, como ela e Lonnie, começava a se tornar um local para se esconder.

Stone House era a casa da fraternidade Psi U. Dez anos antes, a universidade acabara com as fraternidades, considerando-as "anti-intelectuais". Lucy não discordava de que eram cheias de atributos e conotações negativas, mas a ideia de bani-las parecia um exagero e um tanto fascista demais para seu gosto. Havia um caso dando o que falar numa universidade próxima envolvendo uma fraternidade e um estupro. Mas quando não é uma fraternidade, é um time de lacrosse, um grupo de operários conservadores num clube de strippers ou roqueiros arruaceiros numa casa noturna. Ela não sabia ao certo a melhor resposta, mas desconfiava que não era o caso de simplesmente se livrar de todas as instituições que não agradassem.

Punir o crime, pensava ela, não a liberdade.

A fachada da casa ainda era coberta por lindos tijolos georgianos. O lado de dentro havia sido despojado de toda personalidade. As tapeçarias, os painéis de madeira e o mogno esplêndido do passado histórico se perderam, substituídos por tons de gelo, bege e tudo que era neutro. Era uma pena.

Estudantes circulavam pelo local. A entrada de Lucy atraiu alguns olhares, mas não muitos. Aparelhos de som – ou melhor, as caixas de som para iPod – retumbavam. As portas estavam abertas. Ela viu pôsteres de Che na parede. Talvez fosse mais parecida com o pai do que imaginava. Os campi universitários também eram prisioneiros dos anos 1960. Os estilos e a música podiam mudar, mas aquele sentimento estava sempre presente.

Lucy subiu a escadaria central, também despida de sua originalidade. Sylvia Potter vivia num quarto individual no segundo andar. Lucy encontrou a porta. Havia um quadro branco, mas sem nem um rabisco. Fora colocado reto e perfeitamente centrado. No alto, o nome "Sylvia" escrito numa caligrafia que parecia quase profissional. Perto do nome, uma flor cor-de-rosa. Aquela porta parecia tão fora de lugar, separada e distanciada de tudo ao redor, como se fosse de outra era.

Lucy bateu. Nenhuma resposta. Tentou a maçaneta. Trancada. Pensou em deixar um bilhete na porta – era para isso que aqueles quadros brancos existiam –, mas não queria maculá-lo. Além disso, pareceria algo um pouco desesperado. Já tinha ligado. Mandado e-mail. Uma visita daquelas já era um passo além.

Estava descendo a escada quando a porta da frente de Stone House se abriu. Sylvia Potter entrou e ficou paralisada ao ver Lucy, que desceu o restante dos degraus e parou diante dela. Não disse nada, tentando olhar nos olhos da aluna, que olhava para todos os lados menos para a professora.

– Ah, oi, professora Gold.

Lucy ficou em silêncio.

– A aula acabou tarde. Me desculpe. E depois eu tinha esse projeto para apresentar amanhã. Achei que ficaria tarde, que você já teria ido embora e que poderia esperar até amanhã.

Sylvia tagarelava a esmo. Lucy deixava.

– Você quer que eu vá amanhã? – perguntou Sylvia.

– Você teria tempo agora?

Sylvia fingiu olhar a hora no relógio.

– Eu estou tão enlouquecida com esse projeto. Pode esperar até amanhã?

– Para quem é o projeto?

– O quê?

– Para qual professor é o projeto, Sylvia? Se eu tomar muito seu tempo, posso escrever um bilhete para ele.

Silêncio.

– Podemos ir para o seu quarto – sugeriu Lucy. – Conversar lá.

Sylvia por fim olhou nos seus olhos.

121

– Professora Gold?

Lucy ficou esperando.

– Acho que eu não quero conversar com você.

– É sobre sua redação.

– Minha... – Ela balançou a cabeça. – Eu a enviei anonimamente. Como você pode saber qual é a minha?

– Sylvia...

– Você falou! Prometeu que elas seriam anônimas! Você falou isso.

– Eu sei o que falei.

– Como você conseguiu...? – Ela se empertigou. – Eu não quero conversar com você.

Lucy foi firme.

– Você precisa.

Mas Sylvia não amolecia.

– Não, não preciso. Você não pode me obrigar. E... meu Deus, como você pôde fazer isso? Dizer que era anônimo e confidencial e depois...

– Isso é realmente importante.

– Não, não é. Eu não sou obrigada a falar com você. E se disser alguma coisa sobre isso, vou contar ao reitor o que fez. Você vai ser demitida.

Agora os outros estudantes estavam olhando. Lucy perdia o controle da situação.

– Por favor, Sylvia, eu preciso saber...

– Não!

– Sylvia...

– Eu não tenho que contar nada para você. Me deixa em paz!

Sylvia Potter se virou, abriu a porta e saiu correndo.

capítulo catorze

Após Flair Hickory terminar com Chamique, reuni-me com Loren Muse no meu escritório.

– Nossa! – disse ela. – Que fiasco.

– Vamos ver essa coisa do nome – falei.

– Que coisa do nome?

– Descubra se alguém chamava Broodway de Jim ou se, como Chamique insiste, ele era conhecido como James.

Loren franziu a testa.

– O que foi? – perguntei.

– Você acha que isso vai ajudar?

– Mal não vai fazer.

– Você ainda acredita nela?

– Calma, Loren. Isso é uma cortina de fumaça.

– E das boas.

– Sua amiga Cingle descobriu alguma coisa?

– Ainda não.

O juiz encerrou as sessões daquele dia, graças a Deus. Flair tinha acabado comigo. Sei que supostamente esse julgamento deveria ser por justiça, e não uma competição, mas vamos cair na real.

Cal e Jim estavam de volta e mais fortes do que nunca.

Meu celular tocou. Olhei o identificador de chamadas. Não reconheci o número. Encostei o telefone no ouvido.

– Alô?

– Aqui é Raya.

Raya Singh. A atraente garçonete indiana. A garganta ficou seca.

– Como vai?

– Bem.

– Você se lembrou de alguma coisa?

Loren me olhava. Eu tentei demonstrar que era uma *ligação pessoal*. Para uma investigadora, Loren às vezes era lenta em captar as coisas. Ou talvez fosse intencional.

– Eu já devia ter dito uma coisa antes – anunciou Raya Singh.

Esperei.

– Mas você apareceu de repente. Fiquei surpresa. Ainda não sei direito qual é a coisa certa a fazer.

– Srta. Singh?

– Por favor, me chame de Raya.

– Raya. Eu não faço ideia do que você está falando.

– Foi por isso que eu perguntei por que você estava ali. Lembra?

– Sim.

– Sabe por que perguntei aquilo, o que você estava querendo realmente?

Pensei bem e resolvi ser sincero:

– Por causa do modo nada profissional como eu olhei para você?

– Não – respondeu ela.

– Tudo bem, sou todo ouvidos. Por que você perguntou? E, falando nisso, por que você perguntou se eu o havia matado?

Loren ergueu a sobrancelha. Não dei a mínima.

Raya Singh não respondeu.

– Srta. Singh? – E depois: – Raya?

– Porque – disse ela – ele mencionou seu nome.

Achei que tinha ouvido mal e fiz uma pergunta idiota:

– Quem mencionou meu nome?

A voz dela soou com um quê de impaciência.

– De quem estamos falando?

– Manolo Santiago mencionou meu nome?

– Sim, claro.

– E você não achou que já devia ter me contado isso?

– Eu não sabia se podia confiar em você.

– E o que fez você mudar de ideia?

– Pesquisei sobre você na internet. Você é mesmo o promotor do condado.

– O que Santiago falou sobre mim?

– Que você mentiu sobre alguma coisa.

– Sobre o quê?

– Não sei.

Segui em frente.

– Para quem ele disse isso?

– Para um cara. Não sei o nome. Ele também tinha recortes de jornal sobre você no apartamento dele.

– Apartamento dele? Pensei que você tinha dito que não sabia onde ele morava.

– Isso foi quando eu não confiava em você.
– E agora confia?
Ela não respondeu diretamente.
– Você me pega no restaurante daqui a uma hora – disse Raya Singh – e eu mostro onde Manolo morava.

capítulo quinze

QUANDO LUCY VOLTOU PARA SUA SALA, LONNIE estava segurando umas folhas de papel.

– O que é isso? – indagou ela.
– Mais daquela redação.

Ela tentou ao máximo não arrancar as páginas da mão dele.

– Você encontrou Sylvia? – perguntou ele.
– Sim.
– E?
– E ela ficou furiosa comigo e não quis conversar.

Lonnie se sentou na cadeira e pôs os pés sobre a mesa de Lucy.

– Quer que eu tente?
– Não acho que seja uma boa ideia.

Lonnie abriu seu sorriso sedutor.

– Eu posso ser muito persuasivo.
– Você se disponibilizaria sexualmente só para me ajudar?
– Se for preciso.
– Eu ia ficar tão preocupada com sua reputação. – Ela se recostou na cadeira, pegando as páginas. – Você já leu isto?
– Já.

Ela assentiu e começou a ler.

> P. interrompeu nosso abraço e disparou em direção ao grito.
> Gritei para que voltasse, mas ele não parou. Dois segundos depois, era como se a noite o tivesse engolido por inteiro. Tentei segui-lo, mas estava escuro. Eu conhecia a floresta melhor do que P. Aquele era o primeiro ano dele lá.
> O grito era de uma garota. Isso dava para dizer. Corri pelo mato. Não o chamei mais. Por alguma razão, estava com medo de fazê-lo. Queria encontrar P., mas sem que ninguém soubesse onde eu estava. Sei que não faz muito sentido, mas era assim que eu me sentia.
> Estava assustada.
> Havia luar. E luar na floresta transforma a cor de tudo. É como umas luzes que meu pai tinha. Chamavam de luz negra, mesmo ela sendo mais para roxo. Ela mudava a cor de tudo ao redor. Como a lua.

Então quando finalmente encontrei P. e vi a cor estranha da sua camisa, não reconheci a princípio o que era. Não identificava o tom de vermelho. Parecia mais um azul líquido. Ele me olhou. Os olhos arregalados.
— *Temos que sair daqui* – *disse ele.* – *E não podemos contar para ninguém que estivemos aqui.*

Era tudo. Lucy leu mais duas vezes. Depois largou a história. Lonnie a observava.
— Então – disse ele, arrastando a voz. – Imagino que seja você a narradora dessa historinha?
— O quê?
— Eu venho tentando entender isso tudo, Lucy, e só me ocorre uma explicação possível. Você é a garota da história. Alguém está escrevendo sobre você.
— Isso é ridículo – rebateu ela.
— Ah, Luce, qual é. Há histórias de incesto nessa pilha, pelo amor de Deus. E não estamos procurando esses alunos. E, no entanto, você ficou toda nervosa com essa historinha de gritos na floresta?
— Deixa para lá, Lonnie.
Ele balançou a cabeça.
— Desculpe, benzinho, isso não é da minha natureza. Ainda que você não fosse superlegal e eu não quisesse estar no seu lugar.
Ela não se deu ao trabalho de retrucar.
— Eu gostaria de ajudar se pudesse.
— Você não pode.
— Eu sei mais do que você pensa.
Lucy ergueu a cabeça para ele.
— Do que você está falando?
— De você. Ah, não vá ficar furiosa comigo.
Ela ficou esperando.
— Eu fiz uma pequena busca sobre você.
O estômago de Lucy se revirou, mas ela não demonstrou.
— Lucy Gold não é seu verdadeiro nome. Você trocou de identidade.
— Como sabe disso?
— Faça-me o favor, Lucy. Você sabe como é fácil com um computador.
Ela ficou calada.
— Alguma coisa nessa redação me intrigou – continuou ele. – Esse negócio de acampamento. Eu era garoto, mas me lembro de ouvir sobre o "Matador

do Verão". Então pesquisei um pouco mais. – Ele tentou dar um sorriso convencido. – Você deveria voltar a ser loura.

– Foi uma época difícil da minha vida.

– Posso imaginar.

– Foi por isso que mudei de nome.

– Ah, eu entendo. Sua família tomou uma porrada. Você quis fugir daquilo tudo.

– Sim.

– E agora, por alguma razão, está tudo voltando.

Ela assentiu.

– Por quê? – perguntou Lonnie.

– Não sei.

– Eu queria ajudar.

– Como eu falei, não sei como você poderia.

Ela deu de ombros.

– Fiz uma rápida pesquisa. Você sabia que o Discovery Channel apresentou um especial sobre os assassinatos há alguns anos?

– Eu sei.

– Eles não dizem que você estava lá. Quero dizer, na floresta aquela noite.

Lucy ficou calada.

– E aí?

– Não posso falar sobre isso.

– Quem é P.? É Paul Copeland, certo? Você sabe que agora ele é procurador ou alguma coisa assim?

Ela balançou a cabeça.

– Você não está facilitando – afirmou ele.

Ela continuava em silêncio.

– Tudo bem – falou Lonnie, pondo-se de pé. – Eu vou ajudar mesmo assim.

– Como?

– Sylvia Potter.

– O que tem ela?

– Vou fazê-la falar.

– Como?

Lonnie se dirigiu para a porta.

– Eu tenho meus métodos.

* * *

No caminho de volta para o restaurante indiano, fiz um desvio e visitei o túmulo de Jane. Não sabia por quê. Não faço isso com muita frequência – talvez três vezes por ano. Não sinto ali a presença da minha esposa. Os pais dela escolheram o local do sepultamento com ela.

– É muito importante para eles – explicara ela no leito de morte.

E foi verdade. Distraiu-os, em especial a mãe. Sentiram-se fazendo algo de útil.

Não me importei. Eu estava em negação em relação à proximidade da morte de Jane – mesmo quando a coisa piorou *muito*, eu ainda acreditava que ela se recuperaria. E, para mim, morte é morte – fim, término, sem depois, linha de chegada, nada mais. Caixões caros e sepulturas bem cuidadas, como a de Jane, não mudavam isso.

Parei no estacionamento e segui a pé pelo caminho. Havia flores frescas na sepultura. Na fé hebraica não fazemos isso. Colocamos pedras no túmulo. Eu gostava disso, não sei bem por quê. Flores, algo tão vivo e radiante, pareciam obscenas contra o cinza da tumba. Minha esposa, minha bela Jane, apodrecia a menos de 2 metros abaixo daqueles lírios recém-colhidos. Parecia um ultraje.

Eu me sentei num banco de concreto. Não conversei com ela. O fim foi tão ruim. Jane sofreu. Eu acompanhei. Durante um tempo, ao menos. Encontramos uma clínica, embora Jane quisesse morrer em casa. Mas havia a perda de peso, o cheiro, a decomposição e os gemidos. O som de que me lembro mais, que ainda invadia meu sono, era o da tosse horrível, era mais uma asfixia na verdade, quando ela não conseguia eliminar o muco. Doía tanto, ela ficava tão agoniada. E durou meses e meses. Eu tentava ser forte, mas não era tanto quanto Jane, e ela sabia disso.

Houve uma época, no começo do nosso relacionamento, quando ela soube que eu estava com dúvida. Eu tinha perdido uma irmã. Minha mãe tinha me abandonado. E, naquele momento, pela primeira vez em muito tempo, eu estava deixando uma mulher entrar na minha vida. Lembro-me de uma noite, já tarde, em que não conseguia dormir, olhando para o teto, e Jane dormindo ao meu lado. Recordo-me de ouvir sua respiração profunda, tão suave e perfeita, tão diferente do que seria no fim de sua vida. Ela foi parando de ressonar à medida que despertava. Pôs os braços ao meu redor e chegou mais perto.

– Eu não sou ela – disse Jane baixinho, como se pudesse ler meus pensamentos –, nunca vou abandonar você.

Mas, no fim das contas, abandonou.

Eu já tinha namorado depois de sua morte, tido até alguns envolvimentos emocionais relativamente intensos. Um dia, espero encontrar alguém e me casar de novo, mas, neste momento, enquanto pensava sobre aquela noite na nossa cama, percebi que provavelmente isso não aconteceria.

Eu não sou ela, minha esposa havia dito.

E, claro, ela se referia à minha mãe.

Olhei para a sepultura. Li o nome da minha esposa. *Mãe amorosa, filha e esposa*. Havia um desenho de asas de anjo nas laterais. Imaginei meus sogros escolhendo-as, as asas perfeitas, do tamanho certo e tudo o mais. Eles compraram a área ao lado da de Jane sem me contar. Se eu não me casasse de novo, imagino, seria minha. Se isso acontecesse, bem, não sei o que eles fariam com aquilo.

Eu queria pedir ajuda à minha Jane. Que desse uma procurada lá de cima, onde estava, e visse se conseguia encontrar minha irmã, para que eu descobrisse se Camille estava viva ou morta. Sorri como um idiota. Depois parei.

Sei que usar celular em sepulturas é um desrespeito, mas eu achava que Jane não se importaria. Tirei o telefone do bolso e apertei de novo o botão do número seis.

Sosh atendeu no primeiro toque.

– Posso pedir um favor? – perguntei.

– Já disse a você. Por telefone, não.

– Encontre minha mãe, Sosh.

Silêncio.

– Você consegue. Estou pedindo. Pela memória do meu pai e da minha irmã. Encontre minha mãe para mim.

– E se eu não conseguir?

– Você consegue.

– Sua mãe se foi há muito tempo.

– Eu sei.

– Já pensou que talvez ela não queira ser encontrada?

– Já – respondi.

– E?

– E tudo bem. Nem sempre a gente consegue tudo que quer. Mas procure minha mãe para mim, Sosh. Por favor.

Desliguei o telefone. Olhei outra vez para a lápide da minha esposa.

– A gente sente sua falta – disse em voz alta. – Cara e eu. Sentimos muito, muito sua falta.

Depois me levantei e caminhei de volta para o carro.

capítulo dezesseis

Raya Singh estava me esperando no estacionamento do restaurante. Ela havia trocado o uniforme verde-água de garçonete por jeans e uma blusa azul-escura. O cabelo estava preso num rabo de cavalo, mas o efeito não era menos deslumbrante. Balancei a cabeça. Tinha acabado de visitar o túmulo da minha esposa. E ainda assim estava indevidamente admirando a beleza de uma jovem.

Era um mundo interessante.

Ela se sentou no banco do carona. Estava toda cheirosa.

– Para onde? – perguntei.

– Sabe a Route Seventeen?

– Sim.

– Pega para o norte.

Saí do estacionamento.

– Você quer começar a me contar a verdade? – indaguei.

– Eu nunca menti para você – respondeu ela. – Só decidi não revelar certas coisas.

– Você confirma que conheceu Santiago na rua?

– Confirmo.

Eu não acreditava nela.

– Você alguma vez o ouviu mencionar o nome Perez?

Ela não respondeu.

– Gil Perez? – insisti.

– A saída para a Seventeen é à direita.

– Eu sei onde é a saída, Raya.

Passei os olhos por seu perfil irretocável. Ela olhava pela janela, dolorosamente bela.

– E sobre ele mencionar meu nome? – pedi.

– Já falei.

– Então me fale de novo.

Ela respirou profunda e silenciosamente. Os olhos se fecharam por um momento.

– Manolo disse que você mentiu.

– Menti sobre o quê?

- Mentiu sobre uma coisa envolvendo... - ela hesitou - ... envolvendo floresta, mato, um troço assim.

Senti o coração dar uma pancada no peito.

- Ele falou disso? De mato, floresta?
- Sim.
- Quais foram as palavras exatas dele?
- Não lembro.
- Tenta.
- "Paul Copeland mentiu sobre o que aconteceu naquela floresta." - Depois ela inclinou a cabeça. - Ah, espere.

Esperei.

Então ela citou um nome que quase me fez sair da estrada:

- Lucy.
- O quê?
- Esse era o outro nome. Ele disse: "Paul Copeland mentiu sobre o que aconteceu na floresta. E Lucy também."

Foi minha vez de ficar sem fala.

- Paul - disse Raya -, quem é essa Lucy?

Fizemos o restante do percurso em silêncio.

Eu pensava em Lucy. Tentava relembrar o toque do seu cabelo louro, o perfume maravilhoso dele. Mas não conseguia. Esse era o problema. As lembranças pareciam ter sido apagadas. Não conseguia diferenciar o que era real daquilo que minha imaginação criava. Só me lembrava do encanto, do desejo. Éramos dois jovens, desajeitados, inexperientes, mas era como uma coisa numa música do Bob Seger ou talvez do Meaty Loaf, "Bat out of Hell". Deus, aquele desejo. Como começara? E como ele aparentemente se transformou em algo que se aproximava do amor?

Romances de verão chegam ao fim. Fazia parte do trato. São como certas plantas ou alguns insetos, incapazes de sobreviver a mais de uma estação. Pensei que comigo e Lucy seria diferente. Nós éramos diferentes, acho, mas não do modo como imaginava. Eu realmente acreditei que nunca nos separaríamos.

Os jovens são tão burros.

A AmeriSuites Apartamentos ficava em Ramsey, Nova Jersey. Raya tinha a chave. Ela abriu a porta de um apartamento no terceiro andar. Eu gostaria de descrever a decoração se a única palavra para ela não fosse *indescritível*. A mobília tinha toda a personalidade de um imóvel numa rua chamada Route Seventeen, no norte de Nova Jersey.

Ao entrarmos, Raya arfou ligeiramente.

– Que foi?

Seus olhos realizaram uma varredura do apartamento.

– Havia uma tonelada de jornais naquela mesa – disse ela. – Pastas, revistas, lápis, canetas.

– Está tudo vazio.

Raya abriu uma gaveta.

– As roupas dele sumiram.

Fizemos uma boa busca. Tudo havia desaparecido – nada de jornais, artigos de revista, escova de dentes, nenhum objeto pessoal. Raya se sentou no sofá.

– Alguém voltou e limpou tudo.

– Quando foi a última vez que você esteve aqui?

– Três dias atrás.

Dirigi-me para a porta.

– Venha comigo.

– Aonde você está indo?

– Vou falar com alguém na recepção.

Mas havia só um menino trabalhando lá. Não soube dar praticamente nenhuma informação. O ocupante havia se registrado como Manolo Santiago. Pagara em espécie, deixando um depósito-caução. O apartamento fora quitado até o fim do mês. E não, o garoto não se lembrava da aparência do Sr. Santiago nem de nada sobre ele. Esse era provavelmente um dos problemas desse tipo de prédio. Não era preciso passar pela recepção para entrar. Ficava fácil manter o anonimato.

Raya e eu voltamos ao apartamento de Santiago.

– Você disse que havia jornais?

– Sim.

– Quais eram as manchetes?

– Não olhei.

– Raya.

– O quê?

– Vou ser sincero com você: esse teatro de quem não sabe de nada não me convence.

Ela olhou para mim com aqueles malditos olhos.

– O que foi? – perguntei.

– Você queria que eu confiasse em você.
– Sim.
– Por que eu deveria?
Pensei naquilo.
– Você mentiu para mim quando nos conhecemos – afirmou ela.
– Sobre o quê?
– Você disse que só estava investigando o assassinato dele. Como um detetive comum. Mas não era verdade, era?
Fiquei calado.
– Manolo – continuou ela – não confiava em você. Eu li as reportagens. Sei que aconteceu uma coisa com vocês naquela floresta vinte anos atrás. Ele achava que você tinha mentido sobre isso.
Continuei calado.
– E agora você espera que eu conte tudo. Você faria isso se estivesse na minha posição?
Precisei de um segundo para organizar os pensamentos. Ela tinha razão.
– Você viu as reportagens?
– Sim.
– Sabe então que eu estava no acampamento naquele verão.
– Sei.
– E também sabe que minha irmã desapareceu naquela noite.
Ela assentiu.
Virei-me para Raya.
– É por isso que estou aqui.
– Está aqui para vingar sua irmã?
– Não. Estou aqui para encontrá-la.
– Pensei que ela tinha morrido. Wayne Steubens a matou.
– Era isso que eu pensava também.
Raya se virou um instante e depois seu olhar me atravessou.
– Sobre o que você mentiu então?
– Nada.
Outra vez aquele olhar.
– Você pode confiar em mim – garantiu ela.
– Eu confio.
Ela esperou. E eu também.
– Quem é Lucy?
– Uma garota que estava no acampamento.

– E o que mais? Qual é a ligação dela com isso?
– O pai dela era o dono do acampamento – falei. Depois acrescentei: – Ela também era minha namorada na época.
– E por que vocês dois mentiram?
– Não mentimos.
– Do que Manolo estava falando, então?
– Sei lá. É isso que eu estou tentando descobrir.
– Não entendo. Como você tem tanta certeza de que sua irmã está viva?
– Não tenho. Mas acho que existe uma probabilidade bem razoável.
– Por quê?
– Por causa de Manolo.
– O que tem ele?
Estudei o rosto dela e me perguntei se estava sendo manipulado.
– Você se fechou antes quando mencionei o nome de Gil Perez.
– O nome dele estava naquelas reportagens. Ele foi morto naquela noite também.
– Não – retruquei.
– Não entendo.
– Você sabe por que Manolo estava investigando o que aconteceu naquela noite?
– Ele nunca me contou.
– Você não ficava curiosa?
Ela deu de ombros.
– Ele dizia que eram negócios.
– Raya – falei. – O verdadeiro nome dele não era Manolo Santiago.
Hesitei para ver se ela interviria, opinaria alguma coisa. Mas não.
– O verdadeiro nome dele – continuei – era Gil Perez.
Ela levou um segundo para processar a informação.
– O garoto da floresta?
– Sim.
– Tem certeza?
Boa pergunta.
– Sim – afirmei, sem hesitação.
Ela ficou pensando naquilo.
– E o que você está me contando, se for verdade, é que ele esteve vivo esse tempo todo.
Assenti.

– E se estava vivo... – Raya Singh parou.

– Talvez minha irmã também esteja – concluí para ela.

– Ou talvez – continuou ela – Manolo... Gil, o nome que for, tenha matado todos eles.

Estranho. Eu não tinha pensado naquilo. Fazia algum sentido. Gil mata todo mundo, deixa provas de que foi vítima também. Mas será que ele seria inteligente o bastante para planejar aquilo tudo? E como explicar Wayne Steubens?

A menos que Wayne estivesse dizendo a verdade...

– Se esse for o caso, eu vou descobrir.

Raya franziu a testa.

– Manolo dizia que você e Lucy estavam mentindo. Se foi ele quem matou, por que afirmaria algo assim? Por que guardaria todos aqueles recortes e investigaria o que aconteceu? Se foi ele, saberia as respostas, não?

Ela cruzou o ambiente e parou bem na minha frente. Tão jovem e linda. O que eu queria era beijá-la.

– O que você não está me contando? – perguntou ela.

Meu celular tocou. Olhei o identificador de chamadas. Era Loren Muse. Apertei a tecla e disse:

– O que foi de novo?

– Estamos com um problema – retrucou Loren.

Fechei os olhos e fiquei esperando.

– É Chamique. Ela quer refazer o depoimento.

Meu escritório fica no centro de Newark. Ouço falar que há uma revitalização em andamento na região. Não vejo. A cidade vem decaindo por mais tempo do que consigo me lembrar. Mas aprendi a conhecê-la bem. A história ainda está lá, abaixo da superfície. As pessoas são maravilhosas. Como sociedade, somos ótimos em estereotipar cidades, da mesma forma como fazemos com grupos étnicos e minorias. É fácil odiá-los a distância. Eu me lembro dos conservadores pais de Jane e de seu desdém por tudo que fosse relacionado ao universo gay. A colega de quarto de Jane na universidade, Helen, era gay e eles não sabiam. Quando a conheceram, os dois simplesmente a adoraram. E quando descobriram que Helen era lésbica, continuaram a adorando. Depois passaram a adorar a companheira dela também.

As coisas muitas vezes eram assim. Era fácil odiar gays, negros, judeus ou árabes como um todo, mas difícil odiá-los individualmente.

Era o caso de Newark. Era possível odiar a cidade no geral, mas tantos bairros, comerciantes e cidadãos tinham um encanto e vigor que não dava para não se deixar seduzir, não apreciar e querer torná-la melhor.

Chamique estava sentada no meu escritório. Era tão incrivelmente jovem, mas via-se o sofrimento estampado no seu rosto. A vida não tinha sido fácil para aquela garota. E provavelmente isso não mudaria. Seu advogado, Horace Foley, exagerava no perfume e tinha os olhos muito separados. Sou advogado também, por isso não gosto dos preconceitos que são criados contra minha classe, mas aquele cara parecia reunir todos os estereótipos.

– Nós gostaríamos que você retirasse as acusações contra o Sr. Jenrette e o Sr. Marantz – disse Foley.

– Não posso fazer isso – retruquei.

Olhei para Chamique. Ela não estava de cabeça baixa, mas também não estava implorando por um olho no olho.

– Você mentiu no banco das testemunhas ontem? – perguntei.

– Minha cliente jamais mentiria – defendeu Foley.

Ignorei-o e encarei Chamique.

– Você nunca vai conseguir condená-los mesmo – disse ela.

– Você não sabe.

– Sério?

– Sim.

Chamique sorriu para mim como se eu fosse a criatura mais ingênua que Deus já criou.

– Você não entende, não é?

– Ah, entendo, sim. Eles estão oferecendo dinheiro para você desistir. E agora o valor chegou a um nível que seu advogado aqui, o Sr. Quem Precisa de uma Chuveirada Se Existe Perfume?, acha que é sensato aceitar.

– Do que você me chamou?

Olhei para Loren.

– Abra uma janela, por favor.

– Entendi, Cope.

– Ei! Você me chamou de quê?

– A janela está aberta. Fique à vontade para pular. – Olhei de volta para Chamique. – Se você voltar atrás agora, vai dar a entender que seu testemunho de hoje e de ontem era mentira. Isso vai significar que você cometeu perjúrio, que este escritório aqui gastou milhões de dólares de impostos com sua mentira. Perjúrio é crime. Você vai para a cadeia.

– Fale comigo, Sr. Copeland, e não com minha cliente – disse Foley.
– Falar com você? Mal posso respirar perto de você.
– Não vou aturar isso...
– Shh. – Depois fiz uma concha com a mão e encostei no ouvido. – Escutando um som de descolamento.
– Descolamento de quê?
– Acho que seu perfume está soltando o papel da minha parede. Se chegar mais perto, vai ouvir. Shh, escute.

Até Chamique riu um pouco.

– Não volte atrás – falei para ela.
– Eu preciso.
– Vou acusar você, então.

O advogado já estava pronto para outra batalha, mas Chamique pôs a mão sobre o braço dele.

– Você não vai fazer isso, Sr. Copeland.
– Vou.

Mas Chamique não era boba. Eu estava blefando. Ela era uma vítima de estupro, pobre e assustada, que estava tendo uma chance de faturar mais dinheiro do que provavelmente veria outra vez nessa vida. Quem era eu para passar sermão sobre valores e justiça?

Ela e o advogado se levantaram.

– Vamos assinar o acordo de manhã – avisou Horace Foley.

Não falei nada. Parte de mim se sentia aliviada, e isso me envergonhava. A JaneCare sobreviveria agora. A memória do meu pai – ok, a minha carreira política também – não sofreria um golpe desnecessário. E o melhor: eu me livrei da responsabilidade. Não era uma decisão minha. Era de Chamique.

Ela me estendeu a mão. Apertei.

– Obrigada – disse.
– Não faça isso – pedi, mas não havia convicção na minha tentativa.

Ela percebeu e sorriu. Os dois deixaram o escritório. Primeiro Chamique, depois o advogado. O perfume dele permaneceu como uma lembrança.

Loren deu de ombros.

– O que você pode fazer?

Eu mesmo estava me perguntando isso.

Fui para casa e jantei com Cara. Ela tinha um "dever de casa" que consistia em encontrar figuras vermelhas em revistas e recortá-las. Parecia muito simples, mas, claro, nada do que encontrávamos juntos servia para ela. Não gostou do carro, do vestido da modelo, nem mesmo do caminhão do corpo de bombeiros. O problema, percebi logo, era que eu estava demonstrando muito entusiasmo pelo que ela encontrava.

– Esse vestido é vermelho, querida! Você está certa. Acho esse perfeito.

Depois de uns vinte minutos, percebi meu erro. Quando ela esbarrou na foto de um vidro de ketchup, eu mantive a voz neutra, dei de ombros e disse:

– Não gosto muito de ketchup.

Ela então pegou a tesoura com alças de segurança e fez o trabalho.

Crianças.

Cara começou a cantar uma música enquanto recortava. Era de um desenho animado da TV chamado *Dora, a aventureira*, que consistia basicamente em cantar a palavra "mochila" sem parar, até a cabeça de um pai nas proximidades explodir em um milhão de pedaços. Eu havia cometido o erro, uns dois meses atrás, de comprar para ela uma mochila falante de Dora, a aventureira ("mochila, mochila", repitam) com um mapa falante também ("eu sou o mapa, eu sou o mapa, eu sou o mapa", repitam). Quando a prima, Madison, vinha visitar, elas brincavam muitas vezes de Dora, a aventureira. Uma fazia o papel de Dora. A outra era um macaco que tinha o interessante nome de Botas. Não se veem muitos macacos com nome de sapato.

Eu estava pensando nisso, sobre Botas, e em como Cara e a prima brigavam para decidir quem ia ser Dora e quem ia ser Botas, quando de repente foi como se um raio tivesse me atingido.

Gelei. Fiquei paralisado, sentado ali. Até Cara percebeu.

– Papai?

– Só um segundo, meu amor.

Subi a escada correndo, minhas passadas estremecendo a casa. Onde estavam aquelas malditas contas da fraternidade? Comecei a vasculhar o escritório. Levou uns minutos até encontrá-las – e eu já estava pronto para jogá-las fora depois do encontro desta manhã!

Bingo! Lá estavam elas.

Folheei-as rapidamente. Encontrei as cobranças on-line, as mensais. Peguei o telefone e liguei para o número de Loren. Ela respondeu ao primeiro toque.

– O que houve?

– Quando você estava na faculdade – perguntei –, com que frequência virava a noite estudando?

– Duas vezes por semana, no mínimo.

– Como se mantinha acordada?
– Com M&Ms. Muitos. Os de cor laranja são anfetaminas, juro.
– Então compre quantos forem necessários. Pode pôr na conta do escritório.
– Estou gostando do seu tom de voz, Cope.
– Tive uma ideia, mas não sei se vamos ter tempo.
– Não se preocupe com o tempo. Qual é a ideia?
– Tem a ver com nossos colegas Cal e Jim.

capítulo dezessete

Consegui o número de casa do advogado-perfume Foley e o acordei.
– Não assine os papéis até a tarde – falei.
– Por quê?
– Porque, se assinar, meu escritório vai com tudo em cima de você e da sua cliente. Vou espalhar que não fechamos acordo com Horace Foley e que fazemos questão de que seus clientes cumpram sempre a pena máxima.
– Você não pode fazer isso.
Fiquei calado.
– Tenho uma obrigação para com a minha cliente.
– Diga a ela que pedi mais tempo, que é do interesse dela.
– E o que eu digo para o outro lado?
– Não sei, Foley, descubra alguma coisa errada com a papelada, qualquer coisa. Paralise tudo até a tarde.
– E como isso pode ser do interesse da minha cliente?
– Se eu tiver sorte e conseguir prejudicá-los, você pode renegociar. Mais grana no seu bolso.
Ele ficou quieto. Depois:
– Ei, Cope?
– O quê?
– Ela é uma garota estranha. Chamique.
– Como assim?
– A maioria teria aceitado o dinheiro na hora. Eu tive que forçar a barra porque, sinceramente, pegar logo o dinheiro é a melhor jogada para ela. Nós dois sabemos disso. Mas Chamique não queria nem ouvir falar nisso até eles a pressionarem com aquele negócio de Jim/James ontem. Veja, antes disso, apesar do que afirmou no tribunal, ela estava mais interessada em vê-los na cadeia do que numa compensação financeira. Ela realmente queria justiça.
– E isso o surpreende?
– Você é novo nesse negócio. Eu já estou nele há 27 anos. A gente se torna cético. Então, sim, ela me surpreendeu para caramba.
– Tem algum motivo para você estar me contando isso tudo?
– Sim, tenho. Você sabe qual é meu interesse. Garantir meus 30% do acordo. Mas Chamique é diferente. Esse dinheiro dá para transformar a

vida dela. Então, seja qual for seu plano, Sr. Promotor, não complique as coisas para ela.

Lucy bebia sozinha.
Era noite. Ela morava no campus, no alojamento da faculdade. O lugar era para lá de depressivo. A maioria dos professores trabalhava duro e por muito tempo, economizando dinheiro na esperança de conseguir sair dali. Lucy já morava lá havia um ano. Antes dela, uma professora de literatura inglesa solteirona tinha passado três décadas naquela mesma unidade. Um câncer de pulmão a levou aos 58 anos. De certa forma, ela permanecia presente no cheiro de fumaça que deixou. Mesmo Lucy tendo arrancado todo o carpete e pintado as paredes, o fedor de cigarro não saía. Era como morar num cinzeiro.
Lucy era adepta da vodca. Ela estava na janela. Uma música podia ser ouvida a distância. Era um campus universitário. Sempre havia música tocando. Olhou para o relógio. Meia-noite.
Ligou a pequena caixa de som para iPod e escolheu uma playlist chamada "Suave". As músicas não eram só lentas, mas de cortar o coração. Então beberia vodca, sentada naquele apartamento depressivo, sentindo o cheiro de fumaça de cigarro de uma mulher já morta e escutando músicas que falavam sobre perda, carência e devastação. Lamentável, mas às vezes sentir era o bastante. Não importava se doía ou não. Bastava sentir.
Naquele momento, Joseph Arthur cantava "Noney and the Moon". Dizia a seu grande amor que, se ela não fosse real, ele a inventaria. Uau, que coisa. Lucy tinha que se esforçar para imaginar um homem, um homem digno, dizendo aquilo para ela. Isso a fazia balançar a cabeça deslumbrada.
Fechou os olhos e tentou juntar as peças. Nada se encaixava. O passado ressurgia outra vez. Lucy passara toda a vida adulta fugindo daquela maldita floresta no acampamento do pai. Tinha percorrido o país todo até a Califórnia e depois voltado. Mudara o nome e a cor do cabelo. Mas o passado sempre a acompanhava. Às vezes deixava que ficasse a uma distância confortável – iludindo-a de que transcorrera tempo suficiente entre aquela noite e o dia de hoje –, mas os mortos sempre preenchiam a lacuna.
No fim das contas, aquela noite horrível sempre a encontrava.
Mas dessa vez... como? Aquela redação... como podia existir? Sylvia Potter mal era nascida quando o "Matador do Verão" atacou o acampamento PAEV (Paz, Amor, Entendimento, Verão). Como poderia saber sobre aquilo?

Claro, como Lonnie, talvez tivesse procurado na internet, feito uma pesquisa, descoberto que Lucy tinha um passado. Ou talvez alguém, mais velho e experiente, tivesse lhe contado algo.

Ainda assim. Como ela poderia saber? Aliás, como qualquer um poderia saber? Só uma pessoa sabia que Lucy havia mentido sobre o que acontecera naquela noite.

E, claro, Paul não diria nada.

Ela tinha os olhos fixos no líquido claro do copo. Paul. Paul Copeland. Ainda podia vê-lo com os braços e as pernas desengonçados, o tronco delgado, o cabelo comprido, o sorriso arrasa-corações. Curiosamente, eles haviam se conhecido por meio dos pais. O pai de Paul, obstetra e ginecologista em seu país de origem, escapara da repressão na União Soviética para se deparar com ela aos montes aqui na boa e velha América. Ira, seu pai coração de manteiga, não resistia a uma história triste como aquela e empregou Vladimir Copeland como médico do acampamento, dando à família a chance de escapar de Newark no verão.

Lucy ainda podia vê-los – o carro, um Oldsmobile Ciera velho, sacolejando pela estrada empoeirada até parar, as quatro portas se abrindo aparentemente ao mesmo tempo, a família de quatro pessoas saltando junta. Aquele momento, quando Lucy viu Paul pela primeira vez e seus olhares se encontraram, foi fatal. E ela percebeu que ele sentiu a mesma coisa. Existem na vida esses raros momentos – quando a gente sente um tranco, uma sensação ótima que dói para caramba, mas é sentimento, sentimento real. E de repente as cores se tornam mais brilhantes, os sons ficam mais claros, a comida, mais saborosa; e não dá para parar de pensar na pessoa, sabendo que ela também está, naquele momento, pensando na gente.

– Desse jeito – disse Lucy em voz alta, tomando outro gole de vodca com tônica.

Como aquelas músicas patéticas que ela ouvia sem parar. Uma sensação. Uma torrente de emoção. Boa ou má, não importava. No entanto, não era mais a mesma. O que era mesmo que Elton John cantava, com aquela letra de Bernie Taupin, sobre vodca e tônica? Algo sobre tomar algumas para poder cair na real outra vez.

Não tinha funcionado com Lucy. Mas, ei, por que desistir agora?

A vozinha dentro da sua cabeça disse: *Pare de beber.*

Mas o vozeirão disse para a vozinha calar a boca ou ia tomar um chute na bunda.

Lucy cerrou o punho e o ergueu.

– Vai, vozeirão!

Deu uma gargalhada, e o som da própria risada naquele apartamento a assustou. Rob Thomas surgiu na playlist "Suave" perguntando se poderia só segurá-la enquanto ela despencava, se poderia abraçá-la enquanto os dois desmoronavam. Ela assentiu. Sim, poderia. Rob a fez se lembrar de que estava com frio, assustada, acabada e, dane-se, ela queria escutar aquela música com Paul.

Paul.

Ele ia querer saber sobre aquelas redações.

Já fazia vinte anos que não se viam, mas seis anos antes Lucy o havia procurado na internet. Não queria. Sabia que Paul era uma porta que devia manter fechada. Mas ficara bêbada – que surpresa – e, enquanto algumas pessoas davam "telefonemas embriagados", ela fazia "pesquisas embriagadas" no Google.

O que tinha descoberto era desanimador e previsível. Paul estava casado. Trabalhava como advogado. Tinha uma filha pequena. Lucy conseguiu até encontrar uma foto da sua linda esposa, de família rica, num evento de caridade. Jane – era o nome dela – era alta, magra e usava pérolas. Caíam-lhe bem. Era como se tivesse nascido para usá-las.

Outro gole.

As coisas podiam ter mudado em seis anos, mas na época Paul morava em Ridgewood, Nova Jersey, a pouco mais de 30 quilômetros de onde Lucy estava naquele momento. Seu olhar atravessou o aposento até o computador.

Paul deveria saber disso, não?

E não seria problema fazer outra pesquisa rápida no Google. Conseguir seu número de telefone – de casa ou, melhor, do escritório. Poderia entrar em contato com ele. Avisá-lo, na verdade. Uma coisa totalmente por cima. Sem motivos ou significados ocultos, nada disso.

Ela pousou o copo de vodca com tônica. A chuva caía do lado de fora da janela. O computador já estava ligado. O protetor de tela era, pois é, o padrão do Windows. Nenhuma foto de férias em família. Sem exibição de slides das crianças, nem mesmo aquele clássico das solteironas: a fotografia do animal de estimação. Só o logo do Windows para lá e para cá, como se o monitor estivesse mostrando a língua para ela.

Patético.

Lucy abriu o navegador e já ia digitar quando ouviu uma batida à porta. Parou e ficou esperando.

Outra batida. Ela olhou para o relógio no canto inferior direito da tela: 00h17.

Incrivelmente tarde para uma visita.

– Quem é?

Nenhuma resposta.

– Quem...

– É Sylvia Potter.

A voz soou chorosa. Lucy se levantou e foi tropeçando até a cozinha. Despejou o restante do drinque na pia e pôs a garrafa de volta no armário. Vodca não tinha cheiro, não muito pelo menos, de modo que estava bem naquele quesito. Deu uma olhada rápida no espelho. A imagem era pavorosa, mas não havia muito que fazer em relação a isso agora.

– Já vou.

Ela abriu a porta e Sylvia tombou para dentro como se estivesse apoiada nela. Estava ensopada. O ar-condicionado estava forte. Lucy quase fez um comentário sobre ela poder pegar um resfriado, mas soaria como algo dito por uma mãe. Fechou a porta.

– Desculpe pela hora – disse Sylvia.

– Não se preocupe. Eu estava acordada.

Ela parou no meio da sala.

– Sinto muito pelo que houve antes.

– Tudo bem.

– Não, só que...

Sylvia olhou ao redor. Passou os braços em torno do corpo.

– Quer uma toalha? – ofereceu Lucy.

– Não.

– Posso lhe oferecer alguma coisa para beber?

– Eu estou bem.

Lucy fez um gesto para que Sylvia se sentasse. Ela desabou no sofá Ikea. Lucy odiava a Ikea e seus manuais de instrução só com desenhos, parecendo criados por engenheiros da NASA, mas se sentou ao lado dela e aguardou.

– Como você descobriu que fui eu quem escreveu aquela redação? – perguntou Sylvia.

– Não importa.

– Eu a enviei anonimamente.

– Eu sei.

– E você disse que seria um projeto confidencial.

– Eu sei. Lamento muito por tudo isso.
Sylvia limpou o nariz e olhou para o lado. O cabelo ainda pingava.
– Eu até menti para você – disse Sylvia.
– Como assim?
– Sobre o que escrevi. Quando estive na sua sala outro dia. Lembra?
– Sim.
– Você se lembra do que eu disse sobre o tema da minha redação?
Lucy pensou um instante.
– Sua primeira vez.
Sylvia sorriu, mas seus olhos estavam vidrados.
– Acho que, de uma forma doentia, era verdade.
Lucy pensou naquilo. Depois disse:
– Não sei se estou entendendo, Sylvia.
A garota ficou calada por um bom tempo. Lucy se recordava de que Lonnie disse que ajudaria a fazê-la falar. Mas ele aguardaria até o outro dia de manhã.
– Lonnie visitou você esta noite?
– Lonnie Berger? Do curso?
– Sim.
– Não. Por que Lonnie me visitaria?
– Não tem importância. Então você veio por iniciativa própria?
Sylvia engoliu em seco e pareceu insegura.
– Foi errado?
– Não, de jeito nenhum. Estou contente que esteja aqui.
– Estou muito assustada – confessou Sylvia.
Lucy assentiu, tentando transmitir tranquilidade, apoio.
Forçar o assunto seria um tiro no pé. Então esperou uns bons dois minutos antes de falar.
– Não há motivo para ficar assustada – disse Lucy.
– O que você acha que eu deveria fazer?
– Apenas me conte tudo, ok?
– Já contei. A maior parte.
Lucy se perguntou como agir.
– Quem é P.?
Sylvia franziu o cenho.
– O quê?
– Na sua redação você falou sobre um rapaz chamado P. Quem é P.?
– Do que você está falando?

Lucy parou. Tentou outra vez.

– Por que não me conta exatamente o motivo de você estar aqui, Sylvia?

Mas agora Sylvia estava sendo cautelosa.

– Por que você foi até o meu quarto hoje?

– Porque eu queria falar sobre sua redação.

– Por que então está me perguntando sobre um cara chamado P.? Eu não chamei ninguém de P. Eu falei logo quem era... – As palavras ficaram presas na garganta. Ela fechou os olhos e sussurrou: – Meu pai.

A represa se rompeu. As lágrimas caíam feito chuva, torrencialmente.

Lucy fechou os olhos. A história do incesto. Aquela que havia causado a ela e Lonnie tanto horror. Caramba. A informação de Lonnie estava errada. Sylvia não tinha escrito a redação sobre a noite na floresta.

– Seu pai a molestou quando você tinha 12 anos – disse Lucy.

Sylvia cobria o rosto com as mãos. Os soluços soavam como se estivessem sendo arrancados do seu peito. O corpo todo tremia enquanto ela assentia. Lucy olhava para aquela pobre garota, tão ansiosa por agradar, e imaginava o pai. Esticou a mão e a colocou sobre a de Sylvia. Depois chegou mais perto e passou o braço em torno dela. Sylvia se aninhou em seu peito e chorou. Lucy a acalmava, embalava e abraçava.

capítulo dezoito

Eu não tinha dormido. Nem Loren. Consegui fazer a barba rapidamente com o barbeador elétrico. Fedia tanto que cheguei a cogitar pedir emprestado a Horace Foley um pouco de perfume.

– Vamos, me dê a papelada – pedi a Loren.
– Assim que eu conseguir.

Quando o juiz pediu ordem, chamei uma – atenção – testemunha surpresa.
– O povo chama Gerald Flynn.

Ele era o cara "legal" que convidara Chamique Johnson para a festa. Encaixava-se bem no papel, com aquela pele tão lisa, cabelo louro bem repartido, grandes olhos azuis que pareciam contemplar tudo com ingenuidade. Como havia uma chance de que eu terminasse minha parte no caso a qualquer momento, a defesa já tinha deixado Flynn aguardando. Ele era, no fim das contas, a testemunha-chave deles.

Flynn vinha apoiando firmemente os irmãos de fraternidade. Mas mentir para a polícia e até num depoimento era uma coisa. Fazer isso durante "o show" era outra. Olhei para Loren. Estava sentada na última fileira e tentava manter uma expressão correta. O resultado era misto, Loren não seria minha primeira escolha como parceira de pôquer.

Pedi a ele que dissesse seu nome para constar nos autos.
– Gerald Flynn.
– Mas é chamado de Jerry, correto?
– Sim.
– Ótimo. Vamos começar do início, certo? Quando você conheceu a autora, a Srta. Chamique Johnson?

Ela estava presente, sentada próxima ao centro da penúltima fileira, com Horace Foley. Local interessante para ficar. Como se não quisesse se comprometer. Eu ouvira alguma gritaria nos corredores de manhã mais cedo. As famílias Jenrette e Marantz não ficaram satisfeitas com aquela confusão de última hora na retratação de Chamique. Tentaram fazer um acórdão, mas sem sucesso. Por isso estávamos começando tarde. Mesmo assim, prepararam-se. As expressões de tribunal, preocupadas, sérias, engajadas, estavam de volta.

Era um atraso temporário, achavam eles. Só mais algumas horas.

– Quando ela foi até a fraternidade em 12 de outubro – respondeu Flynn.

– Você se lembra da data?
– Sim.

Fiz uma cara tipo "Minha nossa, isso não é interessante?", mesmo não sendo. Claro que ele saberia a data. Isso agora envolvia sua vida também.

– Por que a Srta. Johnson estava na sua fraternidade?
– Ela foi contratada como dançarina exótica.
– Você a contratou?
– Não. Bem, a fraternidade toda contratou. Mas não fui eu quem fez a reserva, essas coisas.
– Entendi. Ela foi então até sua fraternidade e fez uma dança exótica?
– Sim.
– E você assistiu à dança?
– Assisti.
– O que achou?

Mort Pubin ficou de pé.
– Objeção!

O juiz já estava fazendo uma careta para mim:
– Sr. Copeland?
– De acordo com a Srta. Johnson, o Sr. Flynn aqui a convidou para a festa na qual aconteceu o estupro. Estou tentando entender por que ele faria isso.
– Então pergunte isso a ele – disse Pubin.
– Meritíssimo, posso fazer isso do meu jeito?
– Tente reformular a pergunta – aconselhou o juiz Pierce.

Voltei-me para Flynn.
– Você achou que a Srta. Johnson era uma boa dançarina exótica? – indaguei.
– Acho que sim.
– Sim ou não?
– Não muito. Mas é, achei razoável.
– Achou que ela era atraente?
– Achei, quer dizer, acho que sim.
– Sim ou não?
– Objeção! – Pubin outra vez. – Ele não precisa responder a uma pergunta dessas com sim ou não. Talvez a tenha achado razoavelmente atraente. Nem sempre é sim ou não.
– Concordo, Mort – falei, surpreendendo-o. – Deixe-me reformular, Sr. Flynn. Como você descreveria o grau de atratividade dela?

– Numa escala de um a dez?
– Seria esplêndido, Sr. Flynn. Numa escala de um a dez.
Ele ficou pensando.
– Sete, talvez oito.
– Ótimo, obrigado. E em algum momento da noite você conversou com a Srta. Johnson?
– Sim.
– Sobre o que conversaram?
– Não sei.
– Tente se lembrar.
– Perguntei onde ela morava. Ela disse que em Irvington. Perguntei se ela tinha ido para a escola ou se tinha namorado. Esse tipo de coisa. Ela me contou que tinha um filho. Ela me perguntou o que eu estudava. Eu respondi que queria fazer medicina.
– Mais alguma coisa?
– Só isso.
– Entendi. Por quanto tempo você acha que conversou com ela?
– Não sei.
– Deixe-me ver se posso ajudá-lo então. Por mais de cinco minutos?
– Sim.
– Mais de uma hora?
– Não, acho que não.
– Mais de meia hora?
– Não tenho certeza.
– Mais de dez minutos?
– Acho que sim.

O juiz Pierce interrompeu, dizendo que já tínhamos todos entendido e que eu deveria seguir em frente.

– Como a Srta. Johnson foi embora daquele evento particular, você sabe?
– Veio um carro e a pegou.
– Ah, ela era a única dançarina exótica lá naquela noite?
– Não.
– Quantas outras estavam lá?
– Três no total.
– Obrigado. As outras duas foram embora junto com a Srta. Johnson?
– Sim.
– Você conversou com alguma delas?

– Na verdade, não. Disse um oi, talvez.

– Seria justo dizer que Chamique Johnson foi a única das três dançarinas exóticas com quem você conversou?

Pubin deu a impressão de que queria protestar, mas depois decidiu deixar passar.

– Sim – confirmou Flynn. – Seria justo.

Chega de preliminares.

– Chamique Johnson depôs que ganhou um dinheiro extra realizando um ato sexual em alguns dos rapazes na festa. Você sabe se isso é verdade?

– Não sei.

– Mesmo? Você não contratou os serviços dela?

– Não.

– E nunca escutou nem uma palavra sequer dita por qualquer um dos seus irmãos de fraternidade sobre a Srta. Johnson fazer algum ato de natureza sexual neles?

Flynn ficou encurralado. Ou iria mentir ou admitir que ocorreu uma atividade ilegal. Ele escolheu a alternativa mais burra – pegou o caminho do meio.

– Talvez tenha ouvido alguns rumores.

Curto e vago, o que o fez parecer um completo mentiroso.

Assumi meu tom mais incrédulo:

– Talvez tenha ouvido alguns rumores?

– Sim.

– Então não tem certeza se ouviu algum rumor – falei, como se isso fosse a coisa mais ridícula que já tivesse escutado na vida –, mas talvez tenha. Você simplesmente não consegue lembrar se ouviu rumores ou não. É esse seu testemunho?

Flair se levantou dessa vez.

– Meritíssimo?

O juiz olhou para ele.

– Este é um caso de estupro ou o Sr. Copeland está trabalhando em prol dos bons costumes? – Ele abriu os braços. – Será que a acusação de estupro está tão fraca agora, tão artificial, que ele está procurando indiciar esses rapazes por contratarem uma prostituta?

– Não é disso que estou atrás – afirmei.

Flair sorriu para mim.

– Então, por favor, faça à testemunha perguntas que digam respeito a esse suposto caso de agressão. Não peça ao Sr. Flynn para recitar todas as faltas que ele já viu algum amigo cometer.

– Vamos seguir, Sr. Copeland – determinou o juiz.

Maldito Flair.

– Você pediu o número de telefone da Srta. Johnson?

– Sim.

– Por quê?

– Achei que podia ligar para ela.

– Você gostou dela?

– Eu me senti atraído por ela, sim.

– Porque deu a ela uma nota sete, talvez oito? – Fiz um sinal antes que Pubin conseguisse se mexer. – Pergunta retirada. Você chegou a ligar para a Srta. Johnson?

– Sim.

– Pode nos dizer quando e, por favor, nos contar, o melhor que puder, o que foi falado nessa conversa?

– Dez dias depois eu liguei e perguntei se ela queria vir a uma festa na fraternidade.

– Você queria que ela fizesse uma dança exótica outra vez?

– Não – respondeu Flynn. Vi-o engolir em seco e seus olhos ficaram um pouco marejados. – Eu a convidei.

Esperei a poeira baixar. Olhei para Jerry Flynn. Permiti que o júri olhasse para ele. Havia algo em seu rosto. Teria ele gostado de Chamique Johnson? Deixei o momento se prolongar. Estava confuso. Eu havia pensado que Jerry Flynn fazia parte daquilo – que tinha convidado Chamique para uma armadilha. Tentei processar isso na cabeça.

– Sr. Copeland? – chamou o juiz.

– A Srta. Johnson aceitou seu convite?

– Sim.

– Quando disse que a chamou como sua – fiz sinal de aspas com os dedos – "convidada", você quis dizer "namorada"?

– Sim.

Imaginei-o recebendo-a e oferecendo-lhe uma bebida.

– Você disse a ela que o ponche continha álcool? – perguntei.

– Sim.

Era mentira. E parecia, mas eu quis enfatizar o ridículo daquela alegação.

– Conte como foi a conversa – pedi.

– Não entendi.
– Você perguntou à Srta. Johnson se ela queria alguma coisa para beber?
– Sim.
– E ela respondeu que sim?
– Sim.
– E o que você disse depois?
– Perguntei a ela se queria um ponche.
– E o que ela falou?
– Respondeu que sim.
– E depois?
Ele se mexeu na cadeira.
– Eu disse a ela que era alcoólico.
Ergui a sobrancelha.
– Simples assim?
– Objeção! – Pubin se levantou. – "Simples assim?" Ele disse que era alcoólico. Perguntado e respondido.

Ele estava certo. Decidi esquecer aquela mentira óbvia. Fiz sinal para o juiz que deixaria passar. Comecei a acompanhá-lo pela noite. Flynn se ateve à história que já havia contado, sobre como Chamique ficara bêbada e começara a flertar com Edward Jenrette.

– Como você reagiu quando isso aconteceu?
Ele deu de ombros.
– Edward é veterano. Eu sou calouro. Isso acontece.
– Então você acha que Chamique ficou impressionada porque o Sr. Jenrette era mais velho?
Outra vez, Pubin decidiu não protestar.
– Não sei – respondeu Flynn. – Talvez.
– Ah, por falar nisso, você já tinha estado no quarto do Sr. Marantz e do Sr. Jenrette?
– Claro.
– Quantas vezes?
– Não sei. Várias.
– Mesmo? Mas você não é calouro?
– Eles são meus amigos.
Fiz minha cara cética.
– Você esteve lá mais de uma vez?
– Sim.

153

– Mais de dez vezes?
– Sim.
Fiz uma cara mais cética ainda.
– Tudo bem, diga-me então: que tipo de aparelho de som eles têm no quarto?
Flynn respondeu imediatamente:
– Eles têm caixas Bose para iPod.
Eu já sabia. Havíamos revistado o quarto. Tínhamos fotos.
– E a televisão? É de que tamanho?
Ele sorriu como se tivesse percebido minha armadilha.
– Eles não têm televisão.
– Nenhuma televisão?
– Nenhuma.
– Certo, então. Vamos voltar para a noite em questão...
Flynn continuou tecendo sua história. Começou a se divertir com os amigos. Viu Chamique subir a escada de mãos dadas com Jenrette. Não sabia dizer o que tinha acontecido depois daquilo, claro. Depois, mais tarde, encontrou-a outra vez e acompanhou-a até o ponto de ônibus.
– Ela parecia chateada? – perguntei.
Flynn respondeu que não, pelo contrário. Chamique estava "sorridente" e "feliz", leve como o ar. Essa descrição Poliana dela foi demais.
– Então quando Chamique Johnson falou sobre ir até o barril com você, depois para o andar de cima e ser agarrada no corredor – falei –, era tudo mentira?
Flynn era esperto o bastante para não cair nessa.
– Estou contando o que eu vi.
– Você conhece alguém chamado Cal ou Jim?
Ele ficou pensando.
– Conheço um ou dois caras chamados Jim. Acho que não conheço nenhum Cal.
– Você tem conhecimento de que a Srta. Johnson alega que os homens que a estupraram se chamavam – eu não queria que Flair protestasse com seu jogo semântico, então revirei os olhos um pouco quando disse a palavra *chamavam* – Cal e Jim?
Ele ficou pensando em como sair daquela. Escolheu a verdade.
– Estou sabendo.
– Havia alguém chamado Cal ou Jim na festa?

– Que eu saiba, não.
– Entendi. E você sabe de algum motivo para o Sr. Jenrette e o Sr. Marantz se chamarem por esses nomes?
– Não.
– Já ouviu esses dois nomes juntos? Depois do suposto estupro, claro.
– Não que eu me lembre.
– Então você não tem como esclarecer por que a Srta. Johnson deporia que seus agressores se chamavam Cal e Jim?
Pubin berrou sua objeção:
– Como ele poderia saber que essa mulher bêbada, enlouquecida, iria mentir?
Mantive os olhos na testemunha.
– Não lhe vem nada à mente, Sr. Flynn?
– Nada – afirmou ele com firmeza.
Olhei para Loren Muse. Ela estava de cabeça baixa, mexendo no celular. Loren ergueu os olhos, encontrou os meus e assentiu.
– Meritíssimo – falei –, tenho mais perguntas para essa testemunha, mas este seria um bom momento de fazermos uma pausa para o almoço.
O juiz Pierce concordou.
Tentei não ir correndo até Loren Muse.
– Conseguimos – disse ela com um sorriso. – O fax está no seu escritório.

capítulo dezenove

LUCY TEVE SORTE DE não ter aulas pela manhã. Com a quantidade de bebida que consumira, mais as altas horas na companhia de Sylvia Potter, não saiu da cama antes do meio-dia. Quando se levantou, fez uma ligação para uma das conselheiras da escola, Katherine Lucas, uma terapeuta que ela sempre considerou muito boa. Explicou a situação de Sylvia. A colega teria uma ideia melhor sobre o que fazer.

Pensou na redação que havia desencadeado tudo aquilo. A floresta. Os gritos. O sangue. Sylvia Potter não a enviara. Quem teria enviado então?

Nenhuma pista.

Na noite anterior, decidira ligar para Paul. Ele precisava saber sobre aquilo, concluíra. Mas teria sido efeito da bebida? Agora que era dia e estava sóbria, ainda pareceria uma boa ideia?

Uma hora depois, encontrou o número do trabalho de Paul no computador. Ele era promotor do condado de Essex – e, coitado, viúvo. Jane tinha morrido de câncer. Paul havia criado uma instituição de caridade em nome dela. Lucy se perguntou como se sentia a respeito disso tudo, mas não havia tempo para pensar naquele momento.

Com a mão trêmula, digitou o número. Quando a chamada chegou à mesa da telefonista, pediu para falar com Paul Copeland. Doeu quando disse aquilo. Percebeu que não dizia esse nome em voz alta havia vinte anos.

Paul Copeland.

Uma mulher atendeu:

– Promotoria do condado.

– Eu gostaria de falar com Paul Copeland, por favor.

– Posso perguntar quem é?

– Uma velha amiga – respondeu.

Nada.

– Meu nome é Lucy. Diga a ele que é Lucy. De vinte anos atrás.

– Você tem um sobrenome, Lucy?

– Só diga isso a ele, está bem?

– O promotor Copeland não está no escritório no momento. Gostaria de deixar um número para ele retornar a ligação?

Lucy deu os números de casa, do trabalho e do celular.

– Posso perguntar qual é o assunto?
– Apenas diga a ele que Lucy telefonou. E que é importante.

Loren e eu estávamos no meu escritório. A porta se encontrava fechada. Havíamos pedido sanduíches na delicatéssen para o almoço. Eu comia uma salada de frango no pão integral. Loren engolia um sanduíche de almôndega do tamanho de uma prancha de surfe.

Eu estava com o fax na mão.

– Onde está sua detetive particular? Cingle não sei das quantas?
– Shaker. Cingle Shaker. Ela está vindo para cá.

Eu me sentei e examinei minhas anotações.

– Você quer discutir isso? – indagou Loren.
– Não.

Ela estava com um largo sorriso no rosto.

– O que foi? – perguntei.
– Odeio dizer isso, Cope, mesmo sendo meu chefe, mas você é um gênio.
– É – concordei. – Acho que sou mesmo.

Voltei para minhas anotações.

– Quer que eu deixe você sozinho?
– Não. Posso pensar em alguma coisa que eu precise que você faça.

Ela levantou o sanduíche. Fiquei surpreso de ela conseguir fazer isso sem a ajuda de um guindaste industrial.

– Seu antecessor – disse Loren, cravando os dentes no sanduíche –, nos grandes casos, às vezes se sentava aí, encarava o nada e dizia que estava adentrando uma área. Como se fosse o Michael Jordan. Você faz isso?
– Não.
– Então – mais mastigação, um pouco de deglutição – você se distrairia se eu levantasse outra questão?
– Você está falando de alguma coisa que não envolva esse caso?
– Isso mesmo.

Ergui a cabeça.

– Na verdade, posso aproveitar essa distração. Você está pensando em quê?

Ela desviou o olhar para a direita, esperou um momento ou dois. Depois disse:

– Eu tenho amigos no departamento de homicídios em Manhattan.

Eu fazia uma ideia de aonde aquilo iria levar. Dei uma mordida delicada no meu sanduíche de salada de frango.

– Seca – anunciei.

– O quê?

– A salada de frango. Está seca. – Larguei o sanduíche e limpei os dedos com o guardanapo. – Hum, me deixe adivinhar. Um dos seus amigos do departamento de homicídios falou com você sobre o assassinato de Manolo Santiago?

– É.

– E eles contaram para você qual era minha teoria?

– Sobre ele ser um dos garotos que o "Matador do Verão" assassinou no acampamento, mesmo os pais dizendo que não é ele?

– Essa seria a única.

– É, eles me contaram.

– E?

– E eles acham que você enlouqueceu.

Sorri.

– E você?

– Eu também acharia que você enlouqueceu. Se não fosse porque agora – ela apontou para o fax – eu vejo do que você é capaz. Então acho que o que estou dizendo é: quero participar.

– Participar do quê?

– Você sabe do quê. Você vai investigar, certo? Vai ver se consegue descobrir o que de fato aconteceu naquela floresta?

– Vou.

Ela abriu os braços.

– Eu quero participar.

– Não posso permitir que você misture os assuntos do município com as minhas questões pessoais.

– Primeira coisa – disse Loren –, mesmo todo mundo tendo certeza de que Wayne Steubens era o assassino, o processo de homicídio tecnicamente ainda está aberto. Na verdade, um homicídio quádruplo, quando se pensa no caso, permanece sem solução.

– Isso não aconteceu no nosso condado.

– Não sabemos. A única coisa que se sabe é onde os corpos foram encontrados. E uma das vítimas, a sua irmã, morava aqui nesta cidade.

– Você está forçando a barra.

– Segunda, meu contrato é de 48 horas de trabalho por semana. Eu trabalho quase oitenta. Você sabe disso. Foi por isso que me promoveu. Então, o que eu faço fora dessas 48 horas é comigo. Ou vou aumentar para cem.

Não me importo. E antes que você pergunte, não, isso não é nenhum favor para o meu chefe. Vamos encarar assim: eu sou uma investigadora, resolver esse caso seria uma glória para mim. O que me diz?

Dei de ombros.

– Por que não?

– Estou dentro?

– Está dentro.

Ela pareceu muito satisfeita.

– Qual o primeiro passo, então?

Pensei nisso. Havia algo que eu precisava fazer. Tinha tentado evitar, mas não podia mais.

– Wayne Steubens.

– O "Matador do Verão".

– Preciso vê-lo.

– Você o conhecia, certo?

Assenti.

– Nós dois éramos monitores naquele acampamento.

– Acho que eu li que ele não permite visitas.

– Precisamos fazê-lo mudar de ideia – comentei.

– Ele está num presidio de segurança máxima na Virgínia – disse Loren. – Posso dar uns telefonemas.

Ela já sabia até onde Steubens estava preso. Incrível.

– Faça isso – aconselhei.

Alguém bateu à porta, e minha secretaria, Jocelyn Durels, pôs a cabeça para dentro.

– Recados – informou ela. – Quer que eu os coloque na sua mesa?

Gesticulei para que me entregasse.

– Alguma coisa importante?

– Não muito. Boa parte é da imprensa. A gente pensa que eles sabem que você está no tribunal, mas não. Ligam mesmo assim.

Peguei os recados e comecei a dar uma olhada. Fitei Loren. Ela observava em volta. Não havia quase nada pessoal naquele escritório. Quando me mudei para lá, coloquei um retrato de Cara na estante. Dois dias depois, prendemos um pedófilo que havia feito coisas inimagináveis com uma garotinha mais ou menos da idade dela. Conversávamos sobre o caso neste escritório e eu ficava olhando para a minha filha. Por fim, tive que virar a foto para a parede. Naquela noite, levei-a de volta para casa.

Ali não era lugar para Cara, nem para uma foto dela.

Estava folheando os recados quando algo me chamou atenção.

Minha secretária usa aqueles papeizinhos cor-de-rosa antigos e guarda as cópias em amarelo no seu caderno, escrevendo os recados à mão, com caligrafia impecável.

De acordo com meu recado cor-de-rosa, o autor da chamada era:

Lucy??

Fiquei olhando para o nome um instante. Lucy. Não podia ser.

Ela havia deixado número do trabalho, de casa e do celular. Os três tinham código de área que indicava onde *Lucy??* morava, trabalhava e, ah, por onde andava, em Nova Jersey.

Peguei o telefone e apertei o interfone.

– Jocelyn?

– Sim?

– Estou vendo um recado aqui de alguém chamado Lucy.

– Sim. Ela ligou uma hora atrás mais ou menos.

– Você não escreveu o sobrenome.

– Ela não deu. Foi por isso que eu coloquei os pontos de interrogação, na verdade.

– Não entendi. Você perguntou o sobrenome e ela não deu?

– Exatamente.

– O que mais ela disse?

– Está na parte de baixo da página.

– O quê?

– Você leu as anotações no fim da página?

– Não.

Ela ficou esperando, sem dizer o óbvio. Examinei a folha e li:

Disse que era uma velha amiga de vinte anos atrás.

Li outra vez as palavras. E de novo.

– *Ground control to Major Cope.*

Era Loren. Ela não disse as palavras – cantou-as, usando a melodia de David Bowie. Levei um susto.

– Você canta como quem escolhe um par de sapatos – comentei.

– Muito engraçado. – Ela indicou meu recado e levantou a sobrancelha. – E aí, quem é essa Lucy, garotão? Um antigo amor?

Fiquei calado.

– Ai, droga. – A sobrancelha arqueada despencou. – Eu só estava brincando. Não tinha intenção de...

– Não se preocupe, Loren.

– Não se preocupe você também, Cope. Pelo menos, não até mais tarde.

O olhar dela se voltou para o relógio atrás de mim. Também olhei. Ela estava certa. O horário de almoço havia acabado. Isso teria que esperar. Eu não sabia o que Lucy queria. Ou talvez soubesse. O passado estava voltando. Todo ele. Pelo que parecia, os mortos estavam saindo da terra.

Peguei o fax e me levantei.

Loren ficou de pé também.

– Hora do show – anunciou ela.

Assenti. Mais do que hora. Eu ia destruir aqueles filhos da mãe. E eu me esforçaria ao máximo para não parecer estar me divertindo.

No banco das testemunhas depois do almoço, Jerry Flynn parecia muito tranquilo. Eu causara pouco dano pela manhã. Não havia razão para ele pensar que à tarde seria diferente.

– Sr. Flynn – comecei –, você gosta de pornografia?

Nem esperei pelo óbvio. Virei-me para Mort Pubin e fiz um gesto sarcástico com a mão, como se tivesse acabado de apresentá-lo e fosse guiá-lo até o palco.

– Objeção!

Ele não precisou nem elaborar. O juiz me lançou um olhar de desaprovação. Dei de ombros.

– Prova número 18. – Peguei uma folha de papel. – Esta é uma conta enviada à fraternidade referente a despesas on-line. Você a reconhece?

Ele olhou.

– Não sou eu quem paga as contas. É o tesoureiro.

– Sim, o Sr. Rich Devin, que confirmou em seu depoimento ser essa de fato uma conta da fraternidade.

O juiz olhou para Flair e Mort.

– Alguma objeção?

– Vamos concordar que essa é uma conta da fraternidade – respondeu Flair.

– Você está vendo esse lançamento aqui? – Apontei para uma linha no alto.

– Sim.

– Consegue ler o que está escrito?

– Netflix.

– É com *xis* no fim. – Soletrei "Netflix" alto. – O que é Netflix, se não se importa?

– É um serviço de aluguel de DVDs. Se faz pelo correio. Você tem que ficar com três DVDs sempre. Quando você manda um de volta, você recebe outro.

– Ótimo, obrigado. – Assenti e desci o dedo algumas linhas. – Você poderia ler esta outra linha para mim?

Ele hesitou.

– Sr. Flynn?

Ele limpou a garganta.

– HotFlixxx.

– Com três *xis* no final, correto?

Soletrei alto outra vez.

– Sim.

Ele parecia que ia vomitar.

– Você pode me dizer o que é HotFlixxx?

– É parecido com a Netflix.

– Também é um serviço de aluguel de DVDs?

– Sim.

– E saberia nos dizer qual é a diferença entre a HotFlixxx e a Netflix?

Ele ficou vermelho.

– Eles alugam, ah, tipos diferentes de filme.

– De que tipo?

– Hum, bem, filmes para adultos.

– Entendi. Antes eu perguntei se você gostava de pornografia. Talvez a pergunta certa seja: você assiste a filmes pornográficos?

Ele se retorceu.

– Às vezes – respondeu.

– Nada de errado nisso, filho. – Sem olhar para trás, sabendo que ele estava de pé, apontei para a bancada oposta. – E aposto que o Sr. Pubin está de pé para nos contar que ele também os aprecia, especialmente os enredos.

– Objeção! – exclamou Pubin.

– Pergunta retirada. – Virei-me outra vez para Flynn. – Existe algum filme pornográfico em particular de que você goste?

A cor sumiu de suas faces. Foi como se a pergunta tivesse fechado uma torneira. A cabeça girou em direção à mesa da defesa. Movimentei-me o suficiente para bloquear sua visão. Flynn tossiu no pulso e disse:
– Posso invocar a Quinta Emenda?
– Para quê?
Flair Hickory se levantou.
– A testemunha pede conselho.
– Meritíssimo, quando eu cursava a escola de direito, aprendíamos que a Quinta Emenda era usada a fim de impedir a autoincriminação e, me corrija se eu estiver errado, mas, bem, existe alguma lei nos livros contra se ter um filme pornográfico favorito?
– Podemos fazer um recesso de dez minutos? – pediu Flair.
– De modo algum, meritíssimo.
– A testemunha – continuou Flair – pediu conselho.
– Não, ele não pediu. Ele perguntou se poderia invocar a Quinta Emenda. E vou lhe dizer uma coisa, Sr. Flynn: vou lhe dar imunidade.
– Imunidade para quê? – indagou Flair.
– Para o que ele quiser. Não quero essa testemunha fora do banco.
O juiz Pierce olhou de volta para Flair Hickory. Sem pressa. Se ele conseguisse a permissão, eu iria ter problemas. Eles inventariam alguma coisa. Olhei para trás na direção de Jenrette e Marantz. Eles não tinham se mexido nem pedido aconselhamento.
– Sem recesso – decretou o juiz.
Flair Hickory afundou de volta em sua cadeira.
E eu voltei para Jerry Flynn.
– Você tem um filme pornográfico preferido?
– Não – respondeu ele.
– Já ouviu falar de um chamado – fingi então consultar um pedaço de papel, mas já sabia o nome de cor –, um filme chamado *Namorando a vara*?
Ele já devia ter previsto, mas mesmo assim a pergunta foi como uma ferroada.
– Hum, você pode repetir o título?
Repeti.
– Você já assistiu ou ouviu falar?
– Acho que não.
– Acha que não – repeti. – Mas então pode ter assistido?
– Não tenho certeza. Não sou muito bom com títulos de filme.

– Bem, vamos ver se consigo refrescar sua memória.

Eu estava com o fax que Loren me dera. Passei uma cópia para a outra parte, anexando como prova. Depois comecei com:

– De acordo com a HotFlixxx, uma cópia desse DVD esteve de posse de uma fraternidade nos últimos seis meses. E de acordo outra vez com os registros da HotFlixxx, o filme foi devolvido no dia *seguinte* àquele em que a Srta. Johnson registrou a agressão na polícia.

Silêncio.

Pubin parecia ter engolido a língua. Flair era esperto demais para demonstrar qualquer coisa. Leu o fax como se fosse uma tira divertida do *Recruta Zero*.

Aproximei-me de Flynn.

– Isso refresca a sua memória?

– Não sei.

– Não sabe? Vamos tentar outra coisa, então.

Olhei para o fundo da sala. Loren Muse se encontrava de pé ao lado da porta. Estava sorrindo. Fiz um sinal para ela.

Loren abriu a porta e uma mulher que parecia uma amazona exuberante de um filme B deu um passo à frente.

A detetive particular de Loren, Cingle Shaker, entrou no tribunal como se fosse seu bar favorito. O recinto todo pareceu arfar diante daquela visão.

– Você reconhece a mulher que acabou de entrar nesta sala? – perguntei.

Ele não respondeu. O juiz interveio:

– Sr. Flynn?

– Sim. – Flynn limpou a garganta para ganhar tempo. – Reconheço.

– Como a conheceu?

– Num bar ontem à noite.

– Entendi. E vocês dois conversaram sobre o filme *Namorando a vara*?

Cingle fingira ser uma ex-atriz pornô. Ela conseguira às pressas que alguns rapazes da fraternidade se abrissem. Como Loren tinha dito, devia ter sido *realmente* difícil, uma mulher de silhueta tão bem torneada que poderia originar uma citação, fazer garotos de fraternidade falarem.

– Talvez tenhamos falado alguma coisa sobre isso – comentou Flynn.

– "Isso" se refere ao filme?

– Sim.

– Hum – murmurei, mais uma vez como se aquilo fosse um desdobramento curioso. – Então agora, com a Srta. Shaker aí como catalisadora, você se lembra do filme *Namorando a vara*?

Ele tentava não baixar a cabeça, mas os ombros se arquearam.

– É – disse Flynn –, acho que me lembro.

– Fico feliz em poder ajudar – desdenhei.

Pubin se ergueu a fim de protestar, mas o juiz fez sinal para que se sentasse.

– Na verdade – continuei –, você disse à Srta. Shaker que *Namorando a vara* era o filme pornô preferido da fraternidade toda, não foi?

Ele hesitou.

– Tudo bem, Jerry. Três dos seus irmãos contaram à Srta. Shaker a mesma coisa.

– Objeção! – exclamou Mort Pubin.

Olhei para Cingle Shaker. Todos fizeram o mesmo. Ela sorriu e acenou como se fosse uma celebridade na plateia e tivesse acabado de ser apresentada. Empurrei uma TV sobre um suporte de rodinhas, com um aparelho de DVD acoplado. O filme ofensivo já estava no ponto. Loren já o deixara na cena relevante.

– Meritíssimo, ontem à noite, um dos meus investigadores visitou King David's Smut Palace, em Nova York. – Olhei para o júri e disse: – Vejam, fica aberto 24 horas, embora por que uma pessoa precise ir lá, digamos, às três da manhã seja um mistério para mim...

– Sr. Copeland.

O juiz me interrompeu corretamente com um olhar de desaprovação, mas o júri havia sorrido. Isso era bom. Eu queria uma atmosfera relaxada. E depois, quando viesse o contraste, quando vissem o que havia no DVD, eu os queria atordoados com a pancada.

– Enfim, meu investigador comprou todos os filmes pornográficos encomendados à HotFlixxx pela fraternidade nos últimos seis meses, inclusive *Namorando a vara*. Eu gostaria agora de mostrar uma cena que creio ser relevante.

Tudo parou. Todos os olhos se voltaram para a cadeira do juiz. Arnold Pierce se manteve calmo. Coçou o queixo. Eu prendi a respiração. Não se ouvia um som. Todos se inclinaram para a frente. Pierce coçou o queixo mais um pouco. Eu queria arrancar a resposta.

Ele apenas assentiu.

– Prossiga. Permissão concedida – disse ele.

– Esperem! – Mort Pubin protestou, fez tudo que podia, quis aferir a integridade do júri e tudo mais.

Flair Hickory se juntou a ele. Mas foi um desperdício de energia. As cortinas do tribunal acabaram sendo puxadas para que não houvesse claridade. E depois, sem explicar o que eles iriam ver, apertei o play.

O cenário era um quarto reles. A cama parecia king-size. Três participantes, a cena começava com poucas preliminares. Tinha início então um ménage à trois cru. Dois homens e uma garota.

Eles eram brancos. Ela, negra.

Os homens a jogavam de um lado para outro como se fosse um brinquedo. Zombavam, riam e conversavam entre si o tempo todo:

– *Vira ela ao contrário, Cal... Isso, Jim, assim... Sacode ela, Cal...*

Eu olhava mais para a reação do júri do que para a tela. Encenação de criança. Minha filha e minha sobrinha encenavam *Dora, a aventureira*. Jenrette e Marantz, por mais revoltante que fosse, tinham replicado a cena de um filme pornográfico. O tribunal ficou um túmulo. Eu observava as expressões chocadas na galeria, até as que se encontravam atrás de Jenrette e Marantz, enquanto a garota negra do filme gritava e os dois homens brancos pronunciavam seus nomes, rindo com crueldade.

– *Dobra ela, Jim. Uau, Cal, a puta tá adorando isso... Come ela, Jim, é, com mais força...*

Assim mesmo. Cal e Jim. Sem parar. Suas vozes eram cruéis, terríveis, algo infernal. Olhei para o fundo da sala e encontrei Chamique Johnson. A coluna estava ereta. A cabeça erguida.

– *Uuuuuu huh, Jim... agora é minha vez...*

Chamique me olhou nos olhos e assentiu, enquanto eu correspondia. Havia lágrimas em seu rosto.

Não tenho certeza, mas acho que no meu também.

capítulo vinte

Flair Hickory e Mort Pubin conseguiram um recesso de meia hora. Quando o juiz se levantou para sair, a sala do tribunal explodiu. Voltei para o meu escritório sem tecer comentários. Loren me seguia. Ela era aquela coisinha pequena, mas agia como se fosse uma agente do meu serviço secreto.

Depois que fechamos a porta, ela ergueu a palma da mão:
– Toca aqui!
Eu só olhei para ela, que abaixou a mão.
– Acabou, Cope.
– Ainda não – retruquei.
– Mas em meia hora?
Assenti.
– Vai acabar. Mas nesse meio-tempo, ainda temos trabalho a fazer.

Eu me dirigi à mesa de reunião. O recado de Lucy estava lá. Eu conseguira tirar aquilo da cabeça durante o interrogatório de Flynn. Tinha deixado Lucy de fora. Mas agora, por mais que eu quisesse passar alguns minutos desfrutando a glória do momento, o recado estava me solicitando outra vez.

Loren me viu olhando o papel.
– Uma amiga de vinte anos atrás – disse ela. – Foi quando aconteceu aquele incidente do acampamento PAEV.
Olhei para ela.
– Tem a ver com isso, não tem?
– Não sei – respondi. – Mas é provável que sim.
– Qual é o sobrenome dela?
– Silverstein. Lucy Silverstein.
– Certo – disse Loren, recostando-se na cadeira e cruzando os braços. – Era o que eu imaginava.
– Como você imaginou?
– Ora, vamos, Cope. Você me conhece.
– E sei que você é enxerida demais?
– É parte do que me torna tão atraente.
– O fato de ser enxerida e os seus sapatos também. Desde quando você lê sobre mim?
– Desde que eu soube que você seria promotor do condado.

Não fiquei surpreso.
— Ah, e eu revisei o caso antes de dizer para você que queria participar dele.
Olhei para o recado outra vez.
— Ela era sua namorada — mencionou Loren.
— Romance de verão. Éramos duas crianças.
— Quando foi a última vez que você teve notícias dela?
— Faz muito tempo.
Ficamos ali sentados por um momento. Eu ouvia a comoção do lado de fora da porta. Ignorei. Loren também. Nenhum de nós falava, apenas encarávamos o recado sobre a mesa.
Por fim, ela se levantou.
— Tenho trabalho a fazer.
— Vai lá — falei.
— Você consegue voltar para o tribunal sem mim?
— Dou um jeito — respondi.
Quando Loren chegou à porta, voltou-se outra vez.
— Você vai ligar para ela?
— Mais tarde.
— Quer que eu verifique o nome dela? Ver o que consigo?
Pensei naquilo.
— Ainda não.
— Por que não?
— Porque ela significava muito para mim, Loren. Não me agrada a ideia de ver você bisbilhotando a vida dela.
Ela ergueu as mãos.
— Tudo bem, tudo bem. Mas eu não estava falando em arrastá-la até aqui algemada, só em fazer uma checagem rotineira do histórico dela.
— Não faça nada, ok? Pelo menos, não por enquanto.
— Vou trabalhar na sua visita a Wayne Steubens na prisão, então.
— Obrigado.
— Esse negócio de Cal e Jim. Você não vai deixar isso escapar, vai?
— Sem chance.

Minha única preocupação era que a defesa alegasse que Chamique Johnson também assistira ao filme e inventara sua história baseada nele ou que tivesse se iludido achando que o vídeo era real. Alguns fatores, no entanto, me ajudavam. Primeiro, era fácil provar que o filme não era exibido na TV de tela grande, na sala comum da fraternidade. Havia testemunhas suficientes para corroborar isso. Segundo, eu havia deixado claro, via Jerry Flynn e por fotografias tiradas pela polícia, que Marantz e Jenrette não tinham aparelho de televisão no quarto. Assim, ela não poderia ter visto o filme lá.

Até o momento, era a única direção que eu conseguia vê-los tomando. Um DVD podia ser assistido em computador. Frágil, é verdade, mas eu não queria deixar muito espaço. Jerry Flynn era o que considero uma testemunha "de tourada". Na tourada, o touro aparece e um monte de caras – não o toureiro – abanam as capas em volta. Ele ataca até a exaustão. Aí os picadores saem a cavalo com lanças compridas e as enfiam numa glândula atrás do músculo do pescoço do touro, tirando sangue e inchando a região para que o animal não consiga virar muito a cabeça. Depois, outros caras correm para cima e lançam as bandarilhas – dardos vistosamente decorados – nos flancos do touro, perto do ombro. Mais sangue. O animal já está semimorto.

Depois disso tudo, o matador entra e termina a tarefa com uma espada.

Essa era minha tarefa naquele momento. Eu levara a testemunha à exaustão, enfiara uma lança no seu pescoço e espetara alguns dardos coloridos. Agora era hora de sacar a espada.

Flair Hickory fez tudo dentro do seu considerável poder para impedir isso. Pediu recesso, alegando que não tínhamos apresentado aquele filme antes, que era injusto e que deveria ter sido entregue a eles durante a apresentação das provas e blá-blá-blá. Eu revidava. O filme havia estado na posse dos clientes dele, afinal de contas. Só tínhamos encontrado uma cópia na noite anterior. A testemunha confirmara que ele tinha sido assistido na fraternidade. Se o Sr. Hickory quisesse alegar que seus clientes nunca o tinham visto, poderia colocá-los no banco das testemunhas.

Flair aproveitava o tempo argumentando. Protelou, pediu e conseguiu alguns apartes com o juiz, tentou com algum sucesso dar a Jerry Flynn a chance de recuperar o fôlego.

Mas não funcionou.

Vi desde o momento em que Flynn se sentou na cadeira. Ele fora gravemente ferido por aqueles dardos e pela lança. O filme tinha sido o golpe final. Enquanto estava sendo exibido, Flynn fechara os olhos com tanta força que achei que estava tentando fechar os ouvidos.

Eu diria que Flynn provavelmente não era um garoto mau. A verdade era que, como testemunhou, ele tinha gostado de Chamique. Convidara-a legitimamente para um encontro. Mas, quando os riquinhos ficaram sabendo, logo o provocaram e o intimidaram, forçando-o a participar daquele plano asqueroso de "reencenar o filme". E Flynn, o calouro, cedeu.

– Eu me odiei por fazer aquilo – disse ele. – Mas vocês têm que entender.

Não, eu não entendo, me deu vontade de dizer. Fiquei quieto. Em vez disso, apenas olhei para ele até que baixasse os olhos. Depois olhei para o júri com um ligeiro desafio. Segundos se passaram.

Por fim, virei-me para Flair Hickory e disse:

– A testemunha é sua.

Levou um tempo para eu ficar sozinho.

Depois da cena ridícula de indignação com Loren, decidi eu mesmo me arriscar na investigação. Coloquei os números de telefone de Lucy no Google. Dois não revelaram nada, mas o terceiro, o de trabalho, mostrou-me que era uma linha direta de uma professora da Reston University chamada Lucy Gold.

Eu já sabia que se tratava da "minha" Lucy, mas isso só confirmou. A questão era: o que fazer agora? Resposta bastante simples. Retornar a ligação. Saber o que ela queria.

Eu não era muito de acreditar em coincidências. Não soube daquela mulher durante vinte anos. Agora, de repente, ela tinha telefonado sem deixar o sobrenome. Só podia ter algo a ver com a morte de Gil Perez. Tinha que haver alguma conexão com o incidente do acampamento PAEV.

Isso era óbvio.

Separar a vida. Teria sido fácil esquecê-la. Uma aventura de verão, mesmo intensa, é só isso – uma aventura. Talvez eu a tivesse amado, provavelmente amei, mas eu era apenas um garoto. Amor de garoto não sobrevive a sangue e cadáveres. Existem portas. Eu fechei aquela. Lucy se fora. Levei muito tempo para aceitar isso.

Mas aceitei e mantive a maldita porta fechada.

Agora teria que abri-la.

Loren quisera fazer uma verificação do histórico de Lucy. Eu devia ter dito que sim. Deixei que a emoção ditasse minha decisão. Devia ter esperado. Ver o nome dela foi um golpe. Devia ter respeitado meu tempo, assimilado o choque, visto as coisas com mais clareza. Mas não.

Talvez eu não devesse ligar ainda.

Não, disse a mim mesmo. Chega de enrolação.

Peguei o telefone e liguei para a casa. No quarto toque, alguém atendeu. Uma voz de mulher disse:

"Não estou no momento, mas deixe sua mensagem após o sinal."

O sinal veio rápido demais. Eu não estava pronto. Então desliguei.

Quanta maturidade.

Minha cabeça girava. Vinte anos. Tinham se passado vinte anos. Lucy devia estar com 37 agora. Perguntei-me se ainda seria bonita. Quando penso nisso, ela tinha um tipo que ficaria bem na maturidade. Algumas mulheres são assim.

Preste atenção no jogo, Cope.

Eu estava tentando. Mas ouvir a voz dela, soando exatamente a mesma... era o equivalente auditivo de transar com uma antiga colega de faculdade: após dez segundos, os anos desaparecem e é como se a gente estivesse de volta ao dormitório e nada tivesse mudado. Foi assim. Ela parecia a mesma. Eu me senti com 18 anos outra vez.

Respirei fundo algumas vezes. Alguém bateu à porta.

– Entre.

Loren enfiou a cabeça na sala.

– Já ligou para ela?

– Tentei o número de casa. Ninguém atendeu.

– Você não vai conseguir falar com ela agora, provavelmente – informou Loren. – Ela está dando aula.

– E como você sabe disso?

– Porque sou a investigadora-chefe. Não tenho que escutar tudo que você diz.

Loren se sentou e jogou sobre a mesa os pés calçados com seus sapatos práticos. Examinou meu rosto e não falou nada. Fiquei em silêncio também.

– Você quer que eu saia? – indagou ela, por fim.

– Primeiro me conte o que você descobriu.

Loren se esforçou para não rir.

– Ela mudou de nome dezessete anos atrás. Agora é Lucy Gold.

Assenti.

– Isso deve ter sido logo depois do acordo.

– Que acordo? Ah, espera, vocês processaram o acampamento, certo?

– As famílias das vítimas.

– E o pai de Lucy era o dono do acampamento.

– Certo.

– Foi desagradável?

– Não sei. Não me envolvi muito.

– Mas vocês ganharam?
– Claro. Era um acampamento de verão praticamente sem nenhuma segurança. – Remexi-me na cadeira ao dizer isso. – As famílias ficaram com o maior bem dos Silversteins.
– O próprio acampamento.
– Sim. Vendemos o terreno para uma construtora.
– Todo?
– Havia uma cláusula referente à floresta. É um terreno pouco aproveitável, ficou então com uma espécie de fundo público. Não se pode construir lá.
– O acampamento ainda está lá?
Balancei a cabeça.
– A construtora pôs abaixo as antigas cabanas e construiu um condomínio fechado.
– Quanto vocês receberam?
– Tirando os custos com advogados, cada família ficou com mais de 800 mil.
Os olhos dela se arregalaram.
– Uau!
– É. Perder um filho dá muito dinheiro.
– Eu não quis dizer...
Tranquilizei-a com um gesto.
– Eu sei. Só estou brincando.
Ela não discutiu.
– Isso deve ter mudado as coisas – comentou Loren.
Não respondi logo. O dinheiro tinha ficado numa conta conjunta. Minha mãe fugiu com 100 mil. Deixou o restante para nós. Foi generoso da parte dela, acho. Meu pai e eu nos mudamos de Newark para um lugar decente em Montclair. Eu já tinha conseguido uma bolsa na Rutgers, mas aí voltei os olhos para a Columbia, em Nova York. Conheci Jane lá.
– Sim. Mudou as coisas – concordei.
– Você quer saber mais sobre seu antigo amor?
Assenti.
– Ela estudou na UCLA. Se formou em psicologia. Depois fez pós-graduação, também em psicologia, na USC, e mais uma em inglês, em Stanford. Não tenho ainda o histórico de trabalho completo, mas atualmente ela está aqui do lado, na Reston University. Começou ano passado. Ela, hã, foi pega duas vezes dirigindo embriagada quando morava na Califórnia. Uma em 2001, outra em 2003. Declarou-se culpada as duas vezes. Tirando isso, a ficha dela é limpa.

Continuei sentado. Dirigir embriagada. Não combinava com Lucy. Seu pai, Ira, monitor-chefe, tinha se drogado muito – tanto que ela não tinha interesse por nada que alterasse o comportamento. E agora tinha sido pega duas vezes dirigindo alcoolizada. Era difícil acreditar. Mas, claro, a garota que eu conheci não tinha nem idade legal para beber. Havia sido feliz, um pouco ingênua, bem ajustada, a família tinha dinheiro e o pai era um espírito livre aparentemente inofensivo.

Tudo isso morrera aquela noite na floresta também.

– Outra coisa – disse Loren, mexendo-se na cadeira e tentando soar casual. – Lucy Silverstein, vulgo Gold, não é casada. Não fiz todas as verificações ainda, mas, pelo que entendi, nunca foi casada.

Eu não sabia o que pensar daquilo. Certamente não tinha qualquer relação com o que estava acontecendo agora, mas mesmo assim me comovia. Ela era uma pessoa tão vivaz, brilhante, cheia de energia e tão fácil de amar. Como pôde ter permanecido solteira esses anos todos? E depois essas detenções por embriaguez.

– A que horas acaba a aula dela? – perguntei.

– Daqui a vinte minutos.

– Certo. Vou ligar para ela, então. Mais alguma coisa?

– Wayne Steubens não permite visitas, exceto da família e do advogado. Mas estou trabalhando nisso. Tenho outras ideias em andamento, mas é só isso por ora.

– Não gaste muito tempo com isso.

– Não.

Olhei para o relógio. Vinte minutos.

– Tenho que ir – disse Loren.

– Ok.

Ela ficou de pé.

– Só mais uma coisa.

– O quê?

– Quer ver uma foto dela?

Ergui a cabeça.

– A Reston University tem sites dos departamentos. Tem fotos de todos os professores. – Ela exibiu um pedaço pequeno de papel. – A URL está aqui.

Ela não esperou minha resposta. Pôs o endereço na mesa e me deixou sozinho.

* * *

Eu tinha vinte minutos. Por que não?

Abri o navegador. Minha página inicial é do Yahoo, em que se pode escolher boa parte do conteúdo. Notícias, meus times esportivos, minhas duas tiras de humor favoritas, essas coisas. Digitei o endereço que Loren me dera da página da Reston University.

E lá estava ela.

Não era a melhor foto de Lucy. O sorriso estava tenso, a expressão séria. Tinha posado para o fotógrafo, mas dava para ver que não queria. O cabelo louro se fora. Acontece com a idade, eu sei, mas tive a sensação de que fora intencional. A cor não combinava com ela. Estava mais velha, óbvio, mas, como eu previra, a maturidade lhe caíra bem. O rosto parecia mais fino, as maçãs mais pronunciadas.

Ninguém diria que perdera sua beleza.

Olhando para aquele rosto, algo havia muito adormecido reviveu e começou a se retorcer nas minhas entranhas. Eu não precisava daquilo agora. Já existiam complicações demais na minha vida. Não precisava desse sentimento antigo voltando à tona. Li a curta biografia, não descobri nada. Hoje, alunos avaliam aulas e professores. Muitas vezes, era possível encontrar essas informações on-line. Procurei. Lucy era claramente adorada pelos alunos. Suas avaliações eram incríveis. Li alguns comentários. Eles faziam a aula parecer algo que transformava a vida. Sorri e senti um estranho sentimento de orgulho.

Os vinte minutos se passaram.

Dei mais cinco, imaginei-a dando tchau para os alunos, conversando com alguns retardatários, guardando cadernos e miudezas numa bolsa castigada, de couro falso.

Peguei o telefone interno do escritório. Chamei Jocelyn.

– Sim?

– Não quero atender nenhuma ligação – avisei. – Sem interrupções.

– Ok.

Peguei uma linha externa e liguei para o celular de Lucy.

No terceiro toque, ouvi sua voz:

– Alô?

O coração me subiu à garganta, mas consegui falar:

– Sou eu, Luce.

E então, alguns segundos depois, ouvi-a começar a chorar.

capítulo vinte e um

— Luce? – chamei. – Você está bem?
– Tudo bem. É que...
– Sim, eu sei.
– Não acredito que fiz isso.
– Você sempre chorou fácil – comentei, arrependendo-me na mesma hora.
Mas ela riu.
– Não mais.
Silêncio.
– Onde você está? – perguntei.
– Eu trabalho na Reston University. Estou atravessando o pátio.
– Ah – falei, porque não sabia o que dizer.
– Desculpe por ter deixado um recado tão enigmático. Meu sobrenome não é mais Silverstein.
Eu não queria que ela soubesse que eu já sabia disso, mas também não queria mentir. Então fui neutro outra vez:
– Ah.
Mais silêncio. Dessa vez, foi ela quem quebrou.
– Nossa, isso é constrangedor.
Sorri.
– Eu sei.
– Eu me sinto uma idiota – comentou Lucy. – Como se tivesse 16 anos de novo e estivesse preocupada com uma espinha.
– Eu também – concordei.
– A gente não muda nunca, não é? Por dentro, quero dizer, somos sempre uma criança assustada, se perguntando o que vai ser quando crescer.
Eu ainda estava sorrindo, mas pensei sobre o fato de ela nunca ter se casado e nas detenções por embriaguez. Não mudamos, acho, mas nosso caminho certamente muda.
– É bom ouvir sua voz, Luce.
– A sua também.
Silêncio.
– Eu liguei porque... – Lucy se deteve. – Não sei nem como dizer isso,

então me deixe fazer uma pergunta. Alguma coisa estranha aconteceu com você ultimamente?

– Estranha como?

– Alguma coisa estranha relacionada com aquela noite.

Eu já devia esperar que ela fosse falar algo do tipo – sabia que viria –, mas mesmo assim o sorriso desapareceu como se eu tivesse tomado um soco.

– Aconteceu.

– Que diabo está acontecendo, Paul?

– Não sei.

– Acho que a gente precisa descobrir logo.

– Concordo.

– Quer se encontrar comigo?

– Quero.

– Vai ser estranho – avisou ela.

– Eu sei.

– Não quero que seja. E não foi por isso que liguei. Para ver você. Mas acho que a gente devia se encontrar e discutir isso, não acha?

– Acho – concordei.

– Estou falando demais. Eu falo demais quando fico nervosa.

– Eu me lembro – comentei. E me arrependi de novo por ter dito isso. Então acrescentei rápido: – Onde a gente pode se encontrar?

– Você sabe onde fica a Reston University?

– Sei.

– Eu tenho mais uma aula e depois atendimento com os alunos até as sete e meia – disse Lucy. – Quer me encontrar na minha sala? Fica no prédio Armstrong. Às oito, pode ser?

– Eu encontro você aí.

Quando cheguei em casa, fiquei surpreso de encontrar a mídia acampada em frente à minha porta. A gente sempre ouve falar disso – sobre a imprensa fazer essas coisas –, mas essa era minha primeira experiência nessa área. Os policiais estavam próximos, claramente animados por estarem fazendo algo que parecia quase o auge de suas carreiras. Eles se colocaram dos dois lados do acesso para eu poder entrar com o carro. A imprensa não tentou impedi-los. Na verdade, quando entrei, eles nem pareceram notar.

Greta me fez uma recepção de herói conquistador. Com muitos beijos, rápidos abraços e parabéns. Adoro a Greta. Existem pessoas que a gente sabe que são do bem, que ficam sempre do nosso lado. Elas não são muitas. Mas há algumas. Greta se jogaria na frente de um ônibus por mim. E me fazia querer protegê-la.

Nesse ponto, ela lembrava minha irmã.

– Cadê a Cara? – perguntei.

– Bob levou Cara e Madison para jantar no Baumgart's.

Estelle estava na cozinha, cuidando da roupa.

– Preciso sair esta noite – falei para ela.

– Tudo bem. Cara pode dormir lá em casa.

– Acho que prefiro que ela durma em casa esta noite, obrigado.

Ela me seguiu até o escritório, a porta da frente se abriu e Bob entrou com as duas meninas. Outra vez imaginei minha filha disparando em direção aos meus braços enquanto gritava "Papai, você chegou!". Isso não aconteceu. Mas ela deu um sorriso e veio até mim. Suspendi-a nos braços e a beijei com vontade. Ela manteve o sorriso, mas limpou a bochecha. Tudo bem, eu aguento.

Bob deu um tapinha nas minhas costas.

– Parabéns pelo julgamento – disse ele.

– Não acabou ainda.

– Não é isso que a mídia está dizendo. De qualquer forma, vai tirar esse Jenrette das nossas costas.

– Ou deixá-lo mais desesperado.

O rosto dele empalideceu um pouco. Se fosse para dar um papel a Bob num filme, seria o de bandido rico do Partido Republicano. Sua tez era sardenta, as mandíbulas salientes, dedos curtos e roliços. Era mais um exemplo de como as aparências podem enganar. O passado de Bob era totalmente proletário. Ele estudou e trabalhou duro. Nada lhe foi dado de mão beijada ou mesmo facilitado.

Cara voltou trazendo um DVD. Ergueu-o como se fosse um presente. Fechei os olhos e, me lembrando de que dia da semana era, praguejei baixinho. Depois disse para minha garotinha:

– É noite de filme.

Ela ainda segurava o DVD. Os olhos bem abertos. Sorria. A capa era uma animação, feita por computador, com carros falantes, talvez animais da fazenda ou do zoológico, coisas da Pixar ou da Disney que eu já tinha visto umas cem vezes.

– Isso. Você vai fazer pipoca?

Apoiei-me num joelho para ficar da altura dela. Coloquei minhas mãos sobre os ombros dela.

– Meu amor – comecei. – Papai vai ter que sair esta noite.

Nenhuma reação.

– Desculpe, querida.

Fiquei esperando as lágrimas.

– Estelle pode assistir comigo?

– Claro, meu bem.

– E ela pode fazer pipoca?

– Com certeza.

– Legal.

Eu esperava ver um ar de desânimo. Mas nada disso.

Cara se afastou saltitante. Olhei para Bob. Ele olhou para mim como se dissesse: *Crianças... o que se pode fazer?*

– Por dentro – falei, apontando minha filha –, lá no fundo, ela fica arrasada.

Bob riu e meu celular tocou. A tela mostrava apenas NOVA JERSEY, mas reconheci o número e tive um pequeno sobressalto. Atendi:

– Alô?

– Belo trabalho hoje, superastro.

– Sr. Governador – falei.

– Isso não está correto.

– Perdão?

– "Sr. Governador." Nós devemos chamar o presidente dos Estados Unidos de Sr. Presidente, mas a governadores chamamos de governador mesmo ou pelo sobrenome, por exemplo, governador Garanhão ou governador Pega--Todas.

– Ou – completei – que tal governador Ânus Compulsivo?

– É isso aí.

Sorri. Durante meu primeiro ano em Rutgers, conheci Dave Markie (agora governador) numa festa. Ele me intimidava. Eu era o filho de um imigrante. O pai dele era um senador dos Estados Unidos. Mas essa era a beleza da universidade. É feita para companheiros de quarto que não se conhecem. Acabamos nos tornando amigos íntimos.

Os críticos de Dave não deixaram de notar essa amizade quando ele me nomeou promotor do condado de Essex. O cara deu de ombros e fez com que eu fosse aceito. A imprensa já me dispensara críticas muito boas. Com o risco de eu me preocupar com o que não deveria, os acontecimentos de hoje ajudariam uma possível candidatura a uma cadeira no Congresso no futuro.

– E aí, superdia, não? Você é o cara. U-hu. Vai, Cope, vai, Cope... É seu aniversário.

– Está tentando cativar o eleitorado hip-hop?

– Tentando entender minha filha adolescente. Enfim, parabéns.

– Obrigado.

– Eu ainda nem comentei esse caso.

– Nunca ouvi na vida você dizer "sem comentários".

– Claro que ouviu, só que de formas criativas: eu acredito no nosso sistema judicial, todos os cidadãos são inocentes até que se prove o contrário, as engrenagens da justiça vão funcionar, não sou juiz e júri, devemos esperar o esclarecimento de todos os fatos...

– Clichês iguais a "sem comentários".

– Clichês como "sem comentários" e como todo comentário – corrigiu ele. – E aí, como está tudo, Cope?

– Bem.

– Está namorando?

– Mais ou menos.

– Cara, você é solteiro. Bonitão. Tem dinheiro no banco. Está entendendo aonde eu quero chegar?

– Você é sutil, Dave, mas acho que estou entendendo.

Dave Markie sempre fora um arrasa-corações. Ele tinha boa aparência e um dom de pegar mulher que era no mínimo estarrecedor. Uma espécie de carisma que fazia toda mulher se sentir como se fosse a mais linda e fascinante do mundo. Era tudo uma encenação, claro. Ele só queria se dar bem. Apenas isso. Nunca vi ninguém tão bom nisso quanto ele.

Dave estava casado agora, tinha dois filhos bem-educados, mas eu achava pouco provável que não rolasse algum tipo de ação paralela. Alguns homens não conseguem evitar. É instinto primitivo. A ideia de Dave Markie sem pegar mulher era simplesmente impensável.

– Notícia boa – disse ele. – Estou indo para Newark.

– Para quê?

– Newark é a maior cidade do meu estado, é por isso, e eu valorizo todos os meus eleitores.

– U-hu.

– E eu quero ver você. Já faz tanto tempo.

– Ando meio ocupado com esse caso.
– Você não consegue arrumar um tempo para o governador?
– Qual é, Dave?
– Tem a ver com aquilo que a gente estava falando antes. Minha possível candidatura ao Congresso.
– Boas notícias? – perguntei.
– Não.
Silêncio.
– Acho que tem um problema – disse ele.
– Que tipo de problema?
A voz voltou a ficar jovial.
– Pode não ser nada, Cope. A gente conversa. Vamos fazer isso no seu escritório. Hora do almoço, pode ser?
– Ok.
– Pede aqueles sanduíches. Daquele lugar em Brandford.
– O Hobby's.
– Exatamente. O peito de peru completo no pão de centeio. Peça um para você também. A gente se vê lá.

O prédio da sala de Lucy Gold era o patinho feio da universidade, uma construção dos anos 1970 que pretendia ser futurista, mas que já parecia antiquada três anos depois de ficar pronta. Os outros edifícios que circundavam o pátio eram bonitos, de tijolinhos, mas precisavam de mais hera. Parei no estacionamento do lado sudoeste. Inclinei o retrovisor e depois, parafraseando Springsteen, conferi a aparência naquele espelho e quis trocar de roupa, de cabelo, de cara.

Saí do carro e atravessei o pátio. Passei por uma dezena de estudantes. As garotas eram mais bonitas do que eu me lembrava, mas isso decorria provavelmente do meu estágio atual de envelhecimento. Cumprimentei-as com a cabeça quando passei. Elas não retribuíram. Quando eu estava na universidade, havia um cara na minha turma que tinha 38 anos. Ele tinha sido militar e não conseguira um diploma. Eu me lembro de como ele chamava atenção no campus de tanto que destoava. Eu estava com essa idade agora. Difícil imaginar. Tinha a mesma idade daquele coroa.

Continuei pensando nessas futilidades porque elas me ajudavam a ignorar aonde eu estava indo. Eu vestia camisa social branca para fora da calça, jeans, blazer azul, mocassim Ferragamo sem meia. Mister Casual Chic.

Quando me aproximei do prédio, senti o corpo tremer. Repreendi-me. Era um homem adulto. Fora casado. Era pai e viúvo, tinha visto essa mulher pela última vez vinte anos atrás.

Quando a gente supera essas coisas?

Olhei o quadro, mesmo Lucy tendo me dito que sua sala ficava no terceiro andar, porta B. Consegui apertar o botão certo do elevador. Dobrei à esquerda quando cheguei ao andar, mesmo com a placa "A-E" exibindo uma seta que apontava para a direita.

Encontrei a porta. Havia uma planilha com os horários de atendimento, a maioria tomados. Tinha também um quadro das aulas e algo sobre o prazo de entrega dos trabalhos. Quase bafejei as mãos para cheirá-las, mas já estava chupando uma bala de menta.

Bati bruscamente duas vezes com o nó dos dedos. Confiante, pensei. Viril.

Deus, sou patético.

– Entre.

A voz dela provocou um aperto no meu estômago. Abri a porta e entrei na sala. Ela estava de pé perto da janela. Ainda havia sol, e uma sombra a encobria. Continuava tão linda. Aparei o golpe e fiquei onde estava. Por um instante, ficamos parados, a 5 metros de distância, nenhum dos dois se mexia.

– Que tal a luz? – perguntou ela.

– Perdão?

– Eu estava tentando resolver onde ficar quando você batesse. Atendo a porta? Não, muito cedo para um close. Fico na minha mesa com um lápis na mão? Olharia para você por cima dos meus óculos de leitura em meia-lua? Enfim, um amigo me ajudou a testar todos esses ângulos. Ele achou que o melhor era este, do outro lado da sala, meio encoberta pela sombra.

Sorri.

– Você está fantástica.

– Você também. Quantas roupas você experimentou?

– Só esta – falei. – Mas já me disseram que fico bem assim. Você?

– Experimentei três blusas.

– Gosto dessa – elogiei. – Você sempre ficou bem de verde.

– Eu tinha cabelo louro naquela época.

– É, mas ainda tem os olhos verdes – comentei. – Posso entrar?

Ela assentiu.

– Feche a porta.

– A gente deveria, sei lá, dar um abraço?
– Ainda não.
Lucy se sentou na sua cadeira e eu fiquei em frente a ela.
– Isso é tão difícil – disse ela.
– Eu sei.
– Tenho um milhão de coisas para perguntar a você.
– Eu também.
– Li na internet sobre o que aconteceu com sua esposa. Sinto muito.
Assenti.
– Como vai seu pai?
– Não muito bem.
– Lamento ouvir isso.
– Aquele amor livre e as drogas... Acaba-se pagando um preço. Ira também... nunca superou o que aconteceu, entende?
Acho que eu já imaginava isso.
– E seus pais? – perguntou Lucy.
– Meu pai morreu há uns meses.
– Lamento. Eu me lembro tão bem dele naquele verão.
– Foi a última felicidade que ele teve – falei.
– Por causa da sua irmã?
– Por causa de uma série de coisas. Seu pai deu a ele a chance de ser médico outra vez. Ele adorou isso... praticar medicina. Nunca mais ele conseguiu.
– Que pena.
– Meu pai não queria fazer parte da ação judicial. Ele adorava Ira, mas precisava encontrar um culpado e minha mãe o pressionou. Todas as outras famílias estavam acionando.
– Você não precisa se explicar.
Fiquei quieto. Ela estava certa.
– E sua mãe? – perguntou Lucy.
– O casamento deles não sobreviveu.
A resposta não pareceu surpreendê-la.
– Você se importa se eu falar profissionalmente? – perguntou ela.
– Claro que não.
– A perda de um filho tem um impacto absurdo num casamento – disse Lucy. – A maioria das pessoas acha que só os casamentos mais sólidos sobrevivem a esse tipo de golpe, mas não é verdade. Eu estudei isso. Já vi casamentos que poderiam ser descritos como uma "porcaria" aguentarem e até

melhorarem. Vi outros que pareciam destinados a durar para sempre se despedaçando como gesso vagabundo. Vocês dois têm um bom relacionamento?
– Minha mãe e eu?
– Sim.
– Eu não a vejo há dezoito anos.
Ficamos sentados ali.
– Você perdeu muita gente, Paul.
– Você não vai me analisar, vai?
– Não, de jeito nenhum.
Ela se recostou e olhou para o outro lado. Um olhar que me jogou de volta ao passado. Costumávamos nos sentar no velho campo de beisebol do acampamento, onde a grama era alta. Eu a abraçava e ela olhava assim para o outro lado.
– Quando eu estava na universidade – começou ela –, tinha uma amiga que era gêmea. Fraterna, não idêntica. Acho que isso não fazia muita diferença, mas com os idênticos parece haver uma ligação mais forte. Enfim, quando estávamos no segundo ano, a irmã morreu num acidente de carro. Minha amiga teve uma reação muito estranha. Ficou arrasada, claro, mas uma parte dela se sentiu quase aliviada. Ela pensou: bem, é isso aí. Deus me pegou. Era minha vez. Tudo bem, por ora. Já fiz minha doação. Você perde uma irmã gêmea assim e fica meio que segura para o restante da vida. Uma tragédia terrível por pessoa. Entende o que eu quero dizer?
– Entendo.
– Mas a vida não é assim. Alguns conseguem um passe para a vida toda. Outros, como você, recebem além do seu quinhão. Muito mais. E a pior parte é que isso não torna você imune a outras coisas.
– A vida não é justa – comentei.
– Amém – disse ela, sorrindo. – Isso é tão estranho, não?
– Sim.
– Sei que ficamos juntos por, o quê, seis semanas?
– Por aí.
– E foi só um romance de verão. Você provavelmente já teve dezenas de namoradas depois disso.
– Dezenas? – indaguei.
– O quê, mais para centenas?
– No mínimo – respondi.
Silêncio. Senti alguma coisa brotando no meu peito.

– Mas você foi especial, Lucy. Você foi...

Eu me interrompi.

– É, eu sei – disse ela. – Você também. É por isso que esse momento é complicado. Quero saber tudo sobre você, mas não sei se agora é a hora.

Era como se um cirurgião estivesse operando, um cirurgião plástico num túnel do tempo. Ele acabara de amputar os últimos vinte anos, fazendo o meu eu de 18 anos encontrar o de 38, e tudo isso quase sem costura.

– Então, por que você me ligou? – perguntei.

– A coisa estranha?

– É.

– Você disse que tem uma também.

Assenti.

– Você se importa de falar primeiro? – indagou ela. – Como quando a gente flertava?

– Ai.

– Desculpa. – Ela parou, cruzou os braços no peito como se estivesse com frio. – Estou tagarelando feito uma idiota. Não consigo evitar.

– Você não mudou nada, Luce.

– Eu mudei, Cope. Você não ia acreditar como eu mudei.

Nossos olhares se encontraram de verdade pela primeira vez desde que eu entrara na sala. Não sou muito bom em ler os olhares das pessoas. Já vi um sem-número de bons mentirosos para crer nas coisas que vejo. Mas Lucy estava me contando algo, uma história, em que havia muita dor.

Eu não queria nenhuma mentira entre nós dois.

– Você sabe o que eu faço agora? – perguntei.

– Você é o promotor do condado. Vi isso na internet também.

– Certo. Isso me dá acesso a informação. Uma das minhas investigadoras fez uma pesquisa rápida sobre você.

– Entendi. Então você sabe sobre os problemas que tive por dirigir alcoolizada.

Fiquei calado.

– Eu bebia muito, Cope. Ainda bebo. Mas parei de dirigir.

– Não é da minha conta.

– Não, não é. Mas que bom que você me contou. – Ela se recostou, cruzou as mãos, colocou-as no colo. – Então me conte o que aconteceu, Cope.

– Alguns dias atrás, dois detetives da homicídios de Manhattan me mostraram o corpo de uma vítima, do sexo masculino, não identificada – falei. – Acho que esse homem, que eles dizem ter entre 35 e 40 anos, é Gil Perez.

O queixo dela caiu.

– Nosso Gil?

– Sim.

– Como isso é possível?

– Não sei.

– Ele estava vivo esse tempo todo?

– Aparentemente.

Ela parou e balançou a cabeça.

– Espera. Você contou aos pais dele?

– A polícia os chamou para identificar.

– O que eles disseram?

– Que não era Gil. Que ele morreu há vinte anos.

Ela ficou chocada.

– Uau. – Observei-a bater de leve no lábio inferior enquanto digeria aquilo. Outro gesto igual aos da nossa época no acampamento. – O que Gil ficou fazendo esse tempo todo?

– Espera. Você não vai me perguntar se eu tenho certeza de que era ele?

– Claro que tem. Você não ia dizer isso se não tivesse. Então os pais estão mentindo ou, mais provavelmente, estão em negação.

– Sim.

– Qual das duas hipóteses?

– Não sei. Estou mais inclinado a achar que estão mentindo.

– Deveríamos ficar cara a cara com eles.

– Nós?

– Sim. O que mais você soube sobre Gil?

– Não muito. – Ajeitei-me na cadeira. – E você? O que aconteceu?

– Meus alunos estão escrevendo redações anônimas. Li uma que praticamente descreve o que aconteceu com a gente naquela noite.

Achei que tinha ouvido mal.

– Uma redação de aluno?

– Sim. Boa parte estava correta. Como entramos na floresta e ficamos namorando. Como ouvimos os gritos.

Eu ainda não estava entendendo.

– Uma redação escrita por um dos seus alunos?

– É.

– E você não tem ideia de quem a escreveu?

– Não.

Fiquei pensando.

– Quem sabe sobre sua verdadeira identidade?

– Não sei. Eu não mudei de identidade, só de sobrenome. Não é tão difícil assim descobrir.

– E quando você recebeu essa redação?

– Na segunda-feira.

– Praticamente no dia seguinte ao assassinato de Gil.

Ficamos sentados digerindo a informação.

– Você tem a redação aqui? – perguntei.

– Fiz uma cópia para você.

Ela me passou as folhas. Li. Voltou tudo. A leitura doía. Intrigou-me a parte do coração, sobre nunca esquecer o misterioso "P.". Mas quando terminei, a primeira coisa que eu disse a Lucy foi:

– Não foi isso que aconteceu.

– Eu sei.

– Mas é quase.

Ela assentiu.

– Encontrei uma moça que conheceu Gil. Ela disse que o ouviu falando sobre nós, dizendo que tínhamos mentido.

Lucy ficou parada um instante. Virou a cadeira e eu agora via seu perfil.

– E mentimos.

– Não sobre alguma coisa importante – retorqui.

– Estávamos transando – disse ela – enquanto eles estavam sendo assassinados.

Eu não argumentei. Separei as coisas de novo. Era assim que eu enfrentava os dias. Porque, se não separasse, iria me lembrar de que eu era o monitor de guarda naquela noite, que não deveria ter dado uma escapulida com minha namorada. Deveria ter vigiado melhor. Se eu fosse um garoto responsável, se tivesse cumprido minha obrigação, não teria dito que fizera a contagem dos membros do acampamento, quando na verdade não tinha feito. Não teria mentido sobre isso na manhã seguinte. Teríamos ficado sabendo que eles estavam desaparecidos desde a noite anterior e não desde aquela manhã. Talvez então, enquanto eu escrevia o sinal de confere numa inspeção das cabanas que nunca fiz, alguém estivesse cortando a garganta da minha irmã.

– Éramos só crianças, Cope – disse Lucy.

Nada ainda.

– Eles escaparam para a floresta. Teriam escapado do mesmo jeito se estivéssemos lá ou não.

Provavelmente não, pensei. Eu estaria ali. Iria vê-los. Ou repararia nas camas vazias quando fizesse a ronda. Não fiz nada disso. Saí para me divertir com a minha namorada. E, na manhã seguinte, quando eles não estavam lá, achei que tinham ido se divertir. Gil estava namorando Margot, embora eu achasse que já tinham terminado. Minha irmã estava envolvida com Doug Billingham, embora não fosse nada sério. Eles tinham fugido para se divertir.

Então eu menti. Falei que tinha conferido as cabanas e que estavam todos dormindo em segurança. Porque não percebi o perigo. Falei que estava sozinho naquela noite – aferrei-me a essa mentira durante muito tempo – porque queria proteger Lucy. Isso é estranho? Eu não avaliei os danos. Então, menti, sim. Quando Margot Green foi encontrada, admiti a maior parte da verdade – que eu fora negligente no meu turno de guarda. Mas deixei de fora a parte com Lucy. E, uma vez aferrado a essa mentira, fiquei com medo de voltar atrás e revelar tudo. Eles já estavam suspeitando de mim – ainda me lembro da expressão cética do xerife Lowell –, e se eu admitisse, a polícia iria ficar ainda mais desconfiada. Enfim, isso era irrelevante.

Que diferença fazia se eu estava sozinho ou com alguém? De uma forma ou de outra, eu não tomei conta deles.

Durante o processo, o escritório que representava Ira Silverstein tentou colocar parte da culpa em mim. Mas eu era só um garoto. Havia doze cabanas do lado dos garotos no acampamento. Mesmo que eu tivesse mantido minha posição, seria bastante fácil alguém escapar. A segurança era inadequada. Isso era verdade. Legalmente, não foi culpa minha.

Legalmente.

– Meu pai costumava voltar àquela floresta – comentei.

Ela se virou para mim.

– Ele ia cavar.

– Para quê?

– Para encontrar minha irmã. Ele dizia que ia pescar. Mas eu sabia. Ele fez isso durante dois anos.

– O que o fez desistir?

– Minha mãe nos deixou. Acho que ele chegou à conclusão de que sua obsessão já tinha custado muito. Então contratou detetives particulares. Ligava para velhos amigos. Mas não acho que ele tenha cavado mais.

Olhei para a mesa dela. Era uma bagunça. Papéis espalhados, alguns meio caídos como uma cachoeira congelada. Havia livros abertos esparramados como soldados feridos.

– Esse é o problema quando não se tem um corpo – continuei. – Presumo que você tenha estudado os estágios do luto?

– Estudei, sim – assentiu ela. – A primeira etapa é a negação.

– Exatamente. Num certo sentido, a gente nunca conseguiu ultrapassar essa fase.

– Ausência de corpo, portanto, negação. Vocês precisavam de uma prova para seguir em frente.

– Meu pai precisava. Quero dizer, eu tinha certeza de que Wayne a tinha matado. Mas aí eu via meu pai saindo de casa daquele jeito.

– Isso deixava você em dúvida.

– Vamos só dizer que isso mantinha a possibilidade viva na minha cabeça.

– E sua mãe?

– Ela foi se afastando cada vez mais. O casamento dos meus pais nunca foi grande coisa. Já havia rachaduras. Quando minha irmã morreu, ou o que quer que tenha acontecido, ela se afastou totalmente dele.

Nós dois ficamos calados. Os últimos raios de sol iam desaparecendo. O céu estava se tornando púrpura. Olhei pela janela à minha esquerda. Ela também olhava para fora. Ficamos ali sentados, o máximo que já tínhamos nos aproximado em vinte anos.

Eu disse antes que os anos haviam sido removidos cirurgicamente. Pareciam retornar agora. A tristeza estava de volta. Eu podia vê-la em Lucy. A duradoura destruição da minha família a partir daquela noite era óbvia. Eu tivera esperança de que Lucy conseguiria superá-la. Mas não. Para ela também não houvera uma conclusão. Não sei o que mais acontecera a ela no decorrer das últimas duas décadas. Culpar aquele único incidente pela tristeza que percebia em seus olhos era conveniente demais. Mas agora eu via. Eu me via me afastando dela naquela noite.

A redação falava sobre como ela nunca havia conseguido me esquecer. Não me vanglorio a esse ponto. Só que Lucy nunca conseguiu esquecer aquela noite. O que ela causou ao pai, à sua adolescência.

– Paul?

Lucy ainda estava olhando pela janela.

– Sim?

– O que a gente vai fazer agora?

– Vamos descobrir o que realmente aconteceu naquela floresta.

capítulo vinte e dois

Durante uma viagem à Itália, eu me lembro de ver algumas tapeçarias que pareciam mudar de perspectiva, dependendo da posição a partir de onde eram observadas. Quando se ia para a direita, a mesa parecia estar voltada para a direita. Quando se ia para a esquerda, a mesa acompanhava.

O governador Dave Markie era a encarnação humana disso. Quando entrava numa sala, tinha a capacidade de fazer todas as pessoas acharem que ele estava olhando para elas. Na juventude, eu o vira se dar bem com tantas mulheres – não por causa da aparência, mas porque ele dava a impressão de estar muito interessado nelas. Havia uma intensidade hipnótica em seu olhar. Lembro-me de uma amiga lésbica em Rutgers que dizia:

– Quando Dave Markie olha para a gente daquele jeito... caramba, eu seria capaz de mudar de time por uma noite.

Ele trouxe isso para meu escritório. Jocelyn Durels, a secretária, ria de nervoso. Loren Muse corou. Até a procuradora-geral, Joan Thurston, estava com um sorriso no rosto que me revelou como ela deve ter ficado quando recebeu o primeiro beijo, na sétima série.

Muitos diriam que era o poder do cargo. Mas eu conhecera Dave antes. O cargo era só um potencializador da força, não o criador.

Nós nos cumprimentamos com um abraço. Eu notava que os caras faziam isso agora – cumprimentar alguém abraçando. Eu gostava, era um contato humano genuíno. Não possuo muitos amigos de verdade, por isso os que tenho são tremendamente importantes para mim. Foram escolhidos a dedo, e adoro cada um deles.

– Você não vai querer essa gente toda aqui – sussurrou Dave para mim.

Separamo-nos do abraço. Ele tinha um sorriso no rosto, mas entendi a mensagem. Pedi para todos saírem da sala. Joan Thurston permaneceu. Eu a conhecia muito bem. A sede da procuradoria ficava na mesma rua. Tentávamos cooperar, ajudar um ao outro. Tínhamos jurisdições similares – havia muitos crimes em Essex –, mas ela só se interessava por coisa grande. No momento, isso significava em sua maioria crimes de terrorismo e corrupção. Quando seu escritório esbarrava com outros crimes, eles nos passavam.

Assim que a porta se fechou, deixando nós três sozinhos, o sorriso sumiu do rosto de Dave. Sentamos à mesa de reunião. Fiquei de um lado e eles do outro.

– Ruim? – perguntei.

– Muito.

Coloquei as mãos sobre a mesa e gesticulei para que eles falassem. Dave olhou para Joan Thurston. Ela limpou a garganta.

– Enquanto conversamos aqui, meus detetives estão entrando no escritório da instituição de caridade conhecida como JaneCare. Eles têm um mandado. Vamos recolher registros e arquivos. Eu tinha esperança de manter a discrição, mas a imprensa já está noticiando.

Senti o coração dar uma batida dupla.

– Isso é nojento.

Nenhum dos dois falou.

– É Jenrette. Ele está me pressionando para eu aliviar o filho.

– Nós sabemos – confirmou Dave.

– Então?

Ele olhou para Joan.

– Então isso não torna as acusações falsas.

– Do que você está falando?

– Os investigadores de Jenrette foram a lugares aonde nunca iríamos. Eles encontraram improbidades. Trouxeram-nas para a atenção de alguns dos meus melhores colaboradores. Meu cara fuçou mais ainda. Tentamos abafar. Sabemos o que acusações podem fazer a uma instituição de caridade.

Eu não estava gostando do rumo daquela conversa.

– Vocês encontraram alguma coisa?

– Seu cunhado anda desviando dinheiro.

– Bob? Sem chance.

– Já desviou no mínimo uns 100 mil dólares.

– Para onde?

Ela me passou duas folhas de papel. Examinei-as.

– Seu cunhado está construindo uma piscina, certo?

Fiquei quieto.

– Cinquenta mil foram pagos a Marston Piscinas, em várias parcelas, que foram discriminadas como ampliação de área construída. A JaneCare fez alguma ampliação?

Fiquei quieto.

– Outros quase 30 mil foram para a Barry's Paisagismo. A despesa vem discriminada como embelezamento de áreas adjacentes.

Nosso escritório ocupava metade de uma casa geminada no centro de Newark. Não havia nenhum plano de ampliação ou embelezamento. Não precisávamos de mais espaço. Tínhamos nos concentrado em angariar fundos para tratamentos e cura. Esse era nosso foco. Eu via mau uso demais no sistema de caridade, o dinheiro levantado com a obtenção de fundos excedendo em muito o montante que ia para as boas obras. Bob e eu já tínhamos conversado sobre isso e compartilhávamos da mesma opinião.

Senti-me enojado.

– Não podemos favorecer ninguém – disse Dave. – Você sabe disso.

– Sei.

– E mesmo que quiséssemos ficar calados a respeito disso, em nome da amizade, não poderíamos. A mídia já está informada. Joan vai dar uma coletiva.

– Vocês vão prendê-lo?

– Sim.

– Quando?

Ela olhou para Dave.

– Ele já está sob custódia. Nós o pegamos uma hora atrás.

Pensei em Greta. Em Madison. Uma piscina. Bob roubara a instituição de caridade da minha esposa para construir uma porcaria de uma piscina.

– Vocês o pouparam do show midiático?

– Não. Ele vai passar pelo corredor polonês dos holofotes daqui a uns dez minutos. Estou aqui como amigo, mas nós dois concordamos que iríamos atrás de casos como esse. Não posso poupar ninguém.

Assenti. Tínhamos combinado. Eu não sabia o que pensar.

Dave ficou de pé. Joan Thurston o acompanhou.

– Consiga alguém bom para ele, Cope. Acho que a coisa vai ser feia.

Liguei a televisão e assisti à caminhada de Bob por entre os refletores. Não, não foi transmitido ao vivo pela CNN ou pela Fox, mas a News 12 New Jersey, nossa emissora local 24 horas, encarregou-se de mostrar. Haveria fotos em todos os grandes jornais do estado, como o *Star-Ledger* e o *Bergen Record*. Algumas afiliadas das grandes redes locais talvez exibissem algo também, embora eu duvidasse.

A caminhada durou segundos. Bob estava algemado. Não abaixou a cabeça. Parecia, como tantos outros, atordoado e infantil. Senti-me nauseado. Liguei para a casa de Greta e para o celular. Ninguém atendeu. Deixei mensagem nos dois.

Loren ficou do meu lado o tempo todo. Quando eles passaram para outra notícia, ela disse:

– Que pé no saco.

– É verdade.

– Você deveria pedir que Flair fizesse a defesa dele.

– Conflito de interesses.

– Por quê? Por causa desse caso?

– Sim.

– Não vejo como. Não tem ligação.

– O pai do cliente dele, E. J. Jenrette, deu início à investigação.

– Ah, certo. – Ela se recostou na cadeira. – Que droga.

Fiquei calado.

– Você está a fim de falar sobre Gil Perez e sua irmã?

– Estou.

– Como você sabe, vinte anos atrás as roupas rasgadas deles e as amostras de sangue foram encontradas na floresta.

Assenti.

– Todo o sangue era O positivo. Assim como o sangue dos desaparecidos. Quatro em cada dez pessoas têm esse tipo sanguíneo, então esse achado não foi assim tão surpreendente. Ainda não existia teste de DNA naquela época e, portanto, não havia como saber ao certo se o sangue era mesmo deles. Eu me informei. Mesmo que a gente peça urgência, os testes vão levar no mínimo três semanas. Provavelmente mais.

Eu mal escutava. Estava pensando em Bob, no rosto dele passando por entre as câmeras. Pensava em Greta, a boa e querida Greta, e em como aquilo iria destruí-la. Pensava na minha esposa, a minha Jane, em como aquela instituição que levava seu nome estava prestes a ser arrasada. Eu a havia criado como um memorial para a esposa que eu não pudera ajudar em vida. Agora, outra vez, eu falhava.

– Com os testes de DNA – continuava Loren –, precisamos de alguma amostra para a comparação. Podemos usar seu sangue para sua irmã, mas um membro da família Perez deverá cooperar também.

– Que mais?

– Na verdade, não precisamos fazer o exame de DNA no Perez.
– Por quê?
– Farrell Lynch terminou a progressão de idade.

Ela me passou duas fotos. A primeira tirada de Manolo Santiago no necrotério. A segunda era a imagem com progressão de idade originada da foto de Gil Perez que eu lhe dera.

Correspondência total.

– Uau! – exclamei.
– Consegui para você o endereço dos pais de Perez.

Ela me passou um pedaço de papel. Dei uma olhada. Eles moravam em Park Ridge. Menos de uma hora dali.

– Você vai falar com eles pessoalmente? – perguntou Loren.
– Sim.
– Quer que eu vá junto?

Balancei a cabeça. Lucy já tinha insistido que queria ir comigo. Seria o suficiente.

– Tenho uma ideia também – disse ela.
– Qual?
– A tecnologia para encontrar corpos enterrados está muito melhor agora do que há vinte anos. Você se lembra de Andrew Barrett?
– O cara do laboratório da John Jay? Falante e esquisito.
– E que também é um gênio. Certo, ele mesmo. Enfim, ele é provavelmente o perito mais importante do país nessa máquina-radar que vasculha o solo. Foi praticamente quem a inventou e afirma que consegue cobrir grandes superfícies com rapidez.
– É uma área muito grande.
– Podemos tentar uma parte, certo? Escuta, Barrett está louco para experimentar essa nova invenção. Ele diz que só precisa de campo de trabalho.
– Você já falou com ele?
– Claro. Por que não?

Dei de ombros.

– A investigadora é você.

Olhei de volta para a TV. Já estavam reprisando a prisão de Bob. Ele parecia ainda mais patético dessa vez. Cerrei os punhos.

– Cope?

Olhei para ela.

– Temos que ir para o tribunal.

Assenti e me levantei calado. Loren abriu a porta. Minutos depois, vi E. J. Jenrette na entrada. Ele ficou no meu caminho de propósito. Estava rindo para mim.

Loren parou e tentou me guiar.

– Vamos pegar a esquerda. A gente pode entrar pelo...

– Não.

Continuei andando reto. A raiva me consumia. Loren correu para me alcançar. E. J. Jenrette ficou parado, assistindo à minha aproximação.

Loren pôs a mão em meu ombro.

– Cope...

Não diminuí a marcha.

– Está tudo bem.

E. J. continuava rindo. Olhei-o nos olhos. Ele se pôs no meu caminho. Andei até ele e parei, nossos rostos a centímetros um do outro. O idiota ainda ria para mim.

– Eu avisei – disse E. J.

Imitei seu sorriso e me inclinei mais para perto.

– A notícia já se espalhou – falei.

– O quê?

– O detento que conseguir o pequeno Edward para servi-lo vai ter tratamento preferencial. Seu garoto vai ser a puta do pavilhão.

Afastei-me sem esperar reações. Loren tentava me alcançar.

– Quanta classe – disse ela.

Continuei andando. Era uma ameaça falsa, é claro – os pecados do pai jamais deveriam recair sobre o filho –, mas se aquela imagem se mantivesse na mente de E. J. quando ele colocasse a cabeça no seu travesseiro de plumas de ganso, que assim fosse.

Loren pulou na minha frente.

– Você tem que se acalmar, Cope.

– Eu esqueço, Loren: você é minha investigadora ou minha analista?

Ela levantou as mãos num gesto de rendição e me deixou passar. Sentei-me na minha cadeira e fiquei aguardando o juiz.

O que Bob estaria pensando?

Certos dias, o tribunal é quase som e fúria significando nada. Este era um deles. Flair e Mort sabiam que estavam com sérios problemas. Queriam excluir o DVD pornográfico das provas porque não o tínhamos apresentado antes. Tentaram anular o julgamento. Apresentaram moções, incluíram descobertas, pesquisas e papéis. Os estagiários e técnicos jurídicos deles deviam ter passado a noite inteira acordados.

O juiz Pierce escutava, as sobrancelhas espessas cerradas. Trazia a mão no queixo e parecia muito, ora, judicial. Não comentava nada. Usava termos como "sob cuidadosa consideração". Eu não estava preocupado. Eles não tinham nada. Mas um pensamento começou a se insinuar e me corroer. Eles tinham ido atrás de mim. Ido atrás de mim com força.

Não poderiam fazer a mesma coisa com o juiz?

Eu observava seu rosto, que não revelava nada. Olhava seus olhos, em busca de algum sinal de que ele não estava dormindo. Não havia nada, mas isso também não significava nada.

Terminamos às três da tarde. Voltei para o escritório e verifiquei os recados. Nada de Greta. Liguei para ela outra vez. Nenhuma resposta. Tentei também o celular de Bob. Nada. Deixei recado.

Olhei para aquelas duas fotografias – Gil Perez envelhecido, Manolo Santiago morto. Depois telefonei para Lucy. Ela atendeu no primeiro toque.

– Oi – disse ela.

E, ao contrário da noite passada, havia melodia em sua voz. Fiquei surpreso.

– Oi.

Houve uma pausa estranha, quase feliz.

– Consegui o endereço do Sr. e da Sra. Perez – avisei. – Quero dar outra investida neles.

– Quando?

– Agora. Eles não moram longe de você. Posso te pegar no caminho.

– Vou me aprontar.

capítulo vinte e três

LUCY ESTAVA FANTÁSTICA.

Vestia um pulôver verde justo que aderia com exatidão ao seu corpo. O cabelo estava preso num rabo de cavalo. Uma mecha encaixada atrás da orelha. Usava óculos esta noite, e gostei de como ficavam nela.

Assim que entrou no carro, Lucy verificou os CDs.

– Counting Crows – disse ela. – *August and Everything after*.

– Gosta?

– Melhor estreia das últimas duas décadas.

Concordei.

Ela o colocou no CD player. "Round Here" começou a tocar. Seguimos enquanto escutávamos. Quando Adam Duritz cantou sobre a mulher que dizia que as paredes ao seu redor estavam desabando, arrisquei um olhar. Os olhos de Lucy estavam úmidos.

– Você está bem?

– Que outros CDs você tem?

– O que você quer?

– Uma coisa gostosa e sexy.

– Meat Loaf. – Levantei a capa do CD para ela ver. – Um pouco de *Bat out of Hell*?

– Minha nossa! – exclamou ela. – Você se lembra?

– Raramente viajo sem ele.

– Meu Deus, você sempre foi um romântico incurável – completou ela.

– E que tal um pouco de "Paradise by the Dashboard Light"?

– Sim, mas pule para a parte que ela o faz prometer amá-la para sempre até ela desistir.

– "Desistir" – repeti. – Adoro essa palavra.

Ela virou o corpo para mim.

– Que cantada você usou comigo?

– Provavelmente meu clássico de sedução.

– Que é...?

Fiz uma voz lamuriante:

– Por favor, vamos lá, *linda*, por favor?

Ela riu.

– Ei, funcionou com você.

– É que eu sou fácil.

Lucy deu um tapa de brincadeira no meu braço. Sorri. Ela se virou. Ficamos em silêncio escutando Meat Loaf por um tempo.

– Cope?

– O quê?

– Você foi meu primeiro.

Quase pisei no freio.

– Sei que fingi que não. Meu pai e eu, e todo aquele louco estilo de vida de amor livre. Mas eu nunca... Você foi meu primeiro. O primeiro homem que amei.

O silêncio ficou pesado.

– Claro, depois de você, trepei com todo mundo.

Balancei a cabeça, olhei para a direita. Ela estava rindo de novo.

Fiz a curva para a direita seguindo a voz atrevida do meu sistema de navegação.

Os Perez moravam num condomínio em Park Ridge.

– Eles estão nos esperando? – perguntou Lucy.

– Não.

– Como você sabe se eles estão em casa?

– Liguei antes de pegar você. Meu número aparece como privado no identificador de chamadas. Quando ouvi a Sra. Perez atender, disfarcei a voz e perguntei se Harold estava. Ela disse que era engano. Eu me desculpei e desliguei.

– Uau, você é bom nisso.

– Tento ser humilde.

Saltamos do carro. O terreno era bem cuidado. O ar estava doce como o aroma de alguma flor. Não consegui identificar qual. Lilases talvez. Era uma fragrância forte demais, enjoativa, como se alguém tivesse deixado cair um perfume barato.

Antes de eu bater, a porta se abriu. Era a Sra. Perez. Ela não disse oi nem deu muito sinal de boas-vindas. Ficou me encarando com olhos semicerrados e esperou.

– Precisamos conversar – determinei.

Os olhos dela se moveram em direção a Lucy.

– Quem é você?

– Lucy Silverstein.

A Sra. Perez fechou os olhos.
– A filha de Ira.
– Sim.
Os ombros dela desabaram.
– Podemos entrar? – perguntei.
– E se eu não quiser?
Olhei-a nos olhos.
– Não vou permitir que isso continue.
– Que continue o quê? Aquele homem não era meu filho.
– Por favor – pedi. – Cinco minutos.

A Sra. Perez suspirou e deu um passo para trás. Entramos. O cheiro de perfume barato estava ainda mais forte lá dentro. Forte demais. Ela fechou a porta e nos levou até um sofá.
– O Sr. Perez está em casa?
– Não.

Havia ruídos vindos de um dos quartos. Num canto, viam-se caixas de papelão. A inscrição na lateral indicava que se tratava de suprimentos médicos. Olhei em volta da sala. Exceto aquelas caixas, tudo estava tão no lugar, tão coordenado, que se poderia jurar que eles tinham comprado a casa decorada.

A sala tinha uma lareira. Levantei-me e fui até ela. Havia fotografias de família em cima. Observei-as. Não se viam fotos do casal Perez. Nenhuma de Gil. As imagens eram de pessoas que imaginei serem os dois irmãos e a irmã de Gil.

Um dos irmãos aparecia numa cadeira de rodas.
– Esse é Tomás – disse ela, apontando para o retrato do rapaz sorridente se formando na Kean University. – Ele tem PC. Sabe o que é?
– Paralisia cerebral.
– Sim.
– Que idade ele tem?
– Tomás está com 33 anos agora.
– E quem é esse?
– Eduardo – respondeu ela.

Sua expressão dizia para eu seguir adiante. Eduardo parecia ser um tipo difícil. Lembro que Gil contou que o irmão era membro de gangue ou algo assim, mas eu não tinha acreditado.

Apontei para a garota.

– Gil falava sobre ela – comentei. – Ela era, o quê, dois anos mais velha? E me recordo de ele dizer que ela estava tentando entrar para a universidade.

– Glenda é advogada – disse a Sra. Perez, estufando o peito para falar da filha. – Ela se formou na Columbia.

– É mesmo? Eu também.

A Sra. Perez sorriu e voltou para o sofá.

– Tomás mora na casa ao lado. Derrubamos uma parede em comum.

– Ele consegue morar sozinho?

– Eu cuido dele. Temos serviço de enfermagem também.

– Ele está em casa agora?

– Sim.

Assenti e me sentei outra vez. Eu não sabia por que isso me interessou. Fiquei pensando. Saberia ele sobre o irmão, sobre o que lhe acontecera e onde estivera nos últimos vinte anos?

Lucy não se mexera. Permanecia calada, deixando que eu conduzisse a conversa. Estava absorvendo tudo, estudando a casa, provavelmente com seu viés psicológico.

A Sra. Perez olhou para mim.

– Por que vocês estão aqui?

– O corpo que encontramos pertencia a Gil.

– Eu já expliquei a você...

Levantei o envelope de papel-pardo.

– O que é isso?

Abri e retirei a foto que estava em cima. Era a antiga, do acampamento. Coloquei na mesa de centro. Ela olhou a imagem do filho. Observei seu rosto para ver a reação. Nada pareceu se mover ou mudar, ou talvez isso estivesse acontecendo tão sutilmente que eu não conseguia ver a transformação. Por um instante, ela pareceu bem. Depois, quase sem intervalo, tudo desabou. A máscara caiu, revelando a devastação.

Ela fechou os olhos.

– Por que você está me mostrando isso?

– A cicatriz.

Os olhos continuaram fechados.

– A senhora disse que a cicatriz de Gil ficava no braço direito. Mas olhe essa foto. Era no esquerdo.

Ela não falou.

– Sra. Perez?

– Aquele homem não era meu filho. Meu filho foi assassinado por Wayne Steubens vinte anos atrás.

– Não.

Enfiei a mão no envelope. Lucy se inclinou para a frente. Ela não tinha visto ainda. Tirei a foto.

– Este é Manolo Santiago, o homem no necrotério.

Lucy deu um pulo.

– Como era o nome dele?

– Manolo Santiago.

Ela pareceu atordoada.

– O que foi? – perguntei.

Ela se recompôs.

Continuei:

– E esta – comecei, retirando a última fotografia – é uma versão computadorizada usando um programa de progressão de idade. Ou seja, o cara do laboratório pegou a foto antiga de Gil e envelheceu vinte anos. Depois ele acrescentou a cabeça raspada e os pelos faciais de Manolo Santiago.

Coloquei as fotos lado a lado.

– Dê uma olhada, Sra. Perez.

Ela deu. Analisou por um longo tempo.

– No máximo eles se parecem. Isso é tudo. Ou você acha então que todos os latinos têm a mesma cara.

– Sra. Perez? – Era Lucy, falando diretamente com a mãe de Gil pela primeira vez desde que entráramos. – Por que a senhora não tem nenhuma foto de Gil ali em cima? – Ela apontou para a lareira.

A Sra. Perez não seguiu seu dedo. Encarou Lucy.

– Você tem filhos, Srta. Silverstein?

– Não.

– Então não vai entender.

– Com todo o respeito, Sra. Perez, isso é uma besteira.

A Sra. Perez pareceu ter recebido um tapa.

– A senhora tem ali retratos de quando seus filhos eram jovens, de quando Gil ainda estava vivo. Mas nenhuma foto dele? Eu já aconselhei pais que estavam de luto. Todos tinham uma foto do filho. Todos. Depois a senhora mentiu sobre o braço da cicatriz. Não foi esquecimento. Uma mãe não comete esse erro. Dá para ver as fotos ali. Elas não mentem. E, por último, Paul ainda não lhe deu o golpe de misericórdia.

Eu não fazia ideia de qual seria o golpe de misericórdia. Fiquei em silêncio.

– O teste de DNA, Sra. Perez. Pegamos os resultados no caminho para cá. Eles ainda são preliminares, mas houve correspondência. É seu filho.

Cara, pensei, ela é boa.

– DNA? – gritou a Sra. Perez. – Eu não dei permissão a ninguém para fazer teste de DNA.

– A polícia não precisa da sua permissão – retrucou Lucy. – Afinal de contas, de acordo com a senhora, Manolo Santiago não é seu filho.

– Mas... mas como eles conseguiram meu DNA?

Encarreguei-me dessa.

– Não temos autorização para informar.

– Vocês... Vocês podem fazer isso?

– Podemos, sim.

A Sra. Perez se recostou. Por um longo tempo manteve-se calada. Ficamos esperando.

– Vocês estão mentindo.

– O quê?

– O teste de DNA está errado – argumentou ela – ou vocês estão mentindo. Aquele homem não é meu filho. Meu filho foi assassinado vinte anos atrás. Como sua irmã. Eles morreram no acampamento de verão do seu pai porque ninguém os vigiou. Vocês dois estão atrás de fantasmas. Isso é tudo.

Olhei para Lucy, na esperança de que ela tivesse alguma ideia.

A Sra. Perez se levantou.

– Eu gostaria que vocês se retirassem agora.

– Por favor – falei. – Minha irmã desapareceu naquela noite também.

– Eu não tenho como ajudar.

Eu ia dizer mais, porém Lucy me puxou. Decidi que talvez fosse melhor conferenciar, ver o que ela tinha a dizer antes de fazer mais pressão.

Quando já estávamos do lado de fora, a Sra. Perez avisou:

– Não retornem. E me deixem fazer meu luto em paz.

– Pensei que seu filho tivesse morrido vinte anos atrás.

– Vocês nunca superaram aquilo – disse ela.

– Não – continuou Lucy. – Mas chega um ponto em que não se quer mais fazer o luto em paz.

Lucy não deu mais seguimento. Voltei-me para ela. A porta se fechou. Após entrarmos no carro, falei:

– E então?

– Com certeza a Sra. Perez está mentindo.
– Belo blefe – elogiei.
– Do teste de DNA?
– É.
Lucy deixou passar.
– Você mencionou lá dentro o nome Manolo Santiago.
– Era o nome falso de Gil.
Ela ficou processando. Esperei mais um momento ou dois e depois perguntei:
– O que foi?
– Visitei meu pai ontem na sua, ah, casa. Verifiquei o livro de registros. Ele só recebeu a visita de uma pessoa além de mim, mês passado. Um homem chamado Manolo Santiago.
– Opa!
– Sim.
Tentei digerir aquilo. Não dava.
– Por que Gil Perez visitaria seu pai?
– Boa pergunta.
Pensei no que Raya Singh dissera, sobre Lucy e eu mentirmos.
– Você tem como perguntar a ele?
– Vou tentar. Ele não está bem. A cabeça anda variando.
– Vale uma tentativa.
Ela assentiu. Fiz uma curva para a direita e decidi mudar de assunto.
– Por que você tem tanta certeza de que a Sra. Perez está mentindo?
– Ela está de luto, para começar. Aquele cheiro? É de velas. Ela estava de preto. Dava para ver o vermelho nos olhos, os ombros caídos. Em segundo lugar, pelos retratos.
– O que há com eles afinal?
– Eu não estava mentindo. É muito incomum ter fotos antigas e deixar de fora um filho morto. Isso por si só não quer dizer muito, mas você notou o espaçamento estranho? Havia retratos faltando em cima daquela lareira. Meu palpite é de que ela tirou as fotos em que Gil aparecia. Na hipótese de algo assim acontecer.
– No caso de aparecer uma visita?
– Não sei exatamente, mas acho que a Sra. Perez estava se livrando de provas. Ela percebeu que era a única com retratos para fazer a identificação. Não imaginou que você ainda pudesse ter uma foto daquele verão.
Fiquei pensando naquilo.

– As reações dela foram todas equivocadas, Cope. Como se ela estivesse representando algum papel. Ela está mentindo.

– Então a questão é: sobre o que ela está mentindo?

– Na dúvida, pense no que é mais óbvio.

– Que é...?

Lucy deu de ombros.

– Gil ajudou Wayne a matá-los. Isso explicaria tudo. As pessoas sempre acharam que Steubens teve um cúmplice. Como ele enterraria aqueles corpos tão rápido? Mas talvez tenha sido um corpo só.

– O da minha irmã.

– Exato. Depois Wayne e Gil encenaram a coisa toda para parecer que Gil tinha morrido também. Talvez ele sempre tenha ajudado Wayne. Quem sabe?

Eu não falei nada.

– Se esse for o caso, então minha irmã está morta.

– Eu sei.

Fiquei calado.

– Cope?

– O quê?

– Não foi culpa sua.

Continuei mudo.

– Quando muito – disse ela –, foi minha.

Parei o carro.

– Como assim?

– Você queria ficar lá naquela noite. Queria ficar de guarda. Fui eu quem o atraiu para a floresta.

– Atraiu?

Ela ficou calada.

– Você está brincando, né?

– Não – disse ela.

– Eu tinha vontade própria, Lucy. Você não me obrigou a fazer nada.

Ela continuou calada. Depois disse:

– Você ainda se culpa.

Segurei o volante com mais força.

– Não, não me culpo.

– Você ainda se culpa, sim, Cope. Admita. Apesar dessa revelação recente, você sabia que sua irmã tinha que estar morta. Você estava esperando uma segunda chance. Esperando ainda encontrar o perdão.

– Esse seu diploma de psicologia valeu a pena, hein?
– Eu não quero...
– E quanto a você, Lucy? – Minha voz saiu mais aguda do que eu pretendia. – Você se culpa? É por isso que bebe tanto?
Silêncio.
– Eu não devia ter dito isso – comentei.
A voz dela saiu baixa:
– Você não sabe nada da minha vida.
– Eu sei. Desculpe. Não é da minha conta.
– Esses casos de embriaguez ao volante foram há muito tempo.
Fiquei calado. Ela se virou para o outro lado e olhou pela janela. Seguimos em silêncio.
– Você pode estar certa – falei.
O olhar de Lucy continuava na janela.
– Há uma coisa que eu nunca contei a ninguém – revelei. Senti o rosto corar e as lágrimas marearem os olhos. – Depois daquela noite na floresta, meu pai nunca mais me olhou do mesmo jeito.
Ela se virou para mim.
– Eu podia estar projetando. Quer dizer, você está certa. Eu me culpei até certo ponto. E se a gente não tivesse saído? Se eu tivesse ficado onde deveria? E talvez aquela expressão no rosto dele fosse só a devastação de um pai que perdeu uma filha. Mas eu sempre achei que era outra coisa. Uma espécie de acusação.
Ela pôs a mão no meu braço.
– Ah, Cope.
Continuei dirigindo.
– Talvez você esteja certa, e eu precise fazer as pazes com o passado. Mas e você?
– Eu o quê?
– Por que está se metendo nisso? O que você espera ganhar depois de todos esses anos?
– Você está brincando?
– Não. Você está atrás exatamente do quê?
– Da vida que eu soube ter acabado aquela noite. Você não entende isso?
Não respondi.
– As famílias, inclusive a sua, arrastaram meu pai para os tribunais. Vocês tiraram tudo o que tínhamos. Ira não foi feito para esse tipo de golpe. Não conseguiu lidar com o estresse.

– Eu entendo – falei. – Mas você está atrás do que agora? Como você disse, eu estou tentando me libertar da minha culpa. Além disso, quero descobrir o que de fato aconteceu com ela. E você?

Ela não respondeu. Continuei dirigindo. O céu começava a escurecer.

– Você não sabe quanto eu me sinto vulnerável por estar aqui – confessou ela.

Eu não sabia como responder àquilo, então falei:

– Eu nunca faria mal a você.

Silêncio.

– Em parte – começou ela – é porque parece que eu vivi duas vidas. Uma antes daquela noite, em que as coisas estavam indo muito bem, e outra depois, em que as coisas não vão bem. É, eu sei como isso soa patético, mas às vezes parece que eu fui empurrada ladeira abaixo naquela noite e venho rolando por aí desde então. Outras vezes eu quase consigo me orientar, mas a ladeira é tão íngreme que nunca dou um jeito de me equilibrar e aí começo a rolar de novo. Então, não sei, se eu descobrir o que de fato aconteceu, se eu conseguir tirar algo de bom de todo aquele mal, talvez eu pare de rolar.

– É tão bom ver você de novo, Lucy.

Ela fechou os olhos e os apertou com força como se eu a tivesse golpeado. Pensei no que dissera, sobre não querer ser tão vulnerável. Pensei na redação, em toda aquela conversa sobre não encontrar outro amor igual àquele, nunca mais. Quis esticar a mão e pegar a dela, mas sabia que, para nós dois, naquele momento, seria algo muito precipitado, que mesmo um movimento assim seria demasiado e insuficiente.

capítulo vinte e quatro

Deixei Lucy de volta na universidade.
– De manhã – disse ela – vou visitar Ira e ver se ele consegue me contar sobre Manolo Santiago.
– Certo.
Lucy procurou o trinco da porta.
– Tenho um monte de trabalhos para corrigir.
– Eu acompanho você até a porta.
– Não precisa.
Lucy saltou do carro. Observei-a caminhando em direção à entrada. O meu estômago ficou apertado. Tentei entender o que estava sentindo naquele momento, mas parecia ser só uma onda de emoção. Difícil distinguir o que era.
O celular tocou. Olhei para o identificador de chamadas e vi que era Loren.
– Como foi lá com a mãe do Perez? – perguntou.
– Acho que ela está mentindo.
– Consegui uma coisa que você pode achar interessante.
– Estou escutando.
– O Sr. Perez frequenta um bar chamado Smith Brothers. Ele conversa com os amigos, joga dardos, essas coisas. Bebe moderadamente pelo que eu soube. Mas nas duas últimas noites, ficou realmente bêbado. Começou a chorar e arrumar confusão.
– É o luto – falei.
No necrotério, a Sra. Perez fora a rocha. Ele se apoiara nela. Lembro-me de ter visto os sinais lá.
– Seja como for, a bebida solta a língua – disse Loren.
– É verdade.
– Perez está lá agora, por falar nisso. No bar. Poderia ser um bom lugar para dar uma dura nele.
– A caminho.
– Tem mais uma coisa.
– Estou escutando.
– Wayne Steubens vai receber você.
Acho que parei de respirar.
– Quando?

– Amanhã. Ele está cumprindo pena na prisão Red Onion State, na Virgínia. Também já acertei um encontro seu com Geoff Bedford, do FBI, depois. Ele foi o agente especial encarregado do caso Steubens.
– Não posso. Temos tribunal.
– Pode. Um dos assistentes da promotoria pode dar conta disso por um dia. Já fiz reserva para você no voo da manhã.

Não sei o que eu esperava que fosse o bar. Talvez um ambiente mais sisudo. O lugar podia ser uma cadeia de restaurantes qualquer. O espaço do bar era maior do que na maioria desses lugares, a área de alimentação obviamente menor. Paredes revestidas de madeira, máquinas de pipoca grátis e música alta dos anos 1980. Naquele momento, tocava "Head Over Heels", do Tears for Fears.

Na minha época, eles chamariam isso de bar yuppie. Havia rapazes de gravata afrouxada e mulheres se esforçando para parecerem executivas. Os homens bebiam cerveja na garrafa, tentando ao máximo dar a impressão de que estavam se divertindo com os colegas, enquanto conferiam as mulheres. Elas tomavam vinho ou martínis falsos, olhando para os caras com mais discrição. Balancei a cabeça. O Discovery Channel deveria fazer um especial sobre acasalamento ali.

Não parecia o tipo de local para um cara como Jorge Perez, mas eu o encontrei perto do fundo. Estava sentado ao bar com mais quatro ou cinco camaradas de fé, homens que sabiam beber, que tomavam conta de seus copos como se fossem pintinhos precisando de proteção. Observavam os yuppies do século XXI em volta deles com olhos semicerrados.

Cheguei por trás do Sr. Perez e coloquei a mão no seu ombro. Ele se virou devagar para mim. Assim como seus camaradas. Os olhos estavam vermelhos e marejados. Decidi tentar um caminho direto.

– Minhas condolências.

Ele pareceu intrigado. Os outros caras que estavam com ele, todos latinos e já perto dos 60 anos, olharam para mim como se eu estivesse azarando uma de suas filhas. Usavam roupas de trabalho. O Sr. Perez vestia camisa polo e calça cáqui. Perguntei-me se isso significava alguma coisa, mas não conseguia imaginar o que poderia ser.

– O que você quer? – indagou ele.
– Conversar.
– Como você me encontrou?

Ignorei a pergunta.

– Eu vi sua cara no necrotério. Por que está mentindo sobre Gil?

Os olhos dele se estreitaram.

– Você está chamando quem de mentiroso?

Os outros homens me olharam com um pouco de animosidade.

– Talvez pudéssemos conversar em particular.

Ele balançou a cabeça.

– Não.

– Você sabe que minha irmã desapareceu aquela noite, certo?

Ele virou para o lado e pegou a cerveja. Estava de costas para mim quando disse:

– É, eu sei.

– Aquele no necrotério era seu filho.

Ele continuava de costas para mim

– Sr. Perez?

– Cai fora daqui.

– Não vou a lugar nenhum.

Os outros homens, fortes, homens que haviam passado a vida trabalhando com as mãos ao ar livre, me encararam. Um chegou a se levantar do banco.

– Sente-se – pedi.

Ele não se mexeu. Procurei seus olhos e o encarei. Outro homem se levantou e cruzou os braços na minha frente.

– Vocês sabem quem eu sou? – perguntei.

Enfiei a mão no bolso e tirei meu distintivo de promotor. Sim, eu tenho um. A verdade é que sou a mais alta autoridade policial de Essex. E não gostava de ser ameaçado. Valentões me irritam. Sabe aquela velha história sobre enfrentar um valentão? Ela só é verdadeira quando se pode bancar a parada. Eu podia.

– É melhor que vocês todos estejam legais – declarei. – Que suas famílias estejam legais, seus amigos estejam legais. As pessoas com quem vocês esbarrarem por acaso na rua, é melhor que todas elas estejam legais.

Os olhos semicerrados se abriram um pouco.

– Eu quero ver as identidades – pedi. – De todos vocês.

O que havia ficado de pé primeiro levantou as mãos.

– Ei, a gente não quer problema.

– Então vão dar uma volta.

Eles colocaram algumas notas no balcão e saíram. Não correram nem se apressaram, mas também não quiseram ficar por perto. Normalmente eu me sentiria mal por fazer ameaças, quase abusando da minha autoridade daquele jeito, mas eles tinham mais ou menos pedido por aquilo.

O Sr. Perez se virou para mim, claramente infeliz.

– Ei – falei –, de que me adianta andar com o distintivo se não for usar?

– Você já não fez o suficiente? – perguntou ele.

O banco ao lado ficou vazio. Eu me sentei. Fiz sinal para o bartender e pedi uma cerveja "igual à que ele está tomando", apontando para o caneco de Jorge Perez.

– Aquele no necrotério era seu filho – repeti. – Eu poderia mostrar a prova, mas nós dois sabemos que era ele.

O Sr. Perez acabou a cerveja e fez sinal para trazerem outra. Chegou junto com a minha. Peguei meu caneco na intenção de fazer um brinde. Ele só me olhou, deixando sua cerveja no balcão. Tomei um gole grande. O primeiro gole de cerveja num dia quente é como avistar um oásis num deserto. Apreciei o que só podia ser chamado de néctar dos deuses.

– Tenho uma sugestão para a gente resolver isso – prossegui. – Você continua fingindo que não é ele. Já pedi um teste de DNA. Já ouviu falar disso, não é, Sr. Perez?

Ele olhou a multidão ao redor.

– Quem não ouviu?

– Certo, eu sei. *C.S.I.* e todos esses programas policiais na TV. Então você sabe que não vai ser um problema provar que Manolo Santiago era Gil.

Perez tomou outro gole. As mãos tremiam. O rosto parecia uma falha geológica. Continuei pressionando.

– Então, a questão é: uma vez provado que se trata do seu filho, o que acontece? Meu palpite é que você e sua esposa vão alegar algo tipo "Oh! Não tínhamos a menor ideia". Mas isso não vai colar. Vocês já começam parecendo mentirosos. Depois meu pessoal inicia a investigação para valer. Examinamos todos os registros telefônicos, extratos bancários, batemos à porta de todos os seus amigos e vizinhos para perguntar sobre vocês, seus filhos...

– Deixe meus filhos fora disso.

– Sem chance.

– Isso não é certo.

– O que não é certo é você mentir sobre seu filho.

Ele balançou a cabeça.

– Você não entende.

– Pode ter certeza de que não. Minha irmã também estava na floresta naquela noite.

Os olhos dele se encheram de lágrimas.

– Eu vou atrás de você, da sua esposa, dos seus filhos. Vou cavar e cavar e, acredite, vou descobrir alguma coisa.

Ele olhava para a cerveja. As lágrimas escorreram pelo rosto. Ele não as secou.

– Dane-se.

– O que aconteceu, Sr. Perez?

– Nada.

Ele baixou a cabeça. Aproximei-me de modo que meu rosto ficasse perto do dele.

– Seu filho matou minha irmã?

Ele ergueu o rosto. Os olhos dele me examinaram como se estivessem desesperadamente procurando algum tipo de consolo que jamais encontrariam. Eu me mantive firme.

– Não vou mais falar com você – avisou Perez.

– Ele a matou? É isso que você está tentando esconder?

– Não estamos escondendo nada.

– Não estou aqui fazendo ameaças vazias, Sr. Perez. Eu vou atrás de você. Vou atrás dos seus filhos.

As mãos dele se moveram tão rápido que não tive tempo de reagir. Ele agarrou minhas lapelas com as duas mãos e me puxou para perto. Tinha uns bons vinte anos a mais que eu, mas senti sua força. Recuperei-me rápido e, lembrando-me de uma das poucas artes marciais que aprendi quando garoto, dei-lhe um golpe no antebraço.

O Sr. Perez me soltou. Não sei se foi por causa da minha reação ou se foi só por sua própria decisão. Mas me largou. Ficou de pé. Eu também. Agora o bartender estava nos observando.

– Precisa de ajuda, Sr. Perez? – perguntou.

Peguei o distintivo outra vez.

– Você declara todas as suas gorjetas para o fisco?

Ele deu um passo para trás. Todo mundo mente. Todo mundo esconde coisas. Todos infringem a lei e guardam segredos.

Perez e eu nos encaramos. Depois ele me disse:

– Vou tornar isso simples para você.

Esperei.

– Se você for atrás dos meus filhos, eu vou atrás dos seus.

Senti o sangue gelar.

– O que está querendo dizer?

– Estou querendo dizer – respondeu ele – que não estou nem aí para o seu distintivo. Não se ameaça ir atrás dos filhos de um homem.

Ele saiu pela porta. Pensei naquelas palavras. Não gostei delas. Depois peguei o telefone e liguei para Loren.

– Levante tudo que você puder sobre os Perez – mandei.

capítulo vinte e cinco

GRETA FINALMENTE RETORNOU A MINHA LIGAÇÃO.

Eu estava indo para casa, ainda no carro, e me esforcei procurando o maldito suporte para celular, a fim de que o promotor do condado de Essex não fosse flagrado infringindo a lei.

– Onde você está? – perguntou Greta.

Eu podia sentir as lágrimas na voz dela.

– Estou indo para casa.

– Você se importa se eu for te encontrar lá?

– Claro que não. Eu liguei antes...

– Eu estava no tribunal.

– Bob conseguiu fiança?

– Sim. Ele está lá em cima pondo Madison na cama.

– Ele contou para você...

– A que horas você vai estar em casa?

– Em quinze, vinte minutos, no máximo.

– Vejo você daqui a uma hora.

Greta desligou antes que eu pudesse responder.

Cara ainda estava acordada quando cheguei. Fiquei contente. Coloquei-a na cama e brincamos da sua nova brincadeira favorita, chamada "Fantasma". Trata-se basicamente de uma mistura de esconde-esconde com pega-pega. Um se esconde. Quando é encontrado, tenta tocar aquele que o descobriu antes que este retorne à base. O que tornava nossa versão da brincadeira ainda mais boba era que brincávamos na cama dela. Isso limitava severamente a oferta de locais para se esconder e as chances de alcançar a base. Cara se escondia embaixo das cobertas e eu fingia não conseguir encontrá-la. Depois ela fechava os olhos e eu colocava a cabeça debaixo do travesseiro. Ela fingia tão bem quanto eu. Às vezes, eu me "escondia" pondo o rosto bem na frente dos olhos dela, para que ela me visse no instante em que os abrisse. Nós dois ríamos, bem, como crianças. Era bobo e idiota. Muito em breve, Cara não iria achar mais graça naquilo e eu não queria que isso acontecesse.

Quando Greta chegou, usando a chave que eu lhe dera anos atrás, eu estava tão absorvido pelo contentamento da minha filha que já tinha quase me esquecido de tudo – rapazes que estupram, moças que se perdem na floresta, assassinos em série que cortam gargantas, cunhados que traem nossa confiança, pais de luto que ameaçam garotinhas. Mas o barulho da porta trouxe tudo de volta.

– Agora eu tenho que ir – falei para Cara.
– Só mais uma vez – implorou ela.
– Sua tia Greta está aí. Eu preciso conversar com ela, está bem?
– Mais uma, por favor!

As crianças sempre pedem mais uma. E se a gente concorda, pedem mais e mais. Se você cede uma vez, elas nunca mais param. Mas eu concordei:

– Tudo bem, só mais uma.

Cara riu, escondeu-se, eu a achei, ela me deu o pega, eu disse então que precisava ir, ela implorou por mais uma vez, mas sou totalmente inconsistente. Beijei sua bochecha e deixei-a implorando, quase em lágrimas.

Greta estava no começo da escada. Não parecia pálida. Olhos enxutos. A boca era uma linha reta que acentuava ainda mais as mandíbulas salientes.

– Bob não vem? – perguntei.
– Está tomando conta de Madison. E a advogada vai lá.
– Quem ele pegou?
– Hester Crimstein.

Eu a conhecia. Era muito boa.

Desci a escada. Em geral, beijava-a no rosto. Hoje não. Não sabia o que fazer exatamente. Também não sabia o que dizer. Greta foi andando para o escritório. Eu a segui. Nós nos sentamos no sofá. Peguei as mãos dela. Olhei para aquele rosto comum e, como sempre, vi anjos. Eu adorava Greta, de verdade. Meu coração estava partido por ela.

– O que está acontecendo? – perguntei.
– Você tem que ajudar Bob – pediu ela. Em seguida, completou: – Nos ajudar.
– Vou fazer tudo que eu puder. Você sabe disso.

As mãos dela pareciam gelo. Greta baixou a cabeça e depois olhou direto para mim.

– Você tem que dizer que nos emprestou o dinheiro – disse Greta com uma expressão apática. – Que sabia de tudo. Que combinamos de pagar com juros.

Fiquei só ouvindo.

– Paul?
– Você quer que eu minta?
– Você acabou de dizer que vai fazer o que puder.

– Você está dizendo... – eu tive que interrompê-la – ... Você está dizendo que Bob pegou mesmo o dinheiro? Que ele roubou da instituição de caridade?

A voz dela era firme.

– Ele pegou o dinheiro emprestado, Paul.

– Você está brincando, certo?

Greta tirou as mãos das minhas.

– Você não está entendendo.

– Então me explique.

– Ele vai para a cadeia – disse ela. – Meu marido. O pai de Madison. Bob vai para a cadeia. Você está entendendo? Isso vai arruinar a vida de nós todos.

– Bob devia ter pensado nisso antes de roubar uma instituição de caridade.

– Ele não roubou. Pegou emprestado. Tem sido complicado para ele no trabalho. Você sabia que ele perdeu suas duas maiores contas?

– Não. Por que ele não me contou?

– O que ele ia falar?

– Então ele achou que a solução era roubar?

– Ele não... – ela se interrompeu, balançando a cabeça. – Não é simples assim. Nós tínhamos assinado os papéis e autorizado a obra. Cometemos um erro. Extrapolamos.

– E seu dinheiro de família?

– Depois que Jane morreu, meus pais acharam melhor pôr tudo num fundo. Eu não posso mexer.

Balancei a cabeça.

– Aí ele roubou?

– Pode parar de ficar repetindo isso? Olha – ela me entregou umas fotocópias –, Bob estava anotando cada centavo que pegava. Estava pondo 6% de juros. Ele ia pagar tudo assim que as coisas melhorassem.

Examinei os papéis, tentei achar alguma coisa que os ajudasse, que me mostrasse que ele não tinha realmente feito o que estavam dizendo. Mas não havia nada. Apenas anotações feitas à mão que podiam ter sido escritas ali em qualquer momento. Meu coração murchou.

– Você sabia de tudo? – perguntei a ela.

– Isso não importa.

– É óbvio que importa. Você sabia?

– Não – respondeu ela. – Ele não me contou de onde tinha vindo o dinheiro. Mas, escuta, você sabe quantas horas Bob dedicou à JaneCare? Ele era o diretor. Um homem num cargo desses tinha que receber um salário fixo. De seis dígitos, no mínimo.

– Por favor, não me diga que você vai justificar o que ele fez dessa forma.

– Vou justificar de todas as formas que eu puder. Eu amo meu marido. Você o conhece. Bob é um homem bom. Ele pegou o dinheiro emprestado e ia devolver antes que alguém notasse. Esse tipo de coisa se faz o tempo todo. Você sabe disso. Mas, por causa de quem você é e desse maldito caso de estupro, a polícia esbarrou nisso. E por causa de quem você é, eles vão transformá-lo num exemplo. Eles vão destruir o homem que eu amo. E se eles o destruírem, vão destruir a mim e à minha família. Você entende isso Paul?

Eu entendia. Já tinha visto isso antes. Ela estava certa. Eles iriam colocar a família toda no triturador. Tentei afastar minha raiva, enxergar a situação do ponto de vista de Greta, aceitar suas justificativas.

– Eu não sei o que você quer que eu faça.

– Estamos falando da minha vida.

Estremeci quando ela disse isso.

– Salve a gente. Por favor.

– Mentindo?

– Foi um empréstimo! Ele só não teve tempo de contar para você.

Fechei os olhos e balancei a cabeça.

– Ele roubou uma instituição de caridade. A instituição da sua irmã.

– Não é da minha irmã – retrucou ela. – É sua.

Deixei passar.

– Eu queria poder ajudar, Greta.

– Você está nos dando as costas?

– Não estou dando as costas. Mas eu não posso mentir por vocês.

Ela ficou me olhando. O anjo fora embora.

– Eu faria isso por você. E você sabe.

Fiquei calado.

– Você decepcionou todo mundo na sua vida – acusou Greta. – Não tomou conta da sua irmã naquele acampamento. E, no fim, quando minha irmã estava sofrendo mais... – ela se deteve.

A temperatura do ambiente caiu uns 10 graus. A serpente adormecida no meu ventre despertou e começou a ondular.

Olhei-a nos olhos.

– Fala. Vai em frente, fala.

– A JaneCare não foi para Jane. Foi para você. Foi por causa da sua culpa. Minha irmã estava morrendo. Estava sofrendo. Eu estava lá, no leito de morte dela. Mas você não.

O sofrimento sem fim. Dias que viravam semanas, semanas que viravam meses. Eu estava lá. Assisti a tudo. À maior parte, enfim. Assisti à mulher que eu adorava, a minha usina de força, murchar. Assisti à luz diminuir em seus olhos. Senti o cheiro da morte nela, na mulher que cheirava a lilases quando fizemos amor ao ar livre numa tarde de chuva. E, perto do fim, eu não consegui aguentar. Não consegui ver a última luz se apagar. Desmoronei. O pior momento da minha vida. Desmoronei e corri. Jane morreu sem mim. Greta estava certa. Falhei ao ficar de guarda. Mais uma vez. Nunca vou superar isso – e a culpa me levou de fato a fundar a JaneCare.

Greta sabia o que eu tinha feito, claro. Como havia acabado de observar, só ela estava lá no fim de tudo. Mas nós nunca tínhamos conversado sobre isso. Ela nunca tinha jogado na minha cara meu maior arrependimento. Eu sempre quisera saber se Jane tinha perguntado por mim, se sabia que eu não estava lá. Mas nunca toquei no assunto. Pensei em perguntar naquele momento, mas que diferença faria? Que resposta iria me satisfazer? Que resposta eu merecia ouvir?

Greta se levantou.

– Você não vai nos ajudar?

– Vou ajudar. Não vou mentir.

– Se fosse para salvar Jane, você mentiria?

Eu não respondi.

– Se mentir tivesse salvado a vida de Jane, se mentir trouxesse sua irmã de volta, você mentiria?

– Essa hipótese é infernal.

– Não, não é. Porque é da minha vida que estamos falando. Você não vai mentir para salvá-la. E isso é bem típico de você, Cope. Você se dispõe a fazer qualquer coisa pelos mortos. Já com os vivos, você não é tão bom.

capítulo vinte e seis

LOREN TINHA ME PASSADO um resumo de três páginas sobre Wayne Steubens. Eu podia contar com Loren. Ela não me mandou o arquivo completo. Lera-o sozinha e me enviou só os pontos principais. A maior parte eu já conhecia. Eu me lembro de que, quando Wayne foi preso, muitas pessoas se perguntaram por que ele resolvera matar jovens campistas. Teria passado por alguma má experiência? Um psiquiatra explicou que, mesmo Steubens não tendo confessado, acreditava que ele fora molestado em algum acampamento de verão durante a infância. Outro psiquiatra, entretanto, suspeitava que havia sido apenas a facilidade para matar: ele assassinara suas primeiras quatro vítimas no acampamento PAEV e escapara sem punição. Acabou associando aquela adrenalina, aquela excitação, a acampamentos de verão, e aí manteve o padrão.

Wayne não havia trabalhado nos outros acampamentos. Teria sido óbvio demais, claro. Mas as circunstâncias foram sua perdição. E foi assim que um criminologista de elite do FBI chamado Geoff Bedford o pegara. Havia uma suspeita moderada em relação aos quatro primeiros assassinatos pairando sobre Wayne. Quando um garoto foi morto em Indiana, Bedford começou a procurar qualquer um que pudesse ter estado em todos aqueles locais ao mesmo tempo. O ponto mais óbvio para se começar era com os monitores de acampamentos.

Inclusive eu.

Originalmente Bedford não encontrou nada em Indiana, local do segundo assassinato, mas houvera um saque em caixa eletrônico, no nome de Wayne Steubens, duas cidades depois do local do assassinato de outro garoto, na Virgínia. Esse foi o primeiro indício. Então Bedford fez uma investigação mais profunda. Wayne não tinha feito nenhum saque no caixa automático em Indiana, mas fizera um em Everett, Pensilvânia, e outro em Columbus, Ohio, gerando um padrão que sugeria que ele teria seguido de carro da sua casa, em Nova York, para aquela direção. Não havia álibi, e eles por fim encontraram o dono de um pequeno motel, perto de Muncie, que o identificou. Bedford investigou um pouco mais e conseguiu um mandado.

Eles encontraram objetos enterrados no quintal de Steubens. Não havia objetos do primeiro grupo de assassinados. Mas, segundo a teoria, eram suas primeiras mortes, e ele não teve tempo para juntar lembranças ou não pensou em guardá-las.

Wayne se recusou a falar. Alegava inocência. Dizia que fora incriminado. Eles o condenaram pelos assassinatos na Virgínia e em Indiana. Era onde se encontrava a maior parte das provas. Não tinham o suficiente em relação ao acampamento PAEV. E havia problemas com aquele caso. Ele usara apenas uma faca. Como conseguira matar quatro pessoas? Como as pegou na floresta? Como se livrou de dois dos corpos? Tudo isso poderia ser explicado – Wayne só teve tempo de se desfazer daqueles dois; ele perseguiu as vítimas até as profundezas da floresta –, mas o caso não era simples. Com os assassinatos em Indiana e na Virgínia, ele foi reaberto e depois fechado.

Lucy ligou por volta de meia-noite.

– Como foi com Jorge Perez? – perguntou ela.

– Você está certa. Eles estão mentindo. Mas ele não quis conversa também.

– Qual o próximo passo, então?

– Vou me encontrar com Wayne Steubens.

– Sério?

– Sim.

– Quando?

– Amanhã de manhã.

Silêncio.

– Lucy?

– Oi.

– Quando ele foi preso, o que você achou?

– Como assim?

– Wayne tinha, o quê, 20 anos naquele verão?

– Sim.

– Eu era monitor da cabana vermelha. Ele era da amarela. Eu o via todos os dias. Preparamos aquela quadra de basquete durante uma semana inteira, só nós dois. E, sim, eu o achava meio pancada... mas assassino?

– Não existe uma tatuagem indicando isso. Você trabalha com criminosos. Sabe disso.

– Acho que sim. Você também o conhecia, certo?

– Conhecia.

– O que você achava dele?

– Achava que ele era um babaca.

Ri sem querer.

– Você achava que ele seria capaz daquilo?
– De quê, de cortar gargantas e enterrar pessoas vivas? Não, Cope. Não achava.
– Ele não matou Gil Perez.
– Mas matou as outras pessoas. Você sabe disso.
– Acho que sim.
– E você sabe muito bem que só poderia ter sido ele quem matou Margot e Doug. Enfim, que outra teoria existe? Que ele era monitor num acampamento onde ocorreram uns assassinatos e depois resolveu se tornar um assassino?
– Não é impossível – comentei.
– Hein?
– Talvez aqueles crimes tenham desencadeado algum sentimento em Wayne. Talvez ele já tivesse essa predisposição e, naquele verão, quando era monitor num acampamento onde gargantas foram cortadas, isso tenha acionado um gatilho.
– Você acredita mesmo nisso?
– Acho que não, mas quem sabe?
– Tem outra coisa que eu me lembro dele.
– O quê?
– Wayne era mentiroso patológico. Agora que eu tenho esse maravilhoso diploma em psicologia, sei o termo técnico para isso. Você se lembra disso? Ele mentia sobre tudo. Só por mentir. Era a reação natural dele. Mentia até sobre o que tinha comido no café da manhã.

Pensei naquilo.

– É, eu lembro. Em parte, era bravata de acampamento. Ele era o garoto rico e tentava se enturmar com o lado pobre. Dizia que era traficante, que era membro de gangue, que tinha uma namorada na cidade dele que posava para a *Playboy*. Só falava besteira.
– Lembre-se disso quando for visitá-lo – avisou ela.
– Eu vou.

Silêncio. A serpente adormecida se fora. Agora outros sentimentos adormecidos despertavam. Ainda havia alguma coisa entre nós. Não sei se era verdade ou nostalgia, ou resultado desse estresse todo, mas eu sentia e não queria ignorar, mesmo sabendo que precisava.

– Você ainda está aí? – perguntou ela.
– Estou.
– Ainda é estranho, não é? Nós dois, quero dizer.
– Sim, é.

– Saiba então que você não está sozinho. Estou aqui também, ok? – declarou Lucy.
– Ok.
– Isso ajuda?
– Sim. Ajuda você?
– Ajuda. Seria horrível se eu fosse a única me sentindo assim.
Sorri.
– Boa noite, Cope.
– Boa noite, Luce.

Ser um assassino em série – ou, pelo menos, ter a consciência gravemente comprometida – devia ser algo livre de estresse, porque Wayne Steubens quase não envelhecera em vinte anos. Ele fora um cara bonito quando o conheci. E ainda era. O cabelo estava raspado agora, o oposto das mechas onduladas, orgulho da mamãe, que usava na época, mas caía-lhe bem. Eu sabia que ele saía da cela apenas uma hora por dia, mas devia passá-la sob o sol porque não apresentava aquela palidez típica dos prisioneiros.
Wayne Steubens me abriu um sorriso sedutor, quase perfeito.
– Você veio me convidar para algum reencontro de campistas?
– Vai acontecer no Rainbow Room, em Manhattan. Tomara que você consiga ir.
Ele caiu na gargalhada, como se eu tivesse acabado de contar a piada mais engraçada do mundo. Não foi, óbvio, mas aquele interrogatório ia ser um baile. Ele já fora interpelado pelos melhores agentes federais do país, sondado por psiquiatras que conheciam cada truque do Manual do Psicopata. Cenários normais não iam funcionar ali. Tínhamos um passado. Tínhamos sido até relativamente amigos. Eu precisava usar isso a meu favor.
A gargalhada se transformou em risada e depois o sorriso sumiu.
– Ainda chamam você de Cope?
– Sim.
– E então, como vai, Cope?
– Tudo joia – respondi.
– Joia – repetiu Wayne. – Parece o tio Ira falando.
No acampamento, costumávamos chamar os mais velhos de tio e tia.
– Ira era um cara muito louco. Não era, Cope?
– Bem excêntrico.
– Era mesmo.

Wayne olhou para o lado. Tentei focar nos seus olhos azuis granulados, mas eles ficavam passeando ao redor. Ele parecia um pouco maníaco. Perguntei-me se não estaria medicado – provavelmente – e depois me repreendi por não ter verificado.

– Então – disse Wayne –, você vai me contar o real motivo de estar aqui? – E, em seguida, antes que eu pudesse responder, ele levantou a mão. – Espere. Não, não me conte. Ainda não.

Eu esperava algo diferente. Não sei muito bem o quê. Esperava que ele aparentasse estar mais louco ou mais óbvio. Com louco, eu quis dizer como os lunáticos delirantes que a gente imagina quando pensa em assassinos em série – aquele olhar penetrante, a dramaticidade, a intensidade, o estalar de lábios, o abrir e fechar dos punhos, a raiva à flor da pele. Mas não senti nada disso em Wayne. Por óbvio, eu quis me referir ao tipo de sociopata em quem tropeçamos todos os dias, aqueles caras calmos que se sabe estarem mentindo e que são capazes de coisas terríveis. Eu também não estava tendo essa sensação.

O que eu captava de Wayne era algo muito mais assustador. Sentar ali, conversar com ele – o homem que muito provavelmente tinha matado minha irmã e, pelo menos, outras sete pessoas –, parecia normal. Tranquilo, até.

– Vinte anos se passaram, Wayne. Eu preciso saber o que aconteceu naquela floresta.

– Por quê?

– Porque minha irmã estava lá.

– Não, Cope, não foi isso que eu quis dizer. – Ele se inclinou um pouco. – Por que agora? Como você mesmo observou, já faz vinte anos. Por que então, amigão, você precisa saber agora?

– Não sei direito – respondi.

Os olhos dele se acalmaram e encontraram os meus. Tentei me manter firme. Troca de papéis: o psicótico estava procurando me pegar na mentira.

– O momento – disse ele – é muito interessante.

– Por que seria?

– Porque você não é minha única visita surpresa recente.

Assenti vagarosamente, tentando não parecer ansioso demais.

– Quem mais veio? – perguntei.

– Por que eu contaria isso para você?

– Por que não?

Wayne Steubens se recostou.

– Você ainda é um cara bonito, Cope.

– Você também – falei. – Mas acho que um namoro entre nós está fora de cogitação.

– Eu deveria estar chateado com você, de verdade.

– Ahn?

– Você estragou aquele verão para mim.

Separar as coisas. Já falei nisso antes. Sei que meu rosto não demonstrava nada, mas era como se navalhas estivessem me cortando as tripas. Eu estava de papo furado com um assassino em série. Olhei para as mãos dele. Imaginei o sangue, a lâmina contra a garganta exposta. Aquelas mãos aparentemente inócuas que estavam naquele momento cruzadas sobre a mesa metálica. O que elas tinham feito?

Mantive a respiração regular.

– Como eu fiz isso? – perguntei.

– Era para ela ser minha.

– Quem era para ser sua?

– Lucy. Ela ia acabar namorando alguém aquele verão. Se você não estivesse lá, eu tinha mais do que uma posição privilegiada, se é que você me entende.

Eu não sabia como responder àquilo, mas segui em frente.

– Pensei que você estivesse interessado em Margot Green.

Ele sorriu.

– Ela tinha um corpaço, hein?

– Verdade.

– Tão provocante. Você se lembra daquela vez em que estávamos na quadra de basquete?

Eu me lembrei. Na mesma hora. Foi engraçado. Margot era a sedutora do acampamento, e ela sabia disso. Usava sempre uns bustiês torturantes, cujo único propósito era serem mais obscenos do que a própria nudez. Naquele dia, uma garota havia se machucado na quadra de basquete. Não me lembro do nome dela. Acho que quebrou a perna, mas quem se importa? Do que todos nos lembramos – a imagem que eu estava compartilhando com aquele psicopata – era Margot Green em pânico correndo pela quadra, com aquele maldito bustiê, tudo balançando, gritando por ajuda. E os trinta, quarenta garotos, na quadra, parados e assistindo à cena de queixo caído.

Os homens são canalhas, sim. Os adolescentes também. O mundo é estranho. A natureza requer que garotos entre, digamos, 14 e 17 anos se tornem ereções ambulantes. Não há como evitar. Ainda assim, de acordo com a sociedade, você é jovem demais para fazer alguma coisa a respeito a não ser sofrer. E esse sofrimento era multiplicado por dez perto de uma Margot Green.

Deus tem senso de humor, não?

– Eu me lembro.

– Muito provocante – disse Wayne. – Você sabe que ela dispensou Gil, não?

– Margot?

– É. Logo antes do assassinato. – Ele arqueou a sobrancelha. – Faz a gente pensar, não faz?

Não me mexi, deixei que ele falasse, na esperança de que revelasse mais.

– Eu transei com ela. Margot. Mas ela não era tão boa quanto Lucy.

Ele pôs a mão na boca como se tivesse falado demais. Puro teatro. Fiquei bem quieto.

– Você sabe que rolou um namoro entre nós antes de você chegar naquele verão, certo? Lucy e eu.

– Sei.

– Você está meio verde, Cope. Não é ciúme, é?

– Isso faz vinte anos.

– Sim, faz. E para ser sincero, não passei do segundo estágio. Mas você foi mais longe, Cope. Aposto que você mordeu aquela fruta.

Ele estava tentando provocar alguma reação em mim. Eu não ia entrar naquele jogo.

– Um cavalheiro nunca conta que beijou – desconversei.

– Certo, claro. E não me entenda mal. Vocês dois tinham alguma coisa. Até um cego via. Você e Lucy formavam um casal especial, não é?

Ele sorriu para mim e piscou rápido.

– Isso foi há muito tempo – repeti.

– Você não acredita mesmo nisso, não é? A gente envelhece, claro, mas no geral ainda nos sentimos exatamente como naquela época. Você não acha?

– Na verdade, não, Wayne.

– Bem, a vida continua, acho. A gente tem acesso à internet aqui, sabia? Nada de sites pornôs, essas coisas, e eles verificam todas as nossas comunicações. Mas eu fiz uma pesquisa sobre você. Sei que você é viúvo e tem uma filha de 6 anos, mas não consegui descobrir o nome dela. Como ela se chama?

Dessa vez não aguentei – ouvir aquele psicopata mencionando minha filha teve um efeito visceral. Revidei indo direto ao assunto.

– O que aconteceu naquela floresta, Wayne?

– Pessoas morreram.

– Não faça joguinhos comigo.

– Só um de nós está fazendo joguinho, Cope. Se quer a verdade, vamos começar com você. Por que está aqui neste momento? Hoje. Porque não é coincidência. Nós dois sabemos.

Olhei para trás. Sabia que estávamos sendo observados. Eu pedi que não houvesse escuta. Fiz sinal para que alguém entrasse. Um guarda abriu a porta.

– Senhor?

– O Sr. Steubens andou recebendo visita nas últimas duas semanas?

– Sim, senhor. Uma.

– Quem?

– Posso conseguir o nome se o senhor quiser.

– Por favor.

O guarda saiu. Olhei de volta para Wayne, que não parecia chateado.

– *Touché* – disse ele. – Mas não há necessidade disso. Eu mesmo lhe digo. Um homem chamado Curtis Smith.

– Não conheço esse nome.

– Ah, mas ele conhece você. Veja bem, ele trabalha numa firma chamada DMV.

– Detetive particular?

– Sim – respondeu Wayne.

– E ele veio porque queria... – agora eu percebia, aqueles malditos filhos da mãe – ... queria sujar meu nome.

Wayne Steubens tocou o nariz e depois apontou para mim.

– O que ele lhe ofereceu? – perguntei.

– O patrão dele foi um federal importante. Ele disse que podia me conseguir um tratamento melhor.

– Você contou alguma coisa a ele?

– Não. Por duas razões. Primeira, a oferta dele era completamente sem noção. Um ex-federal não pode fazer nada por mim.

– E a segunda?

Wayne Steubens se inclinou para a frente. Certificou-se de que eu o olhava nos olhos.

– Quero que você me escute, Cope. Quero que você me escute com muita atenção.

Sustentei o olhar dele.

– Já fiz um monte de coisas ruins na vida. Não vou entrar em detalhes. Não há necessidade. Cometi erros. Passei os últimos dezoito anos neste buraco infernal pagando por eles. Meu lugar não é aqui. Realmente, não é. Não vou falar sobre Indiana, Virgínia, nada disso. As pessoas que morreram lá, eu não conhecia. Eram estranhos.

Ele se calou, fechou os olhos, esfregou o rosto. Wayne tinha o rosto largo. A pele era reluzente, quase encerada. Ele abriu outra vez os olhos, certificou-se de que eu ainda estava olhando para ele. E estava. Não conseguiria mover os olhos nem se quisesse.

– Mas, e essa é sua razão número dois, não faço ideia do que aconteceu naquela floresta vinte anos atrás. Porque eu não estava lá. Não sei o que aconteceu com os meus amigos. Não eram *estranhos*, Cope, eram amigos. Margot Green, Doug Billingham, Gil Perez e sua irmã.

Silêncio.

– Você matou aqueles garotos em Indiana e na Virgínia? – perguntei.

– Você iria acreditar em mim se eu dissesse que não?

– Havia muitas provas.

– Sim, havia.

– Mas você ainda se declara inocente.

– Eu *sou* inocente.

– É mesmo, Wayne?

– Vamos focar em uma coisa de cada vez, está bem? Estamos conversando sobre aquele verão, sobre aquele acampamento. Eu não matei ninguém lá. Não sei o que aconteceu na floresta.

Eu não me manifestei.

– Você é promotor agora, certo?

Assenti.

– As pessoas estão fuçando seu passado. Eu entendo. Nem prestaria muita atenção, se não fosse pelo fato de que você veio aqui também. O que significa que alguma coisa aconteceu. Alguma coisa nova. Alguma coisa relacionada àquela noite.

– Aonde você quer chegar, Wayne?

– Você sempre achou que eu matei aquelas pessoas – comentou ele. – Mas agora, pela primeira vez, você não tem tanta certeza, tem?

Fiquei calado.

– Alguma coisa mudou. Está na sua cara. Pela primeira vez, você está se perguntando seriamente se eu tive algo a ver com aquela noite. E se você soube de algum fato novo, tem a obrigação de me contar.

– Eu não tenho obrigação nenhuma, Wayne. Você não foi julgado por aquelas mortes. Você foi julgado e condenado pelas mortes em Indiana e na Virgínia.

Ele abriu os braços.

– Então que mal tem em me contar o que você descobriu?

Pensei nisso. Ele tinha razão. Se eu lhe contasse que Gil Perez estava vivo durante todo aquele tempo, isso não contribuiria em nada para derrubar suas condenações – porque ele não foi condenado por matar Gil. Mas isso lançaria uma grande sombra. Casos de assassinos em série são um pouco como o proverbial, e literal, castelo de cadáveres: quando se descobre que uma vítima não foi assassinada – ao menos, não ali e nem pelo assassino em série –, então aquele castelo pode desabar facilmente.

Optei pela discrição naquele momento. Até se ter uma identificação positiva em relação a Gil Perez, não havia razão para revelar nada a ninguém. Olhei para ele. Seria um lunático? Eu achava que sim. Mas como poderia ter certeza? De uma forma ou de outra, eu descobrira tudo que era possível por hoje. Levantei-me, então.

– Adeus, Wayne.

– Adeus, Cope.

Dirigi-me para a porta.

– Cope?

Virei-me.

– Você sabe que eu não os matei, não é?

Não respondi.

– E se eu não matei – continuou ele –, você tem que se perguntar sobre tudo o que aconteceu naquela noite, não só com Margot, Doug, Gil e Camille. Mas o que aconteceu comigo. E com você.

capítulo vinte e sete

— Ira, olhe para mim um segundo.

Lucy havia esperado até o pai parecer o mais lúcido possível. Estava sentada de frente para ele no quarto. Aquele dia, Ira tinha posto para fora os velhos discos de vinil. Viam-se as capas de *Sweet Baby Jane*, com James Taylor de cabelos longos, e dos Beatles atravessando Abbey Road (com Paul descalço e, portanto, "morto"). Marvin Gaye usava um cachecol em *What's Going on* e Jim Morrison exibia sua sexualidade na capa do primeiro álbum dos The Doors.

– Ira?

Ele estava sorrindo diante de um retrato antigo da época dos acampamentos. O fusca amarelo fora enfeitado feito um velho beliche para meninas. Havia flores e símbolos da paz por toda parte. Ira estava de pé no meio de braços cruzados. As garotas cercavam o carro. Todos vestiam short e camiseta e tinham sorrisos bronzeados. Lucy se lembrava daquele dia. Fora dos bons, daqueles que a gente coloca numa caixinha, guarda na última gaveta, tira e contempla quando se sente particularmente triste.

– Ira?

Ele se virou para ela.

– Estou ouvindo.

A vitrola tocava "Eve of Destruction", o hino pacifista de Barry McGuire, de 1965. Mesmo sendo uma canção perturbadora, ela sempre confortara Lucy. A música pinta um quadro devastador e sombrio. Fala de um mundo explodindo, corpos no rio Jordão, o medo de que o botão nuclear fosse apertado, o ódio na China vermelha e em Selma, no Alabama, toda a hipocrisia e o ódio no mundo – e, no refrão, pergunta quase em tom de deboche como o ouvinte pode ser tão ingênuo para não achar que estamos às vésperas da destruição.

Por que essa música a confortava?

Porque era verdadeira. O mundo era esse lugar terrível e pavoroso. O planeta esteve no limite naquela época. Mas sobrevivera – talvez até tenha progredido. Hoje o mundo parece outra vez horrível. É difícil acreditar que vamos superar isso tudo. O mundo de McGuire fora tão assustador quanto o nosso. Talvez ainda mais. Basta voltar mais vinte anos – Segunda Guerra

Mundial, nazismo. Isso faz os anos 1960 parecerem a Disneylândia. Superamos aquilo também.

Parecemos estar sempre às vésperas da destruição. E sempre superamos. Talvez todos nós possamos sobreviver à destruição que engendramos.

Ela balançou a cabeça. Quanta ingenuidade. Muito Poliana. Ela já devia saber.

A barba de Ira estava aparada naquele dia. O cabelo continuava revolto. A parte grisalha estava quase assumindo um tom de azul. As mãos tremiam, e Lucy se perguntava se o Parkinson não estaria no horizonte. Os últimos anos de Ira, ela sabia, não seriam agradáveis. Mas os últimos vinte também não tinham sido muito melhores.

– O que foi, querida?

Sua preocupação era evidente. Esse sempre fora um dos grandes e mais sinceros encantos de Ira – ele se importava verdadeiramente com as pessoas. Era um ouvinte maravilhoso. Via o sofrimento e queria encontrar uma forma de aliviá-lo. Todos sentiam empatia com Ira – campistas, pais, amigos. Mas quando se era sua filha única, a pessoa que ele amava acima de tudo, era como um cobertor bem quente num dia muito frio.

Deus, ele fora um pai tão magnífico. Ela sentia tanta falta daquele homem.

– No livro de registros, consta que um homem chamado Manolo Santiago veio aqui visitá-lo. – Ela inclinou a cabeça. – Você se lembra disso, Ira?

O sorriso dele desapareceu.

– Ira?

– É – confirmou ele. – Lembro.

– O que ele queria?

– Conversar.

– Conversar sobre o quê?

Ele apertou os lábios, como se forçasse a boca a permanecer fechada.

– Ira?

Ele balançou a cabeça.

– Por favor, me conte – pediu ela.

A boca de Ira se abriu, mas não saiu nada dela. Quando por fim falou, a voz era um sussurro:

– Você sabe sobre o que ele queria conversar.

Lucy olhou para trás. Eles estavam sós no quarto. "Eve of Destruction" tinha acabado. The Mamas and the Papas chegaram para dizer que todas as folhas estavam marrons.

– O acampamento? – indagou ela.
Ele assentiu.
– O que ele queria saber?
Ira começou a chorar.
– Ira?
– Eu não queria voltar lá – disse ele.
– Eu sei que não.
– Ele ficou perguntando.
– Perguntando o quê, Ira? O que ele perguntou?
Ira pôs a cabeça entre as mãos.
– Por favor...
– Por favor o quê?
– Eu não posso mais voltar lá. Você entende? Eu não posso mais voltar lá.
– Não vai mais atingir você.
Ele continuava com as mãos no rosto. Os ombros tremiam.
– Aquelas pobres crianças.
– Ira. – Ele parecia tão aterrorizado. – Papai?
– Eu decepcionei todo mundo.
– Não, não decepcionou.
Então os soluços dele saíram do controle. Lucy ficou de joelhos diante dele. Sentia as lágrimas mareando seus olhos também.
– Por favor, pai, olhe para mim.
Inútil. A enfermeira, Rebecca, pôs a cabeça na fresta da porta.
– Vou buscar alguma coisa – disse ela.
Lucy levantou a mão.
– Não.
Ira soltou outro grito.
– Acho que ele precisa de alguma coisa para se acalmar.
– Ainda não – retrucou Lucy. – Nós só estamos... Por favor, pode nos dar licença?
– Eu tenho responsabilidades.
– Ele está bem. Essa é uma conversa particular. Ficou muito emotivo, só isso.
– Vou procurar o médico.
Lucy ia dizer que não, mas ela já tinha ido.
– Ira, por favor, me escute.
– Não...

– O que você contou a ele?

– Eu tinha que proteger a todos. Você entende?

Não. Ela pôs as mãos no rosto dele e tentou levantar sua cabeça. O grito que Ira soltou quase a fez cair de costas. Ela se afastou. Ele recuou, derrubando a cadeira no chão, e se encolheu num canto.

– Não...!

– Está tudo bem, pai. Está...

– Não!

A enfermeira Rebecca retornou com outras duas mulheres. Lucy reconheceu uma delas como sendo a médica. A outra, também enfermeira, imaginou Lucy, trazia uma seringa hipodérmica.

– Está tudo bem, Ira – garantiu Rebecca.

Elas começaram a se aproximar dele. Lucy se pôs no caminho.

– Saiam – ordenou ela.

A médica – no crachá estava escrito Julie Contrucci – limpou a garganta.

– Ele está muito agitado.

– Eu também – retrucou Lucy.

– Como?

– Você disse que ele está agitado. Grande coisa. Ficar agitado faz parte da vida. Eu me sinto agitada às vezes. Você também se sente agitada às vezes, não é? Por que ele não pode?

– Porque ele não está bem.

– Ele está ótimo. Preciso dele lúcido por mais alguns minutos.

Ira deu outro soluço.

– Você chama isso de lúcido?

– Eu preciso de um tempo com ele.

A Dra. Contrucci cruzou os braços no peito.

– Isso não cabe a você.

– Eu sou filha dele.

– Seu pai está aqui voluntariamente. Ele pode ir e vir quando quiser. Nenhum tribunal o considerou incapacitado. Cabe a ele.

Contrucci olhou para Ira.

– Quer um sedativo, Sr. Silverstein?

O olhar de Ira disparava de um lado para outro, como o do animal encurralado em que ele de repente se transformou.

– Sr. Silverstein?

Ele olhou para a filha e começou a chorar de novo.

– Eu não falei nada, Lucy. O que eu poderia contar para ele?

Ira voltou a soluçar. A médica olhou para Lucy, que olhou para o pai.

– Está tudo bem, Ira.

– Eu amo você, Luce.

– Eu também te amo.

As enfermeiras se aproximaram. Ira esticou o braço e sorriu sonhadoramente quando a agulha entrou em sua veia. Isso fez Lucy se lembrar da infância. Ele fumava maconha na frente dela sem preocupação. Lucy se recordava dele tragando profundamente, com aquele sorriso, e agora ela se perguntava por que ele precisara daquilo. Depois do acampamento, a quantidade aumentou. Durante a infância de Lucy, as drogas faziam parte dele – parte do "movimento". Mas agora ela se perguntava. Como a bebida com ela. Seria uma questão genética? Ou Ira, como Lucy, usava agentes externos – drogas, álcool – para fugir, anestesiar-se e não encarar a verdade?

.

capítulo vinte e oito

— Por favor, diga que você está brincando.

O agente especial do FBI Geoff Bedford e eu estávamos sentados numa lanchonete, do tipo com alumínio na parte de fora e fotos autografadas de âncoras dos telejornais locais no lado de dentro. Bedford era elegante e usava bigode com pontas enceradas. Eu sabia que já tinha visto um daqueles na vida real, mas não lembrava onde. Fiquei na expectativa de três outros caras se juntarem a ele para formar um quarteto vocal.

— Não estou — respondi.

A garçonete se aproximou. Não nos chamou de Excelência. Odeio isso. Ele tinha lido a parte de comida do cardápio, mas pediu apenas um café. Entendi o recado e pedi o mesmo. Entregamos os menus. Bedford esperou até que ela fosse embora.

— Steubens fez aquilo, sem dúvida. Matou todas aquelas pessoas. Nunca houve qualquer questionamento a esse respeito no passado. E não há dúvida nenhuma agora. E nem estou falando de dúvida razoável. O fato é que não há a menor dúvida.

— As primeiras mortes. As quatro na floresta.

— O que tem elas?

— Não foi encontrada nenhuma prova que ligasse Steubens a elas — respondi.

— Nenhuma prova física, não.

— Quatro vítimas. Duas eram mulheres jovens. Margot Green e minha irmã.

— Isso mesmo.

— Mas nenhuma das outras vítimas de Steubens era mulher.

— Correto.

— Todas as vítimas eram do sexo masculino com idades entre 16 e 18 anos. Você não acha isso estranho?

Ele me olhou como se de repente eu tivesse duas cabeças.

— Veja, Sr. Copeland, concordei em vê-lo porque, primeiro, você é promotor do condado, e segundo, porque sua própria irmã morreu na mão desse monstro. Mas essa linha de questionamentos...

— Eu acabei de visitar Wayne Steubens — intervim.

– Estou sabendo. E deixe-me dizer a você, ele é um baita de um psicopata e um mentiroso patológico.

Pensei em como Lucy tinha dito a mesma coisa, e também em como Wayne dissera que ele e Lucy haviam tido um breve namoro antes de eu chegar ao acampamento.

– Eu sei disso.

– Será que sabe mesmo? Então me deixa explicar uma coisa. Wayne Steubens está na minha vida há quase vinte anos. Pense nisso. Já vi como ele pode ser um mentiroso muito convincente.

Eu não sabia que abordagem usar, então comecei a tatear.

– Surgiram novas provas.

Bedford franziu a testa. As pontas do bigode viraram para baixo junto com os lábios.

– Do que você está falando?

– Você sabe quem é Gil Perez?

– Claro que sei. Sei de tudo e de todos os envolvidos nesse caso.

– Vocês nunca encontraram o corpo dele.

– Certo. Também não encontramos o da sua irmã.

– Como você explica isso?

– Você estava naquele acampamento. Conhece a área.

– Conheço.

– Sabe quantos quilômetros quadrados de floresta há ali?

– Sei.

Ele levantou a mão direita e olhou para ela.

– Oi, Sr. Agulha! – Depois fez o mesmo com a esquerda. – Conheça meu amigo, o Sr. Palheiro.

– Wayne Steubens é um homem relativamente baixo.

– E?

– E Doug tinha mais de 1,80 metro. Gil era um garoto forte. Como acha que Wayne surpreendeu ou dominou os quatro?

– Ele tinha uma faca, foi por isso. Margot Green estava amarrada. Ele só cortou a garganta dela. Os outros, não sabemos a ordem certa. Talvez tenham sido amarrados também, em locais diferentes da floresta. A gente não sabe. Wayne perseguiu Doug Billingham. O corpo dele estava numa cova rasa a menos de 1.000 metros do de Margot. Sofreu vários ferimentos a faca e alguns ferimentos defensivos nas mãos. Encontramos sangue e roupas que pertenciam à sua irmã e a Gil Perez. Você sabe de tudo isso.

– Sei.

Bedford inclinou a cadeira para trás, ficando na ponta dos pés.

– Então me diga, Sr. Copeland. Que prova é essa que surgiu de repente?

– Gil Perez.

– O que tem ele?

– Ele não morreu naquela noite. Morreu essa semana.

A cadeira caiu para a frente.

– O quê?

Contei a ele sobre Manolo Santiago ser Gil Perez. Eu diria que ele pareceu cético, mas isso faz a coisa soar mais a meu favor do que aconteceu na realidade. Na verdade, o agente Bedford olhava para mim como se eu estivesse tentando convencê-lo de que o Coelhinho da Páscoa de fato existia.

– Deixa eu entender isso direito – pediu ele quando terminei.

A garçonete voltou com nossos cafés. Bedford não acrescentou nada ao seu. Ergueu a xícara com cuidado e conseguiu manter a borda longe do bigode.

– Os pais de Perez negam que seja ele. A homicídios de Manhattan não crê que seja ele. E você está me dizendo que...

– É ele.

Bedford riu.

– Acho que já tomou o suficiente do meu tempo, Sr. Copeland.

Ele largou o café e começou a se levantar da cadeira.

– Eu sei que é ele. É só uma questão de tempo até eu conseguir provar.

Bedford parou.

– Ok – disse ele. – Vamos fazer seu jogo. Vamos supor que realmente seja Gil Perez. Que ele tenha sobrevivido àquela noite.

– Certo.

– Isso não inocenta Wayne Steubens. Nem um pouco. Há muitos que acreditam – ele me lançou um olhar duro – que talvez ele tivesse um cúmplice nos primeiros assassinatos. Você mesmo perguntou como ele poderia ter eliminado tanta gente. Ora, se fossem dois caras e só três vítimas, isso tornaria as coisas muito mais fáceis, não acha?

– Então agora você acha que talvez Perez tenha sido cúmplice?

– Não. Eu nem acredito que ele tenha sobrevivido àquela noite. Só estou levantando hipóteses. Se aquele corpo no necrotério de Manhattan for mesmo o de Gil Perez.

Eu acrescentei um sachê de adoçante e um pouco de leite ao meu café.

– Você conhece *Sir* Arthur Conan Doyle? – perguntei.

– O cara que escreveu Sherlock Holmes.

– Exatamente. Um dos axiomas de Sherlock é mais ou menos assim: "É um grande erro teorizar antes de se ter os dados, porque se começa a torcer os fatos para caber nas teorias, em vez de as teorias caberem nos fatos."

– Você está começando a abusar da minha paciência, Sr. Copeland.

– Eu dei a você um fato novo. Em vez de tentar repensar o que aconteceu, você imediatamente encontrou um jeito de torcer o fato para ele caber na sua teoria.

Ele apenas me encarou. Não o culpei. Eu estava pegando pesado, mas precisa continuar.

– Você sabe alguma coisa sobre o passado de Wayne Steubens? – perguntou Bedford.

– Um pouco.

– Ele se encaixa perfeitamente no perfil.

– Perfis não são provas – retruquei.

– Mas ajudam. Por exemplo, você sabia que os animais da vizinhança sumiam quando Steubens era adolescente?

– É mesmo? Ora, é toda a prova de que eu preciso.

– Posso dar um exemplo para ilustrar?

– Por favor.

– Temos testemunhas. Um garoto chamado Charlie Kadison. Ele não contou nada na época porque ficou muito assustado. Quando Wayne Steubens tinha 16 anos, ele enterrou um cachorrinho branco. Qual é mesmo a raça, um troço francês...

– Bichon Frisé?

– Isso aí. Enterrou o cachorro até o pescoço. Só deixou a cabeça de fora. O coitadinho não conseguia se mexer.

– Perversidade.

– Não, é pior.

Ele tomou outro gole delicado. Fiquei esperando. Bedford pousou o café de volta na mesa e tocou o guardanapo na boca.

– Então, depois de enterrar o cachorro, seu antigo companheiro de acampamento foi até a casa do garoto Kadison. A família dele tinha um desses cortadores de grama de empurrar. Wayne pediu emprestado.

Ele parou, olhou para mim e assentiu.

– Uau – falei.

– Tenho outros exemplos desses. Uma dúzia, talvez.

– E, no entanto, Wayne conseguiu arrumar um emprego trabalhando naquele acampamento...

– Que surpresa. Como se Ira Silverstein fizesse muita questão de verificar antecedentes.

– E ninguém pensou em Wayne quando ocorreram os assassinatos?

– Não sabíamos de nada disso. Para começar, era a polícia local que estava no caso do acampamento PAEV, e não nós. Não era um crime federal. Não a princípio. Além disso, as pessoas estavam com muito medo de depor sobre os anos de formação de Wayne. Como esse Charlie Kadison. Você tem que se lembrar também de que Steubens vinha de família rica. O pai morreu quando ele era pequeno, mas a mãe o defendeu, subornou gente, sei lá. Era superprotetora, enfim. Muito conservadora, muito rígida.

– Outro sinal de confere na sua lista de perfis de assassino em série?

– Não se trata só do perfil dele, Sr. Copeland. Você conhece os fatos. Ele morava em Nova York e, no entanto, conseguiu estar nas três áreas, Virgínia, Indiana e Pensilvânia, quando os assassinatos aconteceram. Quais são as probabilidades? E o principal, claro: depois que conseguimos um mandado de busca, encontramos pertences, troféus clássicos, de todas as vítimas na propriedade dele.

– Não de todas as vítimas – argumentei.

– O suficiente.

– Mas nenhum que pertencesse a esses primeiros quatro campistas.

– Correto.

– Por que não?

– Minha opinião? Provavelmente ele estava afobado. Steubens ainda estava se livrando dos corpos, se atrasou.

– Mais uma vez – falei –, isso parece uma distorção dos fatos.

Bedford se recostou e ficou me estudando.

– Qual é sua teoria então, Sr. Copeland? Estou louco para ouvir.

Fiquei quieto.

Ele abriu os braços.

– Que um assassino em série, que cortou gargantas de campistas em Indiana e na Virgínia, por acaso era monitor num acampamento de verão, onde pelo menos outras duas vítimas também tiveram as gargantas cortadas?

Ele tinha razão. Eu pensara sobre aquilo desde o início e não conseguia passar daquele ponto.

– Você conhece os fatos, distorcidos ou não – continuou ele. – Você é promotor. Diga então o que você acha que aconteceu.

Fiquei pensando. Ele aguardava. Pensei mais um pouco.

– Eu ainda não sei – admiti. – Talvez seja cedo demais para teorizar. Talvez a gente precise coletar mais fatos.

– E enquanto você faz isso, outro cara como Wayne Steubens mata mais alguns campistas.

Ele tinha razão nisso também. Pensei nas provas de estupro contra Jenrette e Marantz. Quando se olhava para elas objetivamente, havia tantas quantas – talvez até mais – havia contra Wayne Steubens.

Ou ao menos houvera.

– Ele não matou Gil Perez – afirmei.

– Já ouvi. Então tire isso da equação, no interesse dessa discussão. Digamos que ele não tenha matado o garoto Perez. – Bedford ergueu as duas mãos para o teto. – O que resta?

Refleti sobre aquilo. Resta me perguntar que diabos aconteceu com minha irmã.

capítulo vinte e nove

Uma hora depois, eu estava sentado num avião. A porta ainda nem tinha fechado quando Loren me ligou.

– Como foi com Steubens? – perguntou ela.

– Eu conto depois. Como foi no tribunal?

– Petições e mais nada pelo que ouvi. Eles usaram muito a frase "autos conclusos". Ser advogado deve ser chato demais. Como é que você não dá um tiro na cabeça em dias como esse?

– Dá muito trabalho. Então não aconteceu nada?

– Nada, mas amanhã você está de folga. O juiz quer ver todos os advogados a portas fechadas na quinta de manhã.

– Por quê?

– Esse negócio de autos conclusos foi discutido, mas aquele seu assistente, cujo nome eu não lembro, disse que isso provavelmente não era nada de mais. Escuta, tenho outra coisa para você.

– O quê?

– Mandei nosso melhor técnico de informática vasculhar aquelas redações enviadas para sua amiga Lucy.

– E?

– E elas coincidem com o que você já sabia. A princípio, pelo menos.

– Como assim "a princípio"?

– Peguei as informações que ele levantou e depois dei uns telefonemas, fiz umas buscas e descobri uma coisa interessante.

– O quê?

– Acho que eu sei quem enviou.

– Quem?

– Você está com o celular?

– Sim.

– Tem uma tonelada de coisas aqui. Talvez seja mais fácil eu mandar por e-mail todos os detalhes.

– Ok.

– Não quero falar mais nada. Quero ver se você encontra as mesmas respostas que eu.

Pensei naquilo e ouvi o eco da minha conversa com Geoff Bedford.

– Não quer que eu distorça fatos para caber em teorias, né?
– Hein?
– Nada, Loren. Apenas me mande o e-mail.

Quatro horas depois de ter deixado Geoff Bedford, eu estava sentado no escritório ao lado do de Lucy, normalmente usado por um professor de inglês, que estava em um período sabático. Ela tinha a chave.

Lucy estava olhando pela janela quando seu assistente, um cara chamado Lonnie Berger, entrou sem bater. Engraçado. Ele lembrava um pouco o pai dela, Ira. Tinha aquele ar de Peter Pan, de aspirante a marginal. Não estou criticando os hippies nem os esquerdistas ou como quer que sejam chamados. Precisamos deles. Creio piamente que aqueles que se encontram nas duas extremidades políticas são necessários, até (ou talvez mais ainda) os de quem a gente discorda e tem vontade de odiar. Seria chato sem eles. Nossos argumentos não ficariam tão bem afiados. Pensemos nisto na essência: não é possível haver esquerda sem direita. E não existe centro sem ambas.

– E aí, Luce? Tive um superencontro com minha garçonete gostosa...

Lonnie me viu e sua voz meio que sumiu.

– Quem é esse?

Lucy ainda estava olhando pela janela.

– E por que estamos na sala do professor Mitnick?

– Eu sou Paul Copeland – me apresentei.

Estendi a mão. Ele apertou.

– Uau – disse Lonnie. – Você é o cara da história, certo? P. ou algo assim. Enfim, li sobre o caso na internet e...

– Sim, Lucy me contou sobre sua investigação amadora. Como você provavelmente já deve saber, eu tenho alguns investigadores muito bons, profissionais na verdade, que trabalham para mim.

Ele soltou minha mão.

– Alguma coisa que você queira compartilhar? – perguntei.

– Sobre o que vocês estavam falando?

– Você estava certo, por falar nisso. O e-mail veio dos computadores da Biblioteca Frost, às 18h40. Mas Sylvia Potter não estava lá entre seis e sete da noite.

Ele recuou.

– Você estava, Lonnie.

Ele abriu o sorriso torto e balançou a cabeça. Ganhando tempo.

– Isso é absurdo. Ei, espere aí. – O sorriso desapareceu enquanto ele fingia estar chocado e ofendido. – Vem cá, Luce, você não acredita que eu...

Lucy se virou enfim para ele e não disse nada.

Lonnie apontou para mim.

– Você não acreditou nesse cara, né? Ele...

– Eu o quê?

Sem resposta. Lucy só olhava para ele. Não dizia uma palavra. Só o encarava até que ele começou a murchar. Lonnie acabou despencando numa cadeira.

– Droga – disse ele.

Ficamos esperando. Ele baixou a cabeça.

– Vocês não entendem.

– Então explique – pedi.

Ele olhou para Lucy.

– Você confia realmente nesse cara?

– Muito mais do que em você – respondeu ela.

– Eu não confiaria. Ele não é flor que se cheire, Luce.

– Obrigado pela recomendação favorável – comentei. – Agora, por que você mandou aquelas redações para Lucy?

Ele começou a mexer no brinco.

– Eu não tenho que dizer nada a você.

– Claro que tem – avisei. – Eu sou o promotor do condado.

– E daí?

– E daí, Lonnie, que eu posso mandar prender você por assédio.

– Não, não pode. Para começar, você não tem como provar que eu mandei nada.

– Claro que tenho. Você se acha muito entendido em computadores e provavelmente é assim, com alguns truques baratos, que impressiona suas alunas. Só que os peritos do meu escritório são o que chamamos profissionais qualificados. Já sabemos que foi você quem enviou o texto. Já temos também a prova.

Ele refletiu sobre aquilo, deliberando se continuava a negar ou inventava outra coisa. Escolheu inventar:

– E daí? Mesmo que eu tenha realmente enviado, o que isso tem a ver com assédio? Desde quando é ilegal mandar um texto de ficção para uma professora universitária?

Ele tinha razão.

– Eu posso recomendar sua demissão – ameaçou Lucy.

– Talvez sim, talvez não. Para que fique claro, Luce, você teria muito mais a explicar do que eu. É você quem mente sobre seus antecedentes. Foi você quem mudou de sobrenome para esconder o passado.

Lonnie gostou daquele argumento. Havia se sentado ereto, cruzado os braços e parecia muito convencido. Eu estava morrendo de vontade de lhe dar um soco na cara. Lucy continuava encarando-o. Ele não conseguia olhá-la de frente. Recuei um pouco para dar espaço a ela.

– Achei que fôssemos amigos – retrucou ela.

– Nós somos.

– Então?

Ele balançou a cabeça.

– Você não está entendendo.

– Então me explique.

Lonnie começou a mexer no brinquinho outra vez.

– Na frente dele, não.

– É, na frente dele, Lonnie.

Tanta coisa para se retratar.

Dei-lhe um tapinha no ombro.

– Sou seu novo melhor parceiro. Sabe por quê?

– Não.

– Porque eu sou um agente da lei poderoso e raivoso. E meu palpite é que, se meus investigadores sacudirem sua árvore, alguma coisa vai cair.

– Sem chance.

– Ah, muita chance. Você quer exemplos?

Ele ficou calado.

Levantei o celular.

– Tenho os registros das suas detenções aqui. Quer que eu comece a enumerá-las para você?

Toda a autoconfiança dele desapareceu.

– Tenho todos eles, meu amigo. Até a parte confidencial. Foi isso que eu quis dizer com agente da lei poderoso e raivoso. Posso ferrar você de cinco formas diferentes, brincando. Então pare de pôr essa banca toda e me diz logo por que você enviou aquelas redações.

Olhei Lucy nos olhos. Ela me fez um sinal imperceptível. Talvez tivesse entendido. Havíamos discutido as estratégias antes de Lonnie chegar. Se ela ficasse sozinha com ele, Lonnie voltaria a ser Lonnie – iria mentir, contar histórias, sapatear, andar de skate e tentar usar contra ela o relacionamento próximo que tinham. Eu conhecia o tipo. Iria se fazer de cara descolado, moderninho, usar o charme do sorriso torto, mas, quando se põe pressão num cara como Lonnie, ele sempre cede. E, mais do que isso, o medo provoca uma reação mais rápida e sincera com um Lonnie do que tentar apelar para sua suposta solidariedade.

Ele olhava para Lucy agora.

– Não tive escolha – argumentou ele.

Começando a despejar desculpas. Bom.

– A verdade é que eu fiz isso por você, Luce. Para te proteger. E, ok, a mim também. Olha, eu não incluí essas detenções na minha candidatura à bolsa da Reston. Se a universidade descobrisse, eu ficaria de fora. Simples assim. Foi o que me disseram.

– Quem disse? – perguntei.

– Não sei os nomes.

– Lonnie...

– Sério. Eles não me falaram.

– O que eles falaram então?

– Eles me prometeram que isso não prejudicaria Lucy. Não tinham interesse nela. Disseram que o que eu estava fazendo seria para o bem dela, também, que – Lonnie se deu ao trabalho de se virar na minha direção – eles estavam tentando pegar um assassino.

Ele me olhou do jeito mais duro que conseguiu, o que não foi muito. Fiquei esperando que ele gritasse *"J'accuse!"*. Como ele não o fez, eu disse:

– Então você sabe que eu estou tremendo de medo.

– Eles acham que talvez você tenha algo a ver com aquelas mortes.

– Maravilhoso. Obrigado. E o que aconteceu depois, Lonnie? Eles mandaram você plantar aquelas redações, certo?

– Sim.

– Quem as escreveu?

– Não sei. Acho que foram eles.

– Você fica dizendo "eles". Eles eram quantos?

– Dois.

– E qual era o nome deles, Lonnie?

– Não sei. Escuta, eles eram detetives particulares, ok? Isso mesmo. Contaram que tinham sido contratados pela família de uma das vítimas.

Pela família de uma das vítimas. Mentira. Mentira deslavada. Era a DMV, a firma de investigação particular em Newark. De repente, tudo estava começando a fazer muito sentido.

– Eles mencionaram o nome do cliente?
– Não. Diziam que era confidencial.
– Claro. O que mais eles disseram?
– Que a firma estava investigando um desses assassinatos antigos. Que eles não acreditavam na versão oficial, que colocava a culpa no "Matador do Verão".

Olhei para Lucy. Eu já a tinha atualizado a respeito das minhas visitas a Wayne Steubens e Geoff Bedford. Conversamos sobre aquela noite, o nosso papel, os erros que cometemos, a certeza de que todos os quatro estavam mortos e de que Wayne Steubens os tinha matado.

Não fazíamos mais ideia do que pensar.

– Alguma coisa mais?
– Só isso.
– Ora, por favor, Lonnie.
– É só isso que eu sei, juro.
– Não, eu não acredito. Os caras mandaram aquelas redações para forçar uma reação em Lucy, certo?

Ele não respondeu.

– Você devia vigiá-la. Contar a eles o que Lucy dizia e fazia. Foi por isso que entrou aqui outro dia e contou que tinha descoberto todas aquelas coisas na internet sobre o passado dela. Esperava que Lucy fosse confiar em você. Fazia parte da sua missão, não fazia? Você tinha que se aproveitar da confiança dela e ficar cada vez mais próximo.

– Também não era assim.
– Claro que era. Eles ofereceram algum bônus se você encontrasse algum podre?
– Bônus?
– Sim, Lonnie, um bônus. Tipo, mais dinheiro.
– Eu não fiz isso por dinheiro.

Balancei a cabeça.

– Isso é mentira.
– O quê?
– Não vamos fingir que isso tudo foi porque você tinha medo de ser desmascarado ou por altruísmo, para encontrar um assassino. Eles pagaram a você.

Ele abriu a boca para negar, mas eu o calei antes que se desse ao trabalho.

– Os mesmos investigadores que descobriram suas antigas prisões têm acesso a contas bancárias. Podem descobrir, por exemplo, depósitos de cinco mil dólares em espécie, como o que você fez cinco dias atrás no Chase, em West Orange.

A boca de Lonnie se fechou. Eu precisava botar aquilo na conta da competência investigativa de Loren. Ela era realmente incrível.

– Eu não fiz nada ilegal – disse ele.

– Isso é discutível, mas eu não estou no clima para isso agora. Quem escreveu a redação?

– Não sei. Eles me deram o texto e pediram que eu fosse mandando aos poucos para ela.

– E eles contaram a você como conseguiram essa informação?

– Não.

– Você faz alguma ideia?

– Eles falaram que tinham fontes. Olha, eles sabiam tudo sobre mim. Tudo sobre Lucy. Mas queriam você, colega. Era só o que importava. Qualquer coisa que eu conseguisse fazê-la dizer sobre Paul Copeland. Essa era a preocupação principal deles, que acham que talvez você seja um assassino.

– Não, eles não acham, Lonnie. Eles talvez achem que você é um idiota que pode sujar meu nome.

Perplexo. Lonnie se esforçou muito para parecer perplexo. Olhou para Lucy:

– Sinto muito. Eu nunca faria nada para te prejudicar. Você sabe disso.

– Lonnie, me faça um favor – pediu ela. – Desapareça da minha frente.

capítulo trinta

ALEXANDER SIEKIERKY, O SOSH, estava sozinho em sua cobertura.
O homem se acostuma ao ambiente. Era assim. Ele estava ficando confortável. Confortável demais para um homem com suas origens. Aquele estilo de vida era o esperado agora. Ele se perguntava se ainda seria durão como já fora, se ainda poderia entrar naqueles covis, antros, e fazer estragos sem receio. A resposta, tinha certeza, era não. Não havia sido a idade que o enfraquecera. Fora o conforto.

Na infância, a família de Sosh ficara presa no horrível cerco a Leningrado. Os nazistas ocuparam a cidade e causaram sofrimentos inenarráveis. Ele completara 5 anos em 21 de outubro de 1941, um mês depois do início do bloqueio. Faria 6 e 7 anos ainda durante o cerco. Em janeiro de 1942, com rações fixadas em um quarto de libra de pão por dia, seu irmão, Gavrel, de 12 anos, e a irmã, Aline, de 8, morreram de inanição. Sosh sobreviveu comendo animais de rua. Gatos principalmente. As pessoas ouvem as histórias, mas não podem avaliar o terror, a agonia. Fica-se impotente. Aceita-se.

Até com isso, até com esse horror, a gente se acostuma. Como acontece com o conforto, o sofrimento pode se tornar a regra.

Sosh se recordava de quando fora para os Estados Unidos. Podia-se comprar comida em qualquer lugar. Não havia longas filas. Não havia escassez. Lembrava-se de comprar uma galinha, que guardou no congelador. Não conseguiu acreditar. Uma galinha. Ele acordava no meio da noite suando frio. Corria para o congelador, abria, olhava para a galinha e se sentia seguro.

Ele ainda fazia isso.

A maioria dos antigos colegas soviéticos sentia falta dos velhos tempos, do poder. Uns poucos retornaram à terra natal, mas a maior parte ficou. Eram homens amargos. Sosh contratava alguns dos antigos colegas porque confiava neles e queria ajudá-los. Eles tinham uma história. E quando os tempos eram difíceis e os velhos amigos de KGB se lamentavam, Sosh sabia que eles também abriam suas geladeiras e se maravilhavam de terem chegado tão longe.

Ninguém se preocupa com felicidade e realização quando passa fome.
É bom se lembrar disso.
As pessoas vivem em meio a essa fartura ridícula e se perdem. Preocu-

pam-se com bobagens tipo espiritualidade, bem-estar interior, satisfação e relacionamentos. Não fazem ideia de como são sortudas. Não sabem o que é passar fome, ver-se transformar num esqueleto. Sentar-se desesperançado enquanto alguém que se ama – alguém que em outra situação seria jovem e saudável – morre vagarosamente. E perceber que uma parte de si, uma parte horrivelmente instintiva, fica quase feliz porque vai passar a comer um pedaço a mais de pão em vez da metade.

Os que acreditam que somos outra coisa que não animais são cegos. Todos os humanos são selvagens. Os que vivem bem alimentados só são mais preguiçosos. Não precisam matar para conseguir comida. Então vestem-se bem e encontram atividades consideradas "edificantes", que os fazem crer que de alguma forma estão acima disso tudo. Que bobagem. Os selvagens são apenas mais famintos. Só isso.

Todos fazem coisas horríveis para sobreviver. Quem quer que acredite estar acima disso é iludido.

A mensagem tinha chegado no computador.

Era assim que funcionava hoje em dia. Não por telefone, não pessoalmente. Computadores. E-mails. Era tão fácil se comunicar dessa forma sem ser rastreado. Ele se perguntava como o antigo regime soviético teria lidado com a internet. Controlar informações fora algo crucial para eles. Mas como realizar esse controle com uma coisa como a internet? Ou talvez não fosse uma diferença tão grande assim. No fim das contas, o modo como se cercavam os inimigos era por meio de vazamentos. As pessoas falavam. Vendiam-se umas às outras. Traíam os vizinhos e entes queridos. Às vezes por um pedaço de pão. Às vezes por um bilhete para a liberdade. Tudo dependia do quão esfomeado se era.

Sosh leu a mensagem outra vez. Era curta e simples, e ele não sabia o que fazer a respeito. Eles tinham um telefone, um endereço. Mas era à primeira linha do e-mail que ele ficava voltando. Redigida de maneira tão simples.

Ele leu de novo:

NÓS A ENCONTRAMOS.

E aí ele se perguntava o que faria em relação àquilo.

Liguei para Loren.
– Você consegue encontrar Cingle Shaker para mim?

– Acho que sim. Por quê, alguma novidade?
– Eu quero fazer a ela umas perguntas sobre como a DMV funciona.
– Estou dentro.

Desliguei e me virei para Lucy. Ela ainda olhava pela janela.

– Você está bem?
– Eu confiei nele.

Eu já ia dizer *Lamento* ou algo igualmente batido, mas decidi guardar o comentário para mim.

– Você estava certo – disse ela.
– Sobre?
– Lonnie Berger era meu amigo mais próximo. Eu confiava mais nele do que em qualquer outro. Exceto Ira, claro, que, do jeito que as coisas vão, já está com um braço na camisa de força.

Tentei sorrir.

– Por falar nisso, como foi minha cena de autocomiseração? Bem sedutora, não?
– Na verdade – respondi –, sim.

Ela deu as costas para a janela e me encarou.

– A gente vai tentar de novo, Cope? Enfim, depois que isso tudo acabar e descobrirmos o que aconteceu com sua irmã. Vamos voltar às nossas vidas ou vamos tentar ver o que poderia acontecer?
– Adoro quando você fica enrolando em vez de ir direto ao assunto.

Lucy não riu.

– Sim – falei. – Quero tentar.
– Boa resposta. Muito boa.
– Obrigado.
– Eu não quero ser sempre aquela que arrisca o coração.
– Não. Também estou nessa.
– Então quem matou Margot e Doug? – perguntou ela.
– Uau, isso é o que se chama mudar de assunto.
– É, bem, quanto mais rápido a gente descobrir o que aconteceu... – Ela deu de ombros.
– Você sabe de alguma coisa? – perguntei.
– O quê?
– É tão fácil lembrar por que eu me apaixonei por você.

Lucy se virou para o outro lado.

– Eu não vou chorar, eu não vou chorar, eu não vou chorar...

– Eu não sei mais quem matou – intervim.
– Ok. E Wayne Steubens? Você ainda acha que foi ele?
– Não sei. Já sabemos que ele não matou Gil Perez.
– Você acha que ele falou a verdade?
– Ele disse que ficou com você.
– Que nojo.
– Mas que só foi até o segundo estágio.
– Se ele contar o tempo em que ficou esbarrando intencionalmente em mim durante um jogo de softball e me bolinando, então tecnicamente está falando a verdade. Ele disse isso mesmo?
– Disse. Disse também que dormiu com Margot.
– Provavelmente é verdade. Um monte de caras dormiu com Margot.
– Eu não.
– Porque eu peguei você assim que chegou.
– Foi mesmo. Ele falou também que Gil e Margot tinham terminado.
– E?
– Você acha que é verdade? – perguntei.
– Não sei. Mas você sabe como era o acampamento. Sete semanas eram um ciclo de vida. As pessoas estavam sempre saindo, terminando, encontrando alguém novo.
– Verdade.
– Mas...?
– Mas a teoria corrente é a de que os dois casais foram para a floresta para, ahn... "namorar".
– Como a gente estava fazendo.
– Isso. Mas minha irmã e Doug ainda eram namoradinhos. Não estavam apaixonados, nada disso, você sabe o que quero dizer. A pergunta é: se Gil e Margot não estavam mais juntos, por que se enfiariam na floresta?
– Entendi. Então se ela e Gil tinham terminado... e a gente já sabe que ele não morreu na floresta...

Pensei no que Raya Singh havia sugerido – uma mulher que conhecera e fora até próxima de Gil Perez, vulgo Manolo Santiago.

– Talvez Gil tenha matado Margot. Talvez Camille e Doug tenham visto sem querer.
– E então Gil os silenciou – concluiu ela.
– Isso. Aí ele ficou encrencado. Pense nisto: ele era um garoto pobre. Tinha um irmão com antecedentes criminais. Seria um suspeito em potencial.

– Aí ele tramou que tinha morrido também.
Ficamos os dois ali sentados.
– A gente está deixando escapar alguma coisa – disse ela.
– Eu sei.
– Poderíamos estar chegando mais perto.
– Ou nos afastando ainda mais.
– Das duas, uma – concordou Lucy.
Cara, era bom estar com ela.
– Mais uma coisa – falei.
– O quê?
– As redações. Do que elas estavam falando... Você me encontrando coberto de sangue e eu dizendo que não podíamos contar para ninguém?
– Não sei.
– Vamos começar com a primeira parte. A parte que eles acertaram. Sobre como a gente escapou de fininho.
– Ok.
– Como eles iam saber disso?
– Sei lá.
– Como eles iam saber que foi você quem me convenceu a ir para a floresta?
– Ou – ela parou, engoliu em seco e continuou: – sobre o que eu sentia por você?
Silêncio.
Lucy deu de ombros.
– Talvez isso fosse óbvio para qualquer um que visse o jeito como eu olhava para você.
– Estou me esforçando muito aqui para não rir.
– Não se esforce demais – disse ela. – Enfim, cobrimos a primeira parte da redação. Vamos para a segunda.
– Esse negócio de eu estar coberto de sangue. De onde eles tiraram isso?
– Não faço ideia. Mas sabe o que me deixa arrepiada?
– O quê?
– Que eles soubessem que nos separamos. Que nos perdemos de vista.
Eu já tinha pensado naquilo também.
– Quem ia saber disso? – perguntei.
– Nunca contei para ninguém – disse ela.
– Nem eu.

– Alguém poderia ter imaginado – disse Lucy. Ela se calou, olhou para o teto. – Ou...

– Ou o quê?

– Você nunca contou a ninguém sobre a gente ter se separado, certo?

– Certo.

– Eu também nunca contei.

– Então?

– Então só tem uma explicação – concluiu Lucy.

– Que é...?

Ela me olhou de frente.

– Alguém nos viu aquela noite.

Silêncio.

– Gil, talvez – falei. – Ou Wayne.

– Eles são nossos dois suspeitos, certo?

– Certo.

– Então quem matou Gil?

Eu me calei.

– Gil não se matou e arrastou o próprio corpo – continuou ela. – E Wayne Steubens está num presídio de segurança máxima na Virgínia.

Pensei naquilo.

– Então, se o assassino não foi Wayne e não foi Gil – conjecturou ela –, sobra quem?

– Encontrei – disse Loren, enquanto entrava no meu escritório.

Cingle Shaker vinha atrás. Ela sabia como fazer uma entrada, mas eu não tinha certeza se era um esforço consciente da parte dela. Havia algo de feroz nos seus movimentos, como se fosse melhor para o ar deixá-la passar. Loren não era nenhuma planta, mas perto de Cingle Shaker parecia uma.

As duas se sentaram. Cingle cruzou as longas pernas.

– Então – disse ela –, a DMV está atrás de você para valer.

– Parece que sim.

– É isso mesmo. Eu verifiquei. É uma operação terra arrasada. Sem poupar gastos. Nem vidas. Já destruíram seu cunhado. Enviaram um cara para a Rússia. Botaram gente na rua, nem sei quanta. Mandaram alguém tentar subornar seu antigo colega Wayne Steubens. Resumindo, vão arrancar todos os pedaços do seu rabo que puderem.

– Alguma ideia do que eles conseguiram?

– Ainda não. Só o que você já sabe.

Contei a ela sobre as redações de Lucy. Cingle assentia enquanto eu falava.

– Eles já fizeram isso antes. São fiéis essas redações?

– Tem muita coisa errada. Eu nunca me deparei com sangue nem disse que precisávamos manter aquilo em segredo, nada disso. Mas eles sabem como nos sentíamos em relação um ao outro. Sabem que escapamos de fininho, como escapamos, e o restante.

– Interessante.

– Como eles teriam conseguido essas informações?

– Difícil dizer.

– Alguma ideia?

Ela ficou pensando por alguns momentos.

– Como eu já disse, é assim que eles operam. Querem levantar alguma coisa, não importa se é verdade ou não. Às vezes você tem que mudar a realidade. Entende o que estou dizendo?

– Não, na verdade, não.

– Como explicar...? – Cingle pensou naquilo por um momento. – Quando trabalhei pela primeira vez na DMV, sabe para que me contrataram?

Balancei a cabeça.

– Para pegar cônjuges infiéis. É um grande negócio... adultério. Na minha própria firma também. Costumava ser quarenta por cento dos casos, talvez mais. E a DMV é a melhor nisso, embora seus métodos sejam um pouco heterodoxos.

– Como?

– Depende do caso, mas o primeiro passo era sempre o mesmo: ler o cliente. Em outras palavras, entender o que de fato ele queria. Queria a verdade? Ou ouvir uma mentira? Queria segurança, um jeito de se divorciar, o quê?

– Não estou entendendo. Os clientes todos não querem a verdade?

– Sim e não. Entenda, eu odiava essa parte do negócio. Não me importava de vigiar ou levantar os antecedentes. Seguir o marido ou a esposa, verificar fatura de cartão de crédito, registro telefônico, esse tipo de coisa. É tudo meio sórdido, mas eu entendo. Faz sentido. Só que tem esse outro lado do negócio.

– Que outro lado?

– O lado que *quer* que haja um problema. Algumas esposas, por exemplo, querem que os maridos estejam sendo infiéis.

Olhei para Loren.

– Estou perdido.

– Não, não está. Supõe-se que um homem seja fiel para sempre, certo? Eu conheço um cara. Falo com ele ao telefone, isso antes de a gente se encontrar cara a cara, e ele me conta que nunca, jamais, trairia a esposa, que ele a ama, blá-blá-blá. Só que o cara é um tipo horroroso que trabalha como subgerente numa rede de farmácias ou algo do gênero. Então penso comigo mesma: "Quem iria dar em cima dele?" Certo?

– Continuo não entendendo.

– É mais fácil ser um cara bom, honrado, quando não há tentação. Mas, em casos assim, a DMV muda a realidade. E me usa como isca.

– Para quê?

– O que você acha? Se a esposa queria pegar o marido traindo, meu trabalho era seduzi-lo. Era assim que a DMV trabalhava. O marido estava num bar, qualquer coisa. Eles me mandavam lá como um – ela fez sinal de aspas com os dedos – "teste de fidelidade".

– E aí?

– E aí, eu odeio parecer convencida, mas dá uma olhada. – Cingle abriu os braços. Mesmo vestida informalmente, com um suéter largo, a visão era impressionante. – Se isso não é uma cilada desonesta, eu não sei o que é.

– Porque você é atraente?

– Sim.

Dei de ombros.

– Se o cara é comprometido, não deveria fazer diferença nenhuma se a mulher é atraente ou não.

Cingle Shaker fez uma careta.

– Ah, por favor.

– Por favor o quê?

– Você está sendo burro intencionalmente? Que dificuldade você acha que eu teria para conseguir que o Sr. Rede de Farmácias, por exemplo, olhasse na minha direção?

– Olhar é uma coisa. Ir além é outra.

Cingle olhou para Loren.

– Ele existe?

Loren deu de ombros.

– Bom, me deixe dizer uma coisa – continuou Cingle. – Eu fiz, ahn, uns trinta ou quarenta desses tais testes de fidelidade. Adivinha quantos caras casados me dispensaram.

– Não faço ideia.
– Dois.
– Não são dados muito animadores, concordo...
– Espere. Eu ainda não terminei. Os dois que me dispensaram? Sabe qual foi o motivo?
– Não.
– Eles perceberam. Notaram que havia alguma coisa errada. Pensaram algo do tipo: "Espere aí. Por que uma mulher como essa iria dar em cima de mim?" Viram que era uma armadilha, por isso não foram adiante. Isso os torna melhores do que os outros caras?
– Sim.
– Como?
– Eles não foram adiante.
– Mas a razão não é importante? Alguns caras poderiam dizer não por medo de serem pegos. Isso os torna mais éticos do que os caras que não têm medo? Talvez os que não têm medo amem mais as esposas. Talvez sejam melhores maridos e mais fiéis. Talvez os outros caras queiram sair por aí trepando que nem loucos, mas são tão tímidos que não conseguem ir além.
– E daí?
– E daí que a única coisa que os mantém fiéis é o medo, e não o amor, os votos matrimoniais, o comprometimento. Então qual cara é melhor? O que age ou o que não age só porque tem medo?
– Perguntas difíceis, Cingle.
– Qual é sua opinião, Sr. Promotor?
– Exatamente. Sou promotor. As ações são tudo.
– As ações nos definem?
– Em termos legais, sim.
– Então o cara que é medroso demais para consumar a ação é inocente?
– É. Ele não cometeu a ação. A razão não vem ao caso. Ninguém diz a ele para manter seu voto por amor. O medo pode ser uma razão como qualquer outra.
– Uau – disse ela. – Eu discordo.
– É justo. Mas qual a razão disso?
– A razão é a seguinte: a DMV quer podres. Seja do jeito que for. Se a realidade atual não está fornecendo um podre, ou seja, se o marido não estiver traindo, eles mudam essa realidade. Pegam alguém como eu para atacar o marido. Entendeu agora?

– Acho que sim. Eu não só tenho que ser cuidadoso com o que eu possa ter feito, mas com o que pareço estar fazendo ou com o que posso ser ludibriado a fazer.

– Bingo.

– E você não faz ideia de quem os abastece com informações para aquelas redações?

– Ainda não. Mas, ei, agora você me contratou para fazer contraespionagem, quem sabe o que vou descobrir? – Ela se pôs de pé. – Mais alguma coisa em que eu possa ajudar?

– Não, Cingle. Acho que é isso aí.

– Tranquilo. Por falar nisso, eu trouxe minha fatura do caso Jenrette-Marantz. Para quem eu entrego?

– Pode me dar – interveio Loren.

Cingle entregou a ela e sorriu para mim.

– Gostei de ver você no tribunal, Cope. Você acabou com aqueles canalhas.

– Não conseguiria ter feito isso sem você – retruquei.

– Nada disso. Já vi muito promotor em ação. Você é o cara.

– Obrigado. Mas estou me perguntando: com base na sua definição, o que a gente fez lá foi uma, ahn, mudança de realidade?

– Não. Você me mandou obter informações honestas. Sem cilada. Sim, usei minha aparência para extrair a verdade. Mas não tem nada de errado nisso.

– Concordo – falei.

– Uau. Vamos continuar assim, então.

Cruzei as mãos atrás da cabeça.

– A DMV deve sentir sua falta.

– Soube que eles conseguiram uma gostosona nova. Dizem que é muito boa.

– Tenho certeza que não chega aos seus pés.

– Não conte com isso. Enfim, posso tentar roubá-la deles para usar uma segunda gostosona. E ela atrai um eleitorado ligeiramente diferente.

– Como assim?

– Eu sou loura. A garota nova da DMV tem a pele escura.

– Afro-americana?

– Não.

E aí eu senti o chão se abrir quando Cingle Shaker acrescentou:

– Acho que ela é indiana.

capítulo trinta e um

Liguei para o celular de Raya Singh. Cingle Shaker tinha ido embora, mas Loren ficara.

Ela atendeu no terceiro toque.

– Alô?

– Talvez você esteja certa – comentei.

– Sr. Copeland?

Aquele sotaque era falso. Como caí nessa... ou parte de mim sabia o tempo todo?

– Pode me chamar de Cope – falei.

– Ah, ok, Cope. – A voz era cordial. Senti uma provocação intencional. – Sobre o que eu talvez esteja certa?

– Como saber se não é você? Como saber que você não me faria delirantemente feliz?

Loren revirou os olhos. Depois fingiu enfiar o dedo indicador na garganta e vomitar.

Tentei marcar um encontro para aquela noite, mas Raya não quis saber. Não insisti. Caso contrário, ela poderia ficar desconfiada. Combinamos um horário para nos encontrarmos pela manhã.

Desliguei e olhei para Loren, que balançou a cabeça.

– Não comece.

– Ela usou mesmo essa frase? "Delirantemente feliz"?

– Eu disse, não comece.

Ela balançou outra vez a cabeça.

Olhei o relógio. Oito e meia da noite.

– Melhor eu ir para casa.

– Está bem.

– E você, Loren?

– Tenho umas coisas para fazer.

– Está tarde. Vá para casa.

Ela ignorou minha sugestão.

– Jenrette e Marantz – disse Loren. – Eles estão vindo com tudo para cima de você.

– Posso lidar com isso.

– Sei que você pode. Mas é impressionante o que os pais fazem para proteger os filhos.

Eu ia comentar que compreendia, tinha uma filha, que faria qualquer coisa para mantê-la longe do perigo. Mas soaria paternalista demais.

– Nada me impressiona, Loren. Você trabalha aqui todos os dias. Você vê o que as pessoas são capazes de fazer.

– Essa é a questão.

– Qual?

– Jenrette e Marantz ficaram sabendo que você está querendo subir na carreira. Eles notam que esse é um ponto fraco. Aí eles vão atrás de você, fazem tudo que podem para intimidá-lo. Foi uma jogada esperta. Muitos caras cederiam. O seu caso foi só pela metade, enfim. Eles acharam que você veria a informação e sossegaria.

– Acharam errado. Então?

– Então você acha que eles vão desistir? Acha que iriam atrás só de você? Ou acredita que há uma razão para o juiz Pierce querer ver você a portas fechadas?

Quando cheguei em casa, havia um e-mail de Lucy:

Lembra quando a gente costumava fazer o outro escutar certas músicas? Não sei se você já ouviu essa. Não vou ser tão pretensiosa a ponto de dizer para pensar em mim quando escutar. Mas espero que pense.

**Com amor,
Lucy**

Baixei a música. Era um clássico meio raro do Bruce Springsteen chamado "Back in Your Arms". Fiquei sentado no computador escutando. Ele falava de indiferença e arrependimentos, de tudo que havia jogado fora, perdido, que almejava ter outra vez e depois dolorosamente implorava para voltar aos braços dela.

Comecei a chorar.

Sentado ali sozinho naquela noite, escutando aquela música, pensando em Lucy, chorei de fato pela primeira vez desde que minha esposa morrera.

Baixei a música no meu iPod e levei-o para o quarto. Coloquei outra vez. Depois de novo. E depois de um tempo, o sono me encontrou por fim.

* * *

Na manhã seguinte, Raya estava me esperando na frente do Bistrô Janice, em Ho-Ho-Kus, uma cidade pequena, no nordeste de Nova Jersey. Ninguém sabe se se escreve Hohokus, Ho Ho Kus ou HoHoKus. Algumas pessoas dizem que o nome deriva de uma palavra indígena usada por Lenni Lenape, que controlava aquela zona até os holandeses começarem a se estabelecer ali, em 1698. Mas não há prova definitiva em nenhum sentido, embora isso nunca impeça os velhotes de discutir sobre o assunto.

Raya vestia jeans escuro e blusa de gola aberta no pescoço. Assassina. Totalmente assassina. Tal é o efeito da beleza, mesmo eu já sabendo quais eram suas intenções. Estava irritado, fora enganado e, ainda assim, não conseguia evitar a atração que sentia e me odiar por isso.

Por outro lado, mesmo linda e jovem, eu não deixava de pensar que ela não estava no nível de Lucy. Gostei de sentir isso. Agarrei-me a essa ideia. Pensei em Lucy e um sorriso estranho surgiu no meu rosto. Minha respiração ficou um pouco superficial. Sempre ficava assim perto de Lucy. E agora estava outra vez.

Tente compreender o amor.

– Fiquei tão contente de você ter ligado – disse Raya.

– Eu também.

Ela beijou meu rosto. Um aroma sutil de lavanda emanava dela. Nós nos dirigimos para um compartimento no fundo do bistrô. Um mural marcante com comensais em tamanho natural, pintado pela filha do dono, ocupava uma parede inteira. Os olhos de todos eles pareciam nos seguir. Nosso reservado era o último, sob um relógio gigante. Eu comia no Bistrô Janice havia já quatro anos. Nunca vira aquele relógio marcando a hora certa. Era uma brincadeirinha do dono, acho.

Nós dois nos sentamos. Raya me abriu seu melhor sorriso "para derreter". Pensei em Lucy. Anulava o efeito.

– Então – comecei –, você é detetive particular.

Sutilezas não funcionariam ali. Eu não tinha tempo nem paciência para isso. Continuei falando antes que ela começasse a negar.

– Você trabalha na Descobertas Muito Valiosas de Newark, em Nova Jersey. E não naquele restaurante indiano. Eu devia ter sacado quando a mulher da recepção não sabia quem você era.

O sorriso oscilou, mas permaneceu na potência máxima. Raya deu de ombros.

– Como você descobriu?
– Falamos sobre isso depois. Quanto do que você me contou era mentira?
– Não muito, na verdade.
– Você vai continuar com aquela história de que não sabia quem era Manolo Santiago realmente?
– Essa parte era verdade. Eu não sabia que ele era Gil Perez até você me dizer.

Aquilo me confundiu.

– Como vocês dois se conheceram de fato? – perguntei.

Ela se recostou e cruzou os braços.

– Eu não tenho que conversar com você, sabia? Isso é material preparado pelo advogado que me contratou.

– Se Jenrette contratou você através de Mort ou Flair, você poderia vir com esse argumento. Mas aí está seu problema. Você está me investigando. Não há como alegar que Gil Perez seja material preparado do caso Jenrette-Marantz.

Ela ficou calada.

– E já que você não tem escrúpulos em vir atrás de mim, eu vou atrás de você. Meu palpite é que você não podia ser descoberta. Não há nenhuma razão para a DMV saber. Você me ajuda, eu te ajudo. Todo mundo sai ganhando. Acrescente seu clichê, por favor.

Ela riu.

– Eu o conheci na rua – afirmou Raya. – Como já disse a você.
– Mas não acidentalmente.
– Não, acidentalmente não. Minha função era me aproximar dele.
– Por que ele?

John, dono do Bistrô Janice – Janice era esposa e chef –, apareceu na nossa mesa. Apertou minha mão e perguntou quem era a bela dama. Apresentei-os. Ele beijou a mão dela. Franzi a testa. John se foi.

– Ele alegava ter informações sobre você.
– Não entendo. Gil Perez vai até a DMV...
– Ele era Manolo Santiago para nós.
– Certo. Manolo Santiago vai até vocês e diz que pode ajudar a descobrir meus podres.
– Podres é um pouco forte, Paul.
– Promotor Copeland – corrigi. – Essa era sua função, certo? Encontrar alguma coisa que me incriminasse? Tentar me fazer recuar?

Ela não respondeu. Nem precisava.

– E você não precisa se esconder atrás de sigilo profissional, não é? É por isso que está respondendo às minhas perguntas. Porque Flair nunca deixaria que seu cliente fizesse isso. Nem Mort, aquele pé no saco, consegue ser tão antiético. E. J. Jenrette contratou vocês por iniciativa própria.

– Não estou autorizada a dizer. E, francamente, não estou em posição de saber. Eu faço trabalho de campo. Não lido com o cliente.

Não me interessava o funcionamento interno da firma dela, mas parecia que Raya estava confirmando o que eu disse.

– Então Manolo Santiago chega para você – continuei – e diz que tem informações sobre mim. E depois?

– Ele não diz exatamente o que é. Fica tímido. Ele quer dinheiro, e muito.

– E você leva essa mensagem até Jenrette.

Ela deu de ombros.

– E Jenrette está a fim de pagar – acrescentei. – Continue a partir daí.

– Insistimos em provas. Manolo começa a falar sobre como ainda precisa acertar alguns detalhes. Mas aí é que está. Nós o investigamos. Ficamos sabendo que na verdade o nome dele não é Manolo Santiago. E também que ele está no caminho de descobrir alguma coisa importante. Grande mesmo.

– Tipo o quê?

O ajudante do garçom trouxe as bebidas. Raya tomou um gole.

– Ele contou que sabia o que realmente tinha acontecido na noite em que os quatro garotos morreram na floresta. Contou que podia provar que você mentiu sobre os fatos.

Eu não argumentei.

– Como ele descobriu você? – perguntei.

– Como assim?

Mas pensei naquilo.

– Você foi à Rússia investigar coisas sobre meus pais.

– Não fui eu.

– Não você, algum investigador da DMV, enfim. E vocês também sabiam sobre esses assassinatos antigos, que o xerife duvidou de mim. Aí... – Eu estava entendendo agora. – Aí você interrogou todo mundo envolvido no caso. Sei que vocês mandaram alguém para visitar Wayne Steubens. E isso quer dizer que você foi até a família Perez também, certo?

– Não sei, mas faz sentido.

– E foi assim que Gil ficou sabendo sobre isso. Você visitou os Perez. A mãe, o pai ou alguém ligou para você. Ele viu a possibilidade de ganhar algum dinheiro. Foi até você. Não contou quem era de verdade. Mas ele tinha informações suficientes para atiçar sua curiosidade. Aí eles mandaram você, o quê, seduzi-lo?

– Eu tinha que me aproximar. Não seduzir.

– Dois jeitos diferentes de dizer a mesma coisa. E ele mordeu a isca?

– Os homens geralmente mordem.

Pensei no que Cingle havia falado. Essa era uma estrada pela qual eu não queria mais passar.

– E o que ele contou a você?

– Quase nada. Que naquela noite você estava com uma garota chamada Lucy. Foi tudo que fiquei sabendo e contei para você. No dia seguinte ao que nos conhecemos, liguei para o celular de Manolo. O detetive York atendeu. O restante você já sabe.

– Então Gil estava tentando conseguir provas? A fim de garantir essa grana boa?

– Sim.

Pensei naquilo. Ele visitara Ira Silverstein. Por quê? O que Ira poderia ter lhe contado?

– Gil disse alguma coisa sobre minha irmã?

– Não.

– Disse alguma coisa sobre, ora, sobre Gil Perez? Ou alguma das vítimas?

– Nada. Ele ficava tímido, como eu disse. Mas estava claro que ele sabia de alguma bomba.

– E aí ele termina morrendo.

Ela sorriu.

– Imagina o que a gente pensou.

O garçom chegou e anotou os pedidos. Escolhi uma salada especial. Raya pediu um cheeseburger malpassado.

– Estou escutando – comentei.

– Um homem diz que conhece seus podres. Ele está a fim de nos dar provas a um preço. E, antes de ter a chance de nos contar tudo que sabe, aparece morto. – Raya rasgou uma lasca de pão e a mergulhou no azeite de oliva. – O que você pensaria?

Fugi da resposta óbvia.

– Então, quando encontraram Gil morto, sua missão mudou.

– Sim.
– Era para você se aproximar de mim.
– Sim. Achei que a história de garota desamparada de Calcutá tocaria você. Você parecia do tipo.
– Que tipo?
Ela deu de ombros.
– O tipo. Sei lá. Mas aí você não me ligou. Então eu liguei para você.
– Aquele apartamento em Ramsey, onde Gil supostamente morava...
– Alugamos aquele lugar. Eu queria fazer você confessar alguma coisa.
– E eu lhe contei mais coisas.
– Sim. Mas nós não tínhamos certeza se você estava sendo preciso ou verdadeiro. Ninguém acreditava que Manolo Santiago fosse de fato Gil Perez. Achávamos que provavelmente era algum parente.
– E você?
– Eu acreditei em você, mesmo.
– Também contei a você que Lucy era minha namorada.
– Já sabíamos disso. Na verdade, já a tínhamos encontrado.
– Como?
– Somos uma agência de detetives, lembra? Mas, de acordo com Santiago, ela estava mentindo sobre alguma coisa que aconteceu lá também. Então achamos que um interrogatório direto não ia funcionar.
– Em vez disso, enviaram para ela as redações.
– Sim.
– Como vocês conseguiram aquelas informaçoes?
– Isso eu não sei.
– E aí a função de Lonnie Berger era espioná-la.
Ela não se deu ao trabalho de responder.
– Mais alguma coisa? – perguntei.
– Não – disse ela. – Na verdade, me dá certo alívio que você tenha descoberto. Para mim tudo bem quando eu pensava que você poderia ser um assassino. Agora parece algo sórdido.
Levantei-me.
– Posso querer que você testemunhe.
– Não vou.
– Tudo bem – falei. – Ouço isso o tempo todo.

capítulo trinta e dois

LOREN MUSE ESTAVA FAZENDO uma pesquisa sobre a família Perez.

A primeira coisa estranha que ela descobriu foi que os Perez eram os donos do bar onde Jorge Perez se encontrou com Cope. Loren achou isso interessante. Eles eram uma família de imigrantes pobres e agora tinham um patrimônio líquido superior a quatro milhões de dólares. Claro que, quando se começa com algo perto de um milhão, quase vinte anos antes, mesmo que só se tenha investido razoavelmente bem, essa cifra faria sentido.

Ela estava se perguntando o que aquilo significaria, quando o telefone tocou. Ela pegou o aparelho e o encaixou entre o ombro e o ouvido.

– Loren falando.

– Oi, fofinha, é Andrew.

Andrew Barrett era seu contato na faculdade de direito John Jay, o cara do laboratório. Ele iria naquela manhã para o local do antigo acampamento e começaria a procurar os corpos com seu novo aparelho de radar.

– Fofinha?

– Eu só trabalho com máquinas – justificou-se. – Não sou bom com pessoas.

– Estou vendo. Então, algum problema?

– Ah, na verdade, não.

Havia um zumbido estranho na sua voz.

– Você já foi para o local? – perguntou ela.

– Está brincando? Claro que sim. Quando você me deu o ok, eu já estava aqui. A gente veio de carro ontem à noite, ficamos num tal de motel Six, começamos a trabalhar assim que clareou.

– Então?

– Então estamos na floresta. E já começamos a procurar. O XRJ, esse é o nome do aparelho, estava um pouco estranho, mas a gente deu um jeito nele. Ah, eu trouxe uns alunos comigo. Tudo bem, né?

– Por mim...

– Eu sabia que você não ia se importar. Você não os conhece. Enfim, como conheceria? São bons garotos, sabe, entusiasmados com o trabalho de campo. Você sabe como é. Um caso de verdade. Passaram a noite pesquisando no Google sobre a história, lendo sobre o acampamento, essas coisas.

– Andrew?

– Oi, desculpa. Como falei, bom com as máquinas, nem tanto com as pessoas. Claro que não dou aula para máquinas, né? Quero dizer, alunos são pessoas, de carne e osso, mas enfim. – Ele limpou a garganta. – Então, você lembra que eu disse que esse novo aparelho de radar, o XRJ, é uma ferramenta milagrosa?

– Sim.

– Olha, eu estava certo.

Loren trocou o telefone de mão.

– Você está dizendo que...

– Eu estou dizendo que você deveria vir para cá imediatamente. O médico-legista já está a caminho, mas você vai querer ver isso pessoalmente.

O telefone do detetive York tocou. Ele atendeu:

– York.

– Oi, é Max do laboratório.

Max Reynolds era o técnico de laboratório deles nesse caso. Isso era novidade: um contato direto com o laboratório. Em todo novo caso de assassinato havia um novo técnico. York gostava desse garoto. Era inteligente e sabia ser direto. Alguns dos caras novos de laboratório viam TV demais e achavam que uma explicação-monólogo era obrigatória.

– E aí, Max?

– Estou com os resultados do teste da fibra de carpete. Aquela do cadáver de Manolo Santiago.

– Certo.

Em geral o contato só enviava um relatório.

– Alguma coisa fora do normal? – perguntou York.

– Sim.

– O quê?

– As fibras são velhas.

– Não estou entendendo.

– Em geral esse teste é garantido. Todos os fabricantes de carro usam o mesmo fornecedor de carpete. Então, você talvez encontre GM e talvez um período de cinco anos de quando pode ter sido fabricado. Às vezes, você pode ter mais sorte. A cor foi usada só em um tipo de modelo e só durante um ano. É mais ou menos assim. Então o laudo, você sabe disso, vai dizer: "Carro Ford, interior cinza, fabricado entre 1999 e 2004." Uma coisa assim.

263

– Certo.

– Essa fibra de carpete é antiga.

– Talvez não seja de carro. Talvez alguém o tenha enrolado num tapete velho.

– Foi o que pensamos a princípio. Mas pesquisamos um pouco mais. É de um carro. Mas um carro com mais de trinta anos.

– Uau.

– Esse tipo de carpete foi usado entre 1968 e 1974.

– Mais alguma coisa?

– O fabricante – disse Reynolds – era alemão.

– Mercedes-Benz?

– Não chega a tanto – respondeu ele. – Quer o meu palpite? Provavelmente o fabricante era Volkswagen.

Lucy decidiu fazer mais uma tentativa com o pai.

Ira estava pintando quando ela chegou. A enfermeira Rebecca o acompanhava e dirigiu um olhar para Lucy quando ela entrou. O pai estava de costas para a porta.

– Ira?

Quando Ira se virou, ela quase deu um passo para trás. Ele estava com uma aparência horrível. A cor havia desaparecido do rosto. A barba estava malfeita. Havia tufos espetados nas bochechas e no pescoço. O cabelo mantivera sempre um aspecto rebelde que de certa forma funcionava nele, mas não naquele dia. Parecia que ele tinha vivido muitos anos entre os sem-teto.

– Como você está? – perguntou Lucy.

A enfermeira lhe dirigiu um olhar do tipo "eu avisei".

– Não muito bem – respondeu ele.

– Em que você está trabalhando?

Lucy foi até a tela e parou no meio do caminho quando viu o que era.

Uma floresta.

Aquilo a surpreendeu. A floresta deles, claro. Local do antigo acampamento. Ela sabia exatamente onde era aquilo. Ele acertara em cada detalhe. Impressionante. Lucy sabia que o pai não tinha mais nenhum retrato do local, e, realmente, não se tiravam fotos daquele ângulo. Ira se lembrara. Estava guardado em seu cérebro.

A pintura era uma cena noturna. A lua iluminava a copa das árvores.

– Gostaríamos de ficar sozinhos – disse Lucy à enfermeira.

– Não acho que seja uma boa ideia.

Rebecca achava que conversar pioraria o estado de Ira. Na verdade era exatamente o contrário. Alguma coisa estava trancada lá, na cabeça dele. Os dois precisavam enfrentar aquilo nesse momento, depois de todos aqueles anos.

– Rebecca? – chamou ele.

– Sim, Ira.

– Saia.

Desse jeito. A voz não soara fria, mas também não tinha nada de acolhedora. Rebecca não se apressou, alisou a saia, suspirou e se pôs de pé.

– Se precisarem de mim – disse –, é só chamar. Ok, Ira?

Ele não respondeu. A enfermeira saiu. Não fechou a porta.

Não havia música tocando aquele dia. Isso surpreendeu Lucy.

– Quer que eu ponha uma música? Alguma coisa do Hendrix talvez?

Ira balançou a cabeça.

– Não, agora não.

Ele fechou os olhos. Lucy se sentou ao seu lado e pegou sua mão.

– Amo você – disse ela.

– Eu também te amo. Mais do que qualquer coisa. Sempre. Eternamente.

Lucy esperou. Ele estava de olhos fechados.

– Você está pensando naquele verão – comentou ela.

Os olhos continuaram fechados.

– Quando Manolo Santiago veio ver você...

Ele fechou os olhos com força.

– Ira?

– Como você soube?

– Soube o quê?

– Que ele me visitou.

– Estava no livro de registros.

– Mas... – Por fim ele abriu os olhos. – Tem mais coisa aí, não é?

– Como assim?

– Ele também visitou você?

– Não.

Ira pareceu intrigado com aquilo. Lucy decidiu tentar outra abordagem.

– Você se lembra de Paul Copeland? – perguntou.

Ele fechou de novo os olhos, como se aquilo doesse.

– Claro.

– Eu estive com ele – contou Lucy.

Os olhos se abriram.

– O quê?

– Ele me visitou.

O queixo de Ira caiu.

– Alguma coisa está acontecendo, Ira. Alguma coisa está trazendo isso tudo de volta depois de todos esses anos. Eu preciso descobrir o que é.

– Não, você não precisa.

– Preciso. Você me ajuda?

– Por quê... – a voz de Ira vacilou. – Por que Paul Copeland visitou você?

– Porque ele quer saber o que realmente aconteceu naquela noite. – Ela inclinou a cabeça. – O que você contou a Manolo Santiago?

– Nada! – gritou ele. – Absolutamente nada!

– Tudo bem, Ira. Mas ouça, eu preciso saber...

– Não, não precisa.

– Não preciso o quê? O que você disse a ele, Ira?

– Paul Copeland.

– O quê?

– Paul Copeland.

– Já ouvi, Ira. O que tem ele?

Os olhos dele quase ficaram límpidos.

– Eu quero vê-lo.

– Tudo bem.

– Agora. Quero vê-lo agora.

Ele estava ficando mais agitado a cada segundo. Ela suavizou a voz:

– Vou ligar para ele, está bem? Posso trazê-lo...

– Não!

Ira se virou e olhou para a pintura. Seus olhos se encheram de lágrimas. Apontou a mão para a floresta, como se pudesse desaparecer nela.

– Ira, qual é o problema?

– Sozinho – disse ele. – Eu quero ver Paul Copeland sozinho.

– Você não quer que eu venha também?

Ele balançou a cabeça, ainda olhando para a floresta.

– Não posso contar essas coisas para você, Luce. Gostaria. Mas não posso. Paul Copeland. Mande-o vir aqui. Sozinho. Vou contar a ele o que precisa ouvir. E depois, talvez, os fantasmas voltem a dormir.

* * *

Quando voltei para o escritório, tive mais um choque.
- Glenda Perez está aqui - anunciou Jocelyn Durels.
- Quem?
- Ela é advogada. Mas disse que você se lembraria dela como a irmã de Gil Perez.

O nome havia desaparecido da minha cabeça. Parti como uma flecha para a recepção e a identifiquei imediatamente. Glenda Perez estava igual a como aparecia naqueles retratos em cima da lareira na casa da mãe.

- Srta. Perez?

Ela se levantou e me deu um aperto de mão superficial.

- Imagino que tenha um tempo para conversarmos.
- Sim.

Glenda Perez não esperou que eu indicasse o caminho. Entrou de cabeça erguida no meu escritório. Segui-a e fechei a porta. Eu ia apertar o interfone e dizer "sem interrupções", mas fiquei com a sensação de que Jocelyn entendeu a mensagem pela nossa expressão corporal.

Fiz sinal para que se sentasse. Ela não quis. Dei a volta na mesa e me sentei. Glenda Perez pôs as mãos nos quadris e me fuzilou com o olhar.

- Quero que me diga, Sr. Copeland, você aprecia ameaçar idosos?
- A princípio, não. Mas depois que você pega o jeito, sim, tudo bem, é meio engraçado.

As mãos despencaram do quadril.

- Você acha isso engraçado?
- Por que você não se senta, Srta. Perez?
- Você ameaçou meus pais?
- Não. Espere. Sim. Seu pai. Realmente eu falei que, se ele não me contasse a verdade, eu arruinaria o mundo dele, iria atrás dele e dos filhos. Se você considera isso ameaça, então, sim, eu o ameacei.

Sorri para ela. Ela estava esperando negativas, desculpas e explicações. Não lhe dei nenhuma, não coloquei lenha na sua fogueira. Glenda abriu a boca, fechou e se sentou.

- Então - falei -, vamos deixar de conversa fiada. Seu irmão saiu andando daquela floresta vinte anos atrás. Eu preciso saber o que aconteceu.

Glenda Perez vestia um tailleur cinza. As meias eram branquíssimas. Ela cruzou as pernas e tentou parecer calma. Não estava conseguindo. Aguardei.

- Isso não é verdade. Meu irmão foi assassinado junto com sua irmã.
- Pensei que iríamos deixar de conversa fiada.

Ela se sentou e tamborilou o lábio com a ponta dos dedos.

– Você vai mesmo perseguir minha família?

– Nós estamos falando do assassinato da minha irmã. Você, Srta. Perez, deveria entender isso.

– Vou interpretar isso como um sim.

– Um sim enorme, bem desagradável.

Ela tamborilou o lábio um pouco mais. E eu esperei um pouco mais.

– E se eu lhe propusesse uma hipótese?

Abri os braços.

– Eu adoro hipóteses.

– Suponha – começou Glenda Perez – que esse morto, esse Manolo Santiago, fosse de fato meu irmão. Mas só nos termos dessa hipótese.

– Ok, estou supondo. E depois?

– O que você acha que isso significaria para minha família?

– Que vocês mentiram para mim.

– Mas não só para você.

Recostei-me.

– Para quem mais?

– Para todo mundo. – Ela voltou a tamborilar o lábio. – Como você sabe, todas as nossas famílias entraram com uma ação. Ganhamos milhões. Isso seria então um caso de fraude, não seria? Hipoteticamente falando.

Continuei calado.

– Usamos esse dinheiro para comprar negócios, investir, para minha educação, para a saúde do meu irmão. Tomás estaria morto ou numa instituição se não tivéssemos recebido o dinheiro. Você está entendendo?

– Estou.

– E, hipoteticamente falando, se Gil estivesse vivo e nós soubéssemos, a causa toda teria sido baseada numa mentira. Estaríamos sujeitos a multas e talvez a um processo. Mais concretamente, as autoridades investigaram um homicídio quádruplo. Basearam a causa na crença de que todos os quatro adolescentes tinham morrido. Mas se Gil tivesse sobrevivido, poderíamos ser acusados também de obstruir uma investigação em andamento. Compreende?

Olhamos um para o outro. Agora era ela quem esperava.

– Há outro problema na sua hipótese – falei.

– Qual é?

– Quatro pessoas entram na floresta. Uma sai viva. Mantém o fato de que está viva em segredo. Somos levados à conclusão, baseando-se na sua hipótese, que ela matou as outras três.

Tamborilando o lábio:
– Posso ver o ponto onde sua mente iria enveredar nessa direção.
– Mas?
– Ele não matou ninguém.
– Eu só tenho que acreditar na sua palavra?
– Isso importa?
– Claro que importa.
– Se meu irmão tivesse matado, estaria então tudo acabado, não é? Ele morreu. Não tem como trazê-lo de volta para julgá-lo.
– Você tem razão.
– Obrigada.
– Seu irmão matou minha irmã?
– Não, não matou.
– Quem matou?

Glenda Perez ficou de pé.
– Durante muito tempo, eu não soube. Na nossa hipótese, eu não sabia que meu irmão estava vivo.
– Seus pais sabiam?
– Não estou aqui para falar deles.
– Eu preciso saber...
– Quem matou sua irmã. Já entendi.
– Então?
– Então vou contar a você mais uma coisa. E é isso aí. Vou contar com algumas condições.
– Quais?
– Que isso sempre seja uma hipótese. Que você pare de dizer às autoridades que Manolo Santiago é meu irmão. Que prometa que vai deixar meus pais em paz.
– Não posso prometer isso.
– Então não posso contar o que sei sobre sua irmã.

Silêncio. Acontecera. O impasse. Glenda Perez se levantou para ir embora.
– Você é advogada. Se eu resolver ir atrás de você, vai ser expulsa da ordem...
– Chega de ameaças, Sr. Copeland.

Fiquei quieto.

– Sei um pouco do que aconteceu com sua irmã naquela noite. Se quiser saber o que é, faça o acordo.

– Você vai aceitar só a minha palavra?

– Não. Vou elaborar um documento legal.

– Você está brincando.

Glenda Perez enfiou a mão no bolso e tirou uns papéis. Desdobrou-os. Era basicamente um acordo de confidencialidade. Deixava claro que eu não diria ou faria nada em relação a Manolo Santiago ser Gil Perez, e os pais ficariam imunes a qualquer acusação.

– Você sabe que isso não é executável – retruquei.

Ela deu de ombros.

– Foi o melhor que eu pude inventar.

– Eu não vou contar – garanti – a menos que eu seja absolutamente obrigado. Não tenho nenhum interesse em prejudicar você ou sua família. Vou também parar de dizer a York ou qualquer outra pessoa que eu acho que Manolo Santiago é seu irmão. Prometo fazer o máximo. Mas nós dois sabemos que isso é tudo que eu posso fazer.

Glenda Perez hesitou. Depois dobrou os papéis, enfiou-os de volta no bolso e se dirigiu para a porta. Pôs a mão na maçaneta e se virou para mim.

– Ainda falando hipoteticamente? – perguntou ela.

– Sim.

– Se meu irmão saiu daquela floresta andando, ele não andou sozinho.

Meu corpo todo esfriou. Eu não conseguia me mexer, falar. Tentei dizer alguma coisa, mas não saiu nada. Olhei Glenda Perez nos olhos. Ela olhou nos meus. Glenda assentiu e vi que seus olhos estavam úmidos. Ela se virou e girou a maçaneta.

– Não brinque comigo, Glenda.

– Não estou brincando, Paul. É tudo que eu sei. Meu irmão sobreviveu àquela noite. E sua irmã também.

capítulo trinta e três

O DIA ESTAVA SE RENDENDO às sombras quando Loren Muse chegou ao local do antigo acampamento.

A placa dizia Condomínio Lake Charmaine. O terreno era amplo, ela sabia, estendendo-se para o outro lado do rio Delaware, que separa Nova Jersey da Pensilvânia. O lago e as casas ficavam do lado de lá. A maior parte da floresta estava localizada em Nova Jersey.

Loren odiava florestas. Adorava esportes, mas detestava grandes espaços ao ar livre. Tinha horror a insetos, pescarias, entrar na água, fazer caminhadas, descobrir antiguidades raras, lama, vara de pescar, iscas, porcos premiados, feiras agrícolas e tudo mais que considerasse rural.

Ela parou na pequena construção que abrigava o segurança, mostrou a identidade e esperou a cancela subir. Não subiu. O segurança, um desses halterofilistas inchados, levou a identidade dela para dentro e pegou o telefone.

– Ei, estou com pressa.
– Não precisa esquentar essa sua cabecinha.
– Não precisa o quê...?
Ela ficou furiosa.

Havia luzes piscando à frente. Um monte de carros de polícia estacionados, imaginou ela. Provavelmente todos os policiais num raio de 80 quilômetros ao redor queriam estar presentes.

O segurança desligou o telefone. Sentou-se na guarita. Não voltou ao carro dela.

– Ei, você! – gritou Loren.
Ele não respondeu.
– Você, companheiro, estou falando com você.

Ele se virou devagar na direção de Loren. Porra, pensou ela. O cara era jovem e homem. Isso era um problema. Quando se tem um segurança mais velho, bem, costuma ser um cara bem-intencionado, aposentado e cansado. Segurança mulher? Em geral, uma mãe a fim de ganhar um dinheiro extra. Mas um homem no auge da vida? Sete em cada dez são sarados perigosos, aspirantes a policiais. Por alguma razão não conseguiram entrar para uma corporação de verdade. Sem querer arrasar com a própria profissão, mas, quando um cara queria ser policial e não era capaz, em geral havia algum motivo, e era algo de que não se queria chegar nem perto.

E que jeito melhor de compensar a própria vida insignificante do que fazer uma investigadora-chefe – uma *mulher* – esperar?

– Com licença? – tentou ela, a voz uma oitava mais baixa.

– Ainda não pode entrar – disse ele.

– Por que não?

– Tem que esperar.

– Pelo quê?

– Pelo xerife Lowell.

– Xerife Lobo?

– Lowell. E ele avisou que ninguém entra sem o ok dele.

O segurança chegou a arregaçar a calça.

– Eu sou a investigadora-chefe do condado de Essex – disse Loren.

Ele assumiu uma expressão de escárnio:

– Isso aqui parece o condado de Essex para você?

– É meu pessoal que está ali dentro. Preciso entrar.

– Ei, não precisa esquentar essa sua cabecinha.

– Ai, não enche.

– Que foi?

– Esse negócio de esquentar a cabecinha. Já deu, já perdeu a graça.

Ele pegou um jornal, ignorando-a. Ela considerou a hipótese de acelerar e arrebentar a cancela.

– Você usa uma arma? – perguntou Loren.

Ele baixou o jornal.

– O quê?

– Arma. Você tem uma? Para compensar outras deficiências.

– Cale essa boca.

– Eu tenho uma, sabia? Vou lhe fazer uma proposta. Abra o portão, e eu deixo você tocar nela.

Ele não respondeu. Que tocar que nada... Talvez ela só atirasse nele.

O segurança a encarou. Ela coçou o rosto com a mão livre, erguendo de pirraça o dedo médio na direção dele. Pela maneira como ele a olhou, ela soube que o gesto tinha tocado fundo.

– Está querendo bancar a espertinha comigo?

– Ei – disse Loren, colocando as mãos outra vez na direção –, não precisa esquentar essa sua cabecinha.

Era uma idiotice, Loren sabia, mas era também engraçado. A adrenalina estava bombando. Ela queria saber logo o que Andrew Barrett havia descoberto. Levando em conta o número de lanternas, devia ser algo importante.

Tipo um corpo.

Dois minutos se passaram. Loren já ia puxar a arma e obrigá-lo a abrir o portão quando um homem de uniforme veio em direção a seu veículo. Usava chapéu de abas largas e distintivo de xerife. No crachá estava escrito Lowell.

– Posso ajudá-la, senhorita?
– Senhorita? Ele disse quem eu sou?
– Ah, não, desculpe. Ele só disse que...
– Eu sou Loren Muse, investigadora-chefe do condado de Essex. – Loren apontou para a guarita. – O Sr. Pinto Pequeno ali dentro está com a minha identidade.
– Ei, você me chamou de quê?

O xerife Lowell suspirou e limpou com um lenço o nariz bulboso e muito grande, assim como todos os seus traços – longos e caídos, como se alguém tivesse feito uma caricatura sua e depois deixado derreter no sol. Ele abanou a mão que segurava o lenço na direção do segurança.

– Relaxe, Sandy.
– Sandy – repetiu Loren. Ela se virou para o segurança. – Isso não é nome de garota?

O xerife Lowell a encarou por sobre o imenso nariz. Possivelmente desaprovando. Ela não podia culpá-lo.

– Sandy, me dê a identidade da senhora.

Primeiro aquela história de esquentar a cabecinha, depois senhorita e agora senhora. Loren estava se esforçando muito para não se irritar mais ainda. Ali estava ela, a menos de duas horas de Newark e Nova York, e parecia o fim do mundo.

Sandy entregou a identidade a Lowell, que limpou o nariz com força – a pele era tão flácida que Loren temeu ver uma parte cair. Ele examinou o documento e suspirou:

– Você deveria ter me avisado quem ela era, Sandy.
– Mas o senhor disse que ninguém entrava sem seu consentimento.
– Se você tivesse me dito ao telefone quem ela era, eu daria.
– Mas...

– Escutem, camaradas – interrompeu Loren –, façam-me um favor. Discutam suas caipirices no próximo encontro anual de guaritas, ok? Eu preciso entrar.

– Estacione à direita – pediu Lowell, imperturbável. – É preciso caminhar até o local. Eu levo você.

Lowell fez sinal para Sandy, que apertou um botão e a cancela subiu. Loren coçou outra vez o rosto com o dedo médio quando passou. O segurança ficou enfurecido, o que pareceu adequado a Loren.

Ela estacionou. Lowell a encontrou. Trazia duas lanternas e lhe passou uma. A paciência de Loren estava no limite. Ela pegou e perguntou:

– Ok, para que lado?

– Você tem uma delicadeza especial com as pessoas – observou ele.

– Obrigada, xerife.

– Para a direita, venha.

Loren morava num apartamento térreo de tijolinho. Então, quem era ela para falar. Mas, para seu olhar amador, aquele condomínio fechado parecia exatamente igual a qualquer outro, tirando o fato de que o arquiteto havia planejado algo semirrústico e falhara por completo. O alumínio externo imitava um chalé de madeira, o que dava um aspecto para lá de ridículo às casas de três pavimentos, que se espalhavam pelo terreno. Lowell saiu da área pavimentada e pegou um caminho de terra.

– Sandy disse a você para não esquentar sua cabecinha? – perguntou Lowell.

– Sim.

– Não se ofenda. Ele diz isso para todo mundo.

– Ele deve ser a alma do seu grupo de caça.

Loren contou sete carros de polícia e três outros veículos de emergência de tipos diversos. Todos com as luzes piscando. Por que precisavam das luzes acesas, ela não fazia ideia. Os moradores, uma mistura de idosos e famílias jovens, haviam se juntado, atraídos pelas luzes piscando sem necessidade, e não viam nada.

– É longe? – perguntou Loren.

– Dois quilômetros e meio talvez. Quer fazer um tour enquanto seguimos?

– Tour por onde?

– Pelo local dos antigos assassinatos. Vamos passar por onde eles encontraram um dos corpos vinte anos atrás.

– O senhor trabalhou no caso?

– Perifericamente – respondeu ele.
– Como assim?
– Perifericamente. Ligado a aspectos menores ou irrelevantes. Lidando com as margens ou os arredores. Perifericamente.
Loren olhou para ele.
Lowell talvez tivesse sorrido, mas era difícil saber por causa das pelancas.
– Nada mau para um matuto criado no meio do mato.
– Estou deslumbrada.
– Você podia ser um pouquinho mais legal comigo.
– Por quê?
– Primeiro, você enviou homens para procurar um cadáver na minha jurisdição sem me informar. Segundo, essa cena de crime é minha. Você está aqui como convidada e por cortesia.
– O senhor não vai brincar de jurisdição comigo, vai?
– Não – respondeu ele. – Mas eu gosto de parecer durão. Como eu me saí?
– Meh. Vamos continuar com o tour?
– Claro.
O caminho começou a ficar estreito até praticamente desaparecer. Eles estavam subindo pelas pedras e contornando árvores. Loren sempre fora meio masculina. Gostava de atividade. E – Flair Hickory que se danasse – seus sapatos davam para o gasto.
– Aguente firme – disse Lowell.
O sol continuava a se pôr. O perfil dele era uma silhueta. Ele tirou o chapéu e fungou outra vez no lenço.
– Foi aqui que o garoto Billingham foi encontrado.
Doug Billingham.
A floresta pareceu se acalmar diante daquelas palavras e depois o vento sussurrou uma antiga canção. Loren baixou os olhos. Um garoto. Billingham tinha 17 anos. Fora encontrado com oito ferimentos a faca, a maioria defensivos. Tinha enfrentado seu agressor. Ela olhou para Lowell, que estava de cabeça baixa, olhos fechados.
Loren se recordou de outra coisa – algo do arquivo do caso. Lowell.
– Perifericamente o caramba – disse ela. – O senhor era o responsável pela investigação.
Lowell não respondeu.
– Não entendo. Por que não me contou?
Ele deu de ombros.

– Por que você não me contou que estavam reabrindo meu caso?

– Não estávamos. Eu não achava que ainda tivéssemos alguma coisa.

– E então seus homens descobrem alguma coisa – disse ele. – Foi mera sorte?

Loren não estava gostando do rumo da conversa.

– A que distância estamos do local onde Margot Green foi encontrada? – perguntou ela.

– Uns 800 metros para o sul.

– Margot Green foi a primeira a ser encontrada, certo?

– Certo. Veja, o lugar por onde você entrou, onde estão as casas, costumava ser o lado do acampamento ocupado pelas garotas. As cabanas delas. Os garotos ficavam no lado sul. A garota Green foi encontrada ali perto.

– Quanto tempo depois de ter encontrado a garota Green o senhor localizou o garoto Billingham?

– Trinta e seis horas.

– Bastante tempo.

– Muito terreno a percorrer.

– Mesmo assim. Ele foi deixado aqui?

– Não, fizeram uma cova rasa. Provavelmente foi por isso que não o acharam da primeira vez. Sabe como é. Todo mundo fica sabendo que tem um garoto desaparecido e quer fazer o papel de bom samaritano. Saem e vêm nos ajudar a vasculhar o terreno. Eles passaram bem em cima dele, sem saber que ele estava ali.

Loren olhou para o chão. Nada de notável. Havia uma cruz como naqueles memoriais improvisados para mortes por acidente de carro. Mas era uma cruz velha e quase caída. Não tinha nenhuma foto de Billingham. Nenhuma lembrança, flor ou ursinho de pelúcia. Só a cruz castigada. Sozinha ali na floresta. Loren quase estremeceu.

– O assassino, você provavelmente sabe disso, se chamava Wayne Steubens. Um monitor, como depois se ficou sabendo. Tem um monte de teorias sobre o que aconteceu naquela noite, mas parece haver consenso de que Steubens cuidou primeiro de Perez e Copeland. Enterrou-os. Aí ele começou a cavar uma cova para Douglas Billingham quando Margot Green foi encontrada. Então ele deu no pé. De acordo com o sabichão lá de Quantico, enterrar os corpos era uma das coisas que lhe davam prazer. Você sabe que Steubens enterrou todas as outras vítimas, certo? Inclusive as dos outros estados.

– É, eu sei.

– Você sabia que duas delas ainda estavam vivas quando ele as enterrou? Ela sabia também.
– O senhor chegou a interrogar Wayne Steubens? – perguntou Loren.
– Conversamos com todo mundo no acampamento.

Ele disse isso devagar, com cuidado. Um sino tocou na cabeça de Loren. Lowell continuou:

– E, sim, o garoto Steubens me deu calafrios, pelo menos é o que eu acho agora. Mas talvez seja percepção tardia. Já não sei mais. Não havia nenhuma prova ligando Steubens aos assassinatos. Não havia nada ligando ninguém, na verdade. Além disso, Steubens era rico. A família contratou um bom advogado. Como você pode imaginar, o acampamento fechou imediatamente. Todos os garotos foram para casa. Steubens foi enviado para estudar no exterior no semestre seguinte. Um colégio na Suíça, acho.

Loren ainda tinha os olhos na cruz.

– Está pronta para continuar?

Ela assentiu. Eles recomeçaram a caminhada.

– Há quanto tempo você é investigadora-chefe? – perguntou o xerife.

– Há uns meses.

– E antes disso?

– Trabalhei na homicídios por três anos.

Ele limpou o narigão outra vez.

– Não é fácil, né?

O comentário parecia retórico, então ela continuou andando.

– Não é o escândalo – continuou ele. – Não são nem os mortos. Eles já se foram. Não se pode fazer nada em relação a isso. É o que fica para trás, o eco. Essa floresta onde você está caminhando. Alguns velhos acham que um som ecoa aqui para sempre. Faz sentido quando se pensa nisso. Esse garoto Billingham. Tenho certeza de que ele gritou. Ele grita, o som ecoa para lá e para cá, vai diminuindo e diminuindo, mas nunca desaparece completamente. Como se uma parte dele ainda estivesse gritando, até hoje. Os assassinatos ecoam assim.

Loren mantinha a cabeça baixa, observando os pés naquele terreno nodoso.

– Você conheceu alguma das famílias das vítimas?

Ela pensou naquilo.

– Meu chefe é um deles, na verdade.

– Paul Copeland – disse Lowell.

– O senhor se lembra dele?

– Como eu disse, interroguei todo mundo no acampamento.

O sino na cabeça de Loren tocou outra vez.

– Foi ele quem colocou você no caso? – perguntou Lowell.

Ela não respondeu.

– O assassinato é uma injustiça – comentou ele. – É como se Deus tivesse feito um planejamento e existisse essa ordem natural. Ele criou, e alguém se incumbiu de estragar tudo. Quando a gente resolve o caso, claro, isso ajuda. Mas é como você amarrotar um pedaço de papel-alumínio. Encontrar o assassino ajuda a desamassá-lo, mas para a família nunca mais volta a ser a mesma coisa.

– Papel-alumínio?

Lowell deu de ombros.

– O senhor é um grande filósofo, xerife.

– Olhe às vezes para os olhos do seu chefe. O que aconteceu na floresta aquela noite ainda está lá. Ainda ecoa, não?

– Não sei – respondeu Loren.

– E eu não sei se você deveria estar aqui.

– Por quê?

– Porque eu interroguei seu chefe aquela noite.

Loren parou de andar.

– O senhor está dizendo que há algum tipo de conflito de interesses?

– Acho que talvez seja exatamente isso que eu estou dizendo.

– Paul Copeland era suspeito?

– Este ainda é um caso aberto. Ainda é, apesar da sua interferência, um caso meu. Mas vou lhe contar uma coisa. Ele mentiu sobre o que aconteceu.

– Ele era um garoto que estava de guarda. Não sabia da seriedade da situação.

– Isso não é desculpa.

– Ele contou a verdade depois, certo?

Lowell não respondeu.

– Eu li o processo – disse Loren. – Ele fugiu do trabalho e não ficou de guarda aquela noite como deveria. O senhor fala de devastação. E a culpa que ele deve sentir por isso? Ele sente falta da irmã, óbvio. Mas acho que a culpa o corrói mais.

– Interessante.

– O quê?

– Você disse que a culpa o corrói – retrucou Lowell. – Que tipo de culpa?

Ela continuou andando.

– E é curioso, você não acha?

– O quê?

– Que ele tenha abandonado o posto aquela noite. Pense nisso. Ali está ele, um garoto responsável. Todo mundo achava isso. E de repente, na noite em que os colegas escapolem, na noite em que Wayne Steubens planeja cometer seus assassinatos, Paul Copeland resolve afrouxar.

Loren não argumentou.

– Isso, minha jovem colega, sempre me pareceu uma coincidência dos diabos.

Lowell sorriu e se afastou.

– Vamos lá – disse ele. – Está escurecendo, e você vai querer ver o que seu amigo Barrett encontrou.

Depois que Glenda Perez foi embora, eu não chorei, mas cheguei horrivelmente perto disso.

Fiquei sentado no escritório, sozinho, atordoado, sem saber o que fazer, pensar ou sentir. O corpo tremia. Olhei para minhas mãos. Também tremiam perceptivelmente. Fiz todas aquelas verificações de quando a gente acha que está sonhando. Não estava. Era real.

Camille estava viva.

Minha irmã saíra daquela floresta. Da mesma forma que Gil Perez.

Liguei para o celular de Lucy.

– Ei – disse ela.

– Você não vai acreditar no que a irmã de Gil Perez acabou de me contar.

– O quê?

Contei-lhe a história. Quando cheguei à parte de Camille saindo andando da floresta, Lucy arfou com força.

– Você acredita nela? – perguntou.

– Sobre Camille, você quer dizer?

– Sim.

– Por que ela diria isso se não fosse verdade?

Lucy não falou nada.

– O quê? Você acha que ela está mentindo? Que motivo ela teria?

– Não sei, Paul. Mas tem tanta lacuna aí.

– Eu entendo. Mas pense o seguinte: Glenda Perez não tem nenhuma razão para mentir para mim sobre isso.

Silêncio.

– O que é, Lucy?

– É que é estranho... só isso. Se sua irmã está viva, onde ela se meteu?
– Não sei.
– E o que você vai fazer agora?

Pensei nisso, tentei acalmar a mente. Era uma boa pergunta. E agora? Para onde eu vou?

– Conversei com meu pai de novo – comentou Lucy.
– E?
– Ele se lembra de uma coisa sobre aquela noite.
– O quê?
– Ele não quer me contar. Disse que só fala para você.
– Para mim?
– Sim. Ira disse que quer vê-lo.
– Agora?
– Se você quiser.
– Quero. Passo aí para pegar você?

Ela hesitou.

– O que foi?
– Ira disse que quer vê-lo sozinho. Que não vai falar na minha frente.
– Tudo bem.

Mais hesitação.

– Paul?
– O quê?
– Passe aqui para me pegar. Eu espero no carro enquanto você entra.

Os detetives do departamento de homicídios York e Dillon estavam sentados na "sala da técnica" comendo pizza. Essa sala era na verdade um espaço de convivência, onde eles instalaram televisões, videocassete e afins.

Max Reynolds entrou.

– E aí, pessoal?
– Essa pizza está horrorosa – disse Dillon.
– Pena.
– A gente está em Nova York, pelo amor de Deus. A Big Apple. O lar da pizza. E isto aqui parece que saiu de um saquinho de catar cocô de cachorro.

Reynolds ligou a televisão.

– Lamento que a cozinha não esteja à sua altura.
– Eu estou exagerando? – Dillon se virou para York. – Sério, isto parece vômito de boia-fria ou é frescura minha?

– Essa já é sua terceira fatia – disse York.
– E provavelmente a última. Só para eu ter certeza.
York se virou para Max Reynolds.
– O que você tem para a gente?
– Acho que encontrei nosso cara. Ou pelo menos o carro dele.
Dillon atacou novamente a pizza.
– Menos papo e mais ação.
– Tem uma loja de conveniência na esquina, a dois quarteirões de onde vocês encontraram o corpo – começou Reynolds. – O dono vem tendo problemas com ladrõezinhos que roubam as mercadorias que ficam do lado de fora. Então ele deixa a câmera apontada nessa direção.
– Coreano – comentou Dillon.
– Hein?
– O dono da loja de conveniência. É coreano, certo?
– Não sei. O que isso tem a ver?
– Aposto que é coreano. Aí ele aponta a câmera para fora porque um bundão anda roubando laranjas. Depois começa a gritar que paga imposto, quando provavelmente emprega dez ilegais na loja, e que alguém deveria fazer alguma coisa. Ou seja, a polícia devia examinar os vídeos baratos, de má qualidade, da sua câmera para prender o Sr. Ladrão de Frutas.
Dillon se calou. York olhou para Max Reynolds.
– Continue.
– Sim, exatamente, a câmera nos dá uma parcial da rua. Então começamos a procurar carros daquela idade, com mais de trinta anos, e veja aqui o que encontramos.
Reynolds já estava com a fita no ponto. Um fusca velho passou. Ele congelou a imagem.
– Esse é o nosso carro? – perguntou York.
– Um fusca 1971. Um dos nossos peritos diz que pode garantir por causa da suspensão com mola e do bagageiro frontal. E o mais importante, esse tipo de carro coincide com as fibras de carpete que encontramos na roupa do Sr. Santiago.
– Muito bom – elogiou Dillon.
– Dá para ver a placa? – perguntou York.
– Não. Só temos a visão lateral. Nem uma parcial. Não dá nem para ver o estado.
– Mas quantos fuscas originais amarelos ainda podem estar rodando? –

perguntou York. – Vamos começar com o registro de veículos motorizados de Nova York, passamos para Nova Jersey e Connecticut.

Dillon assentiu e falou enquanto mastigava feito uma vaca:

– Vamos encontrar alguma coisa.

York se virou para Reynolds.

– Mais alguma novidade?

– Dillon estava certo, a qualidade não é boa. Mas se eu ampliar – ele apertou um botão e a imagem aumentou –, a gente pode conseguir uma visão parcial do cara.

Dillon estreitou os olhos.

– Ele parece o Jerry Garcia ou alguém do tipo.

– Cabelo grisalho comprido, barba grisalha comprida – concordou Reynolds.

– É isso?

– É isso.

York disse a Dillon:

– Vamos começar a verificação. Esse carro não pode ser tão difícil de encontrar.

capítulo trinta e quatro

As acusações do xerife ecoaram no silêncio da floresta.

Lowell, que não era bobo, achava que Paul Copeland havia mentido sobre os assassinatos.

Teria mentido mesmo? Será que isso era importante?

Loren pensou naquilo. Ela gostava de Cope, isso estava fora de questão. Ele era um chefe ótimo e um promotor incrível. Mas agora as palavras de Lowell a haviam despertado. Eram um lembrete do que ela já sabia: aquele era um caso de homicídio. Como outro qualquer. Levasse aonde levasse, mesmo que isso significasse respingar no seu chefe.

Sem favoritismos.

Minutos depois, ouviu-se um barulho na mata. Loren identificou Andrew Barrett. Ele fazia da magreza uma forma de arte, os braços longos, desajeitados, em movimentos bruscos. Puxava o que parecia ser um carrinho de bebê. Devia ser o XRJ. Loren o chamou. Barrett levantou a cabeça, claramente contrariado com a interrupção. Quando viu quem era, o rosto se iluminou.

– Oi, Loren!

– Andrew.

– Uau, que bom ver você.

– Aham – disse ela. – O que você está fazendo?

– Como assim, o que estou fazendo? – Ele soltou a máquina. Havia três jovens de moletom John Jay se arrastando atrás dele. Alunos, imaginou ela. – Estou procurando sepulturas.

– Pensei que você já tivesse encontrado alguma coisa.

– Encontrei. Mais lá para cima, uns 100 metros. Mas eu achei que houvesse mais dois corpos desaparecidos, então pensei: por que dormir sobre os louros já colhidos? Entende o que quero dizer?

Loren engoliu em seco.

– Você encontrou um corpo?

O rosto de Barrett revelava um fervor reservado em geral a encontros cristãos.

– Loren, esta máquina... Nossa! É impressionante. Tivemos sorte, claro. Não tem chovido nessa área já faz, nem sei, quanto tempo, xerife?

— Duas, três semanas — respondeu Lowell.

— Veja, isso ajuda. Bastante. Terreno seco. Você sabe alguma coisa sobre como funciona um radar de penetração no solo? Eu meti 800 MHz nesta coisinha. Isso me permitiu descer só 1,20 metro, mas que metro e vinte! Na maioria das vezes, as pessoas procuram muito fundo. Mas poucos assassinos cavam mais de 1 metro, 1,20 metro. O outro problema é: as máquinas atuais têm problemas para diferenciar coisas do mesmo tamanho. Digamos, um cano ou uma raiz profunda em comparação ao que nós queremos: ossos. O XRJ não só consegue imagens subterrâneas transversais do solo, mas com o novo ampliador em 3-D...

— Barrett? — interrompeu Loren.

Ele suspendeu os óculos.

— O quê?

— Você acha que eu tenho cara de quem dá a mínima para *como* seu brinquedinho funciona?

Ele suspendeu os óculos de novo.

— Ah...

— Só me interessa que seu brinquedo funcione. Então, por favor, me diga o que você encontrou antes que eu dê um tiro em alguém.

— Ossos, Loren — respondeu ele com um sorriso. — Encontramos ossos.

— Humanos, certo?

— Definitivamente. Na verdade, a primeira coisa que encontramos foi um crânio. Foi quando paramos de cavar. Agora os profissionais estão cavando.

— Que idade eles têm?

— O quê, os ossos?

— Não, Barrett, os carvalhos. Sim! Os ossos!

— Como é que eu vou saber? A legista pode ter uma ideia. Ela está no local agora.

Loren passou por ele às pressas. Lowell a seguiu. Lá em cima, ela viu holofotes grandes, quase iguais aos dos estúdios de cinema. Sabia que muitas equipes de escavação usavam voltagens poderosas mesmo quando cavavam sob luz solar direta. Como um cara da unidade especializada em cenas de crime havia lhe contado, luzes fortes ajudam a diferenciar o joio do trigo: "Se não tiver luz forte, é como querer avaliar uma garota estando bêbado num bar escuro. Você pode achar que ela é uma gata, mas na manhã seguinte vai querer arrancar os olhos."

Lowell apontou em direção a uma mulher atraente usando luvas de borracha. Loren achou que seria outra estudante — não tinha nem 30 anos. Tinha cabelo muito preto, longo, perfeitamente puxado para trás, como de uma dançarina de flamenco.

— Essa é a Dra. O'Neill — apresentou Lowell.
— É sua legista?
— Sim. Sabia que aqui esse é um cargo eletivo?
— Quer dizer que eles fazem campanha e tudo? Tipo, "Oi, eu sou a Dra. O'Neill. Eu entendo muito de mortos"?
— Eu poderia lhe dar uma resposta espirituosa — disse Lowell — mas vocês da cidade grande são espertos demais para nós, matutos.

Enquanto Loren se aproximava, pôde ver que "atraente" era pouco. Tara O'Neill era estonteante. Percebeu que sua aparência era uma fonte de desatenção para a equipe também. Não é o legista o responsável por uma cena de crime. É a polícia. Mas todo mundo ficava olhando disfarçadamente para O'Neill. Loren foi em direção a ela depressa.

— Eu sou Loren Muse, investigadora-chefe do condado de Essex.

A mulher estendeu a mão enluvada.

— Tara O'Neill, médica-legista.

Ela pareceu desconfiada por um instante, mas Lowell fez sinal de que estava tudo bem.

— Foi você quem mandou o Sr. Barrett aqui? — perguntou Tara.
— Fui eu.
— Uma pessoa interessante.
— Já conheço bem.
— E aquela máquina funciona. Não sei como ele encontrou esses ossos. Mas ele é bom. Acho que ajudou o fato de eles terem passado por cima do crânio primeiro. — Tara piscou e olhou para o lado.
— Algum problema? — indagou Loren.

Tara balançou a cabeça.

— Eu cresci nessa região. Costumava brincar bem aqui nesse local. Você poderia achar que, não sei, eu sentiria calafrios ou alguma coisa assim. Mas não, não senti nada.

Loren bateu o pé, esperando.

— Eu tinha 10 anos quando esses adolescentes desapareceram. Meus amigos e eu costumávamos caminhar aqui, sabe? Fazíamos fogueiras. Inventávamos histórias sobre como os dois adolescentes que nunca foram encontrados ainda estavam aqui, observando a gente, que eles eram mortos-vivos, essas coisas, e que iam nos perseguir e nos matar. Era uma bobagem. Um jeito de fazer o namorado nos dar o casaco e passar o braço pelos nossos ombros.

Tara O'Neill sorriu e balançou a cabeça.

– Dra. O'Neill?

– Sim.

– Por favor, me conte o que descobriu aqui.

– Ainda estamos trabalhando nisso, mas, pelo que posso ver, temos um esqueleto praticamente completo. Foi encontrado a 1 metro de profundidade. Preciso mandar o material para o laboratório para fazer uma identificação precisa.

– O que você pode me dizer por enquanto?

– Venha até aqui.

Ela levou Loren até o outro lado da escavação. Os ossos estavam etiquetados em cima de uma lona azul.

– Sem roupa? – perguntou Loren.

– Nenhuma.

– Ela se desintegrou ou o corpo foi enterrado nu?

– Não posso afirmar com certeza. Mas como não há nenhuma moeda, joia, botão, zíper, calçado, que em geral duram muito tempo, meu palpite é que estava sem roupa.

Loren apenas encarava o crânio marrom.

– Causa da morte?

– Muito cedo para dizer. Mas há algumas coisas que já sabemos.

– Que coisas?

– Os ossos estão em péssimo estado. Eles não ficaram enterrados com tanta profundidade e já estão aqui há um tempo.

– Quanto tempo?

– Difícil dizer. Eu participei de um seminário ano passado sobre amostras de solo em cenas de crime. É possível dizer pelo modo como o chão foi remexido há quanto tempo a cova foi cavada. É muito preliminar ainda.

– Alguma coisa? Um palpite?

– Minha melhor estimativa seria de no mínimo quinze anos. Resumindo, e para responder à pergunta que está na sua cabeça, isso condiz *muito* consistentemente com o período dos assassinatos que aconteceram nesta floresta vinte anos atrás.

Loren engoliu em seco e fez a pergunta que queria desde o começo.

– Dá para informar o sexo? Se os ossos pertencem a alguém do sexo masculino ou feminino?

Uma voz profunda interrompeu:

– Ahn, doutora?

Era um dos caras que trabalhavam na cena do crime, paramentado com o impermeável indispensável que revelava sua ocupação. Era robusto, com uma barba espessa e a cintura larga. Trazia uma pequena pá de mão e tinha a respiração difícil dos que estão fora de forma.

– O que é, Terry? – perguntou Tara.

– Acho que já temos tudo.

– Quer guardar as coisas?

– Por hoje, sim, acho. Talvez a gente queira sair amanhã, procurar mais, mas gostaríamos de transportar o corpo agora, se estiver tudo bem por você.

– Preciso só de dois minutos – pediu Tara.

Terry assentiu e as deixou sozinhas. Tara O'Neill mantinha os olhos sobre os ossos.

– Você sabe alguma coisa sobre o esqueleto humano, investigadora Loren?

– Um pouco.

– Sem um exame completo, pode ser bem difícil assimilar a diferença entre um esqueleto masculino e um feminino. Uma das coisas que nos norteia é o tamanho e a densidade dos ossos. Os masculinos tendem a ser mais grossos e maiores, claro. Às vezes, a altura da vítima pode ajudar, os homens são em geral mais altos. Mas essas coisas muitas vezes não são definitivas.

– Você está dizendo que não sabe?

Tara deu sorriso.

– Não estou dizendo nada disso. Quero lhe mostrar.

Tara ficou de cócoras. Loren também. A legista tinha uma lanterna fina na mão, do tipo que lança um facho estreito mas potente.

– Eu disse que é "bem difícil". Não impossível. Dê uma olhada.

Ela apontou a luz em direção ao crânio.

– Você sabe o que está olhando?

– Não – respondeu Loren.

– Para começar, os ossos parecem ser mais para leves. Segundo, observe o ponto embaixo de onde seriam as sobrancelhas.

– Ok.

– Tecnicamente isso se chama saliência supraorbital. É mais pronunciada nos homens. As mulheres têm a testa muito vertical. Agora, esse crânio está desgastado, mas você pode ver que a saliência não é pronunciada. A verdadeira distinção, que eu quero lhe mostrar aqui, está na área da pélvis, mais especificamente, na cavidade pélvica.

Ela mudou a direção do facho.

– Está vendo ali?

– Sim, estou vendo, acho. Então?

– É bem ampla.

– Isso quer dizer...?

Tara O'Neill desligou a lanterna.

– Quer dizer – respondeu ela, ficando de pé outra vez – que sua vítima é caucasiana, tem cerca de 1,70 metro, mesma altura de Camille Copeland, aliás, e, sim, do sexo feminino.

– Você não vai acreditar – disse Dillon.

York levantou a cabeça.

– Em quê?

– Consegui um resultado para aquele Volkswagen. Só existem catorze na área dos três estados que se encaixam no perfil. Mas aí vem a melhor parte. Um está registrado no nome de um cara chamado Ira Silverstein. Esse nome lhe diz alguma coisa?

– Não é ele que era dono do acampamento?

– Exatamente.

– Você está me dizendo que Copeland podia estar certo o tempo todo?

– Consegui o endereço de onde Ira Silverstein está – disse Dillon. – Uma espécie de casa de reabilitação.

– O que a gente está esperando, então? – perguntou York. – Vamos para lá voando.

capítulo trinta e cinco

Quando Lucy entrou no carro, apertei o botão do aparelho de CD. "Back in Your Arms", do Bruce, começou a tocar. Ela riu.
– Você já gravou?
– Já.
– Gosta?
– Muito. Acrescentei outras. Uma gravação pirata de um show solo de Springsteen. "Drive All Night".
– Essa música sempre me faz chorar.
– Todas as músicas fazem você chorar – retruquei.
– "Super Freak", do Rick James, não.
– Retiro o que eu disse.
– E "Promiscuous". Essa também não me faz chorar.
– Nem quando a Nelly canta: "Seu jogo é tão bom quanto o de Steve Nash?"
– Meu Deus, como você me conhece bem.
Sorri.
– Você parece calmo para um homem que acabou de saber que a falecida irmã pode estar viva.
– Compartimentação.
– Isso é uma palavra?
– É o que eu faço. Separo as coisas em compartimentos diferentes. É como eu sobrevivo à loucura. Coloco em outro lugar por um tempo.
– Compartimentando – disse Lucy.
– Exatamente.
– Nós, os tipos psicológicos, temos outro termo para compartimentação – explicou Lucy. – Chamamos de negação.
– Chame como quiser. Agora tem um fluxo aqui, Luce. Vamos encontrar Camille. Ela vai estar bem.
– Nós, tipos psicológicos, temos outro termo para isso também. Chamamos de "vontade de crer ou crença ilusória".
Seguimos rodando.
– Do que seu pai poderia se lembrar agora? – perguntei.
– Não sei. Mas sabemos que Gil Perez o visitou. Meu palpite é que essa

289

visita mexeu com a cabeça dele. Não sei como. Pode não ser nada. Ira não está bem. Pode ser alguma coisa que ele imaginou ou até inventou.

Paramos num local próximo ao fusca de Ira. Estranho ver aquele velho carro. Isso deveria me levar de volta ao passado. Ele costumava dirigi-lo pelo acampamento o tempo todo. Botava a cabeça para fora, ria e fazia pequenas entregas. Deixava que o enfeitassem e fingia que o carro estava abrindo um desfile. Mas, naquele momento, o velho Volkswagen não me provocava nada.

Minha compartimentação estava se rompendo.

Porque eu tinha esperança.

Tinha esperança de encontrar minha irmã. Tinha esperança de estar me ligando de verdade a uma mulher, pela primeira vez, desde a morte de Jane. Sentia meu coração batendo perto do de alguém.

Tentei me prevenir, lembrar que a esperança era a mais cruel das amantes, que ela podia esmagar uma alma como se fosse um copo de plástico. Mas naquele momento eu não queria chegar lá. Queria a esperança, queria me ater a ela e deixá-la me fazer sentir leve por um tempinho.

Olhei para Lucy. Ela sorriu e eu senti meu peito se rasgar. Fazia tanto tempo que não me sentia daquele jeito, com aquela emoção inebriante. Aí eu surpreendi a mim mesmo. Reagi pegando a cabeça dela com as duas mãos. O sorriso desapareceu. Os olhos vasculhavam os meus. Inclinei o rosto dela para cima e beijei-a com tanta suavidade que quase doeu. Senti um tranco. Ouvi-a arfar. Ela me beijou de volta.

Senti-me alegremente destroçado por ela.

Lucy baixou a cabeça até o meu peito. Ouvi-a soluçar baixinho. Deixei-a. Acariciei seu cabelo e lutei contra o turbilhão. Não sei por quanto tempo ficamos sentados ali. Poderiam ter sido cinco minutos, poderiam ter sido quinze. Simplesmente não sei.

– Melhor você entrar – disse ela.

– Você vai ficar aqui?

– Ira deixou claro. Você, sozinho. Acho que vou lá ligar o carro dele, ver se a bateria ainda está carregada.

Não a beijei de novo. Saí e fui flutuando pelo caminho. O cenário em torno da casa era tranquilo e verde. Uma mansão de tijolos georgiana, ao que parecia, um retângulo quase perfeito com colunas brancas na frente. Fazia-me lembrar uma casa de fraternidade luxuosa.

Havia uma mulher na recepção. Dei meu nome. Ela pediu que eu assinasse. Assim o fiz. Ela fez uma ligação e falou num sussurro. Esperei, escutando uma versão ambiente de alguma canção de Neil Sedaka, o que era um pouco como escutar uma versão ambiente de uma música ambiente.

Uma mulher ruiva sem uniforme veio me encontrar. Usava saia e óculos pendurados no peito. Parecia uma enfermeira tentando parecer que não era enfermeira.

– Eu sou Rebecca – apresentou-se ela.

– Paul Copeland.

– Vou levá-lo até o Sr. Silverstein.

– Obrigado.

Esperei que ela fosse me levar pelo corredor, mas fomos até os fundos e depois para fora. Os jardins eram bem cuidados. Era um pouco cedo para as luzes de paisagismo, mas estavam ligadas. Uma grossa fileira de sebes cercava as instalações como cães de guarda.

Identifiquei Ira Silverstein imediatamente.

Ele havia mudado e, no entanto, não mudara nada. Há pessoas que são assim. Ficam mais velhas, grisalhas, aumentam, despencam e, ainda assim, são exatamente as mesmas. Com Ira aconteceu desse jeito.

– Ira?

Ninguém usava sobrenomes em acampamentos. Os adultos eram tia e tio, mas não me imaginava mais o chamando de "tio Ira".

Ele estava com um poncho do tipo que eu vi pela última vez num documentário sobre Woodstock. Usava sandália nos pés. Ira se levantou vagarosamente e esticou os braços na minha direção. No acampamento era a mesma coisa. Todo mundo se abraçava. Todo mundo se amava. Nós dois nos abraçamos. Ele me apertou com toda a força. Senti sua barba contra o meu rosto.

Ira me soltou e pediu a Rebecca:

– Deixe-nos sozinhos.

Rebecca deu meia-volta. Ele me levou até um banco de cimento e madeira verde. Nós nos sentamos.

– Você está a mesma coisa, Cope – disse ele.

Ele se lembrou do meu apelido.

– Você também.

– Você achava que os anos difíceis ficariam mais marcados no nosso rosto, não?

– Acho que sim, Ira.

– Então, o que você faz agora?

– Sou o promotor do condado.
– Mesmo?
– Sim.
Ele franziu a testa.
– Isso é meio parte do sistema.
Sempre Ira.
– Não estou perseguindo manifestantes pacifistas – garanti a ele. – Vou atrás de assassinos e estupradores. Pessoas assim.
Ele estreitou os olhos.
– É por isso que você está aqui?
– Como assim?
– Você está tentando encontrar assassinos e estupradores?
Fiquei sem saber o que fazer, então segui o fluxo.
– De certa forma, sim. Estou tentando descobrir o que aconteceu naquela noite na floresta.
Os olhos de Ira se fecharam.
– Lucy me contou que você queria me ver – falei.
– Sim.
– Por quê?
– Eu quero saber por que você voltou.
– Eu nunca fui a lugar algum.
– Você partiu o coração de Lucy, sabe.
– Eu escrevi para ela. Tentei ligar. Ela não retornou.
– Ainda assim, ela sofreu.
– Eu nunca quis que isso acontecesse.
– Então por que voltou agora?
– Eu quero descobrir o que aconteceu com a minha irmã.
– Ela foi assassinada. Como os outros.
– Não, ela não foi.
Ele não retrucou. Resolvi pressionar um pouco.
– Você sabe disso, Ira. Gil Perez veio aqui, não?
Ira estalou os lábios.
– Seco.
– O quê?
– Estou seco. Eu tinha um amigo de Cairns. Isso fica na Austrália. O cara mais legal que eu já conheci. Ele costumava dizer: "Um homem não é um camelo, companheiro." Esse era o jeito dele de pedir uma bebida. – Ira riu.

– Eu acho que você não consegue uma bebida aqui fora, Ira.

– Ah, eu sei. Nunca fui muito de birita mesmo. O que eles agora chamam de "drogas recreativas" era mais a minha praia. Mas eu quero água. Eles têm Poland Spring naquela geladeira ali. Você sabia que a Poland Spring chega até a gente direto do Maine?

Ele riu e eu não o corrigi sobre aquele antigo anúncio de rádio. Ele se levantou e cambaleou para a direita. Segui-o. Havia uma geladeira em forma de arca com um logo dos New York Rangers em cima. Ele abriu a tampa, pegou uma garrafa, entregou para mim e pegou outra. Desatarraxou a tampa e entornou. A água escorreu pelo seu rosto, transformando o grisalho da barba em algo cinza mais escuro.

– Ahhhh – disse ele quando terminou.

Tentei recolocá-lo nos trilhos.

– Você disse a Lucy que queria me ver.

– Sim.

– Por quê?

– Porque você está aqui.

Esperei por mais.

– Eu estou aqui – falei devagar – porque você queria me ver.

– Não é *aqui* aqui. Aqui, de volta à nossa vida.

– Eu disse a você. Estou tentando descobrir...

– Por que agora?

Outra vez essa pergunta.

– Porque – falei – Gil Perez não morreu aquela noite. Ele voltou. Visitou você, não foi?

Ira adquiriu aquele olhar perscrutador. Ele começou a caminhar. Alcancei-o.

– Ele esteve aqui, Ira?

– Ele não usava esse nome – disse ele.

Ira continuava andando. Notei que mancava. O rosto contraído de dor.

– Você está bem? – perguntei.

– Preciso caminhar.

– Onde?

– Há caminhos. Na floresta. Venha.

– Ira, eu não estou aqui para...

– Ele disse que seu nome era Manolo alguma coisa. Mas eu sabia quem ele era. O pequeno Gil Perez. Você se lembra dele naquela época?

– Sim.

293

Ira balançou a cabeça.

– Bom garoto. Mas tão facilmente manipulado.

– O que ele queria?

– Ele não me contou quem era. Não a princípio. Ele não parecia mais o mesmo, mas havia algo no seu jeito, sabe? Você pode esconder coisas. Pode ganhar peso. Mas Gil ainda tinha aquela ligeira língua presa. Ainda se movia igual. Como se estivesse sempre desconfiado. Entende o que eu quero dizer?

– Entendo.

Eu achei que o pátio fosse cercado, mas não era. Ira se esgueirou por uma brecha na sebe. Eu fui atrás. Havia um morro com árvores na nossa frente. Ira começou a subir com dificuldade.

– Você tem permissão para sair?

– Claro. Eu estou aqui voluntariamente. Posso entrar e sair a hora que quiser.

Ele continuou caminhando.

– O que Gil disse para você? – perguntei.

– Ele queria saber o que aconteceu naquela noite.

– Ele não sabia?

– Sabia um pouco. Queria saber mais.

– Não entendo.

– Você não precisa.

– Sim, Ira, eu preciso.

– Está acabado. Wayne está na prisão.

– Wayne não matou Gil Perez.

– Pensei que tivesse.

Não entendi bem o que ele quis dizer com isso. Ele estava andando mais rápido agora, mancando o tempo todo, obviamente com dor. Eu queria pedir a ele que parasse, mas sua boca estava se movendo também.

– Gil mencionou minha irmã?

Ele parou um instante. Seu sorriso era triste.

– Camille.

– Sim.

– Coitadinha.

– Ele a mencionou?

– Eu adorava seu pai, você sabe. Um homem tão querido, tão maltratado pela vida.

– Gil mencionou o que aconteceu com a minha irmã?

– Pobre Camille.
– Sim. Camille. Ele falou alguma coisa sobre ela?
Ira voltou a subir o morro.
– Tanto sangue aquela noite.
– Por favor, Ira, preciso que você se concentre. Gil falou qualquer coisa que fosse sobre Camille?
– Não.
– Então o que ele queria?
– A mesma coisa que você.
– E o que é?
Ele se virou.
– Respostas.
– Para que perguntas?
– As mesmas que as suas. O que aconteceu aquela noite. Ele não entendia, Cope. Acabou. Eles estão mortos. O assassino está na cadeia. Vocês deveriam deixar os mortos descansarem.
– Gil não estava morto.
– Até aquele dia, o dia em que me visitou, ele estava. Você entende?
– Não.
– Acabou. Os mortos se foram. Os vivos estão seguros.
Estiquei a mão e agarrei o braço dele.
– Ira, o que Gil Perez disse para você?
– Você não entende.
Paramos. Ira olhou para baixo do morro. Segui o olhar. Só conseguia distinguir o telhado da casa agora. Estávamos no meio da floresta. Respirávamos com mais dificuldade do que deveríamos. O rosto de Ira estava pálido.
– Isso tem que continuar enterrado.
– O quê?
– Foi isso que eu disse a Gil. Que tinha acabado. Bola pra frente. Foi há tanto tempo. Ele estava morto. Agora não estava mais. Mas devia estar.
– Ira, me escuta. O que Gil disse para você?
– Você não vai deixar isso em paz, vai?
– Não – respondi. – Eu não vou deixar isso em paz.
Ira assentiu. Parecia muito triste. Depois enfiou a mão embaixo do poncho e tirou uma arma, mirou na minha direção e, sem dizer mais palavra, disparou.

capítulo trinta e seis

— O QUE TEMOS AQUI É UM PROBLEMA.

O xerife Lowell limpou o nariz com um lenço que parecia grande o bastante para ser um adereço de palhaço. A delegacia era mais moderna do que Loren esperava, mas, pensando bem, suas expectativas não tinham sido grandes. O prédio era novo, o projeto elegante e sóbrio com monitores de computador e baias. Muito branco e cinza.

– O que temos aqui – retrucou Loren – é um cadáver.

– Não foi isso que eu quis dizer. – Ele fez um gesto em direção à xícara na mão dela. – Como está o café?

– Extraordinário, na verdade.

– Costumava ser uma porcaria. Uns caras faziam forte demais. Outros, fraco demais. O café ficava esquecido na cafeteira para sempre. E aí, ano passado, um distinto cidadão desta municipalidade doou uma dessas máquinas de café de cápsula para a delegacia. Você já usou uma dessas coisas, dessas cápsulas?

– Xerife?

– Sim.

– Isso é uma tentativa de me seduzir usando seu charme rústico e despretensioso?

Ele riu.

– Mais ou menos.

– Considere-me seduzida então. Qual é o nosso problema?

– Acabamos de encontrar um corpo que estava na floresta, pelas primeiras estimativas, havia muito tempo. Sabemos três coisas por enquanto: é do sexo feminino, caucasiana, 1,73 metro. Já vasculhei os registros. Nunca houve nenhuma garota desaparecida ou desconhecida, num raio de 80 quilômetros, que se encaixasse nessa descrição.

– Nós dois sabemos de quem é o corpo – disse Loren.

– Não, ainda não sabemos.

– Você acha o quê? Que outra garota de 1,73 metro foi assassinada naquele acampamento, por volta da mesma época, e enterrada perto dos outros dois corpos?

– Eu não quis dizer isso.

– O que você quis dizer então?
– Que ainda não temos uma identificação definitiva. A Dra. Tara O'Neill está trabalhando nisso. Pedimos os registros dentários de Camille Copeland. Vamos saber com certeza em um ou dois dias. Sem pressa. Temos outros casos a tratar.
– Sem pressa?
– Foi o que eu disse.
– Então não estou entendendo.
– Veja bem, é aí que eu me pergunto, investigadora Loren: o que você é antes de mais nada? Uma agente da segurança pública ou uma parceira política?
– O que está querendo dizer?
– Você é a investigadora-chefe do condado – disse Lowell. – Então, eu gostaria de crer que uma pessoa, especialmente uma mulher da sua idade, chega a esse nível graças ao talento e à habilidade. Mas eu vivo no mundo real também. Eu compreendo suborno, favorecimento e puxa-saquismo. Então eu só estou pedindo...
– Eu conquistei o cargo.
– Eu sei que conquistou.
Loren balançou a cabeça.
– Não posso acreditar que eu tenha que me justificar para o senhor.
– Mas, sim, minha querida, você tem. Porque neste momento, se esse caso fosse seu, e eu caísse nele de paraquedas, e você soubesse que eu iria correr direto para casa e contar tudo para o meu chefe, alguém que está, no mínimo, envolvido nele, o que você faria?
– Você acha que eu iria varrer o envolvimento dele para debaixo do tapete?
Lowell deu de ombros.
– De novo: se eu fosse, digamos, o vice aqui e recebesse minha missão do xerife que está envolvido no assassinato, o que você acharia?
Loren se recostou.
– Tem razão – disse ela. – O que eu posso fazer então para aliviar suas preocupações?
– Você pode me deixar levar o tempo de que preciso para identificar o corpo.
– Não quer que Copeland saiba o que encontramos?
– Ele esperou vinte anos. O que são mais um ou dois dias?
Loren entendeu aonde ele queria chegar com aquilo.

– Eu quero fazer o certo nessa investigação – disse ela –, mas não me agrada muito mentir para um cara em quem eu confio e de quem gosto.

– A vida é dura, investigadora Loren.

Ela franziu a testa.

– Há mais uma coisa que eu quero – continuou Lowell. – Preciso que você me diga por que aquele tal de Barrett estava lá, com aquele brinquedinho dele, procurando cadáveres há tanto tempo.

– Eu já disse: eles queriam testar essa máquina em campo.

– Você trabalha em Newark, Nova Jersey. Está me dizendo que não existem possíveis locais de sepultamento naquela área, aonde você pudesse tê-los mandado?

Ele estava certo, claro. Hora de abrir o jogo.

– Um homem foi encontrado assassinado em Nova York – disse Loren. – Meu chefe acha que era Gil Perez.

Lowell abandonou a cara de paisagem.

– Como é?

Ela já ia explicar quando Tara O'Neill entrou correndo. Lowell pareceu irritado com a interrupção, mas manteve a voz neutra.

– O que há de novo, Tara?

– Descobri uma coisa sobre o corpo – informou ela. – Uma coisa importante, acho.

Depois de Cope sair do carro, Lucy ficou sentada sozinha por uns bons cinco minutos com um vestígio de sorriso nos lábios. Ainda estava nas nuvens com o beijo. Nunca havia experimentado nada assim, o modo como as mãos grandes dele seguraram seu rosto, como olhou para ela... Era como se seu coração tivesse não só começado a pulsar de novo, mas batido asas.

Era maravilhoso. Era assustador.

Ela examinou a coleção de CDs dele, encontrou um de Ben Folds, pôs a canção "Brick". Ela nunca soubera sobre o que era aquela música – uma overdose de drogas, um aborto, um colapso nervoso –, mas, no fim, a mulher é um tijolo e está afundando o cara.

Música triste era melhor que bebida, achava ela. Mas não muito.

Quando desligou o motor, viu um carro verde, Ford, com placa de Nova York, parar bem em frente à casa. Estacionou na vaga que dizia Proibido Estacionar. Dois homens saltaram – um alto e outro parecendo um quadrado – e entraram. Lucy não soube o que pensar daquilo. Provavelmente não era nada.

A chave do fusca de Ira estava na sua bolsa. Lucy a vasculhou até encontrá-la. Enfiou um chiclete na boca. Se Cope a beijasse outra vez, duvidava que mau hálito fosse ser problema.

Perguntava-se o que Ira ia dizer a Cope, do que ele se lembraria. Eles nunca haviam conversado sobre aquela noite, pai e filha. Nem uma vez. Deviam. Talvez isso tivesse mudado tudo. Por outro lado, talvez não tivesse mudado nada. Os mortos continuariam mortos, e os vivos, vivendo. Não era um pensamento particularmente profundo, mas era isso, e ponto final.

Ela saiu do carro e se dirigiu para o velho Volkswagen. Segurou a chave e apontou-a para o veículo. Estranho como a gente se acostuma com as coisas. Nenhum carro hoje em dia abre com a chave. Todos têm controle. O fusca não, claro. Ela pôs a chave na fechadura do lado do motorista e girou. Estava enferrujada e ela teve que virar com força, mas o pino subiu.

Ela pensou sobre como vivera sua vida, os erros que havia cometido. Conversara com Cope a respeito daquela sensação de ter sido pressionada aquela noite, de ter despencado ladeira abaixo e não saber como parar. Era verdade. Ele tentara encontrá-la durante anos, mas ela tinha se escondido. Talvez devesse ter entrado em contato com ele antes. Ter tentado lidar logo com o que aconteceu naquela noite. Em vez disso, enterrou tudo. Recusou-se a encarar. Ficou com medo de confrontar, aí encontrou outros modos de se esconder – no caso dela no fundo de uma garrafa. As pessoas não se entregam à bebida para fugir.

Se entregam à bebida para se esconder.

Ela se sentou no banco do motorista e logo percebeu que havia alguma coisa errada.

A primeira indicação visual estava no chão do banco do carona. Ela olhou para baixo e franziu a testa.

Uma lata de refrigerante.

Coca Diet para ser mais precisa.

Ela a pegou. Ainda havia algum líquido dentro. Pensou naquilo. Fazia quanto tempo que entrara no fusca pela última vez? Três, quatro semanas, no mínimo. Não havia nenhuma lata antes. Ou se houvera, ela não tinha notado. Era uma possibilidade.

Foi quando sentiu o cheiro.

Lembrou-se de uma coisa que acontecera na floresta, perto do acampamento, quando tinha 12 anos. Ira a levara para passear. Eles ouviram tiros, e o pai se descontrolou. Caçadores haviam invadido suas terras. Ele os encontrou e começou a gritar que aquilo ali era uma propriedade privada. Um deles revidou e se aproximou batendo no peito de Ira. Lucy se lembrava de ele ter um cheiro horrível.

Era o mesmo cheiro agora.

Lucy se virou e olhou para o banco de trás.

Havia sangue no chão.

E então, à distância, ela ouviu o disparo de uma arma de fogo.

Os restos do esqueleto foram colocados numa mesa metálica com pequenos orifícios, que tornavam mais fácil a limpeza, bastando um jato de mangueira. O chão era de cerâmica e inclinado na direção de um ralo, no centro, como um vestiário de academia, o que também facilitava o escoamento de resíduos. Loren não queria pensar no que ficava retido naqueles ralos nem no que eles utilizavam para higienizar, se desentupidor comum servia ou se tinham de usar algo mais forte.

Lowell estava parado de um lado da mesa; Loren, do outro com Tara O'Neill.

– Quais são as novidades? – perguntou ele.

– Para começar, sentimos falta de alguns ossos. Vou lá mais tarde dar outra olhada. É coisa pouca, nada de mais. Isso é normal num caso desses. Eu ia tirar umas radiografias, conferir os centros de ossificação, especialmente em cima, na clavícula.

– O que isso vai nos dizer?

– Vai nos dar uma noção de idade. Os ossos param de crescer à medida que ficamos mais velhos. O último local de ossificação é lá em cima, onde a clavícula encontra o esterno. O processo para por volta dos 21 anos. Mas isso não é importante no momento.

Lowell olhou para Loren, que deu de ombros.

– O que de importante você encontrou?

– Isto.

Tara apontou para a pélvis.

– Você já me mostrou isso – disse Loren. – É a prova de que o esqueleto pertencia a uma mulher.

– Bem, sim. É uma pélvis mais larga, como eu expliquei. Além disso, temos a saliência menos proeminente e uma densidade óssea mais baixa.

Todos sinais de que era mulher. Não tenho nenhuma dúvida a esse respeito. Estamos vendo o esqueleto de uma mulher.

– O que você quer nos mostrar, então?

– O osso púbico.

– O que é que tem?

– Está vendo aqui? Chamamos isto de marca, ou melhor, de forâmens dos ossos púbicos.

– Ok.

– A cartilagem mantém os ossos unidos. Isso é anatomia básica. Vocês já sabem disso provavelmente. Em geral, a gente pensa na cartilagem em termos de joelho ou cotovelo. Ela é elástica, se estica. Mas estão vendo isso aqui? As marcas na face do osso púbico? Isso se forma sobre a superfície cartilaginosa onde os ossos se encontravam e depois se separavam.

Tara olhou para eles. Seu rosto brilhava.

– Estão me acompanhando?

– Não – respondeu Loren.

– As marcas se formam quando a cartilagem é forçada. Quando os ossos púbicos se separam.

Loren olhou para Lowell, que deu de ombros.

– E isso quer dizer o quê? – perguntou a investigadora.

– Isso quer dizer que, em algum momento da vida dela, os ossos se separaram. E isso significa, investigadora Loren, que sua vítima deu à luz.

capítulo trinta e sete

As coisas não se desaceleram quando a pessoa tem uma arma apontada para si.

Pelo contrário, aumentam de velocidade. Quando Ira apontou o revólver para mim, eu esperava ter tempo de reagir. Comecei a levantar as mãos, numa demonstração primitiva de ser inofensivo. A boca começou a se abrir a fim de tentar negociar a situação, dizer que eu iria cooperar e fazer o que ele quisesse. O coração disparou, a respiração cessou e os olhos só viam a arma, nada além da abertura do cano, aquele buraco negro gigante que me encarava.

Mas eu não tinha tempo para nada disso. Não tinha tempo para perguntar a Ira por quê. O que havia acontecido com a minha irmã, se estava viva ou morta, como Gil tinha saído da floresta naquela noite, se Wayne Steubens estava ou não envolvido. Não tinha tempo de dizer a Ira que ele estava certo: eu deveria ter deixado aquilo quieto, mas iria deixar quieto agora e poderíamos todos voltar às nossas vidas.

Eu não tinha tempo para fazer nada disso.

Porque Ira já estava apertando o gatilho.

Um ano atrás, li um livro chamado *Blink: A decisão num piscar de olhos*, de Malcolm Gladwell. Não me atrevo a simplificar as ideias dele, mas parte do que ele diz é que precisamos confiar mais nos instintos – a parte animal do nosso cérebro, que sai automaticamente do caminho se um caminhão está vindo na nossa direção. Ele também observa que tomamos decisões-relâmpago, às vezes baseadas, ao que parece, em poucas evidências, o que costumamos chamar de intuição, e que elas com frequência estão certas. Talvez isso estivesse em ação naquele momento. Talvez algo na atitude de Ira, no modo como ele sacou a arma ou alguma outra coisa me fez perceber que não tinha conversa: ele iria disparar, e eu, morrer.

Alguma coisa me fez pular fora.

Mas ainda assim a bala me atingiu.

Ele tinha mirado no meio do meu peito. O projétil pegou na lateral, rasgando minha cintura feito uma lança quente. Caí com força, de lado, e tentei rolar para trás de uma árvore. Ira disparou de novo. Dessa vez, errou. Continuei rolando.

Minha mão encontrou uma pedra. Não pensei. Peguei e, ainda rolando, atirei na direção dele. Foi um movimento patético, fruto do desespero, algo que uma criança de bruços tentaria.

O arremesso foi fraco. A pedra o acertou, mas acho que não foi com força. Pensei então que aquele fora o plano de Ira o tempo todo. Era por isso que queria me encontrar sozinho, que me levara para a floresta. Ele planejava me matar.

Ira, essa alma aparentemente delicada, era um assassino.

Olhei para trás. Ele estava perto demais. Pensei naquela cena do filme *Um casamento de alto risco*, o original, uma comédia em que alguém diz a Alan Arkin para evitar as balas correndo "em zigue-zague". Isso não funcionaria ali. O cara estava a apenas 2 ou 2 metros e meio de distância. Tinha uma arma. Eu já fora alvejado, sentia o sangue escorrendo de mim.

Eu ia morrer.

Estávamos despencando morro abaixo, eu ainda rolando, Ira se esforçando para não cair, tentando recuperar o equilíbrio a fim de dar outro tiro. Eu sabia. Sabia também que só tinha alguns segundos.

Minha única chance era mudar de direção.

Agarrei-me no chão para conseguir parar. Ira perdeu o equilíbrio e tentou diminuir a velocidade. Segurei uma árvore com as duas mãos e joguei as pernas na direção dele. Esse também foi um movimento lamentável, pensei, um mau ginasta no cavalo com alças. Mas Ira estava a uma distância alcançável e sem equilíbrio. Meus pés acertaram a lateral do tornozelo direito dele. Sem muita força. Mas o bastante.

Ira soltou um grito e caiu no chão.

A arma, pensei. Pegar a arma.

Corri para ele. Eu era maior. Mais jovem. Estava em muito melhor forma. Ele era velho, o cérebro já meio deteriorado. Podia disparar uma arma, claro. Ainda tinha força nos braços e nas pernas. Mas os anos e o abuso de drogas haviam diminuído seus reflexos.

Fiquei em cima dele, procurando a arma. Ela estava na sua mão direita. Fui para esse braço. Pensar no braço. Só no braço. Peguei-o com as duas mãos, joguei o corpo em cima, imobilizei e depois dobrei.

A mão estava vazia.

Fiquei tão preocupado com a mão direita que não vi a esquerda se aproximando. Ele se virou descrevendo um longo arco. O revólver devia ter caído quando ele tombou. Ira o pegou com a mão esquerda, agarrando-o feito uma pedra e bateu com a coronha na minha testa.

Foi como se um raio tivesse me abrasado o crânio. Deu para sentir o cérebro quicando para a direita, como se arrancado do cais, e começando a se atordoar. O corpo estremeceu.

Soltei-o.

Olhei para cima. Ele estava com a arma apontada para mim.

– Parado, polícia!

Reconheci a voz. Era York.

O ar congelou, rachou. Passei o olhar da arma para os olhos de Ira. Estávamos tão perto, o revólver apontado diretamente para o meu rosto. E senti. Ele ia atirar e me matar. Eles não o alcançariam a tempo. A polícia já estava ali. Era o fim para Ira, e ele sabia disso, mas ele ia atirar mesmo assim.

– Pai! Não!

Era Lucy. Ele ouviu a voz e algo naqueles olhos se modificou.

– Solta a arma já! Larga! Agora!

York outra vez. Meus olhos ainda estavam fixos nos de Ira.

Ele sustentava o olhar.

– Sua irmã está morta – disse ele.

Depois afastou a arma de mim, pôs na própria boca e apertou o gatilho.

capítulo trinta e oito

Desmaiei.
Isso foi o que me contaram. Mas tenho algumas lembranças difusas. Recordo-me de Ira caindo em cima de mim, a parte de trás da cabeça acabada, e de ouvir Lucy gritando. Lembro-me de olhar para cima, ver o céu azul, observar as nuvens passando por mim. Acho que estava de costas, numa maca, sendo levado até uma ambulância. Era aí que as lembranças cessavam. Com o céu azul, as nuvens brancas.

E depois, quando começava a me sentir quase em paz e calmo, lembrei-me das palavras de Ira.

Sua irmã está morta...

Balancei a cabeça. Não. Glenda Perez me contara que Camille tinha saído andando da floresta. Ira não tinha como saber disso. Não poderia.

– Sr. Copeland?

Abri os olhos. Eu estava numa cama. Um quarto de hospital.

– Meu nome é Dr. McFadden.

Deixei o olhar percorrer o quarto. Vi York atrás dele.

– Você foi baleado na lateral do corpo. Levou alguns pontos. Vai ficar bem, mas vai sentir dor...

– Doutor?

McFadden vinha usando sua toada monótona de médico, sem esperar interrupções tão cedo. Franziu a testa.

– Sim?

– Eu estou bem, certo?

– Sim.

– Podemos então conversar sobre isso mais tarde? Eu preciso muito falar com esse agente.

York ocultou um sorriso. Esperei uma reprimenda. Médicos são ainda mais arrogantes que advogados. Mas ele não retrucou. Deu de ombros e disse:

– Claro. Peça que a enfermeira me avise quando você tiver terminado.

– Obrigado, doutor.

Ele saiu sem dizer mais nada. York se aproximou da cama.

– Como você soube de Ira? – perguntei.

– Os caras do laboratório descobriram a origem das fibras de carpete no corpo do... ahn... – A voz de York sumiu. – Bem, ainda não temos confirmação da identidade, mas se você quiser, podemos chamá-lo de Gil Perez.

– Isso seria bom.

– Certo. Enfim, eles acharam aquelas fibras de carpete nele. Sabíamos que eram de um carro antigo. Encontramos também uma câmera de segurança próxima de onde o corpo foi desovado. Vimos que era um Volkswagen amarelo compatível com o de Silverstein. Aí fomos para lá correndo.

– Onde está Lucy?

– Dillon está fazendo umas perguntas a ela.

– Não estou entendendo. Ira matou Gil Perez?

– Sim.

– Sem dúvida?

– Nenhuma. Para começo de conversa, encontramos sangue no banco de trás do fusca. Meu palpite é que vai corresponder ao de Perez. Em segundo lugar, os funcionários da clínica confirmaram que ele, assinando o livro como Manolo Santiago, visitou Silverstein um dia antes do assassinato. Eles também confirmaram que viram o velho saindo no fusca, no outro dia de manhã. A primeira vez em seis meses.

Fiz uma careta.

– E eles não pensaram em contar isso para a filha dele?

– Os funcionários que o viram não estavam de serviço quando Lucy apareceu de novo. Além disso, eles disseram várias vezes que o Silverstein nunca foi declarado incapacitado, nada disso. Ele era livre para entrar e sair quando quisesse.

– Eu não estou entendendo. Por que Ira iria matá-lo?

– Pela mesma razão que ele quis matar você, acho. Vocês dois estavam investigando o que tinha acontecido no acampamento vinte anos atrás. O Sr. Silverstein não queria isso.

Tentei juntar as peças.

– Então ele matou Margot Green e Doug Billingham?

York aguardou um segundo, como se estivesse esperando que eu acrescentasse minha irmã à lista, o que não fiz.

– Pode ser.

– E Wayne Steubens?

– Provavelmente eles trabalharam juntos de alguma forma. Não sei. A única coisa que eu sei é que Ira Silverstein matou o *meu* cara. Ah, outra coisa: sabe a arma que ele usou para atirar em você? É do mesmo calibre da que foi usada para matar Gil Perez. Estamos fazendo a balística, mas é claro que vai coincidir. Então somando isso ao sangue no banco de trás do fusca, ao vídeo da câmera de segurança em que ele aparece, perto de onde o corpo foi desovado... Enfim, vamos e convenhamos, está na cara que foi ele. Mas, ei, Ira Silverstein morreu, e, como você sabe, é muito difícil julgar um homem morto. Quanto ao que ele fez ou não fez vinte anos atrás – York deu de ombros –, eu também tenho curiosidade de saber. Mas esse mistério é para outra pessoa resolver.

– Você vai ajudar se a gente precisar?

– Claro. Vou adorar. E quando desvendar isso tudo, por que você não vem até a cidade e eu te levo para uma churrascaria?

– Fechado.

Apertamos as mãos.

– Eu devo agradecer a você por ter salvado minha vida – falei.

– É, deve mesmo. Mas não acho que fui eu quem salvou você.

Então eu me lembrei do olhar no rosto de Ira, da sua determinação em me matar. York também tinha visto isso – Ira ia me matar, não importavam as consequências. Na verdade, a voz de Lucy me salvou mais do que a arma de York.

Ele foi embora. Eu estava sozinho num quarto de hospital. Provavelmente há lugares mais depressivos para se ficar sozinho, mas não conseguia pensar em nenhum. Pensei na minha Jane, em como fora corajosa, mas como a única coisa que a assustava de fato, aterrorizava-a, era ficar sozinha no quarto do hospital. Então eu ficava a noite toda. Dormia numa daquelas poltronas reclináveis mais desconfortáveis do mundo. Não digo isso para receber aplausos. Foi o grande momento de fraqueza de Jane, a primeira noite passada no hospital, quando ela agarrou minha mão e tentou manter o desespero ausente da voz ao dizer:

– Não me deixe sozinha aqui, por favor.

Eu não deixei. Não naquele momento. Não até muito mais tarde, quando já estava de volta em casa, onde queria morrer por medo de retornar a um quarto como esse em que eu estava...

Agora era minha vez. Eu estava sozinho ali. Isso não me assustava muito. Pensei naquilo, aonde a vida tinha me levado. Quem ficaria ali comigo numa crise? Quem eu poderia esperar que estivesse à minha cabeceira ao acordar num hospital? Os primeiros nomes que me vieram à mente: Greta e Bob.

Quando eu machucara a mão ano passado cortando um pão, Bob me levou de carro, Greta ficou tomando conta de Cara. Eles eram da família – a única família que me havia sobrado. E agora eu os tinha perdido.

Recordei-me da última vez em que fui hospitalizado. Quando eu tinha 12 anos, peguei febre reumática. Era muito raro na época, hoje mais ainda. Passei dez dias no hospital. Eu me lembro de Camille me visitando. Às vezes, trazia umas amigas chatas porque sabia que aquilo me enlouquecia. Brincávamos de jogo das palavras. Os garotos adoravam Camille. Ela trazia as fitas cassete que eles gravavam para ela – grupos como Steely Dan, Supertramp e Doobie Brothers. Dizia quais grupos eram bons, quais eram fracos, e eu seguia o gosto dela como se fosse uma Bíblia.

Será que ela sofreu muito naquela floresta?

Era isso que eu sempre me perguntava. O que Wayne Steubens fez com ela? Teria amarrado e aterrorizado como fez com Margot Green? Será que ela lutou e foi esfaqueada como Doug Billingham? Foi enterrada viva como as vítimas de Indiana e da Virgínia? Quanta dor ela sentiu? Quanto terror experimentou nos seus últimos momentos?

E agora... a nova pergunta: teria Camille saído daquela floresta viva?

Dirigi meus pensamentos a Lucy. Pensei no que ela deveria estar passando depois de seu amado pai estourar os miolos, conjecturando o como e o porquê daquilo tudo. Eu queria encontrá-la, dizer alguma coisa, tentar confortá-la um pouco.

Alguém bateu à porta.

Pensei que fosse uma enfermeira. Não. Era Loren. Sorri para ela. Esperei que fosse corresponder, mas não. A cara não poderia estar mais fechada.

– Não fique tão triste – falei. – Eu estou bem.

Loren se aproximou da cama. A expressão não mudou.

– Eu disse...

– Já conversei com o médico. Ele disse que talvez você nem precise passar a noite.

– Que cara é essa, então?

Loren pegou uma cadeira e puxou para perto da cama.

– Precisamos conversar.

Eu já tinha visto Loren Muse fazer aquela cara antes.

Era sua cara para os momentos de ação. Tipo "vou quebrar a cara daquele desgraçado". Tipo "se tentar mentir vou te prender". A cara que ela fazia para assassinos e estupradores, ladrões de carros e membros de gangue. Agora estava fazendo para mim.

– Qual é o problema?

Ela não suavizou a expressão.

– Como é que foi com Raya Singh?

– Era aquilo que a gente pensava mesmo. – Atualizei-a em poucas palavras porque, realmente, falar de Raya parecia quase fora de questão àquela altura. – A grande novidade é que a irmã de Gil Perez veio me ver. Ela me contou que Camille ainda está viva.

Vi alguma coisa mudar no rosto de Loren. Ela era boa, sem dúvida, mas eu também. Dizem que esses sinais duram menos de um décimo de segundo. Mas eu notei. Ela não ficou necessariamente surpresa com o que eu disse. Só que se abalou de alguma forma.

– O que está acontecendo, Loren?

– Falei com o xerife Lowell hoje.

Franzi a testa.

– Ele ainda não se aposentou?

– Não.

Eu ia perguntar por que o contatara, mas sabia que ela era minuciosa. Seria natural que entrasse em contato com o chefe da investigação na época. Isso também explicava, em parte, o comportamento dela comigo.

– Deixe eu adivinhar – falei. – Ele acha que eu menti sobre aquela noite.

Loren não disse sim nem não.

– É estranho, não? Você não estar de guarda na noite do crime.

– Você sabe por quê. Você leu as redações.

– Sim, li. Você escapuliu com a namorada. E depois não quis envolvê-la em problemas.

– Isso.

– Mas a redação dizia também que você estava coberto de sangue. Isso é verdade?

Olhei para ela.

– O que é que está acontecendo aqui?

– Estou fingindo que você não é meu chefe.

Tentei me sentar ereto. O ponto na lateral do meu corpo doía para caramba.

– Lowell disse que eu era suspeito?

– Não precisava. E você não precisa ser suspeito para eu fazer essas perguntas. Você mentiu sobre aquela noite...

– Eu estava protegendo Lucy. Você já sabe disso.

– Eu sei o que você me contou, sim. Mas ponha-se no meu lugar. Eu preciso lidar com esse caso sem nenhuma agenda definida ou parcialidade. Se fosse o contrário, você não iria fazer essas perguntas?

Pensei naquilo.

– Eu entendo. Tudo bem, vá em frente. Pergunte o que você quiser.

– Sua irmã ficou grávida alguma vez?

Fiquei sentado ali, atordoado. A pergunta me atingiu como um gancho de esquerda surpresa. Era a intenção dela provavelmente.

– Você está falando sério?

– Estou.

– Por que você está me perguntando uma coisa dessas?

– Só responda.

– Não, minha irmã nunca ficou grávida.

– Tem certeza?

– Acho que eu saberia.

– Saberia? – indagou ela.

– Não estou entendendo. Por que você está pressupondo isso?

– Já tivemos casos em que as garotas esconderam isso da família. Você sabe. Nossa, tivemos um em que a própria garota não sabia até ter o bebê! Lembra?

Eu lembrava.

– Olha, Loren, agora vou fazer valer minha autoridade. Por que você está perguntando se minha irmã estava grávida?

Ela me escrutinou o rosto, os olhos rastejando sobre mim como vermes gosmentos.

– Pare com isso – pedi.

– Você tem que sair do caso, Cope. Você sabe.

– Eu não tenho que fazer nada.

– Tem, tem, sim. Lowell ainda está dando as cartas. Esse caso é a menina dos olhos dele.

– Lowell? Esse caipira não trabalha nesse caso desde que eles prenderam Wayne Steubens, dezoito anos atrás.

– Ainda assim. É o caso dele. Ele é o chefe.

Eu não sabia o que pensar daquilo.

– Lowell sabe sobre Gil Perez estar vivo esse tempo todo?

– Eu contei a ele sua teoria.

– Por que então você está me encurralando de repente com perguntas sobre Camille estar grávida?

Ela não disse nada.

– Ótimo, então toque a coisa assim. Olhe, eu prometi a Glenda Perez que ia tentar manter a família dela fora disso. Mas conte a Lowell sobre isso. Talvez ele deixe você continuar envolvida no caso. Confio muito mais em você do que naquele xerife do mato. O principal é: Glenda Perez disse que minha irmã saiu viva daquela floresta.

– E Ira Silverstein disse que ela estava morta – completou Loren.

O quarto girou. A "entrega" estava mais óbvia no rosto dela dessa vez. Olhei sério para ela, que tentou sustentar, mas acabou desistindo.

– O que é que está acontecendo, Loren?

Ela ficou de pé. A porta se abriu. Uma enfermeira entrou. Sem dizer nem um oi, passou a faixa do aparelho de pressão em torno do meu braço e começou a bombear. Enfiou um termômetro na minha boca.

– Eu já volto – avisou Loren.

O termômetro ainda estava na minha boca. A enfermeira me tomou o pulso. A frequência tinha que estar fora do padrão. Tentei chamá-la com termômetro e tudo:

– Loren!

Ela saiu. Fiquei na cama sofrendo.

Grávida? Camille teria estado grávida?

Eu não conseguia ver isso. Tentei me lembrar. Ela tinha começado a usar roupas largas? Estaria grávida há quanto tempo? Quantos meses? Meu pai notaria se ela aparentasse – o homem era ginecologista-obstetra. Ela não conseguiria esconder dele.

Mas talvez não tenha escondido.

Para mim isso não tinha sentido, era absolutamente impossível que minha irmã estivesse grávida, não fosse por uma coisa. Eu não sabia o que estava acontecendo e Loren ocultava algo. A pergunta dela não era ao acaso. Às vezes, um bom promotor precisa fazer aquilo num caso. Dar o benefício da dúvida a uma hipótese esdrúxula. Só para ver como ela poderia se encaixar.

A enfermeira terminou. Peguei o telefone e liguei para casa atrás de notícias de Cara. Fiquei surpreso quando Greta atendeu com um simpático:

– Alô.

– Oi – falei.

A simpatia desapareceu.

– Soube que você vai ficar bem.

– Foi o que me falaram.

– Eu estou aqui com Cara agora – disse Greta, toda prática. – Ela pode ficar lá em casa esta noite, se você quiser.

– Seria ótimo, obrigado.

Houve uma pequena pausa.

– Paul?

Ela sempre me chamava de Cope. Não gostei daquilo.

– Sim?

– O bem-estar de Cara é muito importante para mim. Ela ainda é minha sobrinha. Ainda é a filha da minha irmã.

– Eu entendo.

– Você, por outro lado, não significa mais nada para mim.

Ela desligou o telefone.

Recostei-me e esperei que Loren voltasse, tentando digerir aquilo na minha dolorida cabeça. Recordei tudo passo a passo.

Glenda Perez disse que minha irmã saíra viva da floresta.

Ira Silverstein disse que ela estava morta.

Em quem acreditar então?

Glenda Perez parecia relativamente normal. Ele era um lunático.

Ponto para Glenda Perez.

Também notei que Ira continuava falando em querer que as coisas continuassem enterradas. Ele matou Gil Perez – e ia me matar – porque desejava que nós parássemos de investigar. Achava que, enquanto eu pensasse que minha irmã estava viva, me afundaria ainda mais. Cavaria, arrasaria e faria o que fosse necessário, sem pensar nas consequências, se acreditasse haver uma chance de levar Camille para casa. Ira obviamente não queria isso.

Isso dava a ele um motivo para mentir, para dizer que Camille estava morta.

Glenda Perez, por outro lado, também queria que eu parasse de fuçar. Enquanto mantivesse minha investigação ativa, sua família estaria em real perigo. A fraude deles e todos os outros quase crimes que ela havia enumerado poderiam ficar expostos. Portanto, Glenda também percebia que a melhor forma de conseguir me fazer desistir era me convencer de que nada mudara nos últimos vinte anos, que Wayne Steubens tinha de fato matado minha irmã. Seria de interesse dela dizer que minha irmã estava morta.

Mas ela não fez isso.

Ponto para Glenda Perez.

Sentia a esperança – outra vez essa palavra – renascer no meu peito.
Loren Muse voltou ao quarto e fechou a porta.
– Acabei de conversar com o xerife Lowell – contou ela.
– Ahn?
– Como eu expliquei, esse caso é dele. Eu não podia falar sobre certas coisas sem um ok.
– Isso tem a ver com a pergunta sobre a gravidez?
Loren se sentou como se estivesse com medo de que a cadeira pudesse se quebrar. Colocou as mãos no colo. Isso era estranho nela. Minha investigadora-chefe em geral gesticulava mais que uma siciliana sob efeito de anfetamina, quase atropelada por um carro em velocidade. Eu nunca a tinha visto tão submissa. Trazia o olhar baixo. Tive um pouco de pena dela. Loren estava se esforçando tanto para fazer a coisa certa. Ela sempre se esforçava.
– Loren?
Ela levantou a cabeça. Não gostei do que vi.
– O que está acontecendo aqui?
– Você se lembra de que eu mandei Andrew Barrett para o local do acampamento?
– Claro – respondi. – Barrett queria experimentar um radar novo de penetração subterrânea. E aí?
Loren me encarou. Foi só o que fez. Olhou para mim e vi seus olhos se umedecerem. Depois assentiu. Foi o gesto mais triste que já vi.
Senti meu mundo desmoronar com estrépito.
Esperança. Ela vinha delicadamente embalando meu coração. Agora mostrava as garras e o destruía. Eu não conseguia respirar. Balancei a cabeça, mas Loren continuou fazendo que sim.
– Eles descobriram restos mortais antigos não muito longe de onde os outros dois corpos foram encontrados – disse ela.
Fiz que não com mais força. Não agora. Não depois de tudo aquilo.
– Sexo feminino, 1,73 metro, enterrada entre quinze e trinta anos provavelmente.
Balancei a cabeça um pouco mais. Loren parou, esperando que eu me recuperasse. Tentei desanuviar as ideias, não ouvir o que ela estava dizendo. Bloquear, rebobinar. E aí me lembrei de uma coisa.
– Espera. Você perguntou se Camille estava grávida. Você está dizendo que esse corpo... Eles conseguiram ver que ela estava grávida?
– Não só grávida – respondeu Loren. – Ela deu à luz.

Fiquei sentado ali, tentando absorver, sem conseguir. Uma coisa era ouvir que estivera grávida. Poderia ter acontecido. Teria abortado, sei lá. Mas que teria levado até o fim, tido o bebê, e agora estava morta, depois de tudo aquilo...

– Descubra o que aconteceu, Loren.

– Eu vou.

– E se tiver um bebê lá...

– Vamos encontrar também.

capítulo trinta e nove

— Tenho novidades.

Alexei Kokorov ainda era um espécime impressionante, embora hediondo. No fim dos anos 1980, logo antes de o Muro vir abaixo e de suas vidas mudarem para sempre, ele fora o subordinado de Sosh na InTourist. Era engraçado pensar nisso. Tinham sido homens de elite da KGB em seu país. Em 1974, eram do *Spetsgruppa A* – o Grupo Alfa, supostamente de contraterrorismo e crime, mas numa fria manhã de Natal, em 1979, a unidade invadiu o palácio Darulaman, em Cabul. Não muito tempo depois, Sosh conseguiu o emprego na InTourist e se mudou para Nova York. Kokorov, homem com quem ele nunca se dera especialmente bem, também se mudou. Os dois deixaram as famílias para trás. Foi assim. Nova York era sedutora. Só o soviético mais empedernido recebia permissão para ir. Mas mesmo esses precisavam ser vigiados por um colega que não necessariamente amassem ou confiassem. Até os mais rigorosos precisavam ser lembrados que havia entes queridos em casa, a quem se poderiam impor sofrimentos.

– Continue – disse Sosh.

Kokorov era um bêbado. Sempre fora, mas na juventude isso era quase uma vantagem. Era forte, esperto, e a bebida o tornava particularmente mau. Obedecia como um cão. Agora a idade começava a pesar. Os filhos estavam grandes e não tinham mais utilidade. A esposa o deixara anos antes. Ele era patético. Era o passado. Não gostavam um do outro, é verdade, mas ainda assim havia um vínculo. Kokorov se tornara leal a Sosh, que por isso o mantinha na folha de pagamento.

– Encontraram um corpo naquela floresta – anunciou Kokorov.

Sosh fechou os olhos. Não esperava isso e, no entanto, não ficou totalmente surpreso. Pavel Copeland queria desenterrar o passado. Sosh tinha esperança de detê-lo. Existem coisas que é melhor um homem não saber. Gavrel e Aline, seus irmãos, haviam sido enterrados numa vala comum. Sem lápide, sem dignidade. Isso nunca incomodara Sosh. Do pó ao pó, e pronto. Mas, às vezes, perguntava-se se Gavrel se levantaria um dia e apontaria um dedo acusador para o irmão mais novo, aquele que tinha roubado um pedaço extra de pão, mais de sessenta anos antes. Foi só um pedaço, Sosh sabia. Não teria mudado nada. E mesmo assim Sosh ainda pensava no que havia feito, no pedaço roubado de pão, todas as manhãs da sua vida.

Seria assim que funcionava? Os mortos clamando por vingança?

– Como você soube disso? – indagou.

– Desde a visita de Pavel, tenho prestado atenção nos jornais locais – disse Kokorov. – Na internet. Eles deram a notícia.

Sosh riu. Dois velhos durões da KGB usando a internet americana para obter informação. Irônico.

– O que vamos fazer? – perguntou Kokorov.

– Fazer?

– Sim. O que vamos fazer?

– Nada, Alexei. Isso foi há muito tempo.

– Assassinato não prescreve neste país. Eles vão investigar.

– E descobrir o quê?

Kokorov não disse nada.

– Acabou. Não temos mais agência nem país para proteger.

Silêncio. Alexei coçou o queixo e olhou para o outro lado.

– O que foi?

– Você tem saudade daquela época, Sosh? – quis saber Alexei.

– Tenho saudade da minha juventude – disse ele. – De mais nada.

– As pessoas tinham medo da gente – argumentou Kokorov. – Tremiam quando a gente passava.

– E daí? Isso era bom, Alexei?

O sorriso dele era uma coisa horrível, os dentes pequenos demais para a boca, como os de um roedor.

– Não finja. A gente tinha poder. Éramos deuses.

– Não, não éramos deuses. Éramos brutamontes. Reles capangas dos deuses. Eles é que tinham o poder. Nós tínhamos medo, e aí deixávamos todo mundo com um pouco mais de medo. Isso fazia a gente se sentir importante, aterrorizando os fracos.

Alexei abanou a mão em sinal de desdém.

– Você está ficando velho.

– Nós dois estamos.

– Eu não gosto dessa coisa toda voltando.

– Você não gostou de Pavel voltando também. É porque ele faz você se lembrar do avô dele, não é?

– Não.

– O homem que você prendeu. O velho e sua velha esposa.
– Você acha que era melhor que eu, Sosh?
– Não. Eu sei que não era.
– Não foi decisão minha. Você sabe disso. Eles foram denunciados e nós entramos em ação.
– Exatamente – disse Sosh. – Os deuses mandaram você fazer isso. E você fez. Você ainda se acha tão importante?
– Não foi assim.
– Foi exatamente assim.
– Você teria feito a mesma coisa.
– Sim, teria.
– Nós estávamos ajudando uma causa maior.
– Você acreditava realmente nisso, Alexei?
– Sim. Ainda acredito. Ainda me pergunto se estávamos tão errados assim. Quando eu vejo os perigos que a liberdade acarreta, ainda me pergunto.
– Eu não – disse Sosh. – Nós éramos capangas.
Silêncio.
– O que acontece agora então? Agora que eles encontraram o corpo? – questionou Kokorov.
– Talvez nada. Talvez outros morram. Ou talvez Pavel vá ter finalmente a chance de encarar seu passado.
– Você não disse a ele que não deveria fazer isso, que deveria deixar o passado ficar enterrado?
– Eu disse – respondeu Sosh. – Mas ele não escutou. Quem sabe qual de nós dois vai conseguir provar que estava certo?

O Dr. McFadden entrou e me falou que eu tive sorte. A bala penetrou meu corpo sem atingir nenhum órgão interno. Isso sempre me fazia revirar os olhos, quando o herói levava um tiro e depois seguia com sua vida, como se nada tivesse acontecido. Mas a verdade é que muitos ferimentos a bala cicatrizavam assim. Ficar deitado naquela cama não iria ser melhor do que repousar em casa.
– Estou mais preocupado com a pancada na sua cabeça – comentou ele.
– Mas eu posso ir para casa?
– Vamos deixar você dormir um pouco, está bem? Ver como vai se sentir quando acordar. Acho que você deveria ficar até amanhã.
Eu ia discordar, mas não tinha nada a ganhar indo para casa. Sentia-me

fragilizado, enjoado e dolorido. Provavelmente estava com uma aparência horrível e assustaria Cara.

Tinham encontrado um corpo na floresta. Eu ainda não conseguia me acostumar com essa ideia.

Loren enviara um fax com a autópsia inconclusiva para o hospital. Eles não sabiam muita coisa ainda, mas era difícil acreditar que não fosse minha irmã. Lowell e Loren tinham feito uma averiguação mais rigorosa sobre mulheres desaparecidas naquela área, para ver se havia outras por encontrar que se encaixassem no perfil. A busca fora infrutífera – o único resultado preliminar encontrado no registro de desaparecidos era minha irmã.

Até aquele momento, a legista não tinha apontado a causa da morte. Isso não era incomum num esqueleto naquelas condições. Se o assassino tivesse cortado a garganta da vítima ou a queimado viva, provavelmente nunca se saberia. Não se veria marca nos ossos. A cartilagem e os órgãos internos já tinham desaparecido havia muito, vítimas de alguma entidade parasítica que se banqueteara ali.

Passei para o item principal. Os forâmens do osso púbico.

A vítima dera à luz.

Voltei a me surpreender com aquilo. Fiquei me perguntando se seria possível. Sob circunstâncias normais, isso talvez me desse alguma esperança de que não eram da minha irmã os ossos que eles desenterraram. Mas se não fossem, o que eu poderia concluir disso exatamente? Que mais ou menos na mesma época alguma outra garota – que ninguém conseguiria explicar quem era – fora assassinada na mesma área, como os garotos do acampamento?

Não fazia sentido.

Eu estava deixando escapar alguma coisa. Muita coisa.

Peguei o celular. Não havia sinal no hospital, mas procurei o número de York. Usei o telefone do quarto para fazer a chamada.

– Alguma novidade? – perguntei a ele.

– Você sabe que horas são?

Eu não sabia. Olhei o relógio.

– São dez e pouco – falei. – Alguma novidade?

Ele suspirou.

– O exame de balística confirmou o que já sabíamos. A arma que Silverstein usou para atirar em você é a mesma usada para matar Gil Perez. E embora o DNA vá levar algumas semanas, o tipo sanguíneo no banco de trás do fusca coincide com o de Perez. Eu diria que a partida está decidida.

– O que Lucy disse?

– Dillon falou que ela não foi de grande ajuda. Estava em choque. Contou que o pai não vinha bem, que ele provavelmente imaginou algum tipo de ameaça.

– Dillon engoliu essa?

– Claro. Por que não? De uma forma ou de outra, o caso está encerrado. Como é que você está?

– Esplêndido.

– Dillon foi baleado uma vez.

– Só uma?

– Boa. Enfim, até hoje ele mostra a cicatriz para toda mulher que conhece. Ele diz que elas ficam excitadas. Lembre-se disso.

– Dicas de sedução de Dillon. Obrigado.

– Adivinhe a cantada que ele usa depois que mostra a cicatriz?

– "Ei, benzinho, quer ver minha arma?"

– Como é que você sabia?

– Para onde Lucy foi depois de conversar com vocês?

– Demos uma carona para ela até o campus.

– Está certo, obrigado.

Desliguei e digitei o número de Lucy. A chamada caiu na caixa postal. Deixei uma mensagem. Depois liguei para o celular de Loren.

– Onde você está? – perguntei.

– Indo para casa. Por quê?

– Achei que talvez você estivesse indo à universidade para interrogar Lucy.

– Já fui.

– E?

– Ela não abriu a porta. Mas vi que as luzes estavam acesas. Ela está lá.

– Ela está bem?

– Como é que eu vou saber?

Não gostei daquilo. O pai morrera e ela estava sozinha no apartamento.

– A que distância você está do hospital?

– Quinze minutos.

– Que tal vir me pegar?

– Você pode sair?

– Quem é que vai impedir? E é só um instante.

– Você, meu chefe, está me pedindo para levá-lo até a casa da namorada?

319

– Não. Eu, o promotor do condado, estou pedindo a você que me leve até a casa de uma pessoa do maior interesse num homicídio recente.

– Não importa – disse Loren. – Já estou chegando aí.

Ninguém me impediu de sair do hospital.

Não estava bem, mas já tinha me sentido pior. Estava preocupado com Lucy e reconhecia, cada vez mais, que isso ia além de uma inquietação normal.

Sentia a falta dela, como se sente a de alguém por quem estamos nos apaixonando. Eu poderia arredondar essa declaração, suavizá-la enfim, dizer que minhas emoções estavam à flor da pele com tudo que estava acontecendo, alegar que era nostalgia de um tempo melhor, uma época mais inocente, quando meus pais estavam juntos e minha irmã era viva, e até Jane ainda tinha saúde, beleza e felicidade. Mas não era isso.

Eu gostava de ficar com Lucy e de como me sentia com ela. Gostava de estar com ela do modo como se gosta de estar com alguém por quem estamos nos apaixonando. Não havia necessidade de explicar mais.

Loren estava ao volante. O carro era pequeno e apertado. Eu não era muito ligado em carros e não fazia ideia da marca daquele, mas cheirava a fumaça de cigarro. Ela deve ter visto a expressão no meu rosto porque disse:

– Minha mãe é uma fumante inveterada.

– Aham.

– Ela está morando comigo. É temporário. Até ela encontrar o quinto marido. Nesse meio-tempo eu peço para ela não fumar no carro.

– E ela ignora.

– Não, não, acho que o fato de eu pedir é que a faz fumar ainda mais. A mesma coisa no apartamento. Eu chego do trabalho, abro a porta e parece que estou engolindo cinzas.

Eu gostaria que ela dirigisse mais rápido.

– Você vai estar bem para ir ao tribunal amanhã? – perguntou ela.

– Acho que vou, sim.

– O juiz Pierce quer se reunir com os advogados a portas fechadas.

– Alguma ideia do motivo?

– Nenhuma.

– A que horas?

– Nove da manhã em ponto.

– Estarei lá.

– Quer que eu pegue você?

– Quero.
– Peço um carro de empresa então?
– Não trabalhamos para uma empresa. Trabalhamos para o município.
– E se for um carro do município?
– Pode ser.
– Bom. – Ela continuou dirigindo. – Lamento pela sua irmã.

Não respondi nada. Ainda estava tendo dificuldades para reagir àquilo. Talvez precisasse ouvir que a identidade havia sido confirmada. Ou talvez já tivesse ficado vinte anos de luto e não tivesse mais muito tempo. Ou talvez, mais provavelmente, estivesse pondo as emoções em segundo plano.

Mais duas pessoas estavam mortas agora.

Independentemente do que acontecera vinte anos atrás naquela floresta... talvez as crianças do local estivessem certas, aquelas que diziam que um monstro os comera ou que o bicho-papão os levou. O que quer que tenha matado Margot Green, Doug Billingham e, com toda probabilidade, Camille Copeland ainda estava vivo, respirando, tirando vidas. Talvez tivesse dormido por vinte anos. Talvez fora para um lugar novo ou se mudara para outra floresta em outro estado. Mas esse monstro estava de volta agora – e ai de mim se o deixasse escapar mais uma vez.

Os alojamentos da Reston University eram deprimentes. Umas construções antiquadas de tijolinhos muito próximas umas das outras. A iluminação era ruim, mas acho que isso até poderia ser uma coisa boa.

– Você se importa de esperar no carro? – perguntei.
– Eu tenho que fazer uma coisa rápida – disse Loren. – Já volto.

Peguei o caminho. As luzes estavam apagadas, mas eu ouvi música. Reconheci a canção – "Somebody", de Bonnie McKee. Deprimente para caramba: ele, o "alguém", era aquele amor perfeito que ela sabe estar por aí, mas que nunca vai encontrar, mas essa era Lucy. Ela adorava destruidores de coração. Bati à porta. Ninguém abriu. Toquei a campainha, bati mais. Nada.

– Luce!

Nada.

Bati com mais força. O que o médico me receitara estava perdendo efeito. Sentia os pontos repuxando. Parecia exatamente o que era – como se meus próprios movimentos estivessem rasgando a carne.

– Luce!

Girei a maçaneta. Porta trancada. Havia duas janelas. Tentei dar uma olhada. Tudo escuro. Tentei abri-las. As duas trancadas.

– Vamos lá, eu sei que você está aí.

Ouvi um carro atrás de mim. Era Loren. Ela parou e saltou.

– Aqui – disse ela.

– O que é isso?

– A chave mestra. Peguei com a segurança do campus.

Loren.

Ela jogou a chave para mim e retornou ao carro. Coloquei a chave na fechadura, bati mais uma vez e girei. A porta se abriu. Entrei e fechei.

– Não acenda a luz. – Era Lucy. – E me deixe sozinha, Cope, está bem?

O iPod começou a tocar a canção seguinte. Alejandro Escovedo perguntava na música que tipo de amor destrói uma mãe e a faz colidir contra árvores emaranhadas.

– Você deveria fazer uma dessas coletâneas K-tel – falei.

– O quê?

– Você sabe, como eles anunciavam na TV: "A Time Life apresenta *As canções mais deprimentes de todos os tempos*."

Ouvi Lucy tentar dar uma risada. Meus olhos estavam se adaptando à escuridão. Agora já conseguia vê-la sentada no sofá. Cheguei mais perto.

– Não – disse ela.

Mas continuei andando. Sentei-me ao lado dela. Lucy estava com uma garrafa de vodca na mão. Olhei ao redor pelo apartamento. Não havia nada pessoal, nada novo, nada alegre ou feliz.

– Ira – disse ela.

– Eu sinto muito.

– A polícia falou que ele matou Gil.

– O que você acha?

– Vi sangue no carro dele. Ele atirou em você. Então sim, claro, acho que ele matou Gil.

– Por quê?

Ela não respondeu, tomou outro longo gole.

– Por que você não me dá isso? – perguntei.

– Isso é o que eu sou, Cope.

– Não, não é.

– Eu não sou para você. Você não consegue me recuperar.

Eu tinha algumas refutações àquilo, mas todas elas tinham cheiro de clichê. Deixei passar.

– Eu amo você – declarou ela. – Na verdade, nunca deixei de te amar.

Fiquei com outros homens. Tive relacionamentos. Mas você sempre estava lá. Na sala com a gente. Até na cama. É idiota e burro. Nós éramos só crianças, mas a verdade é essa.

– Eu entendo.
– Eles acham que talvez tenha sido Ira quem matou Margot e Doug.
– Você não?
– Ele só queria que isso passasse. Entende? Doeu tanto, causou tanta destruição. E aí, quando ele viu Gil, deve ter sido como um fantasma voltando para assombrá-lo.
– Eu sinto muito – falei outra vez.
– Vá para casa, Cope.
– Eu prefiro ficar.
– Essa decisão não é sua. Aqui é minha casa. Minha vida. Vá para casa.

Ela tomou mais um longo gole.

– Eu não quero deixar você assim.

A risada dela era sarcástica.

– O quê? Você acha que essa é a primeira vez?

Ela olhou para mim, desafiando-me a contestar. Fiquei quieto.

– É isso que eu faço. Bebo no escuro e ouço essas malditas músicas. Eu apago, durmo, ou como você queira chamar. Depois, amanhã, nem tenho ressaca.
– Eu quero ficar.
– Eu não quero que você fique.
– Não é você quem decide. Sou eu. Eu quero ficar com você. Esta noite em especial.
– Eu não quero você aqui. Só vai piorar.
– Mas...
– Por favor – disse ela, e a voz era uma súplica. – Por favor, me deixe sozinha. Amanhã. A gente começa de novo amanhã.

capítulo quarenta

A DRA. TARA O'NEILL RARAMENTE dormia mais que quatro, cinco horas por noite. Não precisava de sono. Estava de volta à escavação antes das seis, à primeira luz da manhã. Amava aquela floresta – qualquer floresta, na verdade. Fizera graduação e residência na cidade, na Universidade da Pensilvânia, na Filadélfia. As pessoas achavam que ela gostaria de lá. "Você é uma garota tão agradável", diziam. A cidade tem tanta vida, tantas pessoas, muita coisa acontecendo.

Mas, durante os anos na Filadélfia, Tara voltava para casa todo fim de semana. Acabou se candidatando ao cargo de médica-legista e ganhava um dinheiro extra trabalhando como patologista em Wilkes-Barre. Tentou resumir a própria filosofia de vida e se saiu com algo que ouviu uma vez um astro do rock – Eric Clapton, achava – dizer numa entrevista sobre não ser grande apreciador de, ahn, pessoas. Ela também não era. Preferia – por mais ridículo que pudesse soar – ficar com ela mesma. Gostava de ler e ver filmes sem fazer comentários. Não conseguia lidar com os homens, seus egos, a presunção constante e a insegurança feroz. Não queria um parceiro para a vida.

Era assim – lá na floresta, dessa forma – que era mais feliz.

Tara carregava a maleta de ferramentas, mas, de todas as novas engenhocas que o dinheiro público ajudara a pagar, a que achava mais útil era a mais simples: uma peneira. Era quase exatamente igual ao tipo que ela tinha na cozinha. Pegou-a e começou a usar na terra.

A função da peneira era encontrar dentes e ossos pequenos.

Era um trabalho minucioso, pouco diferente de uma escavação arqueológica que havia feito após o último ano da escola secundária. Fora estagiária nas Badlands de Dakota do Sul, área conhecida como Grande Escavação do Porco porque, originalmente, tinham encontrado um Archaeotherium, que era quase um grande porco antigo. Lidou com fósseis de porcos e rinocerontes ancestrais. Fora uma experiência maravilhosa.

Trabalhava nesse local de sepultamento com a mesma paciência – tarefa que a maioria das pessoas acharia mortalmente tediosa. Mas Tara O'Neill evoluía.

Uma hora depois, encontrou o pequeno pedaço de osso.

Sentiu o pulso se acelerar. Já esperava algo assim, tinha percebido que era uma possibilidade após os raios X de ossificação. Mas mesmo assim. Encontrar o pedaço que faltava...

– Caramba...

Disse isso em voz alta, as palavras ecoando no silêncio da floresta. Não podia acreditar, mas a prova estava bem ali, na palma da mão enluvada.

Era o osso hioide.

Metade dele, pelo menos. Extremamente calcificado, quebradiço até. Ela retornou à busca, peneirando o mais rápido possível. Não iria demorar agora. Cinco minutos depois, Tara encontrou a outra metade. Ergueu os dois pedaços.

Mesmo depois de todos aqueles anos, os fragmentos de osso ainda se encaixavam como um quebra-cabeça.

O rosto de Tara O'Neill se abriu num sorriso sublime. Por um momento, contemplou o próprio trabalho e balançou a cabeça admirada.

Pegou o celular. Sem sinal. Retrocedeu uns 800 metros até aparecerem dois tracinhos. Depois apertou o número do xerife Lowell. Ele atendeu no segundo toque.

– É você, doutora?

– Sou eu.

– Onde você está?

– No local da cova – respondeu ela.

– Está parecendo animada.

– Estou.

– Por quê?

– Encontrei uma coisa na terra – disse Tara O'Neill.

– E?

– E isso muda tudo o que pensávamos sobre esse caso.

Um desses ruídos de hospital me despertou. Eu me mexi devagar, abri os olhos e vi a Sra. Perez sentada ao meu lado.

Ela tinha arrastado uma cadeira para bem perto da cama. A bolsa estava no colo. Os joelhos se tocavam. As costas estavam eretas. Olhei-a nos olhos. Ela estivera chorando.

– Soube do Sr. Silverstein – falou.

Aguardei.

– E também soube que encontraram ossos na floresta.

Sentia-me seco. Olhei para a direita. Aquela jarra plástica de água, marrom-amarelada, exclusiva de hospitais e especificamente projetada para fazer a água ficar com um gosto horrível, estava pousada sobre a mesinha ao meu lado. Eu ia me esticar para pegar, mas a Sra. Perez se ergueu antes mesmo de eu levantar a mão. Ela serviu a água num copo e me entregou.

– Você quer se sentar mais reto? – perguntou.

– É uma boa ideia.

Ela acionou o controle remoto e minhas costas começaram a se endireitar.

– Está bom assim?

– Está ótimo – respondi.

Ela se sentou de novo.

– Você não vai sair dessa sozinho – comentou ela.

Não me dei ao trabalho de responder.

– Estão dizendo que o Sr. Silverstein matou meu Gil. Você acha que é verdade?

Meu Gil. O fingimento tinha acabado, então. Nada mais de se esconder atrás de mentiras ou da filha. Nada mais de hipóteses.

– Sim.

Ela assentiu.

– Às vezes eu acho que Gil morreu realmente naquela floresta. Era assim que devia ter acontecido. O tempo depois disso foi lucro. Quando o policial me ligou outro dia, eu já sabia. Eu vinha mesmo esperando isso, compreende? Uma parte de Gil nunca escapou daquela floresta.

– Conte para mim o que aconteceu – pedi.

– Eu achava que sabia. Esses anos todos. Mas talvez eu nunca tenha sabido a verdade. Talvez ele tenha mentido para mim.

– Então me conte o que a senhora realmente sabe.

– Você estava no acampamento naquele verão. Você conhecia o meu Gil.

– Sim.

– E conhecia essa garota. Essa Margot Green.

Eu confirmei.

– Gil se apaixonou perdidamente por ela. Ele era o garoto pobre. Nós morávamos em Irvington, numa área caindo aos pedaços. O Sr. Silverstein tinha um programa social para filhos de operários. Eu trabalhava na lavanderia. Você sabe disso.

Sim, eu sabia.

– Eu gostava muito da sua mãe. Ela era tão inteligente. Nós conversávamos muito. Sobre tudo. Sobre livros, sobre a vida, nossas desilusões. Natasha era o que a gente chamava de alma velha. Ela era tão bonita, mas frágil. Você me entende?

– Acho que sim.

– Enfim, Gil se apaixonou perdidamente por Margot Green. Era compreensível. Ele tinha 18 anos. Ela parecia ter saído de uma capa de revista. É assim com os homens. Eles são levados pelo desejo. Com meu Gil não foi diferente. Mas ela partiu o coração dele. Isso também acontece. Era para ele ter sofrido umas semanas e depois seguido em frente. E provavelmente faria isso.

Ela se interrompeu.

– O que aconteceu então? – perguntei.

– Wayne Steubens.

– O que tem ele?

– Ele ficou no ouvido de Gil. Disse a ele que Margot não podia sair impune daquilo. Apelou para o machismo de Gil. Falou que Margot estava rindo dele pelas costas. "Você tem que se vingar dessa provocação", cochichava Wayne Steubens no ouvido dele. E depois de um tempo, não sei quanto, Gil concordou.

Fiz uma careta.

– Aí eles cortaram a garganta dela?

– Não. Mas Margot se pavoneava pelo acampamento todo. Você se lembra, não é?

Wayne já tinha dito isso. Ela era provocante.

– Havia muitas pessoas que gostariam de baixar a crista dela. Meu filho, claro. Doug Billingham também. Talvez sua irmã. Ela estava lá, mas isso pode ter acontecido porque Doug a convenceu. Não é importante.

Uma enfermeira abriu a porta.

– Agora não – falei.

Esperava um debate, mas o tom da minha voz deve ter funcionado. Ela se retirou e fechou a porta. A Sra. Perez tinha os olhos baixos. Fitava a bolsa como se temerosa de que alguém a tirasse dela.

– Wayne planejou tudo muito cuidadosamente. Era o que Gil dizia. Eles iam atrair Margot para a floresta. Era para ser uma pegadinha. Sua irmã ajudou no chamariz. Disse que elas iam encontrar uns garotos bonitões. Gil pôs uma máscara no rosto. Agarrou Margot e a amarrou. Era para parar por aí. Eles iam deixá-la lá por uns minutos. Ou ela escaparia sozinha da corda ou eles a desamarrariam depois. Foi uma burrice, falta de maturidade total, mas essas coisas acontecem.

Eu sabia que faziam isso. O acampamento era cheio de "pegadinhas" naquela época. Eu me lembro de uma vez em que colocamos a cama de um garoto na floresta. Ele acordou no dia seguinte sozinho, lá fora, aterrorizado. Acendíamos lanternas na cara de algum garoto dormindo, fazíamos um barulho de trem, sacudíamos, gritávamos "Sai do trilho!" e ficávamos olhando-o pular para fora da cama. E me lembro de que havia dois valentões que costumavam chamar os outros garotos de "veados". Uma vez, tarde da noite, quando os dois estavam dormindo profundamente, pegamos um deles, tiramos a roupa e colocamos na cama com o outro. De manhã, os outros viram os dois pelados na mesma cama. A valentia acabou.

Amarrar uma metida a gostosa e deixá-la na floresta um tempo... era algo que não me surpreenderia.

– Aí alguma coisa deu muito errado – disse a Sra. Perez.

Esperei. Uma lágrima escorreu dos olhos dela. A Sra. Perez abriu a bolsa e tirou um maço de lenços de papel. Enxugou e se controlou.

– Wayne Steubens sacou uma navalha.

Acho que meus olhos se arregalaram um pouco quando ela disse isso. Eu quase via a cena. Os cinco na floresta. Imaginava os rostos, a surpresa.

– Veja você, Margot soube o que estava acontecendo imediatamente. Embarcou na brincadeira. Deixou Gil amarrá-la. Depois começou a zombar do meu filho. Riu dele, disse que ele não sabia lidar com uma mulher de verdade. Gil não fez nada. O que poderia fazer? Mas, de repente, Wayne tirou a navalha. A princípio, Gil pensou que fazia parte da brincadeira. Para assustá-la. Mas Wayne não hesitou. Foi para cima de Margot e cortou o pescoço dela de orelha a orelha.

Fechei os olhos. Vi a cena de novo. A navalha cortando a pele fresca, o sangue espirrando, a força vital a abandonando. Pensei naquilo. Enquanto Margot Green estava sendo assassinada, eu estava a apenas alguns metros de distância fazendo amor com minha namorada. Havia pungência naquilo provavelmente, no sentido de que a mais horrível das ações humanas estivesse ocorrendo ao lado da mais maravilhosa, mas era difícil enxergar isso agora.

– Por um momento, ninguém se mexeu. Ficaram todos parados ali. Depois Wayne riu para eles e disse: "Obrigado pela ajuda."

Franzi a testa, mas talvez estivesse começando a entender. Camille atraíra Margot para fora. Gil a amarrara...

– Aí Wayne levantou a navalha. Gil disse que dava para ver como Wayne tinha gostado daquilo. Como ele olhava para o cadáver de Margot. Ele estava com sede. Partiu para cima dos outros e eles fugiram. Fugiram em direções diferentes. Wayne os perseguiu. Gil correu quilômetros e quilômetros. Não sei o que aconteceu exatamente. Mas é possível adivinhar. Wayne pegou Doug Billingham e o matou. Mas Gil escapou. E sua irmã também.

A enfermeira retornou.

– Peço desculpas, Sr. Copeland, mas preciso tomar seu pulso e medir a pressão.

Fiz sinal para que ela entrasse. Eu precisava recuperar o fôlego. Sentia o coração martelando no peito. Se eu não me acalmasse, eles iriam me manter ali para sempre.

A enfermeira trabalhou rápida e silenciosamente. A Sra. Perez olhava o quarto como se tivesse acabado de entrar nele e percebido onde estava. Eu tinha medo de perdê-la.

– Tudo bem – disse a ela, que assentiu.

A enfermeira terminou:

– O senhor vai ter alta agora pela manhã.

– Ótimo.

Ela deu um sorriso tenso e nos deixou sozinhos. Fiquei esperando a Sra. Perez continuar.

– Gil ficou aterrorizado, claro. Imagine você. E sua irmã também. É preciso enxergar do ponto de vista deles. Eram jovens. Foram quase mortos. Tinham testemunhado o assassinato de Margot Green. Mas talvez mais que tudo, as palavras de Wayne deixaram os dois apavorados: "Obrigado pela ajuda." Você está entendendo?

– Ele os transformou em cúmplices.

– Exato.

– E o que eles fizeram depois?

– Eles se esconderam. Por mais de 24 horas. Sua mãe e eu mortas de preocupação. Meu marido estava em casa, em Irvington. Seu pai, no acampamento também, mas fora com os grupos de busca. Sua mãe e eu estávamos juntas quando o telefone tocou. Gil sabia o número do telefone público atrás da cozinha. Ligou três vezes, mas desligava quando outra pessoa atendia. Aí, mais de um dia depois de eles terem desaparecido, eu atendi.

– Gil contou à senhora o que aconteceu?
– Sim.
Ela assentiu. Eu começava a entender.
– A senhora procurou Wayne Steubens? – perguntei.
– Nem precisamos. Ele já tinha procurado sua mãe.
– O que ele disse?
– Nada de comprometedor. Mas deixou claro. Ele tinha arranjado um álibi para aquela noite. E, veja você, nós já sabíamos. As mães são assim.
– Sabiam o quê?
– O irmão de Gil, meu Eduardo, estava cumprindo pena. O próprio Gil já tinha um pequeno histórico criminal. Ele e uns amigos roubaram um carro. Sua família era pobre. Minha família era pobre. Éramos desamparados. A polícia iria se perguntar por que sua irmã tinha levado Margot Green para a floresta. Wayne tinha se livrado da prova contra ele. Era rico e benquisto, podia contratar os melhores advogados. Você é promotor, Sr. Copeland, e pode me dizer: se Gil e Camille se apresentassem, quem acreditaria neles?

Fechei os olhos.

– Então a senhora mandou que eles ficassem escondidos?
– Sim.
– Quem plantou as roupas deles com sangue?
– Eu fiz isso. Eu me encontrei com Gil. Ele ainda estava na floresta.
– A senhora viu minha irmã?
– Não. Ele só me deu as roupas dela. Fez um talho e apertou a camisa contra o corte. Eu pedi que ele continuasse escondido até bolarmos um plano. Sua mãe e eu tentamos pensar num jeito de reverter a situação, de fazer com que a polícia soubesse a verdade. Mas não nos ocorria nada. Os dias se passaram. Eu sabia como era a polícia. Mesmo que eles acreditassem em nós, Gil continuaria sendo cúmplice. Do mesmo modo que Camille.

Vi algo mais.

– A senhora tinha um filho deficiente.
– Sim.
– E precisava de dinheiro. Para cuidar dele. E talvez para pagar uma escola melhor para Glenda. – Meus olhos encontraram os dela. – Quando a senhora se deu conta de que poderia ganhar um dinheiro com aquela ação?
– Isso não fazia parte do nosso plano original. Veio depois, quando o pai de Billingham começou com uma gritaria dizendo que o Sr. Silverstein não tinha protegido o filho dele.

– A senhora viu uma oportunidade.

Ela se mexeu na cadeira.

– O Sr. Silverstein tinha que os ter vigiado. E eles nunca entrariam naquela floresta. Ele teve culpa nisso. Então sim, vi uma oportunidade ali. E sua mãe também.

Minha cabeça rodava. Tentei fazê-la parar só por tempo suficiente para aceitar aquela nova realidade.

– A senhora está me dizendo... – parei. – A senhora está me dizendo que meus pais sabiam que minha irmã estava viva?

– Seus pais, não – corrigiu ela.

Senti uma rajada fria atingir o coração.

– Ah, não...

Ela não disse nada.

– Minha mãe não contou para o meu pai, foi isso?

– Foi.

– Por que não?

– Porque ela o odiava.

Fiquei ali sentado. Pensei nas brigas, no rancor, na infelicidade deles.

– Tanto assim?

– O quê?

– Odiar um homem é uma coisa – falei. – Mas ela odiava tanto meu pai a ponto de deixá-lo acreditar que a própria filha estava morta?

Ela se manteve calada.

– Eu lhe fiz uma pergunta, Sra. Perez.

– E eu não sei responder. Sinto muito.

– A senhora contou ao Sr. Perez, certo?

– Sim.

– Mas ela nunca contou para o meu pai.

Nenhuma resposta.

– Ele costumava ir para aquela floresta procurá-la – contei. – Três meses atrás, quando já estava no leito de morte, as últimas palavras dele foram um pedido para que eu continuasse procurando. Ela o odiava tanto assim, Sra. Perez?

– Eu não sei – repetiu ela.

A ficha começou a cair, como grossas gotas de chuva, como pancadas.

– Ela esperou o momento oportuno, não foi?

A Sra. Perez não respondeu.

– Ela escondeu minha irmã. Não contou a ninguém, nem para mim... Ficou esperando o dinheiro do acordo sair. Esse era o plano dela. E assim que saiu... ela fugiu. Pegou um dinheiro, fugiu e foi se encontrar com a minha irmã.

– Foi esse... foi esse o plano dela, sim.

Disparei a pergunta seguinte:

– Por que ela não me levou?

A Sra. Perez apenas me encarou. Fiquei pensando. Por quê? E aí eu entendi.

– Se ela me levasse, meu pai nunca pararia de procurar. Colocaria o tio Sosh e todos os antigos colegas da KGB atrás de nós. Ele até poderia deixar minha mãe ir. Já não a amava mais também, provavelmente. Ele achava que minha irmã estava morta, isso não seria empecilho. Mas minha mãe sabia que ele nunca me deixaria ir.

Lembrei-me do que o tio Sosh disse sobre a volta dela à Rússia. Estariam as duas lá? Ainda estariam lá neste exato momento? Isso fazia sentido?

– Gil mudou de nome – continuou ela. – Viajou por aí. A vida dele não teve nada de espetacular. E quando aqueles detetives particulares foram até nossa casa fazendo perguntas, ele se deu conta. Enxergou aquilo como uma forma de ganhar dinheiro outra vez. Veja que estranho. Ele também culpava você.

– Eu?

– Você não ficou de guarda aquela noite.

Permaneci calado.

– Uma parte dele culpava você. Ele achava que talvez esse fosse o momento de dar o troco.

Fazia sentido. Encaixava-se perfeitamente com o que Raya Singh me dissera.

Ela se levantou.

– Isso é tudo que eu sei.

– Sra. Perez?

Ela me olhou.

– Minha irmã estava grávida?

– Não sei.

– A senhora a viu alguma vez?

– Como?

– Camille. Gil disse à senhora que ela estava viva. Minha mãe também disse que ela estava viva. Mas a senhora alguma vez a viu pessoalmente?

– Não – disse ela. – Eu nunca vi sua irmã.

capítulo quarenta e um

Eu NÃO SABIA O QUE PENSAR.

Já não havia mais tempo também. Cinco minutos depois de a Sra. Perez sair do quarto, Loren entrou.

– Você tem que ir ao tribunal.

Saímos do hospital sem problemas. Eu tinha um terno extra no escritório e me troquei lá. Depois fui para a sala do juiz Pierce. Flair Hickory e Mort Pubin já haviam chegado. Tinham ficado sabendo do episódio comigo na noite anterior, mas se lamentavam, não demonstraram.

– Senhores – disse o juiz –, eu espero que possamos encontrar uma forma de resolver esse caso.

Eu não estava no clima.

– A reunião é para isso?

– É.

Olhei para o juiz. Ele olhou para mim. Balancei a cabeça. Fazia sentido. Se eles haviam tentado me pressionar cavando meus podres, o que os impediria de fazer o mesmo com o juiz?

– O Povo não está interessado em acordo – anunciei.

Levantei-me.

– Sente-se, Sr. Copeland – ordenou o juiz Pierce. – Pode haver problemas com a prova do DVD. Talvez eu tenha que excluí-la.

Caminhei para a porta.

– Sr. Copeland!

– Eu não vou ficar – retruquei. – É comigo, juiz. O senhor fez sua parte. Pode me culpar.

Flair Hickory franziu a testa e perguntou:

– Do que você está falando?

Não respondi. Segurei a maçaneta.

– Sente-se, Sr. Copeland, ou estará incorrendo em desacato.

– Porque eu não quero fazer acordo?

Virei-me e olhei para Arnold Pierce. Seu lábio inferior tremia.

– Alguém pode me explicar o que está acontecendo aqui? – indagou Mort Pubin.

O juiz e eu o ignoramos. Fiz um sinal para Pierce de que eu entendia,

333

mas eu não iria ceder. Girei a maçaneta e saí. Caminhei pelo corredor. O ferimento doía. A cabeça latejava. Queria me sentar e chorar. Refletir sobre o que eu tinha acabado de saber sobre minha mãe e minha irmã.

– Eu não achei que iria funcionar.

Virei-me. Era E. J. Jenrette.

– Eu só estou tentando salvar meu filho – acrescentou ele.

– Seu filho estuprou uma garota.

– Eu sei.

Eu me detive. Ele tinha um envelope na mão.

– Sente-se por um segundo – disse Jenrette.

– Não.

– Imagine sua filha. Sua Cara. Imagine que um dia ela cresça, que talvez beba demais numa festa. Que dirija e atropele alguém com o carro. Que essa pessoa morra. Uma coisa assim. Ela terá cometido um erro.

– Estupro não é um erro.

– Sim, é. Você sabe que ele nunca mais fará isso. Ele fez uma besteira. Achou que era invencível. Agora tem mais juízo.

– Não vamos discutir isso de novo – rebati.

– Eu sei. Mas todo mundo tem segredos. Todo mundo comete erros, crimes, faz coisas erradas. A diferença é que alguns sabem esconder bem.

Eu não falei nada.

– Eu nunca fui atrás da sua filha – afirmou Jenrette. – Fui atrás de você. Do seu passado. Fui atrás até do seu cunhado. Mas nunca cheguei perto da sua filha. É uma questão de princípios.

– Você é um príncipe – falei. – O que é que você sabe sobre o juiz Pierce então?

– Não é importante.

Ele estava certo. Eu não precisava saber.

– O que eu posso fazer para ajudar meu filho, Sr. Copeland?

– O gato subiu no telhado.

– Você acredita mesmo nisso? Você acha que a vida dele acabou?

– Seu filho vai cumprir pena de uns cinco, seis anos, no máximo. – O que ele fizer enquanto estiver lá dentro e quando sair é o que vai determinar a vida dele.

E. J. Jenrette levantou o envelope.

– Não sei o que fazer com isto.

Eu não disse nada.

– Cada um faz o que pode para proteger os filhos. Talvez essa tenha sido minha desculpa. Talvez também tenha sido a do seu pai.

– Do meu pai?

– Seu pai era da KGB. Você sabia disso?

– Não tenho tempo para isso.

– Esse é um resumo da vida dele. Meu pessoal traduziu para o inglês.

– Não preciso ver isso.

– Acho que você deveria, Sr. Copeland. – Ele esticou o envelope para mim, mas não o peguei. – Se você quer ver quanto um pai pode ir para dar uma vida melhor para os filhos, deveria ler isto. Talvez vá me entender um pouco melhor.

– Eu não quero entender você.

E. J. Jenrette continuava com o envelope na mão esticada. Acabei pegando. Ele foi embora sem dizer mais nenhuma palavra.

Voltei para o escritório e fechei a porta. Sentei-me à minha mesa e abri o envelope. Li a primeira página. Nada surpreendente. Depois li a segunda. A mesma coisa. Justo quando pensava que nada mais poderia me afetar, as palavras rasgaram meu peito e acabaram comigo.

Loren entrou sem bater.

– O esqueleto que eles encontraram no acampamento – disse ela – não é da sua irmã.

Eu não conseguia falar.

– A tal da Dra. O'Neill encontrou um negócio chamado osso hioide. Fica na garganta, acho. Tem forma de ferradura. Enfim, estava partido ao meio. Isso quer dizer que a vítima deve ter sido estrangulada manualmente. Mas, veja, o osso hioide não é muito quebrável em pessoas jovens. Parece mais uma cartilagem, acho. Aí a Dra. O'Neill fez mais uns testes de ossificação com raio X. Resumindo, é muito mais provável que o esqueleto seja de uma mulher de 40 anos, talvez até 50, do que de alguém da idade de Camille.

Eu não disse nada. Só olhava para a página na minha frente.

– Está escutando? Não é sua irmã.

Fechei os olhos. Meu coração parecia tão pesado.

– Cope?

– Eu sei – falei.

– O quê?

– Eu sei que não é minha irmã – afirmei. – É minha mãe.

capítulo quarenta e dois

Sosh NÃO FICOU SURPRESO AO ME VER.
— Você sabia, não é?
Ele estava ao telefone. Pôs a mão sobre o bocal.
— Sente-se, Pavel.
— Eu fiz uma pergunta.
Ele terminou a chamada e colocou o fone no gancho. Viu o envelope na minha mão.
— O que é isso?
— Um resumo da ficha do meu pai na KGB.
Os ombros dele caíram.
— Você não pode acreditar em tudo que está aí – disse ele, mas não havia nada por trás das palavras. Era como se ele as tivesse lido num teleprompter.
— Na página dois – retruquei, tentando acalmar o tremor na voz – está o que meu pai fez.
Sosh apenas me encarou.
— Ele entregou minha avó e meu avô, não foi? Foi ele a fonte que os traiu. Meu próprio pai.
Sosh continuou em silêncio.
— Responda, caramba!
— Você ainda não está entendendo.
— Meu próprio pai entregou meus avós, sim ou não?
— Sim.
Parei.
— Seu pai tinha sido acusado de ter falhado num parto. Não sei se era verdade ou não. Não faz diferença. O governo foi atrás dele. Eu já contei a você sobre como eles eram capazes de pressionar. Eles iam destruir sua família toda.
— Aí ele entregou meus avós para salvar a própria pele?
— O governo ia acabar os pegando de qualquer forma. Mas sim, ok, Vladimir escolheu salvar os filhos em vez dos velhos sogros. Ele não sabia que isso ia dar tão errado. Achou que o regime iria prendê-los um tempo, mostrar sua força, só isso. Achou que eles iriam segurar seus avós por algumas semanas, no máximo. E, em troca, a família teria uma segunda

chance. Seu pai melhoraria a vida para os filhos e para os filhos dos filhos. Você não entende?

– Não. Sinto muito, mas não.

– Porque você é rico e vive confortavelmente.

– Não me venha com esse papo, Sosh. As pessoas não vendem membros da própria família. Você devia saber bem. Você sobreviveu a um cerco. O povo de Leningrado não se rendeu. Independentemente do que os nazistas fizeram, você encarou e de cabeça erguida.

– E você acha que isso foi uma boa ideia? – rosnou ele, fechando os punhos. – Meu Deus, você é tão ingênuo. Meu irmão e minha irmã morreram de fome. Você sabe o que é isso? Se tivéssemos nos rendido, se tivéssemos entregado a cidade para aqueles bastardos, Gavrel e Aline ainda estariam vivos. A maré ia virar contra os nazistas no fim das contas. Mas meu irmão e minha irmã teriam tido vida, filhos, netos, velhice. Em vez de...

Ele se virou.

– Quando minha mãe descobriu o que ele tinha feito? – perguntei.

– Isso atormentava seu pai. Acho que no fundo sua mãe sempre desconfiou. Acho que era por isso que ela sentia tanto desprezo por ele. Mas na noite em que sua irmã desapareceu, ele achou que Camille estivesse morta. Ele desabou. E aí confessou a verdade.

Fazia sentido, horrivelmente, mas fazia. Minha mãe descobrira o que meu pai fizera. Ela nunca o perdoaria por ter traído seus adorados pais. Não se importaria nem um pouco em fazê-lo sofrer, em deixá-lo pensar que a própria filha estava morta.

– Então – falei –, minha mãe escondeu minha irmã. Esperou até receber dinheiro suficiente do acordo. Depois planejou desaparecer com Camille.

– Sim.

– Mas aí vem a grande pergunta, não?

– Que pergunta?

Abri os braços.

– E eu, seu filho? Como ela pôde me abandonar?

Sosh não disse nada.

– A vida toda... passei a vida toda achando que minha mãe não ligava para mim, que tinha fugido e nunca olhado para trás. Como você me deixou acreditar nisso, Sosh?

– Você acha a verdade melhor?

Pensei em como eu espionava meu pai naquela floresta, cavando e cavando

337

à procura da filha. E aí, um dia, ele parou. Achei que tinha sido porque minha mãe fugira. Lembrava-me do último dia em que ele fora até a floresta, de como me disse para não o seguir:

– *Hoje não, Paul. Hoje eu vou sozinho...*

Cavou o último buraco aquele dia. Não para procurar minha irmã, mas para enterrar minha mãe.

Seria justiça poética colocá-la no chão onde minha irmã supostamente morrera? Ou haveria ali um elemento de praticidade: quem pensaria em procurar num lugar onde já se haviam feito buscas exaustivas?

– Papai descobriu que ela planejava fugir.

– Sim.

– Como?

– Eu contei para ele.

Sosh me olhou nos olhos. Eu não disse nada.

– Eu soube que sua mãe tinha retirado cem mil dólares da conta conjunta dos dois. Era um protocolo comum da KGB ficar de olho uns nos outros. Perguntei ao seu pai sobre aquilo.

– E ele foi tirar satisfação com ela.

– Sim.

– E minha mãe... – Houve um soluço na minha voz. Limpei a garganta, pisquei e tentei de novo. – Minha mãe nunca planejou me abandonar – concluí. – Ela ia me levar também.

Sosh sustentou meu olhar e assentiu.

Essa verdade deveria ter me proporcionado um mínimo de consolo, mas não.

– Você sabia que ele a matou, Sosh?

– Sim.

– Simples assim?

Ele ficou em silêncio outra vez.

– E você não fez nada, fez?

– Nós ainda trabalhávamos para o governo – disse Sosh. – Se viesse à tona que ele era um assassino, nós todos ficaríamos em perigo.

– Seu disfarce cairia por terra.

– Não só o meu. Seu pai sabia um bocado sobre nós.

– Aí você o deixou sair impune.

– Era o que a gente fazia naquela época. Sacrificar-se pela causa suprema. Seu pai disse que ela ameaçou delatar nós todos.

– E você acreditou nisso?

– E por acaso importa no que eu acreditava? Seu pai nunca pretendeu matá-la. Ele surtou, imagino eu. Natasha ia fugir e se esconder. Ia levar os filhos dele e desaparecer para sempre.

Lembrei-me então das últimas palavras do meu pai no leito de morte: *"Paul, ainda precisamos encontrar..."*

Ele estaria se referindo ao corpo de Camille? Ou a ela própria?

– Meu pai descobriu que minha irmã ainda estava viva – afirmei.

– Isso não é tão simples.

– Como assim, não é tão simples? Ele descobriu ou não? Minha mãe contou?

– Natasha? – Sosh estalou a língua. – Nunca. Você está falando de gente corajosa, capaz de suportar privações. Sua mãe nunca contaria. Independentemente do que seu pai fizesse com ela.

– Inclusive estrangulá-la até a morte?

Sosh não falou nada.

– Como ele descobriu então?

– Depois que matou sua mãe, seu pai revirou os papéis dela, os registros telefônicos. Juntou as coisas, ou tinha lá suas suspeitas, pelo menos.

– Então ele sabia?

– É como eu disse, não é tão simples.

– Você não está fazendo sentido, Sosh. Ele procurou Camille?

Sosh fechou os olhos. Andou em volta da mesa.

– Você me perguntou antes sobre o cerco de Leningrado – disse ele. – Sabe o que a experiência me ensinou? Que os mortos não são nada. Eles já se foram. A gente enterra e segue em frente.

– Vou ter isso em mente, Sosh.

– Você deu seguimento a essa busca. Não deixou os mortos em paz. E onde é que você está agora? Mais duas pessoas foram mortas. Você ficou sabendo que seu amado pai assassinou sua mãe. Valeu a pena, Pavel? Valeu a pena remexer nesses fantasmas antigos?

– Depende – respondi.

– Depende de quê?

– Do que aconteceu com minha irmã.

Esperei.

As últimas palavras do meu pai me vieram: *"Você sabia?"*

Eu tinha pensado que ele estava me acusando, que via culpa no meu rosto.

Mas não era isso. Era se eu sabia de fato o paradeiro da minha irmã? Se eu sabia o que ele havia feito? Que ele assassinara minha mãe e a enterrara na floresta?

– O que aconteceu com a minha irmã, Sosh?

– Era o que eu queria dizer quando falei que não era tão simples.

Esperei.

– Você tem que entender. Seu pai nunca teve certeza. Encontrou algumas evidências, sim, mas tudo que ele sabia ao certo era que sua mãe ia fugir com o dinheiro e levar você com ela.

– E?

– E aí ele me pediu ajuda. Ele me pediu que examinasse essas evidências. Pediu que eu encontrasse sua irmã.

Olhei para ele.

– E você fez isso?

– Examinei, sim. – Ele deu um passo na minha direção. – E quando terminei, disse ao seu pai que ele tinha entendido errado.

– O quê?

– Eu disse a ele que sua irmã morreu aquela noite na floresta.

Fiquei confuso.

– Morreu?

– Não, Pavel. Ela não morreu aquela noite.

Comecei a sentir o coração se expandindo no peito.

– Você mentiu para ele. Você não queria que ele a encontrasse.

Sosh ficou calado.

– E agora? Onde ela está agora?

– Sua irmã sabia o que o pai tinha feito. Ela não podia denunciá-lo, claro. Não havia prova de que ele era culpado. E ainda havia a questão de por que ela tinha desaparecido, em primeiro lugar. E ela temia seu pai, é óbvio. Como ela poderia voltar para o homem que tinha assassinado sua mãe?

Pensei na família Perez, nas acusações de fraude e naquilo tudo. Seria a mesma coisa com minha irmã. Antes mesmo de adicionar meu pai na equação, seria difícil para Camille voltar para casa.

Meu peito se encheu de esperança outra vez.

– Então você a encontrou?

– Sim.

– E?

– E dei dinheiro a ela.

– Ajudou-a a se esconder dele.

Sosh não respondeu. Nem precisava.

– E onde ela está agora? – perguntei.

– Perdemos o contato há anos. Você precisa entender. Camille não queria magoar você. Ela pensou em levar você. Mas isso era impraticável. Ela sabia quanto você amava seu pai. E depois, quando você se tornou uma figura pública, ela sabia o que um retorno, o que um escândalo acarretaria na sua vida. E se isso acontecesse, sua carreira estaria arruinada.

– Já está.

– Sim. Nós sabemos disso agora.

Nós, ele havia dito. *Nós.*

– E onde está Camille então? – perguntei.

– Ela está aqui, Pavel.

O ar sumiu. Eu não conseguia respirar. Balancei a cabeça.

– Levou um tempo para encontrá-la depois de todos esses anos – disse ele –, mas eu consegui. Nós conversamos. Ela não sabia que seu pai tinha morrido. Eu contei para ela. E isso, claro, mudou tudo.

– Espere um segundo. Você... – Eu parei. – Você e Camille conversaram?

Era minha voz, acho.

– Sim, Pavel.

– Eu não estou entendendo.

– Quando você chegou, era ela comigo ao telefone.

Meu corpo gelou.

– Está num hotel a dois quarteirões daqui. Pedi que viesse para cá. – Ele olhou para o elevador. – Deve ser ela agora. Subindo.

Virei-me devagar e observei os números acima do elevador. Escutei o ruído de chegada. Dei um passo à frente. Não estava acreditando. Devia ser outro trote cruel. A esperança estava voltando mais uma vez.

O elevador parou. Escutei as portas começando a se abrir, não deslizavam. Moviam-se com dificuldade, como se estivessem com medo de entregar o passageiro. Fiquei paralisado. O coração martelava com força contra o peito. Mantinha os olhos na porta se abrindo.

E então, vinte anos depois de desaparecer naquela floresta, minha irmã, Camille, voltou para minha vida.

epílogo

Um mês depois

Lucy não quer que eu faça essa viagem.

– Finalmente acabou – diz ela para mim, pouco antes de sair para o aeroporto.

– Já ouvi isso antes – replico.

– Você não precisa vê-lo de novo, Cope.

– Preciso, sim. Preciso de algumas últimas respostas.

Lucy fecha os olhos.

– O que foi?

– É tudo tão frágil, sabia?

Eu sei.

– Tenho medo que você mude de ideia outra vez – diz ela.

Eu entendo. Mas isso tem que ser feito.

Uma hora depois, estou olhando pela janela do avião. Ao longo do último mês, a vida voltou a ser quase normal. O caso Jenrette-Marantz teve reviravoltas imprevistas e estranhas chegando ao seu glorioso fim. As famílias não desistiram. Fizeram toda a pressão de que foram capazes sobre o juiz Arnold Pierce e ele cedeu. Eliminou o DVD pornô alegando que não o apresentamos de forma devidamente oportuna. Parecia que iríamos ter problemas. Mas o júri percebeu – isso acontece com frequência – e voltou com veredictos de culpados. Flair e Mort estão recorrendo, claro.

Eu quero processar o juiz Pierce, mas nunca vou conseguir pegá-lo. Quero processar E. J. Jenrette e a DMV por chantagem. Duvido que consiga também. Mas a ação de Chamique está caminhando bem. Segundo consta, eles a querem fora do caminho rapidamente. Um acordo milionário está sendo negociado. Espero que ela ganhe. Mas quando olho na minha bola de cristal, ainda não vejo muita felicidade para Chamique ao longo da estrada. Não sei. Sua vida tem sido tão atribulada. De certa forma, sinto que dinheiro não vai mudar isso.

Meu cunhado, Bob, pagou fiança e está livre. Cedi nesse caso. Revelei às autoridades federais que minhas lembranças eram "vagas", mas que eu acreditava que Bob havia me contado sobre precisar de um empréstimo e que tinha tido minha aprovação. Não sei se vai colar. Não sei se estou fazendo a coisa certa ou errada (provavelmente a errada), mas não quero ver Greta e sua família destruídas. Sintam-se livres para me chamar de hipócrita – eu sou –, mas a linha entre certo e errado às vezes é tão tênue. Até mesmo aqui, sob o sol brilhante do mundo real.

E, claro, fica mais tênue ainda na escuridão daquela floresta.

Aí vai uma rápida atualização sobre Loren Muse: Loren continua Loren. E sou grato por isso. O governador Dave Markie não pediu minha renúncia ainda e eu não a propus. Provavelmente deveria e provavelmente pedirei, mas por enquanto vou levando.

Raya Singh acabou saindo da DMV para formar sociedade com ninguém menos que Cingle Shaker, que diz que elas estão procurando uma terceira "gostosona" para poderem batizar a agência nova de "As Panteras".

O avião aterrissa. Saio. Confiro o celular. Há uma mensagem curta da minha irmã, Camille.

Oi, mano. Cara e eu vamos almoçar na cidade e fazer compras. Saudade. Te amo. Camille.

Minha irmã, Camille. É fantástico tê-la de volta. Nem acredito na rapidez com que ela se tornou parte integral e plena da família. Mas a verdade é que ainda há uma tensão constante entre nós. Está melhorando. E vai melhorar mais ainda com o tempo. Mas existe e é inegável, e às vezes exageramos no nosso esforço para combatê-la, nos chamando de "mano" e "mana" e dizendo "saudade" e "te amo" o tempo todo.

Ainda não ouvi a história completa de Camille. Há detalhes que ela deixa de fora. Sei que ela começou com uma identidade nova em Moscou, mas não ficou lá por muito tempo. Passou dois anos em Praga e um em Begur, na Costa Brava, Espanha. Voltou aos Estados Unidos, circulou um pouco mais, casou-se, estabeleceu-se nos arredores de Atlanta e acabou se divorciando três anos depois.

Não teve filhos, mas já é a melhor tia do mundo. Adora Cara, e o sentimento é mais do que recíproco. Camille está morando conosco. É maravilhoso – melhor do que eu poderia esperar –, e isso alivia bastante a tensão.

Parte de mim, claro, pergunta-se por que levou tanto tempo para Camille voltar para casa – é daí que vem a maior parte da tensão, acho. Entendo o que Sosh disse sobre ela querer proteger a mim, minha reputação e minhas lembranças do meu pai. E sei e compreendo que ela tinha medo do papai enquanto ainda era vivo.

No entanto, acho que tem mais coisa aí.

Camille preferiu ficar em silêncio sobre o que aconteceu na floresta. Nunca contou a ninguém o que Wayne Steubens fez. Sua escolha, certa ou errada, o deixou livre para assassinar mais pessoas. Não sei qual teria sido a coisa certa – se apresentar-se teria sido melhor ou pior. Pode-se argumentar que Wayne ainda assim teria ficado impune, que poderia ter fugido ou ficado na Europa, que seria mais cuidadoso com seus crimes e escaparia livre de outros mais. Quem sabe? Mas as mentiras proliferam. Camille achou que poderia enterrá-las. Talvez todos nós tenhamos achado.

Mas ninguém saiu daquela floresta ileso.

Quanto à minha vida amorosa, bem, estou apaixonado. Simples assim. Amo Lucy de todo o coração. Não estamos indo devagar – mergulhamos de cabeça, como se quiséssemos compensar o tempo perdido. Talvez haja aí um desespero meio doentio, uma obsessão, algo de "náufrago se agarrando a um palito de fósforo" no que somos. Nós nos vemos muito e quando não estamos juntos eu me sinto perdido, à deriva, e quero estar com ela outra vez. Falamos ao telefone. Trocamos e-mails e mensagens sem parar.

Isso é amor, certo?

Lucy é engraçada, palhaça, carinhosa, bonita e me domina no melhor estilo. Parece que concordamos em quase tudo.

Exceto, claro, no que se refere a essa viagem.

Entendo o temor dela. Sei muito bem como isso tudo é frágil. Mas não se pode também viver pisando em ovos. Assim, aqui estou eu outra vez na prisão estadual de Red Onion, em Pound, na Virgínia, esperando descobrir algumas verdades derradeiras.

Wayne Steubens entra. Estamos na mesma sala do último encontro. Ele está sentado no mesmo lugar.

– Nossa – diz ele para mim. – Você é um garoto aplicado, Cope.

– Você os matou – afirmo. – Depois de tudo dito e feito, você, o assassino em série, cometeu os crimes.

Wayne sorri.

– Você planejou tudo desde o início, não foi?

– Tem alguém escutando essa conversa?

– Não.

Ele levanta a mão direita.

– Dá a sua palavra?

– Você tem a minha palavra – respondo.

– Então, claro, por que não? Cometi, sim. Planejei as mortes.

Aí está então. Ele também resolveu que o passado precisa ser encarado.

– E as executou, como a Sra. Perez disse. Você assassinou Margot. Depois Gil, Camille e Doug fugiram. Você os perseguiu. Alcançou Doug e o matou também.

Ele levanta o dedo indicador.

– Cometi um erro de cálculo aí. Veja, comecei com Margot. Queria que ela fosse a última porque já estava amarrada. Mas o pescoço estava tão visível, tão vulnerável... não consegui resistir.

– Algumas coisas eu não consegui entender a princípio – digo. – Mas agora acho que já sei.

– Estou escutando.

– As redações que os detetives particulares enviaram para Lucy.

– Ahhh.

– Eu me perguntava quem teria nos visto na floresta, mas Lucy entendeu certo. Só uma pessoa poderia saber: o assassino. Você, Wayne.

Ele abriu os braços.

– A modéstia me impede de dizer mais.

– Foi você quem deu à DMV as informações que eles usaram nas redações. Você foi a fonte.

– Modéstia, Cope. Mais uma vez, alego a modéstia.

Ele está se divertindo com isso.

– Como você conseguiu fazer Ira ajudar? – pergunto.

– O querido tio Ira. Aquele hippie cabeça-tonta.

– Sim, Wayne.

– Ele não ajudou muito. Eu só precisava que ele ficasse fora do caminho. Veja bem, isso pode chocar você, Cope, mas Ira usava drogas. Eu tinha fotos e provas. Se isso vazasse, o precioso acampamento dele estaria arruinado. Assim como ele.

Ele ri mais um pouco.

– Então, quando Gil e eu ameaçamos trazer isso tudo de volta – concluo –, Ira se assustou. Como você disse, ele era meio cabeça-tonta na época e agora estava muito pior. A paranoia perturbava o juízo dele.

Wayne sorri. Continuo:

– Você já estava cumprindo pena. Gil e eu só podíamos tornar as coisas piores trazendo tudo de volta. Aí Ira entrou em pânico. Silenciou Gil e tentou me silenciar também.

Outro sorriso de Wayne.

Mas há algo de diferente no sorriso agora.

– Wayne?

Ele não fala. Apenas sorri. Não gosto disso. Repito o que acabo de dizer. E ainda assim não gosto.

Wayne continua sorrindo.

– O que foi? – pergunto.

– Você está deixando escapar uma coisa, Cope.

Espero.

– Ira não foi o único que me ajudou.

– Eu sei – digo. – Gil contribuiu. Amarrou Margot. E minha irmã também estava lá. Ajudou a levar Margot para a floresta.

Wayne me olha de soslaio, colocando polegar e indicador a meio centímetro um do outro.

– Você ainda está deixando escapar uma microcoisinha – alega ele. – Um segredinho minúsculo que guardei durante todos esses anos.

Estou prendendo a respiração. Ele apenas ri. Quebro o silêncio.

– O que é? – pergunto outra vez.

Ele se inclina para a frente e sussurra:

– Você, Cope.

Fico sem fala.

– Você esquece que é parte disso.

– Eu sei minha parte – concordo. – Eu abandonei meu posto.

– Sim, é verdade. E se você não tivesse abandonado?

– Eu teria impedido você.

– Sim – confirma Wayne, prolongando a palavra. – Exatamente.

Espero por mais. Silêncio.

– É isso que você queria ouvir, Wayne? Que eu me sinto parcialmente responsável?

– Não. Nada é tão simples.

– O quê, então?

Ele balança a cabeça.

– Você não está entendendo.

– Não estou entendendo o quê?

– Pense, Cope. É verdade, você abandonou seu posto. Mas você mesmo já disse. Eu planejei aquilo tudo.

Ele faz uma concha com as mãos em volta da boca e a voz se torna um sussurro outra vez:

– Então me responda o seguinte: como eu *sabia* que você não ficaria no seu posto aquela noite?

Lucy e eu estamos no carro indo para a floresta.

Já recebi permissão do xerife Lowell. O segurança, aquele contra quem Loren me havia alertado, apenas nos acena. Paramos no estacionamento do condomínio. É estranho que nem Lucy nem eu tenhamos estado aqui em duas décadas. Esse empreendimento residencial não existia naquela época, claro. Mas ainda assim, após todo esse tempo, sabíamos exatamente onde estávamos.

O pai dela, seu querido Ira, tinha sido dono de toda essa terra. Aparecera por ali muitos anos antes, sentindo-se como Colombo descobrindo um mundo novo. Provavelmente Ira olhou para aquela floresta e realizou o sonho de toda uma vida: um acampamento, uma comunidade, um habitat natural livre dos pecados do homem, um lugar de paz e harmonia. Enfim, algo que correspondesse aos seus valores.

Pobre Ira.

A maioria dos crimes que vejo começa com um detalhe. Uma esposa que irrita o marido por causa de algo irrelevante – onde está o controle remoto, um jantar frio – e depois se agrava. Nesse caso, era exatamente o oposto. Uma coisa graúda fez a bola rolar. No fim das contas, um assassino em série maluco começou aquilo. A sede de Wayne Steubens por sangue desencadeou tudo.

Talvez nós todos tenhamos facilitado tudo de uma forma ou de outra. O medo acabou sendo o grande cúmplice de Wayne. E. J. Jenrette havia me ensinado a força disso também – quando se faz as pessoas ficarem temerosas o bastante, elas aquiescem. Só que isso não funcionara no caso de estupro. Ele não havia conseguido amedrontar Chamique Johnson. Nem a mim.

Talvez isso tenha acontecido porque eu já fora amedrontado o suficiente.

Lucy traz flores, mas deveria saber que não as colocamos em sepulturas na nossa tradição. Colocamos pedras. Também não sei para quem são as flores – minha mãe ou o pai dela. Ambos provavelmente.

Pegamos a antiga trilha – sim, ainda está lá, embora cheia de mato – em direção ao local onde Barrett encontrou os ossos da minha mãe. A cova em que ela permaneceu todos esses anos está vazia. Restos da fita amarela que cercou a cena do crime ainda voam com a brisa.

Lucy se ajoelha. Escuto o vento, pergunto-me se ouço os gritos. Não. Não ouço nada a não ser o vazio do meu coração.

– Por que fomos para a floresta aquela noite, Lucy?

Ela não levanta a cabeça para mim.

– Na verdade, eu nunca pensei nisso – continuei. – Todo mundo pensou. Todo mundo se admirou de como eu pudesse ser tão irresponsável. Mas para mim, era óbvio. Eu estava apaixonado. Estava dando uma escapada com a minha namorada. O que poderia ser mais natural?

Ela deposita as flores com cuidado. Ainda não me olha.

– Não foi Ira quem ajudou Wayne Steubens naquela noite – digo para a mulher que amo. – Foi você.

Ouço o promotor na minha voz. Quero que ele se cale e vá embora, só que ele não vai.

Vejo-a começar a se encolher, murchar.

– Foi por isso que você nunca conseguiu me confrontar – digo. – Por isso que você se sente como se ainda estivesse rolando ladeira abaixo sem conseguir parar. Não é porque sua família perdeu o acampamento, a reputação ou a grana toda. É porque você ajudou Wayne Steubens.

Espero. Lucy abaixa a cabeça. Estou atrás dela. Ela cobre o rosto com as mãos. Soluça. Os ombros se sacodem. Ouço o choro e meu coração se parte. Dou um passo na direção dela. Para o inferno com isso, penso. Dessa vez, o tio Sosh está certo. Não preciso saber de tudo. Trazer tudo de volta.

Só preciso dela. Então dou esse passo.

Lucy levanta a mão para me deter. Recompõe-se um pedaço de cada vez.

– Eu não sabia o que ele ia fazer – confessa ela. – Ele disse que ia mandar prender Ira se eu não ajudasse. Achei que... achei que ele só ia dar um susto em Margot. Fazer uma pegadinha idiota.

Sinto um nó na garganta.

– Wayne sabia que em algum momento nos separamos.

Ela assente.

– Como ele soube?

– Ele me viu.

– Você – digo. – Não a gente.

Ela assente outra vez.

– Você encontrou o corpo da Margot, não foi? Era esse o sangue de que falava a redação. Wayne não estava falando de mim. Estava falando de você.
– Sim.

Penso nisso, em como ela deve ter ficado assustada, como provavelmente correu para o pai, como Ira devia ter entrado em pânico também.

– Ira viu você coberta de sangue. Achou que...

Ela não fala. Mas agora faz sentido.

– Ele não quis matar Gil e a mim para se proteger – concluo –, mas ele era pai. No fim das contas, mesmo com toda aquela história de paz, amor e empatia, Ira era antes de mais nada um pai como outro qualquer. E então mataria para proteger sua garotinha.

Ela soluça outra vez.

Todos tinham se calado. Todos tiveram medo – minha irmã, minha mãe, Gil, a família dele e agora Lucy. Todos carregam um pouco da culpa e pagaram um preço alto. E eu? Gosto de alegar minha juventude e a necessidade de... de quê? De ser rebelde? Mas será que isso é mesmo uma desculpa? Eu tinha a responsabilidade de vigiar o acampamento naquela noite. E me furtei.

As árvores parecem se fechar sobre nós. Olho para elas e depois para o rosto de Lucy. Vejo beleza. Vejo estrago. Quero chegar até ela. Mas não consigo. Não sei por quê. Quero – sei que é a coisa certa a fazer. Mas não consigo.

Dou meia-volta e me afasto da mulher que amo. Espero que ela grite para eu parar. Mas não. Ela me deixa ir. Ouço os soluços dela. Caminho um pouco mais. Caminho até sair da floresta e voltar para o carro. Sento no meio-fio e fecho os olhos. Uma hora ela vai ter que vir aqui. Então fico sentado esperando. Pergunto-me aonde iremos depois que ela chegar, se sairemos juntos ou se a floresta, após todos esses anos, terá reivindicado uma última vítima.

agradecimentos

Não sou perito em muitas coisas, por isso é bom saber reconhecer aqueles que são gênios bondosos. Isso talvez pareça uma lista de nomes, mas fui ajudado por meus amigos e/ou colegas Dr. Michael Baden, Linda Fairstein, Dr. David Gold, Dra. Anne Armstrong-Coben, Christopher J. Christie e o verdadeiro Jeff Bedford.

O meu obrigado a Mitch Hoffman, Lisa Johnson, Brian Tart, Erika Imranyi e todo mundo na Dutton. Obrigado a Jon Wood da Orion e Françoise Triffaux na Belfond. Obrigado a Aaron Priest e todos na criativamente batizada Aaron Priest Literary Agency.

Como sempre, este é um trabalho de ficção. Algumas pessoas podem achar que parte deste livro foi inspirada por um simulacro de justiça, real, ocorrido na Carolina do Norte. Elas estão erradas. Eu tive a ideia bem antes de essa tragédia em particular ocorrer. Às vezes, a arte imita a vida. Às vezes, a vida imita a arte. Seja como for, este livro não é de modo algum um reflexo de qualquer acontecimento, real ou imaginário, nem da minha opinião sobre o mesmo.

Por último, gostaria de fazer um agradecimento especial à brilhante Lisa Erbach Vance, que vem aprendendo ao longo das últimas décadas a lidar esplendidamente com meus humores e minhas inseguranças. Você é show, Lisa.

CONHEÇA OS LIVROS DE HARLAN COBEN

Até o fim
A grande ilusão
Não fale com estranhos
Que falta você me faz
O inocente
Fique comigo
Desaparecido para sempre
Cilada
Confie em mim
Seis anos depois
Não conte a ninguém
Apenas um olhar
Custe o que custar
O menino do bosque
Win
Silêncio na floresta

COLEÇÃO MYRON BOLITAR
Quebra de confiança
Jogada mortal
Sem deixar rastros
O preço da vitória
Um passo em falso
Detalhe final
O medo mais profundo
A promessa
Quando ela se foi
Alta tensão
Volta para casa

Para saber mais sobre os títulos e autores da Editora Arqueiro,
visite o nosso site. Além de informações sobre os
próximos lançamentos, você terá acesso a conteúdos exclusivos
e poderá participar de promoções e sorteios.

editoraarqueiro.com.br